FVA

Thilo Bock

SENATSRESERVE

Ein Provinzroman

FRANKFURTER VERLAGSANSTALT

Die Arbeit an diesem Roman wurde unterstützt mit
einem Alfred-Döblin-Stipendium.

FSC
www.fsc.org
MIX
Paper from responsible sources
FSC® C014496

Herstellung und Umschlagsgestaltung: Laura J Gerlach
Motiv: Paketmarken Berliner Senatsreserve
Satz: psb, Berlin
Druck und Bindung: GGP Media GmbH, Pößneck
Printed in Germany
ISBN: 978-3-627-00178-0

Meinen Eltern,
die ganz anders sind als Monika und Uwe Grube.

Erstens:
Der östlichste Westen

Von hier aus war überall Osten. Das wurde um so deutlicher, je höher man kam im Märkischen Viertel, mitunter verballhornt als Merkwürdiges Achtel. Der Rhythmus ist da schneller als in den angrenzenden Einfamilienhaussiedlungen, die die gigantischen Flügel der überdimensionierten Bauklotzburg einfassen. Es gibt Fahrstühle zum Auffahren und auf jedem Stockwerk Müllschlucker, um das, was beim Wohnen so abfällt, entsorgen zu können, ohne wieder runterzumüssen. Das Märkische Viertel - kurz MV - mit seinen Zinnen und Zacken sieht aus wie ein zusammengefaltetes, nach Farben sortiertes Gebirge, eine Endmoräne aus Beton, errichtet auf Ausläufern des Urstromtals, ein städtebauliches Experiment im äußersten Osten der westlichen Welt. Verglichen mit diesen Wohnwänden und Schlaftürmen wirkt die Berliner Mauer mickrig. Vor allem nach Norden hin, Richtung Lübars, stellt der Rand des Viertels einen Bruch dar: Da erheben sich zehnstöckige Häuser über Kleingärten und Wiesen.

Betrachtet man die Trabantensiedlung ohne U-Bahn-Anschluß auf einem Stadtplan, fällt einem als erstes eine Straßenschleife auf, die aussieht wie ein schief gewachsener Pilz im Querschnitt. Das ist der Senftenberger Ring. Dort stehen die meisten Hochhäuser. Unten, quasi an der Pilzwurzel, da, wo der Ring zusammenläuft, befindet sich das Märkische Zentrum mit Geschäften, Imbissen, Arztpraxen, Schwimmbad und Mehrzweckhalle. Hier führt eine Tangente vorbei, der Wilhelmsruher Damm, im Osten an der Mauer endend und im Westen am S-Bahnhof Wittenau.

Die Bahn kommt von Norden her, aus Frohnau über Hermsdorf und Waidmannslust, wo nicht nur besonders viele Bäume stehen, sondern auch Einfamilienhäuser verschiedenster Kategorien. Während es in Frohnau, das hammerartig in das Gebiet der DDR hineinragt, Straßen gibt, in denen an kei-

nem Gartentor ein Namensschild klebt, weil in den dazugehörigen Villen Menschen leben, die ungern ungebetene Gäste empfangen, Patienten und Bittsteller, ist in Hermsdorf und Waidmannslust die sogenannte Mittelschicht beheimatet, Lehrer und Beamte, leitende Angestellte, deren kleines Glück im Einfamilienhaus dank eines Bausparvertrages Wirklichkeit geworden ist. Bei meinen Eltern hat es lediglich für ein halbes Haus gereicht. Dafür ist der nächste Wald nicht weit. Das Lauteste sind hier morgens wie abends zwitschernde Vögel. Zwischendurch holpern Autos viel zu schnell über das abgefahrene Kopfsteinpflaster unserer Straße.
Ich wollte weg von da. Dachte, als Journalist würde ich immerhin was erleben. Gleichzeitig könnte ich die Menschen klüger machen, Mißstände aufdecken. Warum damit nicht im Märkischen Viertel anfangen? Ich war jung und hatte mein Studium abgebrochen, ohne jemals richtig damit angefangen zu haben. Theorie lag mir nicht, ich suchte die Praxis und wurde Praktikant des abgehalfterten Reporters Heinz Horn, der sich lieber Martin nennen ließ.

Bei unserer ersten Begegnung Ende 1988 ahnte ich gleich, vor einem notorischen Verlierer zu stehen. Ich, der frisch ins Leben getretene Abiturient ohne ausgeprägte Menschenkenntnis, sah Martins Augenringe, die verbeulten Jeans und den Qualm, der in seinem kleinen Büro stand, als würde er dort festhängen. Bei diesem kleinen Mann würde ich niemals lernen, was ein guter Journalist ist. Wenigstens wirkte er ungefährlich. Und obwohl er als verantwortlicher Redakteur und einziger Schreiber seines Blattes eine wichtige Position bekleidete, schien er im Verlag nicht viel zu melden zu haben. Als Besitzerin kümmerte sich Frau Grabowski um das Finanzielle, und ohne die Anzeigenakquise der hübschen Inga hätte keine einzige Ausgabe gedruckt werden können. Doch solch eine düstere Rumpelkammer hatte nicht einmal der Schriftleiter des MV Kurier verdient. Davon abgesehen machte gerade diese Tatsache es mir leicht, Martin als Vorgesetzten zu akzeptieren. Das Problem bestand anfänglich eher darin, daß er gar nicht mein Vorgesetzter werden wollte.

Nachdem ich mich zu Inga und von Inga zu Frau Grabowski durchgefragt hatte, stets mit dem gleichen, devot vorgetragenen, nie zu Ende gebrachten Satz auf den Lippen, guten Tag, ich heiße Karsten Grube, ich habe vor kurzem mein Studium begonnen, Publizistik und, na ja, egal, jedenfalls, ich würde gerne, Journalismus, das interessiert mich, und ein Freund meines Vaters, wurde ich höflich unterbrochen und jedesmal weiter nach rechts geschickt, bis ich endlich an die Tür am Ende des Ganges klopfte.

Herein, ja, was gibt's denn? Der Mann, der, mir den gebeugten Rücken zuwendend, vor seinem Schreibtisch stand und in einem Wust aus Papieren wühlte, nahm einen Zug von seiner Zigarette. Dabei hätte er bloß tief einatmen müssen im Nebel des Büros, das dank Schrankwand, Tisch und zwei Stühlen nicht sonderlich viel Luftraum bot. Das winzige Fenster war geschlossen. Es erlaubte einen engen Blick auf die betongraue Außenwelt. Allein der große an der Wand angebrachte Berlinplan suggerierte Weite. Eine trügerische Weite. Schließlich war unsere Stadt ebenso von Wänden umgeben. Alles, was dahinter vorgab, Berlin zu sein, so als angebliche Hauptstadt eines anderen Staates, galt nicht.

Der Mann steckte seine Kippe in die Halterung eines gut gefüllten Aschenbechers, der auf einem Stapel aus Büchern, Heften und Zetteln thronte, und drehte sich gemächlich um. Er lächelte mir matt zu. Sein graublondes Haar stand ihm kurz und unordentlich vom Kopf ab. Kann ich helfen? Er fragte dies wie einer, der nicht annahm, behilflich sein zu können.

Ich startete meinen Satz erneut und kam ungefähr bis zu meinem Interesse für den Journalismus. Hatte mein Gegenüber beim Wort Studium noch freundlich geguckt, verzerrte sich sein Mund angesichts meines Bekenntnisses zur Publizistik erheblich, bis er beide Hände hob und mir ihre Flächen zeigte. Ich verstand und hörte mit dem Sprechen auf. Journalismus, soso, Martin, für mich damals natürlich Herr Horn, trat etwas zurück, setzte sich halb auf seinen Schreibtisch, verschränkte die Arme vorm blauen Pullover, sah mich an, nahm sich dann die Lesebrille von der Nase, stieß so etwas wie ein Stöhnen hervor und sagte dann: Journalist, das ist durchaus ein toller Beruf, nur was suchst du bei mir?
Ich stand weiterhin in der offenen Tür, und mir war warm. Mein Mantel paßte nicht zu der überheizten Raumtemperatur. Erste Schweißperlen benetzten meine Schläfen. Außerdem hatte Horn mich geduzt, wo ich fast schon zwanzig war. Irritiert sprach ich weiter: Ein Praktikum, ich würde gerne ein Praktikum ... Horn ließ mich erneut innehalten. Aber doch nicht bei mir?! Er runzelte die Stirn, schmiß dann die Brille schräg hinter sich auf den Tisch und tastete, ohne mich aus den Augen zu lassen, mit rechts nach dem Ascher. Er schien darin Übung zu haben, denn kurz darauf hielt er die vorhin dort abgelegte und nun kurzgebrannte Zigarette in der Hand. Ohne ein weiteres Mal daran zu ziehen, drückte er sie in die anderen Kippen und machte sich daran, beidhändig die Schreibtischlandschaft abzusuchen, fraglos nach der Marlboro-Schachtel, die links von ihm neben dem Telefon lag. Zaghaft deutete ich dorthin. Horn verstand nicht gleich, wagte jedoch einen kurzen Seitenblick und zuckte mit dem Kopf, dankend oder anerkennend. Inzwischen kenne ich seine Mimik gut. Habe ihm oft genug gezeigt, wo seine Zigaretten liegen, und nie dafür ein Wort gebraucht.
Ja, selbstverständlich bei Ihnen, sagte ich und fing an, von

Herrn Hanke, unserem Nachbarn, zu erzählen, von dem der Vorschlag gekommen war, beim MV Kurier vorzusprechen, er würde da hin und wieder Werbung schalten. Soso, Horn steckte sich eine der endlich erwischten Zigaretten ins Gesicht. Du willst Beziehungen spielen lassen? Er setzte seine tastende Tischerkundung fort. Abermals wies ich seiner Hand den Weg, das Feuerzeug lag ebenfalls in Telefonnähe. Keine Beziehungen, sagte ich, bloß 'ne Idee, damit ich Übung bekomme. Horn brummte und zündete sich die Zigarette an. Du hast noch nie was geschrieben, also für eine Zeitung? Doch, sagte ich. Schülerzeitung? Horn blies Rauch aus. Ja, sagte ich und fühlte mich ertappt.
Ist normal, sagte Horn freundlich, so fängt jeder an. Er sog wieder Rauch ein. Das Schreiben ist das geringste Problem, sagte er, du brauchst Themen, aber warum kommst du ausgerechnet zum MV Kurier, wohnst du hier? Nein, sagte ich, in Hermsdorf. Hermsdorf, Horn stieß Rauch aus, Einfamilienhaus? Doppelhaushälfte, sagte ich. Und du kennst dich im MV gar nicht aus? Nein, gab ich zu, also, ich war manchmal hier, Schwimmbad, Fontane-Haus und so.
Okay, Horn guckte auf die Armbanduhr und löste sich ruckartig von seinem Tisch, dann komm mal mit. Er griff seinen neben der Tür hängenden Anorak. Wohin? fragte ich. Pressetermin, sagte Horn mit Zigarette im Mund. Heißt das, Sie nehmen mich? fragte ich eine Spur zu euphorisch. Das heißt erst mal gar nichts, Horn hob eine Tasche vom Boden auf, und duz mich bitte, ich heiße Martin.

Während ich neben Martin zu dem Termin eilte, wir waren spät dran, meinte er mir die wesentlichen Informationen zum Märkischen Viertel mitteilen zu müssen. Am besten alle auf einmal. Die Mauer stand erst mal, begann er unvermittelt beim Verlassen des Verlagsgebäudes, und ein bißchen vom

Wirtschaftswunder kam selbst in Berlin an, im Grunde sogar eher viel, Martin sah zu mir auf, also im Westteil, Frontstadt, Schaufenster der freien Welt, dank der Berlinzulage, da konnte man langsam ans Weiterbauen denken, die ganzen Wohnquartiere im Wedding und in Kreuzberg paßten nicht in die neue Zeit, das war reinstes Kaiserreich. Martin zündete sich eine Zigarette an, sagte: Sollte alles gesprengt werden, um Platz zu schaffen für die Moderne, er machte eine wegwerfende Geste, nur lebten da ja Menschen drin, viele hausten auch bloß, denen ging es nicht unbedingt gut, Ofenheizung, Etagenklo und überall Kriegsschäden, da fehlte schon mal 'ne Wand oder so.

Wir überquerten eine Straße. Kurz gesagt, sagte Martin, die Viertel mußten entmietet werden, wohin aber mit den Entmieteten? Er sah mich an, als erwartete er eine Antwort, sprach jedoch gleich weiter: Westberlin hat ja kein Hinterland, also haben sie überlegt, wo was frei ist, möglichst am Rand der Stadt, weit entfernt vom Grunewald, vom Wannsee, auch weg vom Kudamm, das waren ja eher Asoziale, mit denen wollten die Verantwortlichen in ihren Villen nichts zu tun haben, von denen wollten sie höchstens wiedergewählt werden, weshalb das, was man ihnen anbot, erst mal wie ein Gewinn wirken mußte, der Staat schenkt dem Pack 'ne Stadt! Martin nahm einen tiefen Zug von seiner Zigarette.

Fündig wurden sie eben hier, fuhr er fort, dicht an der Mauer gelegen, eingezwängt zwischen Lübarser Müllkippe und der Irrenanstalt in Wittenau gab es dieses nahezu vierhundert Quadratkilometer große, vorwiegend mit Wohnlauben bebaute Gebiet, das war sowieso sanierungsbedürftig, das waren Slums, eine kotzschlimme Gegend muß das gewesen sein, ohne Kanalisation, bloß mit Pumpe und Sickergrube.

Wir durchschritten die Ladenpassage. Die Leute pumpten sich die eigene Pisse zurück in den Waschpott! Martin lachte auf, das konnten die prima abreißen, man mußte lediglich mit Hygiene kommen, und schon war der Traum eines jeden Architekten perfekt, die konnten hier einen kompletten Stadtteil konzipieren, und damals wollte man halt hoch hinaus, den Leuten sollte ja auch weniger was zum Wohnen als zum Schlafen gegeben werden, die sollten arbeiten. Martin warf seine Kippe aufs Pflaster.

Das Problem war, sagte er, die haben zu lange geplant, und ehe hier die ersten wohnten, wollte keiner mehr was von der Idee neuer Retortensiedlungen wissen, er schniefte, plötzlich rückte die Erneuerung alter Stadtviertel in den Mittelpunkt, und das MV galt bereits als architektonischer Dinosaurier, da hatten nicht mal alle Gebäude Dächer. Martin griff sich in die Jackentasche. Hinzu kam, daß die Anzahl der Wohnungen und Einwohner schneller stieg, als sie die erforderliche Infrastruktur installieren konnten, er zückte ein Zigarettenpäckchen, so lebten hier zigtausend Menschen, und es gab kaum Einkaufsgelegenheiten, keine Kneipen, und richtig fort kamen sie erst recht nicht mehr, die U-Bahn wurde zwar geplant, aber nie gebaut.

Deswegen wohnen die Leute nach wie vor hier, oder wie? warf ich ein. Martin blieb stehen, sah mich an und hob die Mundwinkel: Du kannst ja witzig sein. Dazu schwieg ich lieber. Wie auch immer, sagte Martin, nach fünfundzwanzig Jahren haben sich die Bewohner mit dem Viertel arrangiert, vierzigtausend Menschen in vierzigtausend Zimmern, Martin zündete die Zigarette an, das war zumindest die Idee der Gesobau. Gesobau? Die Gesobau regiert das MV, sagte Martin, das ist die Gesellschaft für sozialen Wohnungsbau, denen gehört ein Großteil der Häuser hier, und die wollten eben pro Person einen Wohnraum haben, ein Mensch, ein Zimmer also, Martin nahm bei der Aufzählung seine zigarettenfreie Hand zu Hilfe, und pro Familie einen Parkplatz, dazu zwei Kirchen, ein Einkaufszentrum, Platanen im Abstand von sechs mal sechs Metern, das alles ließ sich auf dem Reißbrett planen, aus dem Raster fallen lediglich die Bewohner. Wohin? Wie, wohin? Martin sah mich an, die müssen schön drinbleiben im Raster, man muß ihnen nur ab und an sagen, wo's langgeht, und dafür sind wir da, wir, er sah mich an, wir, der MV Kurier.

Wir erreichten einen großen Platz, rechts das Hallenbad und direkt vor uns ein langgezogener, gedrungener grauer Betonklotz mit gelben Fensterrahmen: Das Fontane-Haus, jenes Multifunktionsgebäude, das kannte ich von verschiedenen Kulturveranstaltungen, Klassik am Nachmittag oder Schülertheater statt Unterricht. Zentral gelegen ist es nicht gerade. Am besten kommt man mit dem Auto. Oder mit dem Fahrrad. Mir persönlich war Fahrrad fahren ja zu blöd, zu albern, zu unästhetisch, und so hatte ich den Salat. In der Zeit, die ich mit der BVG von Hermsdorf ins MV brauchte, wäre ich fast schon am Kudamm gewesen oder bei der Morgenpost. Nur wäre ich dort nie und nimmer gleich zum ersten Pressetermin mitgenommen worden.

Der Pressetermin stellte sich heraus als Verabschiedung eines Polizisten, genauer gesagt des Kontaktbereichsbeamten vom Einkaufszentrum. Die kleine Feier fand im Foyer des Fontane-Hauses statt. Das wirkte wie von einem Kleinkind ausgemalt: Die Fensterrahmen waren gelb, die Stahltüren grün und der flächendeckend verlegte Teppich violett. Weder die senffarbenen Hemden noch die braunen Hosen oder das Wiesengrün der Uniformjacken der zahlreich anwesenden Polizisten paßten zu diesem knallbunten Ambiente.

Nie zuvor hatte ich so viele Polizisten mit Getränken in den Händen gesehen. Vermutlich waren die meisten Gläser mit Alkohol gefüllt. Auch Martin griff sich gleich einen Sekt vom

Buffet, wir waren nicht einmal unsere Jacken losgeworden. Der offizielle Teil lief bereits. In der Mitte der Aufmerksamkeit stand ein kleiner, drahtiger Grauhaariger in Uniform, der eine Anekdote an die nächste reihte. Dies war wohl der Jubilar, der mit seinen Geschichten förmlich um sich sprühte und spritzte. Vielleicht schreib ich ja mal ein Buch über meine Erlebnisse im MV, sagte er gerade, den Titel hab ich schon: Allein gegen fünfzigtausend. Die knapp vierzig Anwesenden lachten eine Spur zu euphorisch. Der Mann bedankte sich mit einem Lächeln, das man getrost Schmunzeln nennen konnte, denn solche Leute lächeln nicht, sie schmunzeln. In fast vierzig Jahren erlebt man als Polizist so einiges, fuhr er fort, und Martin raunte mir zu, ich solle mir Notizen machen.
Mein Problem war: Ich hatte keinen Schreibblock oder ähnliches dabei. Der Polizist schwärmte derweil von seiner Laufbahn. Quasi so alle Funktionen des mittleren Dienstes habe er durchlaufen, bis er vor zwölf Jahren in den gehobenen Dienst aufgestiegen sei. Zur besonderen Verwendung als KOB, wie er betonte. Ich verstand Cop, was mich erheblich irritierte. Erst beim Korrekturlesen sollte mich Martin ob meines Irrtums aufklären. Mensch, KOB heißt Kontaktbereichsbeamter, so was weiß man doch! Woher sollte ich das bitte wissen? Ich, der Praktikant auf Probe, der seinen Chef im Augenwinkel gerade dabei beobachtete, wie er sich ein neues Glas Sekt besorgte? Ich – weiterhin ohne Notizmöglichkeit.
Wissen Sie, damals, erzählte der KOB weiter, als ich anfing, erster April siebnunsiebzich, da jings hier janz schön turbulent zu. Je mehr er in Fahrt kam, desto unüberhörbarer wurde seine Berliner Herkunft. Vom Buffet her machte Martin lustige Bewegungen. In meiner Jackentasche hatte ich einen Kugelschreiber gefunden, bloß kein Papier, nicht mal einen Kassenbon. Ich sah mich um. Auf einem Stehtisch, an dem niemand stand, lagen Servietten. Ich versuchte, die Poli-

zistenerinnerungen an randalierende Jugendliche, alkoholisierte Motorradfahrer und verängstigte Rentner auf dem weichen Papier festzuhalten. Das riß leider ein und wollte partout keine Tinte aufnehmen. Als die Serviette wegrutschte, hinterließ ich auf der Tischdecke einen blauen Kringel. Dies regte mich dazu an, meine Notizen dort festzuhalten. Glücklicherweise war die Decke aus Papier.

Als KOB biste ja Einzelkämpfer, lautete der erste Satz, den ich mitschrieb, Ladendiebstähle, Falschparker, diese Wandschmiererei und det leidje Thema Hundekot. Der Polizist artikulierte dieses Wort mit einer derartigen Verachtung in der Stimme, als würde er den Geruch nicht aus der Nase bekommen. Ick für meen Teil hab noch nie een mit 'ner Hundetüte jesehn, sagte er und erntete dafür laut murmelnde Zustimmung. Ich schaute wieder zu Martin, der sich intensiv mit dem Leeren seines Glases beschäftigte.

Der Polizist wandte sich nun dem neben ihm stehenden großen Kollegen mit beeindruckendem Bauch zu. Sein Bart war kunstvoll gestutzt, die Gesichtshaut braungegerbt. Der Alte sprach ihn als den lieben Palinske an und wünschte ihm alles Gute für die neue Aufgabe. Der liebe Palinske patschte seine Pranken in gemächlichen Rhythmus zusammen. Alle anderen Anwesenden taten es ihm gleich, wenngleich in einem flotteren Tempo. Mit tiefer, lauter Stimme lobte Palinske anschließend die Leistungen des geschätzten Kollegen Bergfeld. Gerade bei der Eindämmung des wilden Flohmarktes und der Organisation von Veranstaltungen habe sich dieser einen Namen gemacht, nämlich Bergfeld. Palinske dröhnte, er freue sich auf die Arbeit im MV, ick bin ja quasi längst tätich hier im Revier, Sie wissen det sichalich, een paar Ecken weita am Eichhorster Wech, er grunzte, früha ha' ick sojar hia jewohnt, fuhr er fort, unjemein jerne jewohnt, doch mit de Kinders, da sind wa ins Jrüne jezogen, selbstvaständlich bin

ick Reinickendorfa jebliem, vom janzen Herzen Reinjendorfa. Dafür bekam er vereinzelt Applaus. Bergfeld und Palinske schüttelten sich noch einmal ausführlich die Hand. Die meisten der Anwesenden klatschten. Martin nicht. Der hatte sich gerade ein neues Glas besorgt.
Ein graubärtiger Herr mit Brille und Bauch unterm Pullunder eröffnete das Buffet, wobei er von wenigen Kleinigkeiten sprach. Ich erkannte von weitem die Schrippenhälften mit Hackepeter und Schinken. Martin kam an meinen Tisch und stellte mir mit Schwung ein Glas Sekt auf die Notizen. Prost! sagte er, um mit mir anzustoßen. Ich trinke normalerweise nicht, sagte ich. Ist das hier normal? Martin nahm einen Schluck. Du bist ab heute Reporter, da kommste ums Trinken nicht rum. Ist das so? Na logo, Martins Kopf näherte sich meinem. Sein Atem roch alles andere als gut. Verschwörerisch raunte er mir zu, daß man die wichtigen Informationen erst bekomme, wenn man mit den Leuten saufen geht. Gut, sagte ich, wenn du heute noch was Geheimes erfährst, laß es mich wissen. Mach ich, mach ich! Martin klopfte mir fröhlich auf die Schulter. Guck, sagte er, da kommt der alte KOB! Tatsächlich kam Bergfeld gerade an unserem Tisch vorbei. Martin machte einen seitlichen Ausfallschritt und stellte sich ihm in den Weg. Zunächst irritiert, erkannte dieser Martin und begrüßte ihn freundlich, beinahe überschwenglich. Herr Horn, schön, daß Sie Zeit gefunden haben! Martin deutete eine Verbeugung an, das sei ja wohl selbstverständlich, wo man jahrelang so gut zusammengearbeitet habe. Und darf ich Ihnen meinen neuen Mitarbeiter vorstellen? Martin tätschelte meinen Rücken. Bergfeld blinzelte. Ein neues Gesicht, freut mich, hätte gar nicht gedacht, daß Frau Grabowski jemand Zweites einstellen würde. Bislang weiß sie nichts von ihrem Glück, sagte Martin grinsend. Außerdem mache ich das als Praktikum, sagte ich, unbezahlt. Tüchtig, tüchtig!

Bergfeld knuffte mit der Faust gegen meinen linken Oberarm. Zu Martin sagte er: Aus dem wird mal was, Horn! Darauf sollten wir anstoßen, Martin griff das Glas, das er mir gebracht hatte. Seins war ausgetrunken. Als er bemerkte, daß wir nicht mit ihm anstoßen konnten, stürzte er den Sekt allein herunter.

Sie schreiben also gerne? fragte mich Bergfeld. Ja, sagte ich, wobei es beim Journalismus vor allem auf die Themen ankommt. Ach so? Der Mann sah mich mit großen Augen an. Ist das so? Die findet man an jeder Ecke, sagte ich. Das müssen Sie einem alten Wachtmeister nicht erzählen, Sie als Journalist sollten aber auch die Opfer auf gar keinen Fall unter den Tisch kehren. Die Opfer? Ich war überrascht. Auf jeden Täter kommt mindestens ein Opfer, sagte Bergfeld. Ja, sagte ich, reichlich ratlos. Er gab mir die Hand. Ich wünsche Ihnen alles Gute. Danke, sagte ich.

Netter Mann, Martin trank das Glas, ohne abzusetzen, leer. Dann zückte er seine Zigaretten. Nachdem er sich eine angesteckt hatte, während ich ihm dabei zusah, als gäbe es nichts Spannenderes, sagte er ohne besondere Betonung in der Stimme, als würde er gar nicht zu mir sprechen: Du schreibst den Artikel, ist klar, oder? Und weil ich nicht gleich etwas sagte, fügte er hinzu: Trauste dir hoffentlich zu. Na ja, stotterte ich, klar. Haste Schiß? Martins Mund entließ Qualm. Nein, ich weiß bloß nicht, was ich da so schreiben soll. Hast du nicht zugehört und dir Notizen gemacht? Martin zog wieder an seiner Zigarette. Ich begutachtete das Gekrickel auf der Tischdecke, über das sich feuchte Kreise legten. Martin stellte sein Glas wieder auf meine Worte. Zeig mir, was du kannst, sagte er, und ich entscheide, ob ich mit dir arbeiten will, ist das fair? Ja, sagte ich. Martin drückte seine Zigarette im bereitstehenden Aschenbecher aus. Okay, er zwinkerte mir zu, weiter geht's, Partner.

Unerwartet schob er mich in den Raum hinein. Ich hatte Mühe, nicht zu stolpern, und landete direkt vor Palinske, während Martin sich verdrückte. Palinske sah mich freundlich an. Garantiert sah er selbst Temposünder freundlich an. Kannick behülflich sein? Ja, stotterte ich, ja, ich bin vom, äh, MV Kurier, ich. Ah, sagte er, die Presse, denn schieß ma los! Ja, sagte ich, darum bemüht, Palinske an meinen Tisch zu kriegen, um mitschreiben zu können. Was für Problemfelder sehen Sie im MV, Herr Palinske? formulierte ich meine erste Frage als Journalist und bewegte mich langsam zur Seite. Jute Fraje, sagte Palinske. Ich fühlte mich geehrt, weil ich nicht wußte, daß das eine Floskel war. Deshalb bekam ich seine Antwort nicht mit. Aha, sagte ich. Ja, sagte Palinske, der sich schrittweise mitbewegte. Dauerprobleme jewissermaßen, sagte er. Das sehen Sie als eine Hauptgefahr? Endlich hatte ich die Kante des Stehtisches erreicht. Wollen wa ma so saren, Palinskes Blick funkelte, von der Menge her ist dis Problem eher nich so jravierend, viel schlimma sind de Radfahra. Ich begann mitzuschreiben. Palinske sprach unbeirrt weiter. Also de Radfahra, die Betonung lag bei ihm auf der letzten Silbe, die tretn in jroßa Zahl uff, Se ahnen ja jar nich, welche Jefahr dadurch entsteht. Nee, sagte ich, und gibt es hier im Viertel auch richtige Verbrecher? Palinske sah mich einen Moment lang so an, als müßte er mich stante pede verhaften, dann brach ein Lachen aus ihm heraus. Wohl 'n Klon jefrühstückt?! Einen Clown? Vabrecha jibbet ieberall, und bei mia ham die keene Schangse nich, ick kann die riechn. Artig bedankte ich mich. Bevor Palinske verschwand, knuffte auch er meinen Oberarm.

Wie sollte ich bloß die Tischdecke mit meinen Notizen mitnehmen, ohne daß es auffiele? Zunächst müßte ich ein Trokkenblumengesteck, einen Aschenbecher und allerlei leere Gläser abräumen sowie die Decke zusammenfalten, sie hing

am Rand gute zwanzig Zentimeter herab. Da kam Martin mit zwei vollen Sektgläsern, einer Zigarette im Mundwinkel und einer bunt gekleideten Frau an seiner Seite zurück. Die Frau war übermäßig parfümiert. Das roch stärker als die in Martin gärenden Genußmittel. Ich wurde wie gehabt vorgestellt, und es kam zu ähnlichen Reaktionen. Die kräftig duftende Dame erwies sich als Apothekerin, die der Arbeitsgemeinschaft der Kaufleute der Märkischen Zeile vorstand. Für die Menschen hier sind wir fast so wichtig wie die Gesobau, die vermietet ihnen die Wohnungen, und dank uns kriegen sie alles, was sie zum Leben brauchen, flötete sie, deshalb richten wir heute auch den Abschied für Herrn Bergfeld aus, er hat uns immer gut beschützt. Mir lag die Frage auf der Zunge, ob solch eine Feier nicht Bestechung einer Amtsperson wäre. Da diese Amtsperson gerade aus diesem Amt hinausgefeiert wurde, war diesbezüglich wohl keine Gefahr mehr im Verzug. Ich glaubte ohnehin, genug Informationen gesammelt zu haben, leider lagen sie auf dem Tisch, an dem Martin und die Apothekerin standen. Beide prosteten sich zu. Weil sie anschließend mir ihre Gläser entgegenhielten, blieb mir nichts anderes übrig, als mit ihnen anzustoßen. Der Sekt war warm und süßlich. Beim Trinken bemerkte ich, wie trocken mein Gaumen war.
Vom Vergnügen der Apothekerin angefeuert, kam Martin ins Plaudern. Aufgrund eines Heiterkeitsanfalls verlor die Apothekerin das Gleichgewicht und wäre beinahe umgefallen, hätte Martin sie nicht aufgefangen. Gleichzeitig klammerte sie sich an die Tischdecke und riß diese daher mitsamt Gesteck, Ascher und Gläsern zu Boden. Im allgemeinen Aufräumwirrwarr konnte ich die Decke beschlagnahmen, zusammenraffen und zum Mülleimer bringen. Ich entfernte den entscheidenden Teil, faltete ihn zusammen und steckte ihn mir in die Hosentasche. Nachdem ich mich vergewissert hatte,

daß Apothekerin und Redakteur wohlauf waren, wünschte ich den beiden einen guten Abend und verließ das Fest.

*

Hat es auch eine schlaflose Nacht gedauert – am nächsten Tag war mein Artikel fertig. Martin änderte manches Detail, stellte ein, zwei Sätze um, womöglich, damit ich nicht größenwahnsinnig würde. Ich hatte erwartet, ihn mit meinem Tempo zu verblüffen. Er dagegen murmelte, es sei höchste Eisenbahn, selbst bei einer zweiwöchentlichen Zeitung könne man sich nicht ewig Zeit lassen. An mir sollte es nicht liegen, daß der Bericht über Bergfelds Abschied nicht eine Woche später erscheinen könnte. Martin dagegen hatte ganz vergessen, beim Empfang Fotos zu machen. Deshalb schickte er mich zur Polizeiwache – wer ist denn hier der Praktikant? –, um Bergfeld und Palinske zu fotografieren. Beide waren anwesend und zelebrierten gerade die Übergabe der Amtsgeschäfte in Gesellschaft etlicher Schnäpse.
So wurde ich also Praktikant von Martin Horn. Nach meiner Rückkehr von der Wache stellte er mich feierlich bei Frau Grabowski vor, die gerade mit Inga in ihrem Büro saß und Kaffee trank. Ein Mitarbeiter? fragte Frau Grabowski mit spitzer Stimme und verkniffenem Gesicht, während Inga ihre weißen, gleichmäßig gewachsenen Zähne offenlegte. Weil mich das verlegen machte, wollte ich für den Rest der Unterredung vermeiden, sie anzugucken.
Wir können uns gar keinen Mitarbeiter leisten, sagte Frau Grabowski. Praktikant, beeilte ich mich zu sagen. Ja, attestierte mir Martin, er macht das umsonst. Umsonst? Frau Grabowskis Miene hellte sich merklich auf, Sie wollen ganz ohne Bezahlung arbeiten? Ja, mir geht es darum, etwas zu lernen. Lernen? Frau Grabowski patschte belustigt auf den

Tisch, wo haben Sie den denn aufgegabelt? Die Faust vor dem Mund, atmete sie tief durch, hier wollen Sie was lernen? Klar, warum nicht? Genau, sagte Martin, warum nicht? Rauchen? Inga kicherte, und ich sah nicht hin. Und wovon wollen Sie leben, junger Mann? fragte Frau Grabowski. Ich ... Ich stockte, denn irgendwie war es mir plötzlich peinlich – in erster Linie wegen Inga, die gewiß zehn Jahre älter war als ich – zuzugeben, daß ich noch bei meinen Eltern wohnte. Dieses Geständnis übernahm Martin für mich. Er wohnt noch bei seinen Eltern, sagte er, in Hermsdorf, Doppelhaus. Hermsdorf ist doch schön, sagte Inga, da wohn ich auch. Jetzt hielt ich es nicht mehr aus. Ich mußte zu ihr schauen und landete direkt in ihrem Lächeln. Und weil mir nichts anderes einfiel, erwiderte ich es. Mit der guten Miene von Mädchen oder jungen Frauen konnte ich nicht umgehen. Erst die Stimme von Frau Grabowski ließ mich die Blickrichtung wechseln. Privat könnt ihr wohnen, wo ihr wollt, sagte sie laut, beruflich müßt ihr wie Bewohner des Märkischen Viertels agieren. Tun wir das nicht? sagte Martin. Ist ja auch schön hier, sagte Inga, wenn nur die U-Bahn endlich bis ins Zentrum fahren würde.

Die U-Bahn fehlt echt, sagte Martin. Ach, die U-Bahn, Frau Grabowski ließ die Ketten an ihrem Handgelenk klappern, bei den billigen Mieten kann sich eh jeder ein Auto leisten. Sie guckte von Inga zu Martin zu mir. Hat er 'n Führerschein? fragte sie, und weil mir nicht auf Anhieb klar war, daß sie mir eine Frage gestellt hatte, antwortete Martin: Davon ist auszugehen, er kommt ja aus Hermsdorf! Gut, dann kann er Sie ja fahren, Horn! Frau Grabowski klatschte in die Hände. Nu aber mal hurtig, nachher kommt der Momper, da muß alles ordentlich sein. Der Momper? fragte ich. Frau Grabowski betrachtete mich einen Moment lang. Dann sagte sie: Sie können ruhig nach Hause gehen.

Ich hab gar keinen Führerschein, sagte ich, sobald wir außer Hörweite waren. Schade, sagte Martin. Und Frau Grabowski? Logo, Martin verzog den Mund, die fährt 'ne fette Merze, deshalb kannse sich nur unbezahlte bis unterbezahlte Leute leisten. Bei den billigen Mieten! sagte ich. Martin blieb stehen und sah mich amüsiert an. Die seien gar nicht so günstig und ob ich wirklich glaubte, die Alte würde im MV hausen. Nicht? Die hat 'ne Villa in Frohnau, sagte Martin, und in Frohnau fahren ja selbst die Gymnasiasten mit dem Golf zur Schule. Er sah mich an, als würde mit mir was nicht stimmen.
Ich komm nicht aus Frohnau! Ist doch die gleiche Richtung, Martin schob mich zum Treppenhaus, los, ich zeig dir die Druckerei. Hallig Hooge ist auch die gleiche Richtung, sagte ich, da gibt's bestimmt kein einziges Auto. Da war ich noch nie, Martin ging einige Stufen herab und drehte sich dann wieder zu mir um, in Hermsdorf dagegen, da hat ja wohl jeder ein Auto. Meine Familie nicht, sagte ich, mein Vater sagt, in einer Metropole braucht man kein Auto. Martin grinste. Und verreisen tun wir nicht, fügte ich hinzu, nicht durch die Zone. Die Zone? wiederholte Martin, schon mal was von Willy Brandt und den Ostverträgen gehört? Das ist doch mehr als fünfundzwanzig Jahre her. Mein Vater ist eben nachtragend, sagte ich.
Die Druckerei befand sich ein Stockwerk tiefer. Hauptsächlich wurden dort Werbeprospekte und Gelegenheitsaufträge bearbeitet. Alle zwei Wochen stand der MV Kurier an. Was sollte das mit Momper? fragte ich Martin beim Abschreiten der ratternden Druckmaschine. Du weißt schon, sagte er, Diepgens Herausforderer. Ist klar, aber, fing ich an. Wahlkampfauftritt im MV, sagte er, und da schaut er eben mal kurz bei uns rein. Und ich? Wir fangen erst mal mit den kleinen Dingen an, Martin legte seinen Arm um mich, komm, ich stell dir Gunnar vor.

Der in die Jahre und in die Breite geratene Drucker war zugleich Seele und Motor des Verlags und vom Satz bis zur Falz für alles zuständig. Besuchte man ihn allerdings inmitten seiner brummenden, ratternden und bisweilen hackenden Maschinen, wirkte es so, als sei er lediglich mit Rauchen beschäftigt. Für Martin also ein idealer Partner, zumal hinter dem Schreibtischschranktürchen Gunnars - mit ihm war ich ebenfalls sofort per du - stets eine angebrochene Flasche Korn oder Artverwandtes bereitstand, um auf in ausreichender Anzahl vorhandene Gläschen verteilt zu werden. Da hätte selbst die gesamte Reinickendorfer Polizei unangemeldet vorbeikommen können. So aber blieb mehr für Martin und Gunnar. Und leider auch für mich.

Für die Vorstellung meiner Person sorgte ich diesmal selber, um die ewig gleichen Nachfragen zu verhindern. Ja, ich war der Neue. Ja, als Praktikant. Und ja, es ist wahr, ohne Bezahlung, was, das stimmt, man sich nur leisten kann, wenn man von den Eltern finanziert wird. Ja, mein Vater ist Beamter, wo genau, spielt keine Rolle. So genau wollte ich es gar nicht wissen, Gunnar hielt mir einen Schnaps vor die Nase. Ich mußte husten. Die Luft in der Druckerei war noch schlechter als in Martins Büro. Was'n mit dem los? Gunnar gluckste, der verträgt ja weniger als nichts, da bin ich ja mal gespannt, wie das zusammenpaßt. Das lernt der, sagte Martin und kippte seinen Schnaps rasch herunter. Gunnar tat's ihm nach und knallte sein Glas auf die Tischplatte. Ich dagegen nippte zögerlich an dem scharfen Zeug.

Wenn ich für eine Zeitung arbeiten wollte, die alle zwei Wochen an die Haushalte des Märkischen Viertels verteilt wurde, müßte ich mich mit den dortigen Begebenheiten vertraut machen, den typischen Neumärker kennenlernen. Neumärker, so nannte Martin die hier Lebenden. Du kannst nicht für Hochhausbewohner schreiben, wenn du nicht weißt, wie es ist, in einem Hochhaus zu wohnen, sagte Martin, warst du jemals in einem hier drin? Wir waren auf dem Weg zur Stadtteilbibliothek im Fontane-Haus, in der es seit neuestem eine CD-Abteilung gab. Eine Sensation, die es am Ende auf Seite eins schaffen sollte.

Fast, sagte ich, in meine Klasse ging ein Mädchen, da war ich mal zum Geburtstag eingeladen, bin bloß nicht hingegangen. Dann hol's nach, sagte Martin. Fünf Jahre später? Ruf sie an, sagte Martin, wenn du Glück hast, kann sie sich an dich erinnern. Das will ich hoffen, sagte ich, so lang ist unser Abi ja nun nicht her! Trotzdem konnte ich wohl kaum mal so bei Simone anrufen, ohne daß sie sich wundern würde.

Ich mochte sie, hatte sie, die Klassenklügste, in den Anfängen meiner Pubertät sogar heimlich angehimmelt. Einen Kopf kleiner und ein halbes Jahr jünger als sie, war ich wohl der einzige Junge in unserer Klasse, der auf sie stand, was ich für mich behielt. Wegen ihr wäre ich fast Klassensprecher geworden. Ihre Kandidatur war bereits ausgesprochen. Gebraucht wurden aber zwei, ein Mädchen und ein Junge. Und zusammen mit Simone wollte das niemand machen. Niemand, außer mir. Zögernd hob ich die Hand. Knall auf Fall ertönte hinter mir Sascha Monzkes vorlautes Organ. Er werde antreten. Keine Ahnung, ob dies geschah, um mich zu verhindern. Sascha, die Sportskanone, der Klassenälteste, den die Mädchen so mochten und die Lehrer schätzten. Dabei war er vor allem im Weglaufen begabt.

Er ist dann gewählt worden. Meinen Arm hatte ich, noch bevor er ganz ausgestreckt war, wieder eingefahren. Aus Simones Ambitionen wurde genausowenig. Saschas Erklärung war kaum verklungen, da bekundeten Bärbel und Claudia ihr Interesse an einer Kandidatur. Ich glaube, neben Sascha ist damals Bärbel gewählt worden. Simone bekam bloß eine

Stimme. Meine Stimme. Sie hatte nicht einmal für sich selbst votiert.
Martin erzählte ich davon nichts, was egal war, denn entweder besaß er die mir fehlende Menschenkenntnis, oder er verließ sich auf sein Gefühl. Kannst auch eine aufreißen, sagte er mit unverschämtem Grinsen. Nicht weit von uns entfernt lungerten drei dralle Grazien mit gefönten Blondfrisuren und engen Marmorjeans neben beziehungsweise auf einer Bank und füllten die Luft mit Geplapper. Ich versuchte, sie genauso wie Martins anzüglichen Blick zu ignorieren. Muß man mit den Leuten gleich in die Kiste steigen, um ihre Mentalität kennenzulernen? fragte ich. Schaden kann so was nie, sagte Martin, oder du läßt dich von den Rentnerinnen da hinten zum Käffchen einladen. Ja, sagte ich, warum nicht, die machen zumindest nicht die ganze Zeit schlüpfrige Anspielungen. Martin blies Rauch aus. Du könntest mich in deine Wohnung einladen! schlug ich vor. Wieso sollte ich? fragte Martin. Damit ich mal sehe, wie man hier so lebt. Denkste im Ernst, ich wohn im MV? Martin lachte. Tust du nicht? Nee, sagte er, reicht ja wohl, daß ich hier arbeite. Und du kennst dich dennoch aus? Ja, sagte er, ich hab dir ja gerade erklärt, wie man's macht. Ein letzter Zug, dann warf er die Zigarette aufs Pflaster. Wir sind da! Er zeigte auf das Bibliothekszeichen.

*

Martin war ein Werktagsjournalist. Wochenendereignisse brachten es selten in unsere kleine Zeitung, allenfalls als Ankündigung. Höchstens bei einem erwartbar massiven Ausschank von Alkohol bestand eine größere Wahrscheinlichkeit, daß der Schriftleiter sich die Ehre gab. So war das sommerliche Wiesenfest ein Ereignis, auf das sich Martin an-

scheinend das ganze Jahr über freute, so oft, wie er mir davon erzählte. Da gibt's ein Zelt für die VIPs, da kannste saufen und fressen, soviel du willst!
Zu fressen und zu saufen würde es bei der in einem Hochhausflur stattfindenden adventlichen Kaffeetafel, deren Besuch ich anstrebte, wohl geben, allerdings nicht im Sinne Martins, weshalb ich ohne ihn dorthin gehen mußte. Kurz erwog ich, Simone zu fragen, ob sie mich begleiten würde. Inzwischen waren wir seit knapp zwei Wochen so etwas wie ein Paar. Nachdem ich sie schließlich doch angerufen hatte, war die Sache ein wenig außer Kontrolle geraten. Und nun küßten wir uns ausführlich, wann immer wir uns begegneten.
Also war es professioneller, den Termin allein wahrzunehmen. Im Fahrstuhl beschlich mich der Verdacht, in Simones Wohnblock gelandet zu sein, denn die auf die blecherne Verkleidung gekrakelten Filzstiftsprüche glichen sich bis in die falsche Schreibweise des Namen Nietzsches. Bei meinem bislang einzigen Besuch bei Simone hatte ich nicht auf die Hausnummer geachtet. Und von außen erschienen mir die Gebäude alle gleich bedrückend. Da konnten Architekten und Stadtplaner noch so viel von serieller Individualität schwafeln.
Stimmen und Fetzen feierlich gemeinter Weihnachtsmusik hallten mir entgegen. Die Kaffeetafel war in einem Hausflur aufgebaut, direkt an der Wand, was diverse Wohnungstüren verstellte. Man saß nebeneinander, für ein Visavis wäre der Gang nicht breit genug gewesen. Als weihnachtliche Dekoration diente das Übliche: Tannenzweige mit dazwischen drapierten Mandarinen, Dominosteinen und Teelichten. Solange niemand das Deckenlicht anknipste, sorgten deren flackernde Flämmchen für wackelnde Schatten und für eine leicht gespenstische Atmosphäre. Nahezu zwanzig Nachbarn

hatten Platz genommen und kauten Kuchen. Die dominierende Haarfarbe war weiß, doch erkannte ich durchaus dunkelhaarige Menschen jüngeren Alters, ein Vollbartmann saß auch am Tisch.
Ich wurde ebenfalls erkannt, und zwar von Simones Mutter. Die versorgte die Sitzenden gerade mit Kaffee aus einer Thermoskanne. Karsten! rief sie mir eine Spur zu laut entgegen, das ist ja mal eine Überraschung. Die Überraschung war tatsächlich gelungen. Fragt sich nur, wem. Ich stammelte den Namen meiner Zeitung. Frau Freund verstand. Sie habe gedacht, ich würde zu ihrer Tochter wollen. Simone ist hier? fragte ich, bemüht um äußere Gelassenheit. Nein, Frau Freund schmunzelte, die findet so was doof, kannst ja gukken, ob sie unten ist. Oh, sagte ich, ja, das heißt, nachher mal. Da wird sie sich freuen, sagte Frau Freund und widmete sich dann der leeren Kaffeetasse, die ihr eine runzlige Dame mit großer Brille entgegenstreckte.
Wohnen Sie hier im Haus? Hinter mir stand eine winzige Alte. Auf dem Kopf trug sie Reste einer grauen Dauerwelle. Ihre schmalen Schultern waren behängt mit einer gleichfarbigen Wollweste. Nein, sagte ich, ich bin vom MV Kurier. Das kann nicht sein, sagte sie mit schriller Stimme, dann würd ich Sie kennen, ich wohne beinahe zweiundzwanzig Jahre im Viertel. Ich bin neu in der Redaktion, sagte ich. Hörnse nicht uff Frau Krause, die is nich mehr janz richtich im Obastübchen! Das sagte die Dame mit der großen Brille. Was war das? sagte Frau Krause, meine Nachbarin spricht immer so, daß ich sie nicht richtig verstehen kann. Hörnse nich uff Frau Krause, wiederholte die Nachbarin, die hat nie akzeptiert, det ick hier zwo Taje länger wohn als sie. Meine Nachbarin schwindelt sicher wieder, krächzte Frau Krause, klar, sie und ihr Mann sind hier früher eingezogen, den Mietvertrag habe ich aber vor denen unterschrieben, den kann ich Ihnen gerne zeigen.

Setzen Se sich, die Nachbarin deutete auf den Stuhl, der zwischen ihr und mir stand. Da sitzt doch ... Ich zeigte auf Frau Krause. Die kann jar nich mehr sitzen! Das Tremolo in der Stimme der Nachbarin war beachtlich. Setzen Sie sich ruhig, junger Mann, flötete Frau Krause fast gleichzeitig, ich hab's mit dem Rücken.

Also nahm ich Platz und ließ mich mit Stollen und Kaffee versorgen. Wie lange wohnen Sie denn schon im Viertel? fragte mich eine der Damen, und die andere wollte wissen, ob ich im MV aufgewachsen bin. Nicht ganz, sagte ich ausweichend, was nicht weiter schlimm war, denn die beiden hörten mir nicht zu. Während sich die Nachbarin die Karos meines Sakkos von nahem anguckte und dabei mehrmals sagte, ich sei ein anständiger junger Mann, junger Mann, so wat seh ick uff Anhieb, schwelgte Frau Krause in Erinnerungen.

Wir waren Pioniere, sagte sie, als wir hierherkamen, war ja gar nichts da. Sie müssen mir mal besuchen komm', sagte die Nachbarin, Sie ham die jleiche Jröße wie meen Jatte, der war ooch imma tadellos jekleidet. Früher gab's hier ja gar nichts, sagte Frau Krause, ich bin vom Wedding nach'm MV umgesetzt worden. Die ersten Jahre ham die Blagen alle naselang Häufchen ins Treppenhaus jesetzt, unterbrach die Nachbarin, die Mütter saßen ohm und hattn Besuch, durch die Sprechanlaje hießet jedetmal: Macht jefälligst unten.

Wissen Sie, junger Mann, Frau Krause klapperte mit dem Gebiß, wir mußten in die Stadt zum Einholen, mit dem Autobus. Mit dem Zwonsechzjer, ergänzte die Nachbarin, mit dem fahr ick heut noch, janz schnieke nach'm Kranzler, für so wat is Frau Krause ja zu jeizig. Frau Krause achtete gar nicht auf das Gesagte und erzählte lieber davon, daß sie für jeden Reißverschluß und für jeden Schnürsenkel in die Stadt habe fahren müssen, eine ganze Stunde hat das gedauert, nur eine Fahrt.

Und de U-Bahn! gurrte die Nachbarin dazwischen, seitdem ick hia wohn, hör ick, die wolln die U-Bahn bauen, aba nee, mit uns einfachen Leuten könnses ja machn, als würdn wa innem Kaff wohn, ieberall mußte wartn, kommste am Kurt-Schumacher-Platz an, ist der Bus wech, jedetmal wech, wennde ohm bist, und denn mußte dia wieda zwanzich Minuten die Beene innen Bauch stehn. Und voll sind die Busse, meine Herrn! übernahm Frau Krause wieder, im Zwoundsechziger kriegt man meistens keinen Sitzplatz, dabei bin ich 'ne olle Frau. Im Zwonzwanjer isset nich bessa! ergänzte die Nachbarin, da magste nachmittachs jar nich mea nach'm Kranzler fahrn.
Darf ich mal stören? Frau Freund stand hinter uns. Ja, sagte ich und bemerkte die unfreundlichen Blicke der beiden Damen. Neben Frau Freund stand ein Mann mit Stirnglatze, auf der einige dünne Haare klebten, und einem Sakko, das dem meinem recht ähnlich war. Hier ist er, Frau Freund legte ihre Hand auf meine Schulter. Der Neue vom Kurier? der Mann streckte mir seine Rechte entgegen, schön, daß Sie gekommen sind.
Frau Freund entschuldigte sich, und der Mann stellte sich als Hermann vor. Für einen Hochhausflur ging es hier enorm familiär zu. Karsten, sagte ich, ich schreibe für den MV Kurier. Wir entfernten uns von den beiden Damen, deren Stimmen lauter und schriller wurden. Ich habe diesen Nachmittag organisiert, sagte Hermann, weil ich der Meinung bin, daß wir nicht nur nebeneinander, sondern auch miteinander leben und wohnen, und zu so einem geselligen Anlaß kann man Dinge, die einen belasten, besser besprechen.
Daß es keinen U-Bahnhof gibt? Ja, sagte Hermann, das meine ich nicht, wobei das mit der U-Bahn natürlich ein Skandal ist, darüber könnten Sie ruhig mal wieder was bringen, heute geht es uns aber eher um Lärm und Dreck, um Wandschmie-

rereien und daß im Fahrstuhl geraucht wird. Apropos, sagte ich, Nietzsche wird doch mit z geschrieben? Bitte? Hermann sah mich einen Moment lang konsterniert an. Der Kuchen, wechselte ich daher das Thema, es ist schön, daß die Nachbarn so viel gebacken haben. Der Kuchen! Hermann strahlte, den hat uns die Firma Thoben gestiftet, drei ganze Bleche. Großzügig! Das stimmt, sagte Hermann, und nun raten Sie mal, was uns die Gesobau angeboten hat! Ich fühlte mich überfordert, keine Ahnung, zudem war ich erstaunt, daß mich Hermann siezte. Drei Torten! beantwortete er seine Frage selber. Toll, sagte ich. Ganz und gar nicht toll, Hermann kniff die Augen zusammen, drei Torten, 'ne Frechheit ist das, die hab ich selbstverständlich abgelehnt, da hatte ich eindeutig mehr Unterstützung erwartet. Klar, sagte ich, weil Hermann mich so ansah, als müßte mir das klar sein.
Er bedankte sich für mein Kommen. Ich bedankte mich für die Informationen und fotografierte die Szenerie. Bleiben Sie ruhig noch, Herr Carstens, sagte er, und ich begriff mein Mißverständnis. Eine Weile stand ich ratlos vor mich hin. Dann verabschiedete ich mich von Frau Freund. Gehen Sie runter zu Simone? fragte sie, als sie mir die Hand gab. Wo ich schon hier bin, sagte ich, falls Simone überhaupt da ist. Davon gehe ich aus, sagte Frau Freund, sonst können Sie ja warten, die kann nicht lange wegsein. Ich weiß nicht, sagte ich. Dann müßte ich Ihnen bloß die Tür aufschließen, meinte Frau Freund. Das ist nicht nötig! Ich komme schnell mit, sagte sie, und bevor ich ablehnen konnte, hatte sie sich in Bewegung gesetzt.
Simone war nicht zu Hause. Na, so was, sagte Frau Freund, komm erst mal rein, Mone sagt eigentlich Bescheid, wenn sie länger weg ist. Mein Zögern beim Betreten der Wohnung blieb nicht unbemerkt. Ich kann ja erst mal dableiben, sagte sie, oben ist ja nicht mehr viel los. Keine Umstände, sagte ich.

Sind keine Umstände, Frau Freund blieb dicht vor mir stehen. Sie war gute zehn Zentimeter kleiner als ihre Tochter. Ich mochte, wonach sie roch. War es Parfüm oder Shampoo? Ein tadellos gekleideter junger Mann, sagte sie, und ich meinte, dabei ihren Atem zu spüren. Mir wurde warm. Ich brauchte eine Weile, um diese Anspielung zu verstehen, da hatte sie sich bereits wieder von mir gelöst und das Durchgangszimmer betreten. Sie sind so 'n Anzugtyp, Frau Freund stand im Türrahmen, hat mächtig Eindruck gemacht auf die Damen heute. Auf Frau Krause? sagte ich, und Frau? Den Namen kann ich mir nie merken, sagte Frau Freund, die zwei waren die ersten Mieter im Haus, und seitdem zanken sie sich, wer zuerst da war. Ach so, sagte ich. Hängen Se sich irgendwo auf, sagte Frau Freund, während sie in die Küche ging.
Sie stand vor der aufgeklappten Kühlschranktür, etwas unschlüssig, wie mir schien, und fragte, ob ich etwas trinken wollte. Ich wußte es nicht. Wir haben leider kein Bier da. Kein Problem, sagte ich. Die Küche war äußerst klein. Ich hätte besser im Vorraum am Eßtisch stehenbleiben sollen. Ich trink auch lieber Cola, sagte ich, Coca-Cola. Mal gucken, sagte Frau Freund in den Kühlschrank hinein und verrückte verschiedene Verpackungen, nein, ist wohl alle. Sie schloß die Tür und drehte sich zu mir um. Ein Wunder, daß sie mich dabei nicht berührte. Wir sind schlecht sortiert, sagte sie mit einem entschuldigenden Lächeln. Bitte keine Umstände! Saft müßte noch da sein, Frau Freund bückte sich, um in einen Unterschrank zu schauen. Der Stoff ihrer Jeans umschmiegte ihren kleinen runden Po. Sie war deutlich schlanker als ihre Tochter.
Ehrlich, sagte ich, keine Umstände. Hm, Frau Freund richtete sich wieder auf, selbst der Saft ist alle. Wir standen uns gegenüber. Frau Freund zupfte an ihrem Pullover, dabei hätte er nicht besser sitzen können. Ihre Augen hatten so ein fröh-

liches Funkeln, auf das ich nicht anders als mit einem Lächeln reagieren konnte. Frau Freund strahlte mich unverändert an. Einen Moment lang war ich wie erstarrt, dann sagte sie: Wenn Sie Hunger haben? Danke, sagte ich, gab ja gerade Kuchen.

Richtig, Frau Freund lachte, ganz vergessen. Dann schien sie eine Idee bekommen zu haben und öffnete eine weitere Schranktür, hinter der sie kleine Gläschen hervorholte. Kommen Sie, sagte sie und machte eine Handbewegung, die mich rückwärts gehen ließ. Neben dem Eßtisch ließ ich sie an mir vorbei und folgte ihr ins Wohnzimmer, das von dem vorm Fenster baumelnden Stern matt beleuchtet wurde. Frau Freund schaltete die Stehlampe neben der Couch an und öffnete dann eine Klappe in der Schrankwand, hinter der sprang eine Neonröhre an. Jetzt zwitschern wir uns einen! Sie präsentierte eine Flasche Baileys. Oh, sagte ich und fühlte mich vom reinen Anblick beschwipst. Zur Feier des Tages, sagte sie und stellte die Gläser auf den Couchtisch und drehte die Flasche auf. Setzen Sie sich, Karsten!

Ich setzte mich auf die Couch und griff nach dem mir entgegengehaltenen Glas mit der milchigbraunen Flüssigkeit. Dabei streiften sich unsere Finger. Gut, sagte ich, weil es ja zu spät war abzulehnen, diesen einen. Frau Freund nahm den Sessel vorm Balkonfenster und hielt mir ihr Glas entgegen. Weil ich zu weit entfernt saß, erhob ich mich leicht, damit wir anstoßen könnten. Bleiben Sie sitzen, sagte sie und führte ihr Glas an die Lippen. Ich sank zurück ins Polster und trank das Zeug in einem Zug weg. Der klebrigen Süße im Mund folgte ein Brennen im Brustbereich. Schön, daß wir uns kennenlernen, sagte Frau Freund, und ich wußte bloß zu nicken.

Nu sitzen wir da, sagte Frau Freund nach einer Weile, in der wir hauptsächlich gesessen hatten. Geguckt habe ich ebenfalls. Überallhin, außer zu Frau Freund, hinter der die Nacht vorweihnachtlich blinkte, und auch das Wohnzimmer war nicht ohne Glitzern und Glimmen. Dazwischen hingen blasse Bilder, gewiß Selbstgemaltes hinter Glas und ohne Rahmen, ein bißchen Landschaft, ein Kahn am Strand, drei kleine Hunde.

Kann ja mal für mehr Stimmung sorgen, Frau Freund stand auf und zündete die auf dem Tisch stehenden Kerzen an. Ich glaub, ich muß bald gehen, sagte ich. Ach, Frau Freund sah mich an, wer weiß, wo Mone steckt. Ich muß den Artikel schreiben, sagte ich. Verstehe, Frau Freund ließ die Locken wackeln, die frischen Eindrücke. Genau, sagte ich. Aber einen trinken wir noch. Sie lächelte, und mir war schwummerig. Vielleicht war das der Moment, an dem ich süchtig wurde nach diesem Lachen, das urplötzlich aus ihr herausplatzen konnte, wie die Sonne an trüben Tagen mitunter eine Wolkenlücke nutzt, um zu zeigen, daß sie das ist, was uns fehlt. Schön, daß Sie sich so gut mit Simone verstehen, Frau Freund füllte unsere Gläser, ihr paßt gut zusammen, das fand ich früher schon. Ach ja? Ich nippte an der süßen Flüssigkeit. Frau Freund hielt sich kurz die Hand vor den Mund, ihre Augen funkelten. Darf ich gar nicht sagen, sagte sie verschmitzt, sonst krieg ich Schimpfe von Mone, damals bei den Klassenfotos, da hab ich mir sagen lassen, wer wer ist, und bei Ihnen, Karsten, dachte ich, der paßt zu meiner Tochter. Dazu wußte ich nichts zu sagen, weshalb ich wieder trank, das ganze Glas in einem Hieb. Frau Freund beobachtete mich dabei, und als ich es zurück auf den Tisch stellte, nickte sie zufrieden, als hätte ich eine Prüfung bestanden. Ich hoffe, ich bringe Sie nicht in Verlegenheit, sie lächelte. Nein nein, log ich.

Zweitens:
Endstation Moppelkotz

Das Restaurant, in das mich mein Chef Anfang 1989 einlud, stand in der niedrig bebauten Peripherie des Märkischen Viertels. Sechzehn Uhr war nicht unbedingt eine Zeit zum Mittag- oder Abendessen. Dann ist es schön leer, meinte Martin. Das Gebäude, in dem sich das Neu-Delphi befand, besaß das typische Einfamilienhausformat, inklusive großer Terrasse, die man über eine Steintreppe erreichte. An den Fensterscheiben klebten rote Zettel, die auf eine neue Bewirtschaftung hinwiesen. Wußtest du das? Logo, sagte Martin, sonst wären wir nicht hier, letztes Jahr hieß der Schuppen noch anders. Wie denn? fragte ich beim Betreten des Lokals, Alt-Delphi?

Rein optisch hätte zumindest der erste Teil dieses Namens gepaßt, rustikal, wie der Laden eingerichtet war. In jeder zweiten Schnitzelranch sieht es so aus. Wir waren die einzigen Gäste. Ein Mann mit schimmernd schwarzen Locken und aufgesetzter Freundlichkeit begrüßte uns wie alte Bekannte. Martin stellte uns vor als Redakteure des MV Kurier, den jeder Haushalt im Viertel bekomme. Vierzigtausend Leser, fügte er zwinkernd hinzu, und viele davon könnten demnächst Lust verspüren, das Neu-Delphi zu besuchen, man müßte es ihnen nur schmackhaft machen.

Der Wirt stutzte kurz, bis er verstand. Ein Goldzahn blitzte im Dunkel seines Mundes auf. Schnorren wollt ihr! So würde ich das nicht nennen, sagte Martin, wie wär's mit: Informationsbesuch. Der Mann guckte verschmitzt: Ich zeige euch den Laden gerne! Gut, sagte Martin, und wenn zufälligerweise Kostproben auf unserem Tisch landen ... Der Wirt hob die Hände, als würde er bedroht. Dann bat er uns, ihm zu folgen.

Das nennst du also einladen? bemerkte ich, kaum daß wir saßen. Für irgendwas muß das Journalistendasein ja gut sein. Er sah mich an. Seitdem du Anzüge trägst, wirkst du so seriös,

vor allem für einen Neunzehnjährigen. Zwanzig, sagte ich. Du hattest Geburtstag? Letzte Woche, sagte ich. Und das erfahre ich erst jetzt? Er streckte mir seine Hand entgegen, die ich ignorierte. Kein Alter, um darauf stolz zu sein. Ansichtssache, fand Martin. Und das Ding, das du da neuerdings um deinen Hals trägst, ist dann ein Geschenk? Ich bejahte. Der Kellner stellte ein Schälchen auf den Tisch. Das ist was Indianisches, oder? Martin pickte eine Olive. Ich zuckte mit der Schulter. Von deiner Schnitte? Er pulte sich den Kern aus den Zähnen. Wie hieß die gleich? Simone, antwortete ich, von der ist es nicht. Von deiner Schwester? Nein, ich probierte eine Olive, die war salzig und matschig. Du hast 'ne Neue? Martin lehnte sich auf seine Unterarme, komm, spuck's aus! Alles, was ich von mir gab, war Olivenrest. Sei nicht so neugierig! Ich nippte an meinem Bier. Du hast dich verändert, Martin legte den Kopf schräg, und beim Frisör bist du auch gewesen!
Nicht allein die neue Frisur verdankte ich Christel Freund, der Mutter meiner Freundin Simone. Die war Friseuse. Und das Bolotie um meinen Hals hatte sie mir geschenkt. Geflochtenes Lederband mit silbernen Metallspitzen und Adlerkopfbrosche. Sie habe gewußt, daß ich keine Krawatte tragen würde. Krawatten seien nichts für mich, so ein Bolotie dagegen, das müßte mir stehen. Gesehen hatte ich so etwas nie zuvor, geschweige denn den Namen gehört. Deshalb war mir anfangs nicht bewußt, daß Frau Freund Bolotie falsch aussprach. So wie bei Partie und nicht wie bei Partei. Dabei ist das ein englisches Wort. Tie heißt Krawatte, aber auch Schnur.
Mittlerweile war der Wirt dazu übergegangen, unseren Tisch mit Tellern vollzustellen. Zu kosten gab es nicht zu knapp. Mich beschlich jedoch der Verdacht, unsere Dreistigkeit würde mit besonders üblen Gerichten bestraft werden. Martin dagegen langte ordentlich zu. Lecker, oder? schmatzte er,

während ich tapfer an einem schwarzgestreiften Lammkotelett herumsäbelte. Fräulein Schultze ist anscheinend noch sauer auf dich, sagte Martin kauend, wegen ihrer Geschichte neulich. Ich zuckte mit der Schulter.
Inga Schultze, die Anzeigenleiterin des MV Kurier, wurde in ihrer Abwesenheit von Martin meist Fräulein genannt. Was ich zügig von ihm übernahm. Obwohl keine dreißig und gutaussehend, war sie von einer unglaublich hausmütterlichen Aura umgeben. Sie besaß keinerlei Geschmack und hatte damit eine Gemeinsamkeit mit den Kaugummis in ihrem Mund. Ohne traf man sie selten an. In meiner Anfangszeit war es mir manchmal so vorgekommen, als flirtete sie mit mir. Seit ich jedoch eine von ihr verfaßte Weihnachtsgeschichte umgeschrieben und ins Blatt genommen hatte, ohne mit ihr über meine durchaus deutlichen Änderungen zu sprechen, war sie nicht gerade gut auf mich zu sprechen.
Ich dachte halt, der Wortlaut wär ihr nicht weiter wichtig, sagte ich zu Martin, so flüchtig und undurchdacht der war. Du gibst dir viel zuviel Mühe. Martin zündete sich eine Zigarette an. Den Quatsch liest sowieso keiner. Sie hat gesagt, ich darf ändern, und warum schreibt sie auch so 'n Kitschkram, die ist doch für das Eintreiben der Anzeigen zuständig? Tradition! Martin blies Qualm aus. Tradition? Ja, sagte Martin, und eine halbe volle Seite ist eine halbe volle Seite. Ich gebe zu, gab ich zu, das war gewagt, bei einer adventlichen Geschichte über eine unerfüllte, fünfzig Jahre alte Liebe das Happy End zu streichen und einen der beiden schmachtenden Alten vor Aufregung tot umfallen zu lassen. Du hast was? Martin verschluckte sich fast. Das kann passieren, wenn ein lang vermißter Mensch vor deiner Tür steht, sagte ich, gerade nach drei sterbenslangweiligen Spalten.
Als uns Moussaka und Stifado serviert wurden, beides fettglänzend – Hunger wie Appetit waren mir längst vergangen –,

wurde mir klar, nicht einmal Martin hatte den Text gelesen. Liest du nie die Artikel? Warum sollte ich? Er schaufelte seinen Teller voll. Die meisten sind ja von mir, und ich brauch die Zeit für was anderes, gerade hab ich mir so 'nen Abschlußbericht zur Stadtentwicklung reindrücken müssen. Total das Gefasel, klingt aber jut. Er schob sich einen Haufen Auberginenmatsch in den Mund. Der wohl heiß war. Martin schnappte nach kühlender Luft, goß den restlichen Inhalt seines Bierglases hinterher und hob den Arm, um Nachschub zu ordern.

Während er mit der Gabel im Essen herumrührte, damit es schneller Eßtemperatur bekam, fuhr er fort, von schönen Wörtern zu sprechen. Städtebauliche Entwicklungsmöglichkeiten, solche Phrasen kommen immer an, und Zukunft und attraktiver, und dazu faselt man den Leuten was vor von Pilotprojekten und dem Aufbrechen der städtischen Strukturen, vom Ausloten der Okkasionen.

Der Wirt stellte zwei neue Biere auf den Tisch, dabei war mein Glas noch fast voll. Prima alles? Hervorragend! Martin küßte die Spitze seines mit dem Daumen ein O formenden Zeigefingers. Bringe ich gleich Souflaki und Bifteki, sagte der Wirt und verschwand. Klasse, der Typ! fand Martin, während ich mich genötigt sah, ein wenig auf meinem Teller herumzustochern. Ich fühlte mich abgefüllt. In meinem Mund hing der schale Geschmack nach dem Fett vergangener Zeiten. Schöne Grüße aus Alt-Delphi!

Der Bericht ist nicht ohne Phantasie, sagte Martin beim Weiteressen, da ist die Rede von der kleinen, eigenen Welt, die sich die Leute in ihren Wohnungen geschafft haben, und der Fremdheit, die hinter der Wohnungstür im Treppenhaus beginnt. Er sah mich an, als erwarte er Belustigung. Ich tat ihm den Gefallen.

Und steht in diesem Abschlußbericht was Konkretes? Martin

brummte, hob einen Zeigefinger, kaute zu Ende und sagte: Da steht drin, die Anbindung des MV an die U-Bahn sei unabdingbar notwendig. Das wird viele freuen. Nur gibt es das MV seit fünfundzwanzig Jahren, Martin trank einen Schluck, der Beirat plädiert für den Bau der Trasse bis zum Wilhelmsruher Damm, Ecke Treuenbrietzener Straße. Bis die da sind, werden ja wohl noch Jahrzehnte vergehen, sagte ich, vom Paracelsus-Bad ist es weit.

Na ja, Martin legte sein Besteck quer auf den Teller. Selbst er konnte nicht mehr. Bis zum Wilhelmsruher Damm wird bereits seit vier Jahren gebaut, sagte er, ich kann mich gut daran erinnern, da gab's Probleme mit Findlingen, weshalb die erst mal andere Bohrvorrichtungen brauchten. Die haben das gebohrt? Das Verfahren heißt, Martin legte seinen Kopf zur Seite und tastete nach seiner Zigarettenschachtel, Schildvortrieb, wegen des alten Baumbestands haben die nicht von oben gegraben. Und wie weit sind sie? Keinen Schimmer, sagte Martin, auf jeden Fall am U-Bahnhof Wilhelmsruher Damm, also vorne, er wies zum Fenster, am S-Bahnhof Wittenau, weißt du, da werkelnse bereits rum. Und wann sind sie am Einkaufszentrum? Das kann dauern, Martin brannte sich eine Zigarette an. Hat geschmeckt? Der Kellner kam, in seinen Händen, auf den Armen gut gefüllte Teller.

*

Westberlin wurde seit kurzem von einem neuen Bürgermeister regiert. Walter Momper, der Mann mit dem roten Schal, einigte sich mit der Alternativen Liste auf eine Koalition und brach damit nicht bloß sein Wahlkampfversprechen, niemals mit diesen grünen Chaoten zusammenarbeiten zu wollen, sondern zugleich ein Tabu. Seinen Wahlsieg verdankte er in erster Linie den Machenschaften des Charlottenburger Baustadtrates Antes, der in einen gigantischen Skandal verwickelt war, der seine Partei, die CDU, in einem fahlen Licht erscheinen ließ. Diverse Senatoren mußten deshalb zurücktreten. Dazu gehörte Heinrich Lummer, der die neue Regierung prompt eine Koalition des Verderbens nannte. Zusammen mit Klaus-Rüdiger Landowsky, dem Generalsekretär der Berliner CDU, war Lummer kurz vor der Wahl Mompers zum Regierenden an der Spitze eines Fackelzugs über den Kudamm marschiert, um gegen Rotgrün zu demonstrieren. Gefolgt sind ihnen eintausend Berliner und ein trojanisches Pferd. Die, gegen die sie demonstrierten, trafen sich zeitgleich, um gegen den Einzug der rechtsradikalen Republikaner ins Abgeordnetenhaus zu protestieren. Heinrich Lummer fand übrigens, die Republikaner seien mindestens genauso koalitionsfähig wie die AL. Mindestens.

Das ist das Berlin, von dem ich erzähle. Hier bin ich geboren, hier bin ich aufgewachsen. Am Stadtrand, unweit der Mauer.

Der neue Senat gab sich ökologisch, erfand die Umweltkarte, mittels der man billiger Busse und Bahnen benutzen konnte, kündigte ein Tempolimit auf der Avus an, das den freien Bürgern Berlins die freie Fahrt nahm, und plante, aus Parkplätzen am Kurfürstendamm Busspuren zu machen. Der ADAC wollte seinen Mitgliedern weder das Rasen noch das Parken verbieten lassen und vermischte die zwei letztgenannten Streitpunkte, indem er vor einer Busrennstrecke warnte, die Passanten gefährden und somit das Ende des Kudamms als Bummelboulevard bedeuten würde. Daß der Senat daneben auch die Verlängerung der U-Bahn-Linie 8 bis ins Märkische Viertel aussetzte, interessierte den ADAC nicht im geringsten, dafür aber die Leser des MV Kurier, für dessen Inhalt allein Martin und ich zuständig waren.

Martin schickte mich zur Pressekonferenz des neuen Bausenators ins Schöneberger Rathaus. Daß das Schöneberger Rathaus eigentlich das Berliner Rathaus war, also das von Westberlin, wobei Westberliner beharrlich von Berlin sprachen, wenn sie ihren Teil der Stadt meinten, fand ich lange Zeit irritierend, zumal ich bis heute nicht weiß, von wo aus der Bezirk Schöneberg verwaltet wird.
Martin hatte mir nützliche Tips mit auf den Weg zu meiner allerersten Pressekonferenz gegeben: Geh nicht zu früh hin, sondern dann, wenn das Gedränge am größten ist, so fällt nicht auf, daß du nicht akkreditiert bist. Ohne zu wissen, was akkreditiert bedeutet, nickte ich. Meine Ahnungslosigkeit behielt ich lieber für mich. Einen Presseausweis besaß ich nicht. Daß jeder, der sich für einen Journalisten hielt, so etwas beantragen konnte, war mir nicht bekannt. Setz dich nicht zu weit nach hinten und stell Fragen! Damit ich das tatsächlich tat, hatte Martin mir einen ganzen Katalog davon in den Block diktiert. Und glaub nicht, du könntest dir nachher was ausdenken, sagte er zum Abschied. Ich guck die Abendschau, wenn da keine Antwort auf eine meiner Fragen auftaucht, versuchst du, mich zu betuppen.
Ich war aufgeregt. Dank Martins Hinweisen fand ich mich in der dritten Reihe wieder. Niemand bedeutete mir, daß ich nicht dorthin gehörte. Ein eindeutiger Vorteil war mein neuer Anzug, den ich wie einen Panzer trug, unter dem konnte ich die schwächeren Teile meiner Persönlichkeit verbergen.
Senator Krampe war Mitte Vierzig, schmal und smart. Von seinem dunklen Haar fielen ihm einige Locken keck in die Stirn. Sein Hals war lang, und er selbst wirkte wahnsinnig arrogant. Das gefiel mir. Mit erstaunlich hoher Stimme redete er ausführlich über den öffentlichen Personennahverkehr. Der Schwerpunkt werde dabei künftig beim Ausbau der

S-Bahn liegen, so solle der Südring grundsaniert werden. Der Südring? Von einem Südring hatte ich nie zuvor gehört. Zu Hause mußte ich mir daher von meinen Eltern erst einmal erklären lassen, daß die S-Bahn im Westteil der Stadt bis Mitte der Achtziger von der DDR verwaltet worden war, also zur Zone gehörte. Meine Eltern sind deshalb nie damit gefahren, obwohl wir unweit des S-Bahnhofs Hermsdorf wohnen. Von 1980 bis 1984 wurden in Westberlin überhaupt nur drei Linien betrieben.

Als der Senator damit begann, daß unabhängig von der Schwerpunktverlagerung hin zur S-Bahn die bereits eingeleiteten Maßnahmen im Märkischen Viertel zu Ende geführt werden sollen, was ich eifrig mitschrieb, bemerkte ich, daß mehrere von Martins Fragen gut hierher passen würden. Ich sprang also auf, suchte in meinem Notizbuch die entsprechende Seite – und fand sie nicht. Statt dessen bemerkte ich, daß der Redefluß des Senators aufgehört hatte. Kann ich Ihnen helfen? Ich sah auf und direkt in Krampes Blick hinein. Ja, sagte ich und dann schnell meinen Namen sowie den meiner Zeitung. So machte man das! war mir von Martin eingebleut worden, zusammen mit dem Rat, beide Namen möglichst undeutlich dahinzunuscheln, damit keiner mitbekam, für was für ein nichtiges Blatt man arbeitete. So konnte sich niemand sicher sein, ob er nicht einen mächtig meinungsbildenden Reporter gegen sich aufbringen würde, wenn er ihm nicht ausführlich antwortete.

Ich fragte den Senator, ob der Weiterbau der U 8 die Strecke bis zum Zentrum des MV impliziere. Darauf Krampe: Die U 8 wird erst mal bis zum Wilhelmsruher Damm hin gebaut. Aha, sagte ich, und alle Kollegenaugen ruhten auf mir. Gut, sagte der Senator, na dann. Ich konnte mich keinesfalls so leicht abspeisen lassen. Herr Senator! rief ich daher. Er sah mich wieder an. Sprechen wir vom Anfang des Wilhelms-

ruher Damms oder von dessen Ende? Kommt darauf an, von woher Sie kommen, sagte Krampe, und der Saal lachte.
Mein erster öffentlicher Auftritt als Journalist schien gründlich in die Hose gegangen zu sein. Ich bemerkte Schweiß auf meiner Stirn. Mein Kopf schwirrte. Bis mir der rettende Einfall kam. Für Sie mag das vielleicht amüsant sein, fing ich an, Sie haben ja einen Dienstwagen, die Bewohner des Märkischen Viertels dagegen warten seit über zwanzig Jahren auf einen U-Bahn-Anschluß, das sollten Sie ernst nehmen! Der Senator sah mich verdattert an. Das ist unbestritten, beeilte er sich zu sagen und rang dann nach Worten, wissen Sie, das versteht sich von selber, das habe ich ja gesagt, wir werden zunächst einmal bis zum S-Bahnhof Wittenau bauen, wenn jedoch, Krampe betrachtete seine Unterlagen, blätterte, schielte zu seinem Nebenmann. Äh, wenn die Notwendigkeit besteht, wird die Prüfung meines Erachtens positiv beschieden werden, so daß am Ende dem Anschluß des Märkischen Viertels an das U-Bahn-Netz nichts mehr im Wege stehen sollte.
Dieser Satz wurde von der Abendschau gesendet. Martin war stolz auf mich. Der Senator hatte im Anschluß daran zwar davon gesprochen, daß die zeitliche Abfolge von Planung und Ausführung eher lang gestreckt sei, das aber spielte für mich keine Rolle mehr. Meine Aufgabe war erfüllt. Ich bedankte mich höflich für die Auskunft, und der Senator sagte: Gern geschehen. Als ich wieder Platz nahm, warf mir mein Sitznachbar Blicke zu. Anerkennend, wie mir schien. Dem Rest der Pressekonferenz folgte ich nachlässig. Irgendwann fiel mir auf, daß nie Fragen gestellt wurden. Erst als der an Krampes Seite sitzende Mann, dessen Namen und Funktion ich zu Beginn nicht mitbekommen hatte, sagte: Nun beantwortet der Senator Ihre Fragen, und mich dabei mit erhobenen Brauen fixierte, begriff ich, daß ich zuvor ein bißchen

voreilig gewesen war. Na ja, frech kommt weiter. Das sagt meine Mutter gern. Wobei die das wohl eher negativ meint.

*

Andererseits gab ich nie viel auf das, was Mutter sagte oder machte. Spätestens nachdem ich herausfand, wie andere Mütter kochten, fing ich an, mich von meiner zu distanzieren, und ging nach der Schule lieber mit zu meinem besten Freund Axel. Dessen Mutter wußte nämlich, was sie tat, wenn sie sich an den Herd stellte. Meine war lediglich dazu fähig, Tüten aufzureißen und Dosen zu öffnen. Am liebsten griff sie zu Restbeständen aus der Senatsreserve. Mein Vater arbeitete dort, das heißt, er tut das weiterhin. Inzwischen ist er hauptsächlich damit beschäftigt, etwas zu verwalten, worauf die Stadt längst verzichten kann: Vorräte für den Krieg, den Ernstfall, für die nächste Berlinblockade.

Jetzt, da die Mauer gefallen ist und die DDR nicht mehr das ist, was sie noch letztes Jahr war, und man auch dort mehrheitlich CDU wählt, muß man sich nicht mehr eindecken für schlechte Zeiten. Obwohl mein Vater davon nach wie vor nicht komplett überzeugt ist, macht er sich allmählich Gedanken um seine berufliche Zukunft. Als Soldat des kalten Krieges schiebt man ihn auf Eis. Immerhin: Einbrechen wird er nicht. Er ist verbeamtet.

Trotzdem ist ihm seine Arbeit Lebensaufgabe. Er und seine Kollegen waren jahrzehntelang die wichtigsten Menschen der Halbstadt, zumindest ihrem Selbstverständnis nach. Sie sind die Hüter der Kornkammern. Ein halbes Jahr hätten sie uns versorgen können, und das nicht nur mit Dosenfleisch und Trockenobst. An mehreren hundert Stellen lagert bis heute alles, womit man eine Zweimillionenstadt am Leben hält: Notrationen für die Kriegsdiät und darüber hinaus

Brennstoff und Benzin, Medikamente und Verbände, Tampons und Klopapier, Futtermittel für den Zoo, Zigarren, Marmelade, sogar Chlor, um in der Krise nicht die Schwimmbäder schließen zu müssen. Manches ließ sich schlichtweg schlecht per Flugzeug transportieren, zuvorderst Salz. Das hatte die Instrumente der Rosinenbomber angegriffen, weshalb die Amis Anfang der fünfziger Jahre zwanzigtausend Tonnen Speisesalz nach Berlin verschiffen ließen. Und so fing man an, alles Erdenkliche einzulagern.

Als ich klein war, beeindruckte mich, daß mein Vater Probleme mit feindlichen Geheimdiensten kriegen könnte, wenn ich mich verplapperte. Er war Geheimnisträger. Für ihn bestand die Gefahr, vom Osten entführt zu werden. Das war wie bei James Bond, den ich lange nur dem Namen nach kannte. Mit der Inventarisierung der Senatsreserve leistete Vater einen aktiven Beitrag zur Abwehr der roten Gefahr. Mich machte das stolz. Und obwohl Vaters Wissen strengster Geheimhaltung unterlag, seine Familie war informiert. Bei langweiligen Spaziergängen durchs Fließtal oder den Tegeler Forst spielten wir auf Vaters Anregung hin unser Spiel: Ich bevorrate meine Stadt und lagere dafür ein. So lernten wir nach und nach sämtliche Güter für den Notfall kennen. Ich bevorrate meine Stadt und lagere dafür Heringsfilets in verschiedenen Tunken ein. Ich bevorrate meine Stadt und lagere dafür Heringsfilets in verschiedenen Tunken und Anzuchttöpfe ein. Ich bevorrate meine Stadt und lagere dafür Heringsfilets in verschiedenen Tunken, Anzuchttöpfe und Ammoniak ein. Ammoniak? Kerstin sah Vater an. Das müßtest du wissen, sagte er, Ammoniak ist wichtig, um die Kühlhäuser weiter betreiben zu können. Habt ihr jetzt Fischstäbchen? Meine scherzhaft gemeinte Frage wurde mit einem grimmigen Blick quittiert. Gekühlt werden müßten, so Vater, die Leichen in den Krematorien. Unpaniert, versteht sich.

Na dann, sagte Kerstin, ich lagere Heringsfilets in verschiedenen Tunken ein und Anzuchttöpfe und Ammoniak und Kartoffelpüreepulver. Jetzt Mutter: Ich bevorrate meine Stadt und lagere dafür Heringsfilets in verschiedenen Tunken, Anzuchttöpfe, Ammoniak, Kartoffelpüreepulver und Filzpantoffeln ein. Torfmull, dachte ich und begann die Anfangsformel aufzusagen. Halt, Moment! beendete Vater das fröhliche Spiel, was bitte willst du einlagern? Torfmull. Vater achtete gar nicht auf mich. Statt dessen sagte er, Pantoffeln wären bereits seit den Siebzigern nicht mehr auf Lager.
Dann eben keine Pantoffeln, sagte Mutter, dann lagere ich eben Sultaninen ein. Kannst du noch mal alles wiederholen? bat Kerstin. So geht das nicht! Vater wischte seine sorgfältig über die Glatze gelegten Haare durcheinander. Bloß weil du wieder mehr weißt als wir! mischte ich mich ein. Das ist gar nicht wahr, sagte Vater, ihr alle tragt Filzpantoffeln aus der letzten Wälzung. Schlimm genug, murrte Kerstin. Dann müßte euch klar sein, daß wir die nicht mehr haben! Vater sprach so laut, daß uns entgegenkommende Spaziergänger interessiert musterten. Karsten und du, Mutters Stimme klang belegt, ihr tragt ja auch Straßenschuhe aus der Reserve, und trotzdem sind nach wie vor welche vorrätig. Pantoffeln wurden keine neuen angeschafft! brüllte Vater.
Das kann man schon mal vergessen, wenn im eigenen Keller weitere zwanzig Paar rumstehen, gab Kerstin zurück. Hast du was dagegen, daß ich vorgesorgt habe? sagte Vater wieder deutlich leiser, das sind 1a Hausschuhe. Na ja, murmelte Kerstin. Was gibt's denn an den Pantoffeln auszusetzen? Vater blieb stehen, die sind ordentlich und bequem. Schön sind sie nicht, sagte Kerstin, ohne anzuhalten. Mit Schönheit gewinnt man keine Kriege, murmelte Vater. Außer mir hatte das keiner gehört. Wobei. Ich betrachtete die vom Spazierweg aus gut zu sehende Mauer und fragte mich, ob die DDR die

Gespräche der Vorbeiflanierenden wohl mit Richtmikrofonen abhörte, denn dann hätten sie ja gerade bahnbrechend neue Erkenntnisse gewonnen. Dem Klassenfeind könnten die Pantoffeln ausgehen. Vater setzte sich wieder in Bewegung, unablässig vor sich hin murmelnd. Spielen wir weiter? fragte Mutter. Ich las im Gesicht meiner Schwester, daß sie wenig Lust dazu hatte. Mir ging es ebenso. Natürlich spielen wir weiter, sagte Vater, und du bist draußen, Mutti.

Ich wollte weg von zu Hause. Und jetzt bin ich wieder da. Im Grunde war ich immer hier. Lebenslänglich zu Hause. Zwanzig Jahre sind nicht lang für ein Leben. Ein Leben, das gerade losgegangen ist. Wieder stehe ich vor einem Neubeginn. Vielmehr sitze ich. In meinem alten Zimmer. Meinem Kinderzimmer. Jugendzimmer. Vergangenheitszimmer. Gut, daß wir alles so gelassen haben, nicht wahr, Vati? hat Mutter gesagt und meinte dabei nicht ihren Vater, sondern meinen.

Mein Zimmer. Sie haben es nicht einmal aufgeräumt. Vollgestopft mit Erinnerungen aus der Zeit vor meinem richtigen Leben. All die blöden Coca-Cola-Dosen an der Wand. So etwas sammeln Jungs, die in ihrer Pubertät nichts mit sich anzufangen wissen. Was war ich stolz auf bestimmte Einzelstücke! Etwa der Fehldruck von 1984, bei dem der untere Teil nach oben gerutscht war, weshalb das Cola vom Schriftzug fehlte und die Dose zudem zur Hälfte weiß geblieben ist. Die luftgefüllte Musterdose zur Olympiade 1980 in Moskau. Vom Westen boykottiert, gab es dennoch, weil frühzeitig produziert, die westlichste aller westlichen Getränkedosen zum Ereignis. Meine beiden Schmuckstücke von 1963 in verschiedenen Rottönen mit dem weißen diamantförmigen Gebilde in der Mitte, das eine zart gezeichnete Coca-Cola-Flasche beinhaltete sowie den bekannten Schriftzug. Das jüngste Stück

meiner Sammlung ist schwarz, ein Fehldruck. Simone hat es mir Weihnachten 1988 geschenkt.
Mein Wiedereinzug wurde eher hingenommen. Mutter machte beständig den Eindruck, gerade geheult zu haben, und Vater tat so, als wäre die Welt am Untergehen. Dabei ist gerade das ganze Land im Ausnahmezustand und die Stadt sowieso. Unser Bürgermeister hat das deutsche Volk zum glücklichsten der Welt erklärt. Und das, weil neuerdings – so einer seiner berühmten Vorgänger – zusammenwachse, was zusammengehöre. Denn die Mauer ist weg! Hurra, hurra, die Mauer, die ist nicht mehr da. Hurra und Wahnsinn!
Sollte sie nicht immer weg, achtundzwanzig Jahre lang weg? Waren Vater und Mutter nicht glühende Gegner dieser Schandwand? Nun aber sind die Plasteschüsseln über uns gekommen. Die Trabbiabgase hängen in der Winterluft, und bei Aldi reicht die Schlange bis auf die Straße. Mutter meckert jedesmal, sie komme sich vor wie in der Zone. Mangel und Gerangel in den Supermärkten. Bloß die Hälfte von dem, was sie einkaufen wollte, habe sie gekriegt. Dabei ist unser ganzer Keller voll. Kerstin hat früher häufig gelästert, da sähe es so aus wie bei Vater auf der Arbeit. Heute würde sie nicht mehr wagen, das zu sagen. Er nörgelt ohnedies die ganze Zeit.
Für Völker habe ich mich nie sonderlich interessiert. Ein einziger Wandertag der Identität ist das. Wer hört denn heute noch auf Signale? Beim letzten Zeitzeichen brach ein zu lauter Jubel aus, um auf leisere Töne achten zu können. Benommen steht dieses unversehens mit sich einig gewordene Volk Bananen mampfend da und bejubelt das dicke Auflaufmodell aus Bonn in seinem übergroßen Mantel der Geschichte, als könnte es im Glanze ungeahnten Glückes blühen wie eine Landschaft, die man leider vergessen hat anzulegen. Unerheblich, was sie nunmehr säen werden. Wie lange es auch

dauern mag, daß tatsächlich zusammenwächst, was auseinanderriß, ich bin nicht daran interessiert.
Die Mauer ragt wie eine historische Kulisse aus dem Berliner Boden. Bald wird sie ganz verschwunden sein. Letzte Woche hat Reinickendorf seinen ersten Grenzübergang gen Osten bekommen, Ruppiner Chaussee. Frohnau ist als nächstes dran, dann Hermsdorf, und auch das Märkische Viertel bekommt seinen eigenen Ausgang. Was es da zu berichten gäbe! Jubelnde Menschen mit unmodischen Klamotten und schrecklichen Frisuren stürmen den Wilhelmsruher Damm. Spontane Verbrüderungen. Wahnsinn, daß wir das erleben dürfen. Bla bla bla. Zwei, drei Fotos, freundlicher Text, das Übliche eben. Fiele garantiert nicht groß auf, wenn es stets derselbe Text wäre, dieselben Fotos. Da kann man sich viel Arbeit sparen. Hat Martin früher so gern gesagt. Wozu einen Pressetermin wahrnehmen, wenn man Vergleichbares aus dem Archivschrank ziehen kann? Hingegangen ist er oftmals trotzdem. Wo sie Sekt und Schnittchen reichen, triffst du jedesmal die gleichen.
Unsere Story dagegen, die Bombe wäre das gewesen, sogar ohne kaltes Buffet. Leider bleibt es beim Konjunktiv. Es wäre gewesen und hat nicht sollen sein. Die Mauerspechte, die Wahnsinnwahnsinngröler haben unsere Granate zum Rohrkrepierer werden lassen, puff, und es ist nicht einmal klar, ob uns Gerts Leute nicht auf den Fersen sind. Erst mal abtauchen, hat Martin gesagt, Gras drüber wachsen lassen, sicher ist sicher. Und weg war er.
Und ich bin wieder hier gelandet. Zurück zu Christel, das wäre nicht gegangen. Ich weiß ja nicht einmal, ob sie weiterhin in ihrer alten Wohnung lebt. Bin sozusagen zurück auf Los. Aussichtslos. Nur die Verhältnisse haben sich geändert. Das Raunen der Geschichte, hochgedreht zu einem Dröhnen. Ich habe meine Zimmertür geschlossen und beschlos-

sen, aufzuschreiben, was ich so oder so aufgeschrieben hätte, allerdings anders und mit differenzierten Absichten. Is 'ne janz wilde Storri, würde Schmidtchen sagen, ja, ich nehme an, er sagt das wirklich.

Als Vater mich und meine Schwester eines Tages in das Geheimnis seiner Tätigkeit eingeweiht hat, nicht ohne zuvor von uns strengste Vertraulichkeit zu verlangen, haben wir ihm die mit pochendem Herzen zugesagt. Dabei wußten wir längst von der Senatsreserve. Aus dem Sozialkundeunterricht. Womöglich war dies ja das, was uns Westberliner zusammenschweißte: Unser Wissen um ein gemeinsames Geheimnis, die Gewißheit, daß uns nie etwas fehlen würde, nicht einmal frische Unterhemden, denn auch die hatte unser fürsorglicher Senat ausreichend gebunkert.

Was genau in den Lagerhäusern steckt, weiß niemand. Fast niemand. Vater schon. Er ist für die Jahresbilanz der Bevorratung des Landes Berlin zuständig. Akribisch listet er die Bestände auf. Selbst zu Hause tut er das. Denn wir haben unsere private Reserve. Vater behauptet, das sei Pflicht und von der Bundesregierung irgendwann einmal angeordnet worden. Kurz nach dem Krieg oder was? meinte ich und erntete einen strafenden Blick. Man wisse eben nie, wann es wieder losgeht.

Das Problem massenhafter Einlagerung von Lebensmitteln ist deren Haltbarkeit. Da der Krieg Jahr um Jahr ausfiel und der Osten zwar eine Mauer um uns baute, den Nachschub aber nicht mehr verhinderte, mußte die Ware periodisch erneuert werden. Wälzung nannte man das. Dann wurden die Senatsbüchsen billig an die Bevölkerung abgegeben. Einige davon landeten auch bei uns im Keller und auf den Tellern.

Brachte meine Schwester jemanden zum Mittagessen mit, was sie in der Regel sonntags zu tun pflegte, immer Jungs und immer direkt aus ihrem Zimmer im Keller, stöhnte meine

Mutter jedesmal, ob Kerstin ihren Besuch nicht früher hätte ankündigen können. Sie wisse ja gar nicht, was sie kochen soll. Wohl deshalb kam stets das gleiche auf den Tisch. Schau doch mal im Vorratsraum nach, schlug Kerstin vor. Und Vater erinnerte an die neuen Dosen, die müßten beizeiten aufgebraucht werden. Sie stammten aus den Beständen des vergangenen Jahres. Bei uns stammte das meiste aus den Beständen der vergangenen Jahre. Was sich fortan wohl ändern wird. Wer weiß, was zukünftig sonntags auf den Tisch kommt. Noch gibt es wie gehabt Moppelkotze - Dosenfleisch und grüne Bohnen, dazu Kartoffelpüree.

Die Trockenflocken dafür kamen nie aus der Dose, die kamen aus der Tüte, und der Besuch meiner Schwester kam nur vereinzelt wieder, was meinen Eltern nie auffiel. Vater ignorierte die Jungs generell, während Mutter mit ihnen sprach, als kenne sie sie bereits, was nicht selten zu Verwirrungen führte.

Manchmal blieb der fünfte Stuhl am Tisch auch leer. Dann fragte meine Mutter Kerstin, ob ihr Freund krank wäre. Meine Schwester brummte unbeteiligt, die eine Hand an der Stirn, die andere stocherte mit der Gabel im Mischgemüse. Das Fleisch rührte Kerstin nie an. Daß ihre Tochter irgendwann angefangen hatte, sich vegetarisch zu ernähren, war meiner Mutter entweder entgangen oder egal. Und es war gewissermaßen gleichgültig, wie viele mitaßen, das Sonntagsessen reichte generell bis Dienstag. Bloß statt Kartoffelpüree gab es dann Reis. Aus dem Kochbeutel, versteht sich.

Kerstin bringt schon lange keine Männer mehr nach Hause, sucht sich lieber Liebhaber mit eigenen Wohnungen, in die sie, so schnell es geht, einzieht. Die Moppelkotze reicht trotzdem nie länger als bis Dienstag.

*

Daß sich jahrelang keine meiner Freundinnen an unseren Eßtisch gesetzt hat, lag keinesfalls an der Kochunfähigkeit meiner Mutter. Ein guter Psychologe würde es mit der Promiskuität Kerstins erklären. Das rege Geschlechtsleben meiner älteren Schwester war der Hauptgrund für mein fehlendes. Immerhin war ich seit Ende 1988 mit Simone zusammen, die mit ihrer Mutter im Märkischen Viertel lebte. Wir kannten uns seit der siebten Klasse. Ich hoffte, die Siedlung durch sie besser kennenlernen zu können. Bedauerlicherweise wohnten die beiden in der zweiten Etage eines zehnstöckigen Hauses. Anfangs fühlte ich mich regelrecht betrogen. Als würde man per U-Bahn eine Stadtrundfahrt unternehmen.
Simone, eine spröde Schönheit mit Dreiecksgesicht und großer Nase, war insgesamt recht groß, fast so groß wie ich, der ich sie um eine gute Handbreit überragte. Ihr dünnes Haar ließ sie nachblondieren. Dank Schaumfestiger klebte es nicht vollkommen platt an ihrem Kopf. So konnte man am Stand ihrer Haare erkennen, wo sie zuvor gewesen war, im Wind oder auf einem Kissen. Meistens sah Simone jedoch aus wie frisch gekämmt. Obwohl es nahegelegen hätte – von ihrer Mutter konnte sie das nicht haben. Daß selbst Frau Freunds Lockenpracht ein eingehendes Frisieren voraussetzte, ahnte ich damals nicht einmal.
Simone war weitaus biederer als ihre Mutter, ordentlicher, ja, fast züchtig. Erotik strahlte sie nicht gerade aus, schon gar nicht in unbekleidetem Zustand. Simone wirkte immer irgendwie angezogen. Und war angezogen von mir. Anfangs konnte ich damit nur schwer umgehen. Bis ich anfing, es auszunutzen.
Simone studierte Grundschulpädagogik im ersten Semester. Wesentliche Voraussetzungen für dieses Fach schienen ihr angeboren zu sein. Umgänglich, wie sie war, und nett zu allen. Sonderlich viele Gemeinsamkeiten gab es zwischen uns

nicht, sah man davon ab, daß wir bemüht waren, miteinander zu schlafen. Weit entfernt von jeglicher Erfüllung, bot mir das Gelegenheit, mich in dieser Disziplin zu üben. Ich wollte vorbereitet sein für die Frau, die ich wirklich begehrte.

Von meinem großen Auftritt bei der Pressekonferenz mit Senator Krampe berichtete ich Simone in aller Ausführlichkeit, als wir uns Ostermontag trafen. Der Abendschaubericht war ihr nicht entgangen. Daß ich es gewesen bin, der das Versprechen aus Krampe herauslocken konnte, beeindruckte sie. Ich hatte sie zu einer exklusiven Schokoladeneiersuche eingeladen – in ein menschenleeres Kaufhaus. Wir brachen dort mitnichten ein, der Schlüssel war mir von meiner Schwester gegeben worden.

Kerstin arbeitete nämlich in der Zooabteilung von Karstadt in Tegel. Weil sie gleich um die Ecke wohnte, mußte sie an Feiertagen die Tiere füttern, was sie durchaus gerne tat. Daß sie ausgerechnet Zoofachverkäuferin werden mußte, war letztlich eine Negierung ihrer Erziehung. Zu Hause waren Tiere tabu. Die stinken und machen Lärm. Mit diesen Worten hatte Vater jegliche diesbezügliche Diskussion beendet. Ein für allemal. Dann eben Fische! Kerstins Kompromißvorschlag wurde ebenfalls abgeschmettert. Fische seien unheimlich, so die Antwort, von denen hört man nie was, und plötzlich schwimmen sie an der Oberfläche. Damit ist die Angelegenheit gegessen gewesen – im wahrsten Sinne, auch dank Mutters Schlußwort: Fisch stinkt ja so, da muß man ewig lüften, bis das wieder weg ist. Sie hatte vorher nicht so genau zugehört und dachte daher an gebratenes Kiemenvieh. Der einzige Fisch, der ihr jemals in die Pfanne gekommen war, kam paniert daher, tiefgekühlt und in Stäbchenform.

Einmal war ich zusammen mit Kerstin beim Tierefüttern gewesen. Und nun sollte ich sie vertreten. Kerstin war von ihrem Freund zu einem Kurztrip nach Sylt eingeladen worden. Die Direktflüge dorthin wurden erst wenige Wochen danach eingestellt. Weil ich Ostermontag schon mit Simone verabredet war, hatte Kerstin gemeint, ich solle sie einfach mitnehmen. Die findet das jede Wette scharf, meinte sie, alle träumen, einmal nachts ungestört im Kaufhaus sein zu dürfen. Wir sollen nachts dahin? So richtig begeistern konnte mich das nicht. Simone dagegen unbedingt. Wir sind zwar mittags dort gewesen, dunkel war es drinnen dennoch.
Bei meiner Fütterung am Vortag war mir eine Idee gekommen, mit der ich Simone zusätzlich zu überraschen gedachte. An sich unnötig. Sie kriegte sich auch so kaum ein vor Freude. Diese Euphorie angesichts schummeriger Warenhausgänge war mir ein Rätsel. Ist ja geil! rief Simone aus, als wir, durch den Hintereingang kommend, den Verkaufsraum zwischen Koffern und Taschen betraten. Begeisterung pfiff über ihre Lippen.
Ich führte sie zu den Tieren, und sie half mir bei der Erfüllung meiner geschwisterlichen Verpflichtung. Im Umgang mit Kaninchen, Vögeln, Meerschweinchen und Hamstern stellte sie sich deutlich geschickter an als ich. Ist das das Kaninchen, von dem du mir erzählt hast? Simone zeigte auf eine der Käfigboxen. Das Tierchen dahinter war besonders unruhig. Du meinst Carsten? Ich kippte gerade Wasser in den Tank. Simone öffnete ein Türchen. Sofort sprang ihr ein weißes Kaninchen mit schwarzem Fleck am Auge entgegen. Vorsicht! rief ich, nicht daß er wieder entwischt. Keine Sorge, Simone giggelte. Kennst du dich mit Tieren aus? Wir hatten früher mal 'ne Katze, sagte sie, bevor wir ins MV gezogen sind, einen Kater, und am Tag vor dem Umzug war er auf einmal weg, als hätte er geahnt, daß er in Zukunft nicht mehr raus-

kommt. Sie lächelte. Du trauerst der Katze nach wie vor hinterher? Nein, sagte Simone, wie kommst du denn auf so was? Intuition, sagte ich. Simone fand das ulkig.
Das Tier in ihren Armen gab knirschende Geräusche von sich. Mag der mich nicht? Simone streichelte Carstens Hinterkopf. Kerstin sagt, das sei ein Zeichen von Zufriedenheit. Dann ist ja gut, und warum heißt er so wie du? Nicht wegen mir, der Freund meiner Schwester heißt genauso, sagte ich, und mir sieht das Vieh ja auch gar nicht ähnlich, allein die Ohren. Der Freund deiner Schwester hat den gleichen Namen wie du? Kerstin guckte, als würde sie das bedenklich finden. Du mußt gar nicht an Inzest denken, sagte ich, das ist Zufall, Kerstins Freunde heißen eben Karsten, mal mit C, mal mit K am Anfang. Sie hat mehrere Freunde? Nicht gleichzeitig, sagte ich, und man sieht einem Menschen ja nicht an, wie er heißt. Ich half Simone, meinen tierischen Namensvetter zurück in den Käfig zu bugsieren. Seltsam ist es schon, sagte sie. Von mir aus, sagte ich, komm lieber mit, ich will dir was zeigen.
Am Vortag hatte ich Ostereier versteckt, stibitzt von einem Sondertisch. Nach dem Fest hätten sie sowieso keinen großen Wert mehr. Simone sollte sie suchen. Taschenlampen bekamen wir in der entsprechenden Abteilung. Die Eier waren relativ sichtbar verteilt. Ich wollte ja nicht im Kaufhaus übernachten. Simone bestand darauf, sich vor Erfüllung ihrer Aufgabe umziehen zu dürfen, und entschied sich für ein pompöses Abendkleid. In dem von mir ausgehenden Lichtkegel stand es ihr außerordentlich gut. Ich tat es ihr gleich und tauschte meinen Anzug gegen ein schneeweißes Exemplar. Sich direkt an den Kleiderständern umzuziehen ist vergnüglich. Daß wir uns dabei gegenseitig anleuchteten, sorgte für zusätzlichen Pep.
Von der Suche kamen wir trotz simpler Verstecke rasch ab. Weil Simone mit meiner Unterstützung bald etwas anderes

fand. Zu ihrem Bedauern war das Kaufhaus zu klein für eine Bettenabteilung. Tiere gibt's, maulte Simone, aber keine Liegegelegenheit. Ohne die Tiere wären wir gar nicht hier, gab ich zu bedenken und setzte die Rolltreppen in Gang. Simone klatschte begeistert in die Hände, rief: Fang mich! und rannte die ihr entgegenkommenden Stufen hoch. Ich folgte ihr. Wir liefen fröhlich im Kreis, viel langsamer als möglich, und als ich sie dann doch fast hatte, riß eine Naht an ihrem Kleid, und sie entkam Richtung Drogerieabteilung.
Dort erwischte ich sie, die gerade auf der Suche nach Kerzen war. Romantik und so. Keine gute Idee, fand ich, wer weiß, wie empfindlich die Sprinkleranlage ist. Betroffen beleuchtete Simone die Decke – mit der Taschenlampe. Mit der erhellte sie danach ein Fach mit bunten, schmalen Kartons und ließ sich von mir küssen. Wir wählten die teuersten Kondome, eine aufgerissene Packung würde niemanden groß kümmern. Einander halbwegs entkleidend, gingen wir zu Boden. Das war nicht sonderlich bequem, klappte aber besser als bei allen bisherigen Versuchen. Nach dreißig Sekunden innerer Einkehr küßte mich Simone und sagte, wir hätten ja Zeit.
Nach dem Verlassen des Kaufhauses – bis auf einige Ostereier und das eine Kondom hatten wir die benutzten und bewegten Sachen wieder zurückgehängt und -gestellt – lockte uns das schöne frühlingshafte Wetter zur Promenade am Tegeler See, wo wir uns händchenhaltend zwischen die Spaziergänger mischten und an der Sechserbrücke ein Tretboot mieteten. Inmitten all der anderen Schiffchen ließen wir uns treiben, schaukelten auf den von Dampfern und Motorbooten aufgewühlten Wellen. Was für ein Heyday! Simone lehnte sich zurück, streckte die Arme aus und schloß die Augen. Ja, sagte ich, voll tolles Wetter. Das auch, sagte sie fröhlich. Dann küßten wir uns ein bißchen, saßen allerdings zu weit auseinander. Simone wollte zu mir rüberklettern, wovon ich sie

abhielt. Das Boot schwankte so schon genug. Ich gerate ungern aus dem Gleichgewicht, sagte ich.
Ich weiß, sagte Simone, wär ja blöd, wenn dein Anzug naß würde. Ich sah in die Suppe, über die wir glitten, in die wollte ich weder bekleidet noch unbekleidet fallen. Nicht daß mein Sakko 'nen Grünstich bekommt, sagte ich. Nein, Simone nahm meine rechte Hand und massierte sie sanft. Ich bin voll in dich verliebt, sagte Simone. Weil ich geahnt hatte, daß Simone so etwas irgendwann sagen würde, war ich darauf vorbereitet und sagte nichts Falsches. Vielmehr sagte ich gar nichts, ich küßte sie statt dessen. Und Simone schien das für die richtige Antwort zu halten.

*

Das Versprechen des Senators, die U 8 werde eines Tages bis ins Märkische Viertel fahren, gefiel nicht nur Simone. Bei Reinickendorfer Bezirkspolitikern sorgte sie ebenfalls für freudige Gesichter. Der Baustadtrat erklärte Martin, der Bau bis zum Senftenberger Ring sei eine unantastbare Forderung. So freuten sich die Hochhausbewohner, künftig nicht mehr in proppenvollen Bussen zur Arbeit und zurück fahren zu müssen. Und ich war der Überbringer dieser guten Nachricht. Obwohl niemand wissen konnte, wer ich war, lief ich mit dem Gefühl durch die Fußgängerzone, von sämtlichen Menschen angestrahlt zu werden. Was in Wahrheit wohl daran lag, daß das Wetter bereits Ende März nahezu sommerlich war.
In den Räumlichkeiten unseres kleinen Zeitungsverlages mit angeschlossener Druckerei war davon nicht viel zu spüren. Neugierig auf die frische Ausgabe mit meinem Artikel über den U-Bahn-Bau bis zum Senftenberger Ring auf der Titelseite, meinem journalistischen Gesellenstück sozusagen,

stürmte ich durch den Flur und direkt in die Arme von Fräulein Schultze. Außer von ihr waren keinerlei Beschwerden bezüglich ihrer Weihnachtsgeschichte gekommen, wohl weil sie wirklich von niemandem gelesen worden war. Da erging es meinem Artikel mit dem Happy End im U-Bahn-Schacht ganz anders. Nächstes Mal hockst du am Telefon, wenn du so was veröffentlichst, fauchte Fräulein Schultze nach der Enthedderung unserer unfreiwilligen Umarmung. Der von ihrem malmenden Mund ausgehende Geruch nach einer schwer identifizierbaren künstlichen Frucht benebelte meine Sinne, und ich brauchte einen Moment, um ihre Worte zu verstehen. Es gab also Anrufe aufgrund meines Artikels! In den bisherigen fünf Monaten meiner Tätigkeit beim MV Kurier war so etwas nicht vorgekommen. Leserbriefe, klar. Aber Anrufe? Ich war begeistert. Hier ist die Hölle los, murrte Fräulein Schultze, und du feixt dir einen.

Die Aussage zur Weiterführung der U-Bahn-Strecke hatte für Verwirrung gesorgt – nicht zuletzt im Senat selbst. Das von mir provozierte Statement des Senators war schnell in Umlauf gebracht und lange vor dem Erscheinungstermin meines Artikels dementiert worden. Was mir entgangen war, weil ich in den Tagen nach Ostern eine Fortbildung meiner Grundbedürfnisse genießen durfte. Simones pädagogisches Talent war beeindruckend, sie konnte gewisse Sachverhalte verständlich vermitteln, obwohl mich gelegentlich das Gefühl beschlich, daß auch sie Nachholbedarf bezüglich der Materie hatte.

Mein Ganggespräch mit Fräulein Schultze war durch das Türholz in Frau Grabowskis Büro gedrungen. Unsere Verlegerin machte sich selten die Mühe, mit ihren Angestellten zu kommunizieren. Nun jedoch schob sie ihren massigen Körper in den Flur. Die rötlich getönte Dauerwelle wippte nach. Dicke Brillengläser ließen ihren Blick reichlich entsetzt aussehen

und verstärkten anscheinend sogar die Lautstärke ihrer rauhen Stimme. Sie machen vielleicht ein Faß auf, junger Mann! schrie sie mir aus fünf Metern Entfernung entgegen, und ich fing an, das mit dem journalistischen Gesellenstück in Frage zu stellen, ohne zu wissen, was vorgefallen war.
Auf dem kürzesten aller Informationswege erfuhr ich von einem Gutachten der BVG, wonach die Neumärker – also die Bewohner des MV – ohnehin keine U-Bahn bräuchten. Die haben alle Autos, sagte Frau Grabowski, oder ein Mofa, und viele Ältere verlassen gar nicht mehr ihr Haus. Eingeschüchtert und zugeschwallt, wollte ich mich verteidigen. Ich wisse aus persönlichen Gesprächen, daß gerade junge Menschen lange Wege ohne eigenes Fahrzeug zurückzulegen hätten, etwa zur Uni.
Zur Uni?! Frau Grabowski ließ ein tiefes Glucksen erklingen. Fräulein Schultze kicherte dazu passend. Das ist so, sagte ich, und viele ältere Menschen fahren regelmäßig in die City, KaDeWe, Café Kranzler! Da fährt doch der Zweiundsechziger hin, bemerkte Fräulein Schultze. Weißt du, wie lange der braucht? sagte ich. Die haben Zeit, die Alten, sagte Fräulein Schultze. Die sollten lieber die hiesige Gastronomie unterstützen! rief Frau Grabowski, außerdem wird der Zweiundsechziger beim nächsten Fahrplanwechsel eingestellt. Dann muß ja wohl die U-Bahn gebaut werden, sagte ich, meine Stimme war ebenfalls lauter geworden. Frau Grabowski winkte ab. Das ist das unterste Ende der Fahnenstange, rief sie, die Fahrgäste kannste mit der Lupe suchen!
Das Telefon im Büro von Fräulein Schultze klingelte, und sie entschuldigte sich dorthin. Frau Grabowski nickte mir stumm zu. Das Gespräch war beendet. Ich wünschte ihr einen guten Tag und wollte mich in mein Zimmerchen verdrücken, da streckte sie mir eine Faust mit erhobenem Daumen entgegen und grinste, bis sich die Tür hinter ihr schloß.

Gunnar Guth klärte mich auf. Wenn wir solchen Gesprächsstoff liefern, rief er ins Lärmen seiner Druckmaschinen hinein, drucken wir immer 'n paar Stapel nach, weil's jeder lesen will. Wir sind doch umsonst, warf ich ein, also gut, außerhalb des MV dreißig Pfennig. Du mußt noch viel lernen, sagte Gunnar, wenn die Leute von uns sprechen, werden mehr Anzeigen bei uns geschaltet, das füllt die Seiten, und in die Lücken stopfen wir die Leserkommentare, was euch eine Menge Schreibarbeit erspart. Ich schreib eigentlich ganz gern, sagte ich. Den Satz solltest du dir merken, Gunnar holte aus seinem Tisch eine Flasche Klaren und zwei Gläser hervor. Er winkte mich zu sich heran, setz dich! Seine Stimme war hoch und gleichzeitig heiser.

Ein penetranter Geruch lag in der Luft und ließ den Zigarettenqualm vergessen. Gunnar schob mir ein Glas zu. Schnaps um diese Uhrzeit? entfuhr es mir. Willste lieber 'n Bier? Als ich angewidert guckte, goß Gunnar feixend sein Gläschen voll, um es in sich hineinzustürzen. Ich bin die ganze Nacht hier, er wackelte mit dem Kopf, irgend'n Prospekt, kam kurzfristig rein, in der Branche wirste echt zum Alki, Augen auf bei der Berufswahl, sag ich immer, und Mund zu.

Ich will ja Reporter werden, sagte ich. Gunnar schmunzelte: Die sind die Schlimmsten! Klar, sagte ich, wenn ich da an Baby Schimmerlos denke. Gunnar sah mich fragend an. Die Fernsehserie, erklärte ich, lief vor ein paar Jahren, und die Hauptfigur war 'n Klatschreporter, da steckte der Alkohol schon im Titel: Kir Royal. Das ist was zu trinken? Gunnar betrachtete eine Liste, die vor ihm lag, guck keen Fern. Das war lustig, sagte ich, ich glaube, damals kam in mir zum ersten Mal die Idee auf, daß das ein Beruf ist, also einer, der aufregend sein kann.

Da biste hier ja goldrichtig, Gunnar erhob sich, rückte seine blaue Latzhose zurecht und verschwand hinter einer der Ma-

schinen. Kurz darauf kam er zurück, vertieft in einen farbigen Prospekt. Ich werde ja nicht ewig beim MV Kurier bleiben, sagte ich. Gunnar machte komische Geräusche. Ich meine, Martin, fing ich einen Satz an, den ich lieber unbeendet ließ. Als Martin so jung war wie du, Gunnar setzte sich, hätte der niemals nicht geglaubt, mal beim MV Kurier zu landen. Er schenkte sich Schnaps nach. Du weißt, daß Martin mal bei der taz war? Bei der taz? Kennst doch die taz? Gunnar sah mich an. Ja, ich les sie nur nicht. Schaden tut's nicht, manchmal, er deutete mit dem offenen Flaschenhals auf mich. Ich schüttelte den Kopf. Besser isses, Gunnar nahm das Gläschen zur Hand, Martin hat's auch kein Glück gebracht, was er so erzählt hat, Gunnar legte den Kopf in den Nacken und trank, ich hab früher wahrscheinlich viel von ihm gelesen, ohne jemals auf den Namen zu achten, konnt ja nicht ahnen, er knallte das Glas auf die Tischplatte, sein Mund machte dazu ein schmatzendes Geräusch, das waren dicke Dinger, so Anti-Atomkraft-Storys, Brokdorf, Gorleben, du weißt schon. Ich bejahte, das erwartete Gunnar sicherlich von mir. Der klemmte sich beidhändig fettige Strähnen hinter die Ohren. Das darunter nachwachsende Haar war grau.
Ich muß dann mal! Synchron auf beide Armlehnen schlagend, stemmte ich mich aus meinem Stuhl. Gunnar machte eine verabschiedende Handbewegung und widmete sich erneut dem Prospekt. Als ich auf halbem Weg zum Ausgang war, hörte ich seine Stimme. Die Worte wurden vom Lärm der Maschinen überdröhnt. Ja? Ich wandte mich um. Du darfst Martin nie unterschätzen! rief er. Mach ich nicht, erwiderte ich, kein Stück. Mir kam das selbst wie ein Versprechen vor.

*

Niemand hält sich bei anbrechender Dunkelheit freiwillig auf dem Platz vor dem Fontane-Haus im Märkischen Viertel auf, es sei denn, er ist jugendlich, dumpf und nikotinabhängig. Daher durfte es keinesfalls so wirken, als stünde ich dort bereits länger, sollte mir jemand begegnen. Und mir sollte ja jemand begegnen, aus purem Zufall, und glauben, ich wäre auf dem Weg zur Bushaltestelle am Ende eines langen Arbeitstages als rasender Reporter.

Daß es an jenem Mittwoch gar nichts zu reportieren gab im Märkischen Viertel, ich also eigens für die absichtlich zufällige Begegnung dorthin gefahren war, würde niemand erfahren. Ab halb acht lief ich mehrere Male schnellen Schrittes schräg über den Platz, aufmerksam nach rechts wie links blickend und immer wieder zum Haupteingang des Mehrzweckgebäudes. Einmal würde ich auf dem Weg zur Bushaltestelle in der Calauer Straße sein, da fuhr der Zweiundzwanziger, mit dem kam ich bis zum Zabel-Krüger-Damm. Wenn dort der Zwölfer nicht mehr fuhr, könnte ich nach Hause laufen. Mit dem Zweiundsechziger und dem Vierzehner käme ich nur bis zum S-Bahnhof Wittenau. Bei dieser Variante einer Erklärung wäre mein Laufziel die Station Märkische Zeile.

Zwischen beiden Punkten lag das Haus von Simone und ihrer Mutter. Nicht direkt dazwischen. An der Luluschule – die lediglich bei Martin und mir Luluschule hieß, in Analogie zum Spitznamen, den wir einem der dort beschäftigten Pädagogen gegeben hatten – müßte man abbiegen. Ich aber bewegte mich bloß von dieser Ecke bis zur anderen Seite des Marktplatzes hin und her, am Hallenbad vorbei und wieder zurück. Für diese Strecke brauchte ich bei gemächlichem Tempo etwa sieben Minuten. Den vier oder fünf bei den Bänken herumlungernden Jugendlichen mag meine ewige Wiederkehr aufgefallen sein. Ausgeblendet, wie sie waren, kümmerte es sie nicht.

Dafür fiel mir irgendwann auf, wie duster es hinter den Fenstern des Fontane-Hauses war, und daher wieder ein, was ich hätte wissen müssen: Das ganze Gebäude war gesperrt wegen des Asbests in Wänden und Decken. Sämtliche Veranstaltungen, also auch die Volkshochschulkurse, waren abgesagt oder verlegt worden. Ich hatte selber den Artikel darüber verfaßt. Der Zusammenhang war mir trotzdem entgangen. Wie dumm!

Da ich nicht gehört hatte, daß der mittwöchliche Malkurs gestrichen worden war, was im Hause Freund gewiß Thema gewesen wäre, ging ich von einer Verlegung aus, in eins der beiden Schulgebäude oder gar in die Luluschule. Da wurde ja sowieso gemalt und anderweitig gekünstlert. Nur würde ich dann der, der ich zufällig über den Weg laufen wollte, garantiert nicht begegnen, weil dieser Weg ja dann ein ganz anderer wäre. Ich war mir nicht einmal sicher, ob ein bis zwanzig Uhr angesetzter Volkshochschulkurs bis acht dauerte oder um drei Viertel endete. Oder nahm man es nicht so genau mit der Zeit, malte schön zu Ende und wusch danach die Pinsel aus.

Etwas unschlüssig stand ich dort herum, wo ich wieder umkehren müßte, wenn ich zurück zum Marktplatz wollte. Sollte ich mein nutzloses Gelauere nicht lieber aufgeben und zur Calauer Straße gehen, um mit dem nächsten Bus zurück nach Hause zu fahren? Ein schlechter Witz, das fand ich selber, zumal Kalauer mit K geschrieben wird, da gibt es im Gegensatz zu meinem Namen keine Varianten. Straßenschildbeschriftern müßte man mal einen Duden zukommen lassen.

Ohnehin die ganzen Straßennamen! Senftenberger Ring. Treuenbrietzener Straße. Finsterwalder. Quickborner. Waren das Namen von Orten? Wo jedoch lagen die? Und überhaupt: warum Märkisches Viertel? Nach fast einem halben Jahr beim MV Kurier fragte ich mich zum ersten Mal, wieso dieser Retortensiedlung so komische Namen verpaßt worden waren. Wenn hier Neumärker wohnten, wer waren dann die Altmärker? Und warum um Dichterhimmels willen hieß die Mehrzweckhalle Fontane-Haus? Was verband diesen Flecken ehemaligen Ackerlandes, der mit Betonburgen bepflanzt worden war, mit dem Autor unendlich langer Balladen und ebenso langatmiger Novellen und Romane?

Bei Theodor Fontane fällt mir stets ein, wie Axel - das muß in der vierten oder fünften Klasse gewesen sein - jene Ballade über John Maynard vortragen sollte, der unser Steuermann war und ein Schiff namens Schwalbe durch ein Unwetter auf dem Eriesee lenkte, weshalb Axel den Dichter in den amerikanischen Raum umsiedelte und dessen Namen englisch aussprach. John Maynard von Ziodohr Fontein.

Die Straßenlaternen waren längst heller als der Himmel. Und die Hochhäuser wirkten mit ihren leuchtenden Fensterquadraten wie hochgeklappte Schachbretter, denen die Figuren weggerutscht waren. Meine Partie hatte man vom Spielplan gestrichen. Statt dessen mußte Ziodohr Fontain für Unterhaltung sorgen, was ihm grandios mißlang. Wie zum Hohn erklang irgendwo Frauengelächter. Ich kam mir verlassen vor - ein vertrautes Gefühl, mit dem ich früher weitaus besser klargekommen war. Dafür besaß ich mittlerweile Möglichkeiten, dagegen vorzugehen. Ich könnte eine Ersatzbegegnung ansetzen. Simone war gewiß zu Hause und mein Ausflug ins Märkische Viertel dann nicht vollkommen umsonst. Vielleicht würde ihre Mutter ja schon zurück sein. So sähe ich sie wenigstens. Leider nicht allein. Denn das ist mein Plan gewesen: Frau Freund zufällig treffen und mit ihr ins Gespräch kommen. Ohne die Tochter.

Ich wechselte die Straßenseite und bog dann rechts in einen Fußweg. An Lulu- und Von-Arnim-Schule vorbei führte er

direkt zu dem Haus der Freunds. Auf einem vor mir liegenden Seitenweg näherten sich drei lachende Frauen. Als Laternenlicht sie einige Schritte lang beschien, kriegte ich weiche Knie. Der Lockenschopf der Mittleren kam mir nicht bloß bekannt vor, nein, ich wußte sofort, auf wessen Kopf er wuchs. Ich blieb an der Ecke stehen.
Freudig rief sie mir entgegen: Das ist ja mal wieder 'ne Überraschung! Und meinte das gar nicht so. Sie glaubte, ich würde ihre Tochter besuchen wollen. Nein, sagte ich, ich war den ganzen Tag beschäftigt und bin müde. Verstehe! sagte Frau Freund. Ihren beiden Begleiterinnen stellte sie mich als Simones neuen Freund vor. Die zeigten sich erfreut, merkten jedoch vergnügt an, Erschöpfung sei kein Grund, nicht zur Freundin zu gehen, eher im Gegenteil.
Simone muß was für die Uni tun, sagte ich. Hat die nicht Ferien? fragte Frau Freund. Eine Seminararbeit! beeilte ich mich zu entgegnen. Das stimmte sogar. Sie wissen mehr als ich, sagte Frau Freund, in letzter Zeit rede ich nicht so viel mit Mone. Sie ist sehr beschäftigt, sagte ich. Die drei Damen grinsten wissend. Und wo wollen Sie hin? fragte Frau Freund. Zum Bus! Da gehen Sie in die falsche Richtung, sagte eine der beiden Begleiterinnen, die hatte eine dunkle Dauerwelle. Das Haar der anderen war glatt und grau. Die sagte, das mit der Haltestelle sei Ansichtssache. Wo ich denn hinwollte? Ich kenne mich hier durchaus aus, sagte ich, ich brauch da noch ein Bild. Ich klopfte gegen die Fototasche, die ich, bemüht um Authentizität, mit mir führte, wenn auch leer wegen des Gewichts der Kamera.
Bilder können Sie von uns kriegen! Die Frauen gackerten. Wir kommen vom Aquarellkurs, sagte Frau Freund. Wir haben einen wunderbaren Lehrer, sagte die Dauerwelle, Leonard Kohlroth, ein richtiger Maler, kennen Sie den? Ich bedauerte. Karsten ist Reporter vom MV Kurier, stellte Frau

Freund mich endlich vor. Spannend! sagte die Grauhaarige. Und die andere: Ich lese Ihre Zeitung gern. Über den müßtet ihr mal was schreiben! sagte Frau Freund. Ja, klar, pflichtete ich bei, warum nicht, dann müssen Sie mir mal was von ihm erzählen.
Warum kommen Sie nicht mit? fragte die Dauerwelle. Wohin denn? Wir gehen noch was trinken, sagte die Grauhaarige. Der junge Mann wollte nach Hause, erinnerte Frau Freund. Na ja, sagte ich. Laß ihn doch, sagte die Dauerwelle. Ich weiß nicht, ich suchte im Gesicht von Frau Freund nach einer Aufforderung. Sie sah mich unverändert freundlich an, weshalb ich nicht erkennen konnte, was sie von dem Vorschlag hielt. Wie schade, daß Herr Kohlroth heute keine Zeit mehr hatte, sagte die Grauhaarige. Ja, schade, sagte ich. Sie kommen also mit? fragte die Dauerwelle. Ich hob meine Hände. Ich werd heute nicht mehr alt, sagte Frau Freund. Sie lächelte. Und in mir ratterte der Anfang eines Songs von den Pet Shop Boys. Beat. Beat. Beat. Heartbeat. Obwohl ich nicht tanze, war ich kurz davor, meinem inneren Rhythmus nachzugeben.
Kurz darauf saßen wir auf Hockern an einem tresenhohen Tisch in einer Kneipe mit dem Charme einer Wartehalle. Sie befand sich in einem barackenähnlichen Bau mit riesigen Fenstern. An dem war ich bislang stets vorbeigelaufen, wie die meisten anderen Menschen auch. Viel Betrieb herrschte hier nicht. In einer Ecke saßen zwei Männer mittleren Alters vor einem Fernseher und guckten Fußball, VFB Stuttgart gegen Dynamo Dresden.
Meine Begleiterinnen waren ebenfalls mittleren Alters und bewunderten, als ich mich des Mantels entledigte, meinen neuen Anzug. Selbst Frau Freund nickte anerkennend. Daß mein Halsschmuck ein Geschenk von ihr war, behielt sie für sich. So sommerlich! sagte die Dauerwelle. Ich würde mich das ja nicht trauen, sagte Frau Freund, weiß wird so schnell

schmuddelig. Wozu gibt es Reinigungen? sagte ich. Die sind so umweltschädigend, sagte die Grauhaarige. Was nicht? sagte ich.
Eine Kellnerin gab sich zu erkennen. Die Damen verlangten Bier. Ich schloß mich ihnen an. Frau Freund stellte uns einander mit Nachnamen vor. Frau Schulz und Frau Winter. Warum denn so förmlich! rief die Dauerwelle, also ich bin die Gabi. Und ich bin die Ulla, sagte die Grauhaarige. Karsten, sagte ich. Jetzt mußt du zu mir Christel sagen, Frau Freund zwinkerte. Und mir wurde ganz warm. Als das Bier kam, trank ich viel zu zügig davon. Dabei schmeckte es mir nicht einmal. Früher sind wir in die Fontane-Stuben gegangen, sagte Gabi. Das war netter irgendwie, sagte Ulla leise, damit die Kellnerin sie nicht hörte. Die mußten ja schließen, sagte Christel. Ich weiß, sagte ich, Asbest. Und Ulla sagte, der Kursus sei ja auch umquartiert worden.
Hier ist es gar nicht so schlecht, sagte Gabi. Das Bier könnte kälter sein, meinte Christel. Zuviel Kohlensäure ist gar nicht gut, sagte Gabi. Aus dem Fernseher kamen verstärkte Geräusche, Pfiffe und Gebrüll. Fußball hat mich nie interessiert. Und wenn Schwaben gegen Sachsen spielen, ist das noch uninteressanter als neulich das Finale in Rom. Das habe ich mir nicht angesehen. Deutschland ist Weltmeister, bitte freuen Sie sich jetzt.
Warum eigentlich Fontane? fragte ich damals in eine Gesprächspause hinein. Der Sinn meiner Frage erschloß sich den Damen nicht sofort. Fontane-Stuben, Fontane-Haus, sagte ich, wo bitte ist der Zusammenhang? Das ist einfach ein Name, sagte Christel, das Gebäude brauchte halt einen. Die Schule daneben ist nach Thomas Mann benannt, ergänzte Gabi. Ach so. Ich trank einen Schluck Bier. Es war schal und bitter.
Journalisten müssen eben immer Fragen stellen, Christel

guckte schelmisch, das ist kein leichter Beruf, und dann das viele Schreiben. Das Schreiben ist das kleinste Problem, sagte ich, man muß Themen finden. Wo findet man die? fragte Ulla. An sich an jeder Ecke, sagte ich. Selbst im MV? Christel rümpfte die Nase. Gerade! sagte ich, und letztlich ist egal, wo die Menschen wohnen, im MV, in New York oder auf dem Mond. Auf dem Mond! Christel gluckste. Ihre Finger bewegten die Papiermanschette am Fuß ihres Glases hin und her. Ob ich gerne zum Mond fliegen würde. Ich weiß nicht, sagte ich, hier ist es doch ganz schön. Bißchen wie auf'm Mond, sagte Gabi, mich zieht's ja eher nach New York. New York ist toll, sagte Ulla. Das glaube ich, sagte ich, ich will da unbedingt mal hin, als Journalist kommt man ja viel rum, das ist besonders interessant an dem Beruf. Bestimmt, sagte Christel, so ein forscher junger Mann bringt es garantiert mal weit. Ihr Blick traf mich. Sie hatte die gleichen großen Augen wie Simone, nur war ihr Grün viel strahlender.

Und wovon berichtest du so? wollte Ulla wissen. Was so anfällt, sagte ich. Neulich hat er über den U-Bahn-Bau bis zum Senftenberger Ring geschrieben, sagte Christel. Ach, sagte Gabi, jetzt doch? Dann müßte ich nicht mehr mit dem Auto kommen, sagte Ulla. Es wird noch dauern, sagte ich. Das dauert schon fünfundzwanzig Jahre, sagte Christel, die sollen sich mal beeilen! Wenn da nicht was ganz anderes hintersteckt, sagte Gabi. Die kriegen das nicht finanziert, sagte ich. In Steglitz bauen die ja auch, sagte Gabi. Das ist gleichfalls gestoppt, sagte ich. Wird die U 8 denn verlängert oder nicht? fragte Christel. Bis zum Rathaus Reinickendorf auf jeden Fall, sagte ich, damit sind sie sogar fast fertig.

Rathaus Reinickendorf! Gabi staunte, den Schlenker hätten die sich echt sparen können. Stand in deinem Artikel nicht? fing Christel an. Die ändern ständig ihre Meinung, sagte ich. Gabi orderte neue Biere. Danach geh ich aber, sagte ich. Ich komm mit, sagte Christel. Ich habe ja mal gehört, die haben Probleme mit der Statik, sagte Gabi. Tatsächlich? sagte ich, war jedoch gedanklich abgelenkt. Wie hatte Christel das gerade gemeint? Wohin wollte sie mitkommen? Die Kellnerin brachte die bestellten Biere, und ich stürzte den Rest meines ersten hastig in mich hinein. Ist auch schwierig, sagte Gabi gerade, der märkische Sand, die hohen Häuser. Woher weißt du so was? wollte Ulla von Gabi wissen. Das weiß ich halt, sagte Gabi. Sie hielt ihr Glas über die Tischmitte, und wir anderen stießen unsere dagegen.

Das sollte nicht die letzte Runde des Abends gewesen sein. Im Fernseher wurde irgendwann gejubelt, Stuttgart hatte Dresden zurück in die Zone geschossen. Und Ulla erzählte von einer Studie, wonach die Bundesbürger zweieinhalb Jahre länger lebten als die Arbeiter und Bauern hinter der Mauer. Ich amüsierte die Damen mit Witzen über das Alter von Honecker und Konsorten. Man konnte ja wirklich den Eindruck gewinnen, daß da drüben vornehmlich alte Säcke lebten. Vielleicht würde die DDR ja eines Tages leergestorben sein.

Ulla bot mir an, mich mit dem Auto mitzunehmen. Sie wohnte in Tegel. Ich lehnte höflich ab. Gabi verschwand in einem Hausdurchgang, und ich ging ein Stück zusammen mit Christel. Ich lief wie auf Matsch. Betrunken fühlte ich mich gleichwohl nicht. Warum bist du nicht mit Ulla mitgefahren? Ich fahre eben gerne Bus, sagte ich. Du bist erstaunlich. Das nahm ich als Kompliment. Ich bestand darauf, sie bis vor ihre Haustür zu bringen. Sie sagte, sie könne auf sich selber aufpassen. Davon geh ich aus, sagte ich. Bei deinem Aufzug sollte man lieber dich beschützen. Als sie das sagte, berührte sie mich flüchtig. Wieso? Um diese Zeit treiben allerlei zwielichtige Gesellen ihr Unwesen, Christels Augen glitzerten. Dachte, sagte ich, die Autoknacker sind gefaßt.

Vor wenigen Wochen hatte ich einen Artikel darüber geschrieben. Du bist ja ein großer Mann, sagte Christel, dir wird schon nichts passieren. Gefällt dir mein Anzug? fragte ich, da standen wir bereits vor ihrem Aufgang. Sehr schick, sagte sie, und schau mal wieder vorbei, dann schneid ich dir die Haare. Gerne. Simone wird vielleicht gucken, wenn ich ihr erzähle ... Ich fiel ihr ins Wort: Tu's besser nicht, sonst krieg ich Ärger. Ich denke, sie hatte keine Zeit. Trotzdem, sagte ich. War 'n schöner Abend, sagte Christel. Ja, sagte ich. Dann schloß sie die Tür auf und gab mir die Hand: Komm gut nach Hause, Karsten. Ja. Nur ungern ließ ich ihre Hand wieder los.

Und der weiß echt nicht mehr, ob er mehr Frauen geküßt oder mehr Männer erschossen hat?! Martin freute sich, das ist doch dollo! In seinen Filmen, wiederholte ich mich. Ja, Martin zog an seiner Zigarette und sah zu mir auf, trotzdem. Wir liefen den Wilhelmsruher Damm Richtung Wittenau und sprachen über das vergangene Wochenende, wobei Martins Informationen wohl aus der BZ stammten, während ich bloß das preisgeben wollte, was ich aus dem Fernsehen wußte. Samstag abend war ich nicht umhingekommen, mit Simone und meinen Eltern ›Wetten, dass ...?‹ zu sehen. Thomas Gottschalks Frage an Alain Delon, ob dieser mehr geküßt als gekillt hätte, habe ich gar nicht mitbekommen. Dafür stand die Antwort darauf in der Zeitung.
Daß ich Simone mit nach Hause brachte, war fast normal geworden. Bisweilen übernachtete sie sogar bei mir, inklusive Fernsehabend im trauten Kreise. So war am Wochenende mein Sinn fürs Familiäre erheblich strapaziert worden. Und gegen Logorrhö hilft bekanntlich nicht einmal Coca-Cola. Die reichlich vorhanden war: prickelnd in unseren Gläsern und etwas abgestanden jenseits der Mattscheibe. Vater war

derweil konsequent darauf aus, uns den Spaß an der Sendung zu vermiesen. Weder interessierte sie ihn, noch paßte er richtig auf, weshalb es leicht für ihn war, das Gezeigte in Frage zu stellen. Als eine hübsche junge Frau antrat, kräftige Männer beim Armdrücken zu besiegen, motzte er, das sei ein abgekartetes Spiel und er wolle gar nicht wissen, was die Gake da den Herren so alles versprochen hätte. Prompt verlor sie gegen einen Profiringer. Drei jungen Männern, die gewettet hatten, sie würden am Knallton eines Champagnerkorkens die Marke erkennen, unterstellte er Trunksucht, denn nüchtern sähen die Herren ja nicht gerade aus, was er Minuten später revidierte, indem er das Mißlingen dieser Wette damit erklärte, daß die drei wohl nicht genug Suffstoff getankt hätten. Worauf Mutter schimpfte, Vater solle nicht immer so ordinär sein.

Während Robin Beck dann ihren Coca-Cola-Song sang, streichelte Simone unablässig meinen Oberschenkel. Ein Lied über die erste Liebe und das erste Mal. Simone hielt das wohl für unser Lied, schon wegen des Regals leerer Dosen in meinem Zimmer. First time, first love, what a feeling is this? Daß Coca-Cola damals mit der ersten Liebe warb und zudem den Genuß des Getränks mit dem ersten Kuß in Verbindung brachte, war durchaus so etwas wie ein Zeichen. Ich vermochte es bloß nicht zu deuten. Unser erster Kuß hatte nicht nach Brause, sondern nach Niveacreme geschmeckt.

Später brachte der Auftritt von Peter Kraus meine Mutter ins Schwärmen. Bemerkungen meines Vaters bezüglich des Sängers Alter perlten an ihren Erinnerungen ab. Ziemlich zusammenhanglos berichtete sie uns eigentümlich aufgewühlt von Ereignissen ihrer Jugend, die sie anscheinend für verwegen hielt, obwohl es dabei hauptsächlich um Coca-Cola-Trinken in der Öffentlichkeit ging. Erst als im Fernsehen Aufhören! Aufhören! gerufen wurde, hielt Mutter inne. Was hab ich

denn gesagt? Du quabbelst zuviel, murrte mein Vater, während Simone auf Wolf Biermann deutete. Der hatte wohl etwas gesagt, was dem Publikum nicht paßte. Der kommt von drüben, sagte mein Vater, und ich konnte Simone gerade noch davon abhalten, diese Aussage zurechtzurücken.
Hinterher behauptete sie, den Abend genossen zu haben, genauso wie die Moppelkotze am nächsten Tag. Die selbstredend wieder bis Dienstag gereicht hat. Simone sagte, meine Eltern wären irgendwie süß. Irgendwie: ja. Süß: nein. Simones Mutter dagegen – wie ich die fand, behielt ich lieber für mich. Dabei mußte ich ständig an sie denken, selbst oder gerade während ich mit Simone schlief. Glücklich machte mich dieser Umstand nicht, ich war bloß froh, lediglich mit der Tochter und nicht mit der Mutter geschlafen zu haben. Denn die verdiente Besseres. Wir befanden uns eben weiterhin im Trainingsmodus. Das sagte selbst Simone. Nur meinte die das anders als ich.
Für dich ist das Wochenende wohl noch nicht vorbei, was? Martin grinste mich aus meinen Erinnerungen. Geht so, sagte ich. Wir standen vor der gelb angestrichenen Postbrücke mit dem großen schwarzen Hornsymbol in der Mitte. Weithin sichtbar überspannt dieser Ausläufer des flachen Postamtes den Wilhelmsruher Damm, um drüben in einem vielstöckigen Gebäude zu münden. Ich betrachtete die Hochhäuser auf der anderen Straßenseite, eine Wand aus Beton. Das ist schon 'ne Masse, sagte Martin, da will ich kein Statiker sein. Meinst du, das Erdreich gibt eines Tages nach? Das wär wie bei einem Erdbeben, Martin warf den Rest seiner Zigarette fort, zack, alles weg. Wahnsinn! entfuhr es mir.
Viele dieser Häuser haben ja keinen Keller, weil das alles mal ein Feuchtgebiet war. Du denkst, die können hier gar keine U-Bahn bauen, weil das dann alles volläuft? Das hab ich nicht gesagt, Martin holte die Zigarettenschachtel hervor.

Die hätten gleich beim Bau der Häuser den Tunnel graben müssen, sagte ich. Martin steckte sich eine Zigarette in den Mund. Es sei denn, die wollten gar nicht, sagte ich, daß die Menschen von hier wegkommen. Martin zündete sich die Zigarette an. Da bauen die in den letzten Zipfel Westberlins eine riesige Wohnburg, wo es alles gibt, Kaufgelegenheiten, Kinos, Kneipen, Kegelbahn, sagte ich, und dann kappen sie die Verbindung zum Rest der Stadt. Ganz so ist es ja nicht, Martin blies Rauch aus. Die müßten in der Umgebung nur weitere Firmen ansiedeln, sagte ich, damit alle Bewohner was zu tun haben.

Das ist nicht der Grund, warum die die U-Bahn nicht bauen, sagte Martin. Nicht direkt natürlich, sagte ich. Merkwürdig ist es, das stimmt, Martin rauchte, die haben ein eigenes Heizwerk, und da, er zeigte auf den gelben Betonklotz mit dem Posthorn hinter sich, da steckt 'ne komplette Fernmeldezentrale drin. Aber keine U-Bahn! Da drin?! Martin gab kekkernde Laute von sich. Nein, ich zeigte auf die Straße, da drunter. Wohl wahr, er warf den Zigarettenrest in den Rinnstein, 'n Krankenhaus gibt's nicht im MV. Wie blöd! sagte ich, dann kann man die Neumärker ja doch nicht vom Rest der Stadt abschotten, wobei, die Nervenklinik, die ist nicht weit. Bonnies Ranch? Martin tippte sich an den Kopf, wir befinden uns im angegliederten Irrenauslaufgebiet! Ich fand das lustig. Wenn ich recht drüber nachdenke, sagte Martin, einen Friedhof gibt's in der Gegend auch nicht, und manch einer liegt tagelang tot in seiner Wohnung, zur vollendeten Verwesung wird er aber aus dem Viertel geschafft.

Wir gingen auf die Kegelbrücke zu, dem Pendant zur Postbrücke. Dazwischen erstreckt sich ein Riesenwohnriegel, gut und gerne fünfhundert Meter lang, hellweiß und mit kleinen Fenstern. Da drin würde ich nicht so gerne sterben, sagte ich. Martin blieb stehen. Und nun rate mal, wie das Ding da genannt wird? Ich zuckte mit der Schulter. Langer Jammer! Martin zwinkerte. Das ist der Lange Jammer? sagte ich, paßt! Wenn ordentlich Wind weht, sagte Martin, hört man's pfeifen. Laut? fragte ich. Keine Ahnung, sagte Martin, selber hab ich das nie gehört. Schade, das wär ja mal 'ne Aufgabe. Wenn du meinst, sagte Martin, komm, ich lad dich auf ein Eis ein. Krieg ich davon wieder Durchfall wie neulich nach'm Griechen? Martin Miene verdunkelte sich. Nee, knurrte er, in dem Café bin ich Stammgast.

Berlin ist eine große Stadt, sogar halbiert. Obwohl ich hier geboren bin, würde ich nicht sagen, daß ich mich darin auskenne. Das hat sich im letzten Jahr gebessert, davor war sie mir weitaus fremder. Ich kannte die Gegend, in der ich aufgewachsen bin, Hermsdorf, Tegel, Frohnau, ein bißchen Waidmannslust und Lübars. Das Märkische Viertel lernte ich allmählich kennen. Selbstverständlich war mir der Kudamm vertraut, der Zoo und das KaDeWe. Auch in Steglitz bin ich ab und zu gewesen, meistens mit meiner Mutter, die sich informieren wollte, was woanders angeboten wurde. Dabei gab und gibt es überall das gleiche.

Gewisse Naherholungsgebiete Berlins hatte ich an etlichen Sonntagen durchwandern müssen, das Fließtal vor unserer Haustür und den Hermsdorfer Forst. Bei extrem ausgelassener Stimmung ist meine Familie mit dem Dampfer von Tegel bis Wannsee gefahren. Und zurück. Schließlich boykottierten wir die S-Bahn. Selbst als sie gar nicht mehr von der Ostzone betrieben wurde. Vater brauchte eben eine Weile, ein Jahrzehnt Minimum, um sich mit Veränderungen zu arrangieren. Dabei hätten wir fast direkt von Wannsee nach Hermsdorf fahren können, mit nur einem Umstieg am Anhalter Bahnhof.

Gedauert hätte es ewig, bestimmt eine Stunde, und man saß

auf Holzbänken, wie vorm Krieg und wie eben noch heute. Und selbst im Sommer bullerte die Heizung. Überdies unterquerte die S 2 ein Stück Ostberlin. Meinem Vater war das nicht geheuer. Mir ging es ähnlich. Wir verreisten schon so gut wie nie. Dazu mußte man durch die Zone fahren und vorher in langen Autoreihen am Grenzübergang warten, kontrolliert und abgefertigt von Sachsen. Fliegen war nicht besser. Mein Vater ging davon aus, in diesem Fall von den Russen abgeschossen zu werden.

Wenigstens hielt der rotgelbe Rüttelexpreß bloß ein Mal, am Bahnhof Friedrichstraße, wo man umsteigen konnte in die S 3 zum Zoo. Und an jeder Ecke Grenzsoldaten mit geschulterten Gewehren. Auf den schwach beleuchteten Geisterbahnhöfen, die die Züge schleichend passierten, patrouillierten sie genauso. Viel erkennen konnte man nicht. Ich machte mir gleichwohl so meine Gedanken. Nordbahnhof. Oranienburger Straße. Unter den Linden. Potsdamer Platz. Vor allem die letzten beiden Namen gehörten zum geschichtlichen Gedächtnis der Stadt. Die hörte man immer mal wieder, wenn von ihnen berichtet wurde wie von versunkenen Orten. Atlantis, Troja und Pompeji waren nicht fremder – und nicht ferner. Gerade vom einstigen Glanz des Potsdamer Platzes ist nichts übriggeblieben. Von Schulausflügen kannte ich die brache Sandfläche neben Philharmonie und weiteren Kulturinstitutionen: moderne Bauten, schimmernde, außerirdisch anmutende Fremdkörper, die kurz vor der buntbesprühten Mauer standen, als hätte sie jemand vorübergehend abgestellt wie den alten BVG-Bus oder die Bau- und Lastwagen ein paar hundert Meter weiter. Dieses provisorische Dorf mit Rädern, der einzige bewohnte Flecken in dieser innerstädtischen Wüste, erschien mir ähnlich exotisch wie die andere Hälfte Berlins. Sie zu unterfahren war mir letztlich egal. So wie ich die Wagenburg mied, stieg ich auch nicht in Wedding aus, höchstens um. Dort sah man dann zwar keine Schergen eines verfeindeten Staates in schlechtsitzenden Uniformen. Unvorteilhaft gekleidet waren die meisten Leute allemal, und sie sprachen oftmals nicht einmal die gleiche Sprache wie ich.

Die U 8 hat ebenfalls Stationen im Erdreich der DDR. Wobei Berlin strenggenommen nie zur DDR gehörte, weder West noch Ost. Die Hauptstadt der DDR war völkerrechtlich gesehen kein Teil von ihr. Vater wurde nicht müde, das zu betonen. Und er mußte es ja wissen, so als kalter Krieger, Frontsoldat ohne Uniform. Seine Waffen waren Stempel, sind es weiterhin. Bloß verteidigt er nichts mehr, jetzt wickelt er ab. Jetzt, da wir eine einheitliche Währung haben. Die Geisterbahnhöfe der U 8 sind entgeistert, die Linie hat wieder sechs Bahnhöfe mehr. Ob jedoch jemals auch nur die Station Wilhelmsruher Damm gebaut wird, steht weiter in den Sternen.

Martin und mir ging es da anders, als wir vor mehr als einem Jahr die Berlinkarte in seinem Büro genannten Kabuff betrachteten. Mit den Fingern, die seine Zigarette hielten, fuhr Martin die eingezeichnete Linie 8 nach. Siehste, die läuft überall unter großen Straßen entlang, das baut sich auch leichter, Pflaster weg, Tunnel buddeln, Pflaster wieder druff, deshalb verlaufen die alten Strecken so nah an der Oberfläche. Er nahm die Hand vom Plan, um an der Zigarette zu ziehen. Ich fixierte die Stelle, auf die er zuletzt gezeigt hatte, fragte: Was 'n das für'n Kuddelmuddel? Der Alex! sagte Martin. Welcher Alex?

Martin sah mich an wie einen Bekloppten. Alexanderplatz! er pochte mit seinen Zigarettenfingern drauf, sag nicht, den kennste nicht. Drunter durch fahr ich gelegentlich. Und oben drauf? Martin beugte sich zum Schreibtisch, um Asche abzuklopfen. Der Alex ist der zentrale Ort da drüben, wenn nicht die Mitte von janz Berlin, von dort erstrecken sich die gelben Straßen wie Strahlen eines Sterns mehr oder weniger gerade in alle Richtungen. Um dies plastisch darzustellen, streckte er seine Hände wild fuchtelnd von sich, als sei er eine armamputierte indische Göttin. Ich würd's eher Tentakel nennen, sagte ich mit einem Blick auf die Karte.

Von mir aus Tentakel, sagte Martin, oder Fäden, so wie im Labyrinth des Minotaurus, praktischerweise steht auf'm Alex der Fernsehturm, den findet man immer. Ist ja nicht zu übersehen, das Ding, sagte ich, nur war ich halt nie dort. Martin stierte mich an. Denke, du bist Berliner! Westberliner! Und warst keinmal drüben oder wie? Martin guckte komisch, da gibt's billich Bier und Bücher, außerdem küssen die Mädels im Prenzlauer Berg besser als im Wedding. Dafür sind sie bei der Staatssicherheit, sagte ich und konzentrierte mich auf den Streckenverlauf der U 8. Der folgte einem leicht gebogenen gelben Straßenstrahl gen Nordnordwest.

Man muß ihnen ja keine Geheimnisse anvertrauen, brummte Martin. Du hast wahrscheinlich keine, sagte ich. Wird sich ja vielleicht bald ändern. Genau, sagte ich und tippte auf die Stelle, wo die Linie 8 die Grenzmarkierung kreuzte. Brunnenstraße, sagte Martin, war mal 'ne wichtige Straße, heute führt sie geradewegs auf die Mauer zu. Ich verfolgte die U-Bahn-Linie bis zum Bahnhof Gesundbrunnen. Den kannte ich vom Umsteigen von der S- in die U-Bahn. Beide Linien sind Nord-Süd-Achsen. Während die S-Bahn-Strecke ab hier parallel zur Mauer verläuft, strebt die U-Bahn-Trasse leicht nach Nordwesten und folgt der heimlichen Hauptstraße Reinickendorfs, der Residenzstraße, an deren nördlichem Ende der nach ihr benannte U-Bahnhof liegt.

An dieser Stelle befindet sich das eigentliche Reinickendorf, Alt-Reinickendorf. Die Struktur des Angerdorfes ist weitgehend intakt. Um eine kleine Dorfkirche gruppieren sich kreisförmig Häuser. Der Bezirk Reinickendorf ist zusammengesetzt aus derartigen Ansiedlungen: Wittenau, Alt-Tegel, Heiligensee, Hermsdorf und nicht zu vergessen Alt-Lübars, wo es noch heute wie vor hundert Jahren aussieht, was man von Alt-Reinickendorf nicht sagen kann. Inmitten all der Fünfziger-Jahre-Bauten steht die Kirche da wie ein vor seelenloser Architektur warnendes Menetekel.

Selbst die U-Bahn macht einen weiten Bogen um diese Stelle. In einem nahezu rechten Winkel geht es nicht zum MV, sondern nach Westen, wo eine Station weiter, am Paracelsus-Bad, vorläufig Schluß ist. Vom Bahnhof Residenzstraße müßte man nur nach Norden graben, bis man am Ziel ist. Auf dem Weg scheint mir nicht mal viel zu sein, sagte ich, lauter helle Flecken. Und Ostberlin! warf Martin ein. Das war zweifellos ein Problem. Als Dreieck ragt an dieser Stelle Ostberliner Stadtgebiet in den Westen und schirmt somit das Areal des Märkischen Viertels vom Süden ab. Der Knick der U-Bahn Richtung Paracelsus-Bad ist also konsequent, um diese Spitze zu umgehen.

Und wie wird die U-Bahn nun weitergebaut? fragte ich, direkt geradeaus hoch oder bleibt man der großen Straße treu? Der gelbe Strahl oder das Tentakel setzt sich nämlich als Roedernallee gen Norden fort, Tendenz leicht westlich, direkt auf den S-Bahnhof Wittenau zu. Von dort führt der Wilhelmsruher Damm schnurstracks nach rechts ins Märkische Viertel. Schön wär's, sagte Martin, zumal man bereits am Nordgraben abbiegen könnte, da wäre man ja quasi schon da. Das stimmte. Die Straße am Nordgraben führt direkt an der Ostberliner Dreiecksspitze vorbei, wo sie auf die S-Bahn-Trasse trifft. Hinter dieser liegen die südlichen Ausläufer des MV. Wieso: Schön wär's? Ich sah Martin an.

Weil, er nahm die Zigarette aus dem Mund, die bauen nicht hier hoch, denkste, der Tunnel führt erst mal noch weiter nach Westen und erst dann nach Norden, durch diese Grünanlage hier, sein Finger mit dem qualmenden Stummel beschrieb einen Bogen, bis zum Gelände von Bonnies Ranch. Das haben die echt gebohrt und nicht gegraben, um die alten Bäume zu schonen und die Kranken, die haben's halt mit den Nerven, war dafür dann doppelt so teuer und hat ewig gedauert, wegen diverser Findlinge im Erdreich. Martin drückte den Zigarettenrest in den Ascher.

Monika ist fertig, und an Hannelore werkeln sie seit Monaten, sagte er, und ich wußte nicht, wovon er sprach. Die Röhren sind nach ihren Patinnen benannt, so die Erklärung, Monika Diepgen und Hannelore Orwat. Beide waren ehemalige First Ladys Berlins beziehungsweise Reinickendorfs, ihre Männer mittlerweile abgewählt. Dafür kann demnächst ganz Berlin durch sie hindurchfahren.

Und wann ist Eröffnung? Sie sagen, einundneunzig, Martin faßte sich an den Nacken, da kannste getrost 'n Zusatzjahr draufzählen, mindestens. Ich ergriff ein Lineal vom Schreibtisch und legte es vom Bahnhof Paracelsus-Bad zum Rathaus Reinickendorf. Du mußt die Kurve mitmessen, sagte Martin. Das tat ich, setzte zweimal an, kam auf drei plus fünf, also acht Zentimeter. Dann maß ich die Strecke zwischen Schwimmbad und dem MV, und zwar in drei Etappen. Die Roedernallee hoch, dann bis zur Mauerecke am Nordgraben und von da zum Märkischen Zentrum – also den direkten Weg. Summa summarum sind das neuneinhalb Zentimeter, sagte ich, gerade mal anderthalb mehr, als die andere Etappe bis zum Rathaus lang ist.

Martin nahm mir das Lineal ab. Vom Rathaus Reinickendorf muß man ja dann die Strecke zum MV mit dazurechnen, er drückte das Lineal gegen die Karte, vom Rathaus zum Wilhelmsruher Damm noch mal 'n halber Zentimeter mehr, dazu kommen, er verschob das Lineal, fünf Zentimeter bis zum Märkischen Zentrum. Das sind dreizehneinhalb Zentimeter, sagte ich, also vier mehr, als wenn sie direkt bauen würden.

Jetzt hielt Martin das Lineal an den Maßstabsanzeiger, der sich in der linken unteren Kartenecke befand. Ein Kilometer sind drei Komma vier Zentimeter, sagte er, was macht das? Wir rechneten beide. Ein Zentimeter sind knapp dreihundert Meter, sagte ich, also sind vier Zentimeter etwa eins Komma zwei Kilometer. Wenn allein bei dem Bau bis zum Rathaus Reinickendorf ein Kilometer hundert Millionen verschlingt, sagte Martin, und man das hochrechnet auf die Strecke bis zum MV, dann ... Er dachte nach. Der schnellste Rechner war er nicht gerade.

Hundertzwanzig Millionen! sagte ich, das ist kein Pappenstiel. Es wird Gründe geben, weshalb die Strecke den Schlenker macht, sagte Martin, in der Ecke wohnen ja durchaus Leute. Nicht vierzigtausend, sagte ich erregt, und für die hätte man nur anderthalb Zentimeter mehr bauen müssen, also fünfhundert Meter, und alle könnten bald schon bis Neukölln fahren und zurück ins Märkische, statt dessen ist dann Schluß am blöden Rathaus Reinickendorf. Was hast du gegen das Rathaus? Martin grinste, ist doch ein schönes Gebäude, aber du hast recht, ein Ende am Rathaus Reinickendorf wäre irgendwie bekotzt. Ich finde, sagte ich, wir müssen das publik machen, das stinkt gehörig nach Skandal! Langsam, sagte Martin, es gibt Gerüche, die verfliegen rasch. Findest du nicht? Wir müssen erst mal Beweise sammeln, sagte er, herausfinden, warum die das so geführt haben und nicht anders.

*

Damals, im April 1989, war es für mich unvorstellbar, den Fernsehturm aus der Nähe besichtigen zu können. Ganz schön hoch, das Ding. Mein allererster Ostausflug ist Axels Idee gewesen. Axel. Mein Freund Axel. Mein bester Freund Axel. Vorschulfreund Axel. Nachschulfreund Axel. Heimwegaxel. Das Jahr ohne mich hat ihm gutgetan. Früher mußte er mir alles nachmachen. Was mich nicht gestört hat. Im Gegenteil. So gab es wenigstens wen, mit dem ich meine Interessen teilen konnte, jemanden, der mit mir Coca-Cola-Dosen getauscht hat. Wir wollten wie die Drei Fragezeichen sein und jeden Fall lösen. Leider bekamen wir nie einen Auftrag und waren ohnehin bloß zu zweit. Breakdance faszinierte Axel genauso wie anfangs mich. Und bei ihm kamen die Verrenkungen sogar ganz passabel rüber. Ich sah eher so aus, als jagte ich Mücken, und deklarierte Hip-Hop rasch als Dumpfmusik.
Wirklich interessiert habe ich mich für Musik nie. Die meiste kam aus dem Radio, doch das, was ich mochte, mochte Axel ebenfalls. Im Gegensatz zu mir konnte er sich dafür richtiggehend begeistern. Als er mir einmal eine neue Kassette vorgespielt hat, irgendwas von The Cure, habe ich ihn gefragt, ob die schwul sind. Ich fand die Pet Shop Boys besser. Axel dann auch. Und plötzlich kam Axel mit Carina an, die hatte Sommersprossen und eine einnehmende Art. Carina ging in die Elfte, wir schrieben unsere Abiturklausuren. Ich paukte, und Axel war verliebt. Carina hier. Carina da. Ich bekam mein Abizeugnis, Axel ging in die Verlängerung. Ohne Carina. Zufall, meinte Axel.
Westberliner dürfen erst seit gut einem Monat ohne Zwangsumtausch über die Grenze. Unser Weihnachtsgeschenk sozusagen. Vater hatte vehement abgelehnt, für Ostberlin Eintritt zu zahlen. Daher war mein heutiger Besuch dort meine Premiere. Axel ist letztes Jahr gleich zweimal drüben gewesen.

Bis er zur unerwünschten Person erklärt worden war. Ich habe das damals nicht mitbekommen, war zu sehr mit meinem Job als Topjournalist beschäftigt und mit der Liebe, weshalb ich meinen besten Freund stark vernachlässigt habe. Als wir nun in der Schlange am Brandenburger Tor auf den Einlaß in den Osten warteten, berichtete mir Axel von seiner ganz persönlichen DDR-Geschichte.

Vereinzelt waren noch Mauerspechte am Werk. Wer keinen Meißel dabei hat, kann seinen persönlichen Souvenirsplitter bei einem der vielen fliegenden Händler erwerben. Die Berliner Mauer ist eine dezentrale Touristenattraktion geworden. Das Grauen zum Mitnehmen. Paßt in jede Hosentasche und schmückt die Setzkästen der ganzen Welt. Neben Schlümpfen und Überraschungseifiguren werden in Zukunft bunte Zementfragmente verstauben.

So präsent die DDR durch die Mauer auch gewesen ist, gekümmert habe ich mich nie groß um sie, kannte sie nur vom seltenen Durchfahren nach Wessiland und aus dem Ostfernsehen, das so blaß war und seltsam antiquiert wirkte. Wenn ich bei Axel war, haben wir's manchmal angeschaltet wegen der Olsenbande oder Filmen mit Louis de Funès. Bei uns zu Hause waren die beiden DDR-Sender nicht einmal eingespeichert.

Unser erster Weg führte uns zu einer Filiale der Staatsbank, um an Ostgeld zu gelangen. Wir wurden zwar ständig angequatscht, ob wir nicht günstiger tauschen wollten, was illegal ist, und Axel hatte eine Heidenangst vor Stasi und Co. Die Mauer ist zwar weg und mit ihr Honecker und Krenz, bloß die DDR, das realexistierende Scheitern, bleibt ja bestehen. Wer weiß, ob die uns rauslassen, wenn wir was Verbotenes tun, flüsterte Axel.

Das Verhör damals muß ihn nachhaltig verstört haben. Er hatte die Idee gehabt, für ein Schulprojekt mit kritischen

DDR-Jugendlichen ins Gespräch zu kommen. Ein Schulprojekt! Wen er damit wohl beeindrucken wollte? So ist er auf die Idee gekommen, eben mal so nach Ostberlin zu fahren und sich durchzufragen. Den Namen Eppelmann kannte er. Der oppositionelle Pfarrer kam oft im Westfernsehen vor. Mit dem wollte er Kontakt aufnehmen. Deswegen lief er zuerst zur Ständigen Vertretung der Bundesrepublik in der DDR, nicht weit von der Friedrichstraße entfernt. Da habe man ihm zwar zugehört, durchaus interessiert. Helfen wollte man ihm nicht. Um so etwas müsse er sich selber kümmern. Also ist Axel los, erst mal zum Alexanderplatz, wo das Haus des Lehrers steht.

Haus des Lehrers – es gibt im Osten lauter solche Namen für Gebäude. Heute sind wir am Gastmahl des Meeres vorbeispaziert. Es befindet sich gleich unter einer riesigen Buchhandlung, deren Regale einem teilweise gerade mal zum Bauch reichen. Das Haus des Lehrers habe ich auch gesehen, von der anderen Straßenseite aus. Die Überquerung der vielspurigen Straße haben wir uns gespart. Ein Hochhaus wie viele, wäre es nicht mit einem bunten Fries versehen.

Dort hatte Axel letztes Jahr einen ersten Termin ausgemacht, Westberliner Abiturienten treffen DDR-Funktionäre. Oder so. Anschließend lief Axel weiter, tiefer und tiefer in den Osten hinein. Das sei ein ganzes Stück gewesen. Doch habe die Sonne geschienen und er sich immer weiter durchgefragt, bis er vor der Samariterkirche stand. Er ist dann direkt ins Gemeindehaus, im Flur sei ihm ein kleiner Mann mit Bart begegnet, der habe nett gegrüßt. Das sei Eppelmann gewesen. Axel ist sich da absolut sicher, er habe ihn danach in der Tagesschau wiedererkannt. Im Sekretariat bedauerte man dann auch, der Herr Pfarrer sei soeben aus dem Haus, ob man Axel dennoch behilflich sein könne?

Er referierte sein Vorhaben und bekam die Adresse eines anderen Pfarrers. Wo man ihn ebenso freundlich empfing, nur machte der Pfarrer Axel erst einmal darauf aufmerksam, daß er sich wohl einen Schatten eingefangen hatte, von der Stasi. Sehnse mal unauffällig aus'm Fenster! Axel erzählte mir von dem Schauer, der ihm über den Rücken gelaufen sei, als er mit dem Pfarrer durch die Gardinen nach draußen geschaut habe.

Wir flanierten Unter den Linden entlang, wobei nirgendwo Linden zu sehen waren. Der Pfarrer versprach, das gewünschte Treffen zu organisieren, er werde Axel ein Telegramm schikken, um den Termin zu bestätigen. Ob er kein Telefon habe, hat mein Freund gefragt. Stumm habe der Pfarrer auf seinen Apparat gedeutet und dann beide Hände hinter die Ohren geführt, riesige Lauscher angedeutet. Axel verstand. Er war müde und der Abend nah. Da verabschiedete er sich. Für den Rückweg wünschte ihm der Pfarrer Standhaftigkeit. Er habe aber vor allem Ausdauer benötigt. Am Grenzübergang im Bahnhof Friedrichstraße wurde er geschlagene drei Stunden festgehalten. Vorhin, als wir ebenfalls wieder warten mußten, in der Schlange vorm Bankschalter, erzählte Axel, er habe in genau diesem Moment angefangen nachzudenken, wer von seinen Leuten überhaupt eine Ahnung hatte, wo er an jenem Tag hingefahren war.

Axel ist wieder nach Hause gekommen und Wochen später dann mit seinem Leistungskurs zurück in den Osten. Beeindruckend sei gewesen, daß er und seine zehn mäßig interessierten Mitschüler zu ihrer Verwunderung vierzig ausreisewilligen Ostberlinern gegenübergesessen hätten. Bei seiner Rückkehr sei Axel erneut in ein separates Zimmerchen gebeten worden, wo er wieder lange gewartet habe. Bis er dann verhört worden sei. Eigentlich hätten die das alles längst wissen müssen, meinte Axel, es sei nicht schlimm gewesen, nur nervenaufreibend. Zum Schluß habe man ihm bedeutet, er solle besser nie wieder nach Ostberlin reisen, denn sonst würde man ihm zukünftig den Transit nach Westdeutschland verweigern. Dies habe ihn schockiert, ist ja klar, sagte Axel, mit derartigen Konsequenzen rechne man schließlich nicht, daß man Knall auf Fall nicht mehr normal verreisen dürfe, das sei voll kraß. Ja, gab ich zu. Wir standen vor der Staatsoper, prächtiges Gebäude.

Man hat sich nie Gedanken gemacht, wie das wäre, wenn man nicht mehr so ohne weiteres fortkäme aus Westberlin. Aber jetzt, rief Axel, jetzt bin ich ja wieder hier, mitten in Ostberlin, und die können mich alle mal! Hey, sagte ich, hast du vorhin nicht Hemmungen gehabt, Geld schwarz zu tauschen? Ja, sagte Axel, glaubst du etwa, daß noch ... Weiter kam er nicht, denn schlagartig wurde es laut. Auf der anderen Straßenseite startete ein Schauspiel besonders bizarrer Art: ein Wachwechsel im Stechschritt, mit Soldaten, die Salatschüsseln auf dem Kopf trugen.

Im Centrum-Warenhaus am Alex haben wir uns beide die Fensterfahne DDR gekauft, jeder eine, Hammer und Zirkel auf schwarzrotgelbem Grund, achtzig mal einhundertfünfunddreißig Zentimeter, erste Wahl, EVP neun Mark zehn, ungefähr drei Westmark also, 1989 vom VEB Bandtex Pulsnitz hergestellt. Wir hätten außerdem Winkelemente erwerben können, die Auswahl war riesig, das wohl umfangreichste Sortiment einer Ware im gesamten Geschäft.

*

Simone fing an, mich zu langweilen. Die Begegnungen unserer Zungen erregten mich längst nicht mehr so wie bei den ersten Knutschereien. Ich hätte mich mehr bemühen können, das war mir bewußt und gleichzeitig egal. Simones Verliebtheit nahm ich hin. Es schmeichelte mir sogar. Wenn

Simone was an mir fand, und zwar mehr als bloß Gefallen, war es nicht völlig ausgeschlossen, daß Christel ebenfalls etwas für mich übrig hatte. Aber ich war der Freund ihrer Tochter. Tabu. Sie konnte ja nicht wissen, was ich für sie empfand, allenfalls ahnen.

In meiner pubertären Wahrnehmung ähnelte der Beruf der Friseuse dem der Prostituierten. Keineswegs vollzogen sie unanständige Handlungen an ihren Kunden. Trotzdem war da dieses Etwas, allen voran das auffällige Erscheinungsbild. Die Frauen sind gewissermaßen ihre eigenen Modelle. Dazu die Tatsache, daß sie einem mit spitzen Fingernägeln Shampoo ins Haar massierten, dieses dann so sanft wie möglich auswuschen, während man ihr mit den Düften des Frisiersalons vermengtes Parfüm einatmete, bevor sie mit desinteressierter Miene fragten, wie sie es dir denn machen sollten: Wie immer?

Und man nickte, weil man sich nicht in der Lage sah, die gewünschte Frisur zu beschreiben, von der man nur eine vage Idee hatte. So wie Patrick Swayze wäre gut oder wie dieser Sänger da von a-ha. Allein die Namen zu nennen war mir peinlich. Sonst hielt einen die Frau mit der Schere am Ende noch für das, was man auf keinen Fall sein wollte und jedesmal befürchtete zu sein: ein Softi. Die Frisur sah sowieso selten so aus, wie man sie haben wollte. Viel zu kurz, viel zu gewöhnlich.

Christel war da anders. Christel war eine Künstlerin. Die sah mir an, wie ich mein Haar haben wollte. Der gefiel mein Stil, und sie wußte, welcher Schnitt dazu paßte. Es ist mir schwergefallen, Christels Einladung – oder war es eine Aufforderung? –, nicht stehenden Fußes nachzukommen. Bloß sollte sie nicht denken, daß sie mich ganz billig kriegen konnte. So ging ich nach der Kartenvermessung mit Martin zur Frisurenverbesserung in Christels Salon, der gar nicht so hieß, sondern den Namen ihrer Chefin trug.

Christel tat verdutzt und gleichzeitig erfreut, als ich den Laden betrat. Hab gerade eine Kundin, sagte sie. Tut mir leid, sagte sie. Und in fünfzehn Minuten käme die nächste. Kein Problem, sagte ich, ich kann warten. Wenn es dir nichts ausmacht? Es lohnt sich ja, sagte ich. Christel hatte sich längst wieder weggedreht, um die Auszubildende anzuweisen, mir einen Kaffee zu bringen.
Die Auszubildende bestätigte rein optisch meine Vorurteile, blond und knapp bekleidet, wie sie war. Überdies machte sie mir schöne Augen, als wollte sie mich abwerben. Ich nahm im Wartebereich Platz und eine der dort ausliegenden Illustrierten vom Lesezirkel zur Hand, um Christel nicht die ganze Zeit anstarren zu müssen. So las ich eine zufällig aufgeschlagene Geschichte von der gescheiterten Flucht eines DDR-Bürgers auf die andere Seite der Mauer. Mit einem Heißluftballon ist er über halb Westberlin geflogen und dann abgestürzt. Die Leiche des Mannes wurde im Garten eines Zehlendorfer Arztes gefunden. Fast alle seine Knochen waren gebrochen, kein inneres Organ soll unverletzt geblieben sein.
Kundschaft kam. Kundschaft ging. Wiederholt schielte ich verstohlen zu Christel. Sie war vertieft in das Haar anderer Leute. Und dann bemerkte ich, wie sie in den Spiegel sah und mich beobachtete. Als sich unsere gespiegelten Blicke trafen, grinste sie breit. Ich grinste, so breit ich konnte, zurück.
Die Manuela kann ja mal damit anfangen, dir die Haare zu waschen, sagte Christel nach einer Weile, da las ich gerade von Gerüchten von einer mutmaßlich heimlichen Hochzeit Boris Beckers. Ach, das hat Zeit, sagte ich. Es dauert nicht mehr lange, Christel schnibbelte an der fransigen Frisur einer Frau herum. Ich warte gerne, sagte ich. Die Manuela hat ja sonst nichts zu tun, sagte Christel und rief nach Manuela. Die kam kauend und mit gelangweilter Visage um die Ecke.

Wäschst du dem jungen Mann schon mal die Haare? Manuela setzte sogleich ein professionelleres Gesicht auf, jedenfalls eins, das sie dafür hielt. Sie schob einen Frisierstuhl zu einem Waschbecken. Christel winkte mir kurz zu und kümmerte sich dann wieder um die Fransen ihrer Kundin.
Manuela plazierte mich, legte mir dann einen Plastiklatz um und sorgte dafür, daß der Stuhl die richtige Höhe bekam. Dann schob sie meinen Nacken in die dafür vorgesehene Mulde im Waschbecken. Sonderlich sanft ging sie nicht mit mir um. Ihr Atem roch penetrant nach Pfirsich. Auf meinen Kopf schoß Wasser. Kochendheißes Wasser, das mich zusammenzucken ließ. Davon unbeeindruckt sagte Manuela: Janz schön warm, wa? Ja, sagte ich, erreichte damit aber keine Temperaturminderung. Statt dessen begann Manuela, meinen Kopf zu bearbeiten. Und ich bemühte mich, Christel zu erspähen. Alles was ich zu sehen bekam, war eine helle Blase, die bald zerplatzte.
Menschen, die auf einem Stück Kunststoff herummalmen, bis es nicht mal mehr nach den darin steckenden synthetischen Aromastoffen schmeckt, waren mir immer suspekt. Das ist, als würde man so lange an eine fremde Idee denken, ohne sie weiterzuentwickeln, bis man sie für einen eigenen genialen Gedanken hält. Ein ausgemümmelter Kaugummi schmeckt ja nicht nach nichts, er nimmt vielmehr den Geschmack der eigenen Mundhöhle an. Mir wäre das zu fad.
Mir war jar nich jeläufich, dit Frau Freund ooch Herrn macht, sagte Manuela, während sie Shampoo großzügig und bis in meine Augen hinein verteilte. Doch, macht sie, sagte ich schwach und war erleichtert, als der Wasserstrahl nachließ. Anschließend rubbelte mir Manuela mit hartem Handtuch und festem Griff die Feuchtigkeit aus den Haaren.
Du kannst dann nach Hause, Manuela. Manuela warf mir einen letzten Blick zu, ließ ihren Kaugummi schnalzen und

verschwand im Hinterzimmer. So, sagte Christel, gleich kann uns keiner mehr stören. Sie schob mich samt Stuhl vor einen Spiegel und zog das Wägelchen mit ihrem Werkzeug heran. Manuela kam zurück in den Raum, verabschiedete sich knapp und verließ den Laden.

Christel stellte sich hinter mich, fuhr mit beiden Händen durch meine nassen Haare. Ich fixierte ihr Spiegelbild und erntete ein Lächeln. Schönes Haar, sagte sie, einfach schönes Haar. Das Kompliment, wenn sich sonst nichts Gutes findet, sagte ich. Du willst darauf keine Antwort, oder? Christel griff nach einer Schere und ließ sie klappern. Ich betrachtete unverändert ihr gespiegeltes Abbild mit den mir so vertraut vorkommenden leuchtenden Augen und den niedlichen Grübchen. Wie immer? So wie es dir am besten gefällt, sagte ich. Das ist leicht, Christel ließ die Scherenhand sinken. Das war's? fragte ich, und Christel ließ ihre Locken wippen. Hätteste wohl gern! Im Gegenteil, sagte ich, dann wäre der Genuß ja vorbei. Der Genuß? Christel guckte kritisch. Soll ich dir jedes Haar einzeln stutzen? Ich habe Zeit, wiederholte ich. Ich auch, sagte sie und kämmte mein Haar behutsam glatt.

Du hast ein anderes Bolotie, sagte sie mit Blick in den Spiegel. Sie sprach es wie gewohnt falsch aus, was ich geflissentlich überhörte. Ich bat sie, den Erwerb meines neuen Halsschmucks auf keinen Fall persönlich zu nehmen. Keine Sorge, sagte sie, freut mich ja, daß du so was trägst. Sie steckte den Kamm in mein Haar, hob es damit leicht an und schnitt die überstehenden Enden den Zinken entlang ab. Sieht gut aus, sagte sie, was ist das für ein Stein da drin? Weiß nicht, sagte ich. Könnt 'n Türkis sein, Christel nahm eine Klammer von ihrem Wägelchen. Dachte, das wär 'ne Farbe, sagte ich. Benannt nach dem Stein, sagte sie und steckte mein Hinterhaar hoch. Dann ließ sie einen Rasierer surren und ließ ihn über meinen Nacken fahren.

Die Ladentürbimmel erklang. Ich spürte ein Zucken. Christel schaltete das Gerät aus. Sie drehte sich um. Ein Mann hatte den Laden betreten. Im Spiegel konnte ich ihn nicht sehen. Christel verkündete, es sei Feierabend, kommen Sie morgen wieder. Und der da? Privatvergnügen, sagte Christel. Aha, der Mann wünschte viel Vergnügen. Christel gackerte in das Bimmeln hinein. Einmal auf. Einmal zu. Die Tür fiel zurück in den Rahmen. Das klapperte. Christel schloß ab.
Sie kam zurück in das Spiegelbild des Geschäfts. Fröhlich trat sie hinter mich. Entschuldige, sie fuhr mit beiden Händen durch meine Haare. Wofür? sagte ich, und Christel machte eine unklare Geste, bevor sie sich erneut mit dem Rasierer an meinem Nacken zu schaffen machte. Anschließend wischte sie mit einem weichen Pinsel darüber, blies ein paar Haare von meiner Schulter, löste die Klammer und ließ ihre Schere klappern.
Sie arbeitete konzentriert. Das stand ihr gut. Mir gefielen die Lachfältchen an ihren Augen. Seit Monaten fragte ich mich, wie alt Christel war. Sie ist die Mutter von Simone. Simone ist ein halbes Jahr älter als ich, war letztes Jahr also zwanzig. Christel gehörte zur gleichen Generation wie meine Eltern und wirkte soviel jünger. Meine Mutter war neunundzwanzig, als ich zur Welt kam. Christel wird bei der Geburt Simones nicht so alt gewesen sein. Ich hätte sie fragen können, während sie die Haare auf meinem Hinterkopf bearbeitete.
Ihr Gesicht hatte die gleiche dreieckige Form wie das von Simone, nur waren ihre Wangenknochen ausgeprägter, betont von dezent eingesetzter Schminke. Und? fragte Christel. Schön, sagte ich. Ich mach dir noch was rein, Christel griff nach einem Töpfchen und langte mit zwei Fingern hinein. Danach verteilte sie das klebrige Zeug in meinem Haar, massierte es ein. Dann ließ sie den Fön aufheulen. Der blies meine Frisur in die endgültige Form.

Christel trat demonstrativ ein Stück zur Seite. Schon fertig? Meinst du nicht? Dochdoch, beeilte ich mich zu sagen. Sie sah mich prüfend an. Eigentlich schade, sagte ich. Was? Ich sehe gerade viel zu gut aus, um gleich nach Hause zu gehen. Christel runzelte die Stirn. Sie befreite mich von dem Umhang, und ich schob mich aus dem Stuhl. Dann komm mit zu mir, sagte sie, ich könnte Toast Hawaii machen. Ja, sagte ich. Gerne, sagte ich. Christel wollte nicht, daß ich bezahle, deshalb steckte ich einen Zehner in das Sparschwein, das auf dem Tresen stand, damit kam ich noch günstig davon. Christel sagte danke und löschte das Licht.

Auf dem Weg zu ihrem Haus redeten wir nicht viel. Mir kam die Situation erschreckend eindeutig vor. Das graue Fahrstuhllicht konnte ihrer gesunden Gesichtsfarbe nichts anhaben. Ich aber hielt ihrem Blick nicht stand und starrte auf den in falscher Schreibweise an die Verkleidung gekrakelten Namen Nietzsches.

Jahrelang wollte sich kein Mädchen für mich interessieren, und nun fuhr ich mit einer richtigen Frau zu ihrer Wohnung hinauf. Und diese Frau war doppelt so alt wie ich. Meine Eltern wären schockiert. Viele andere Menschen ebenfalls. Zuvorderst Simone. Keine Ahnung, wo sie an diesem Abend sein würde. Dabei waren wir das gesamte gerade vergangene Wochenende zusammengewesen. Christel dagegen mußte ja wissen, was sie tat. Was wir taten.

Dir ist warm, wa? Christels Blick ruhte auf meiner Stirn, während ihre Hände in der Handtasche kramten. Dann öffnete sie die Wohnungstür. Dahinter brannte Licht. Stimmen waren zu hören – der Fernseher. Simone saß davor und begrüßte ihre Mutter beiläufig. Als sie mich bemerkte, sprang sie auf und juchzte. Die Überraschung war gelungen, beiderseits. Simone bestaunte meine Frisur. Hat Mama dir das angetan? Sie giggelte. Steht ihm doch, oder nicht? sagte Christel hinter mir, so ’nen hübschen jungen Mann wirst du ja wohl nicht von der Bettkante schubsen. Wie käm ich dazu! Simone griff meine Hand, führte mich hinter die Tür mit dem riesigen Pierrot-Poster, stilecht mit Träne auf weißgeschminkter Wange. Während sie mir auf ihrem schmalen Bett die neue Frisur gründlich durcheinanderbrachte, bemühte ich mich, meine Enttäuschung zu verbergen.

Christel sah fern. Mir war es unangenehm zu wissen, daß sie mitbekam, was wir nebenan im changierenden Schein einer puschligen Glasfaserlampe trieben. Ich war nun mal nicht mit zu ihr nach Hause gegangen, um ihre Tochter zu bumsen.

He’s a man, schrillte irgendwann ein Frauenstimmchen hinter der Tapete zur Abspannmelodie, he’s a winner because he knows the dirty tricks of life, und Simones Augen fragten nach einer Fortsetzung. Ich verkniff mir die Anmerkung, daß Serienepisoden bloß wöchentlich gebracht werden, und erinnerte statt dessen an die von Simones Mutter in Aussicht gestellten Hawaiitoasts. Es wäre ja nicht nett, diese zu verschmähen.

Da saß ich also mit den zwei Frauen an einem Tisch, auf dem dampfte der mit überbackenen Toastbrotscheiben vollgestapelte Teller. Die Dinger waren köstlich, der Käse prima verlaufen, der Schinken nicht zu salzig und die Ananas fast knackig. Und das Brot war tatsächlich Toastbrot. Mutter machte Toast Hawaii mit Graubrot, das zu trocken geworden war, um es ungeröstet essen zu können. Das suppte dann durch und wurde gleichzeitig am Boden schwarz. Mutter briet Toast Hawaii. Wohl eher Kuba als Hawaii. Bei Frau Freund blieb das Toastbrot schön weich und war an den Rändern knusprig. Das lag an der Mikrowelle.

Simones sonst so blasses Gesicht glühte, auf den Wangen

flackerten rote Flecken. Ihre Ausgelassenheit schien anstekkend zu sein. Christel tat ebenfalls vergnügt. Mir dagegen war ein wenig schwindlig, hatte ich doch gerade gleichzeitig mit Mutter und Tochter geschlafen. Halb und halb. Aufregende Sache, fraglos. Es heißt ja, Sex finde hauptsächlich im Kopf statt. Weshalb es nicht schlimm war, daß mein Körper lediglich mit einer von beiden in Berührung gekommen war, derweil die andere meine Gehirnwindungen umschlang.

Ich mußte Christel besser kennenlernen. Ich besuchte den Malkurs, um mein Versprechen einzulösen und den von seinen Schülerinnen so hoch gelobten Leonard Kohlroth zu porträtieren. Der sich selbst hochgradig für sein Werk begeistern konnte, das er expressiv und realismuskritisch nannte. Ich übernahm das ungeprüft. In der Zeitung einen Maler vorzustellen, dessen Bilder man nicht kannte, sondern nur die seiner Schülerinnen, war gewagt. Aber ich schrieb ja nicht fürs Feuilleton, sondern für den MV Kurier.

Ärgerlicherweise fehlte Christel bei meiner Kursvisite, die deshalb kurz ausfiel. Ein anschließendes Hintergrundgespräch in der Kneipe hielt ich zum Bedauern der anwesenden Damen für unnötig. Und was der Künstler über mich dachte, kümmerte mich nicht, zumal ich mit dem Vorsatz erschienen war, ihn in meinem Artikel so positiv, wie es mir möglich sein würde, wegkommen zu lassen. Er war der Lehrer meiner Angebeteten. Für die wäre der Beste gerade gut genug.

Den Grund für Christels Fehlen erfuhr ich nie. Ich wagte nicht, danach zu fragen, erst recht nicht Simone. Brennend interessierte mich nicht zuletzt, was mit Christel und den Männern war. In der Silvesternacht hatte ich miterleben müssen, wie Christel angetrunken und verheult nach Hause kam. Dabei war Simone davon ausgegangen, ihre Mutter würde die Nacht bei einem anderen Mann verbringen. Damals fiel der Name Gerhard, und dann nie wieder. Ich wollte mehr erfahren, ohne daß Simone Verdacht schöpfte. So war es wohl besser, mich eher nach ihren Gefühlen bezüglich der Trennung ihrer Eltern zu erkundigen. Eine willkommene Übung, ich wollte ja ein guter Journalist werden, einer, der mit den scheinbar falschen Fragen die richtigen Antworten bekommt.

Zunächst fragte allerdings Simone mich was, wollte mit mir mal wieder ins Kino gehen. Gefährliche Liebschaften, der Film würde sie interessieren. Ich war irritiert, ein bißchen perplex. Meinte sie das als Anspielung? So arglos, wie Simone mir vorlas, wo der Film so alles lief, konnte das kaum sein. Sie ahnte nichts von dem, was in mir vorging, weil sie nie das Wesentliche von mir wissen wollte.

Gewagt dagegen waren für mich die Gefährlichen Liebschaften. Meine Vorstellungskraft ging gleich durch mit mir. Wer einmal mit der Falschen pennt, merkt's erst, wenn ihm die Eichel brennt. Welcher Schicht meines Unbewußtseins war dieser Spruch aus verklemmteren, frühpubertären Tagen entwichen?

Das Wetter war viel zu gut fürs Kino, Mitte April und schon über zwanzig Grad. Dann jedoch zogen Wolken auf, und der Wetterbericht prognostizierte eine Gewitterneigung. Im Foyer des Zoopalastes wies man uns und alle anderen Kinobesucher auf die sensationelle, nagelneue Popcornmaschine hin. Ich erwog kurz, mich großzügig zu zeigen, und fand das dann albern. Popcorn ist ähnlich sinnlos wie Zuckerwatte, ein klebriges Versprechen, gepaart mit einer Ahnung von Geschmack, gleichzeitig zu pappig, um es wirklich gern zu essen. Man langt aus Gewohnheit wieder und wieder zu, weil es so leicht fällt, in die große Tüte zu greifen. So oder ganz ähnlich habe ich neben Simone sitzend gedacht, während die Saalbeleuchtung in Dunkelheit überging und hinter uns ge-

tuschelt, geraschelt und geknuspert wurde. Als der muffige Geruch von Popcorn in meine Nase kroch, fiel mir auf, daß Simones Charaktereigenschaften vergleichbar waren mit diesen Maisflocken.
Und dann die Überraschung: Wir saßen in einem Kostümschinken! Der mit dem Ankleideritual blasierter Rokokofranzosen begann. Damit mußte ich mich zuletzt im Geschichtsunterricht beschäftigen. Simone griff nach meiner Hand. Auch dafür wäre eine Popcorntüte nicht vonnöten gewesen. Wir brauchten keine Zufälle mehr, uns anzufassen. Am Ende waren wir nur deshalb in diesen Film gegangen, weil Simone ungestört mit mir knutschen wollte. So wie Verliebte das taten. Zudem hatte der Film Überlänge.
Keine zehn Minuten waren vergangen, da ging es um Verführung im allgemeinen und um die von Minderjährigen im besonderen. Der männliche Protagonist Valmont gefiel mir ausnehmend gut. Sein kalter Blick, seine herablassende Art – großartig! Bereits bevor er etwas sagen konnte, wurde vor dem, was er sagte, gewarnt: Das seien jedesmal Gemeinheiten. Gespielt wird er von einem gewissen John Malkovich, Teufelskerl, ein obszöner Macho. Den Namen mußte ich mir merken. Konzentriert verfolgte ich den Abspann, während Simone hastig ihre Klamotten zusammensuchte und aufspringen wollte, als müsse man ein Kino, so schnell man konnte und bevor das Licht aufgedreht wird, verlassen haben.
Draußen war es dunkel. Vielmehr nachthell. Die Lichter der Großstadt vermochten das Verderben viel besser zu verbergen als zu den Zeiten, in denen der Film spielte. Die Regenwolken waren fort. An sie erinnerte bloß die dunkle Tönung des Asphalts. Warm war es weiterhin, und so mischten wir uns unter die Flaneure am Kudamm. Verschmolzen mit ihnen. Wir hielten Händchen, schmachteten uns an, blieben bei

Straßenmusikern stehen und kauften Eis in einem schmalen Laden mit riesigem Waffeleisen und langer Warteschlange. Wir schlenderten schleckend und löffelnd weiter, vorbei an glitzernden Versprechen, ausgestellt in Schaufenstern und Vitrinen. Hier gab es alles, und fast nichts konnte man kaufen. Die Läden hatten geschlossen, und die von langbeinigen Schönheiten feilgebotenen Verheißungen waren so falsch wie ihr Lächeln. Ohnehin galt keins davon mir. Ich wirkte ja versorgt, so Hand in Hand, Ecke Knesebeckstraße. Und mit dem, was mir fehlte, konnten auch die Damen nicht dienen. Geld hätte ich höchstens bei einem der zahlreichen Hütchenspieler verlieren können, die zwischen Nutten, Fiedlern, Trommlern und lebenden Statuen ums Publikum buhlten. Denkst du, es stimmt, fragte Simone, daß man nicht lieben darf, um ein guter Verführer zu sein? Diese Schlußfolgerung aus dem Film war keine gute und doch korrekt. Ich versuchte, zu gucken wie dieser Malkovich, was mir wohl nicht gelang, denn Simone fand es komisch. Und ich bin kein guter Verführer? fragte ich. Sie sah mich groß an, bis die Heiterkeit aus ihr herausplatzte. Ich lachte mit ihr. Wir waren stehengeblieben, und ich ließ mir einen Löffel Kirscheis auf die Zunge schieben. Den Arglosen zu geben war wahrlich das beste. Wir küßten uns, und ich dachte an die Worte von Valmonts Tante im Film: Wer die meiste Liebe verdient, wird von ihr am wenigsten glücklich gemacht.

*

Martin wollte mich sehen. Unbedingt. An einem Montagmorgen. Wir verabredeten uns am Paracelsus-Bad. Worum es ging, hatte er mir nicht gesagt. Daß wir uns an der derzeitigen Endstation der U 8 trafen, konnte kein Zufall sein. Als ich aus dem Zug stieg, saß Martin auf einer Bank. Ich erkannte ihn

an seiner ausgebeulten Jeans und der das Gesicht verbergenden BZ. Ah! rief er, da bist du ja. Bin so schnell ich konnte, sagte ich, dauert eben, ich mußte erst bis Gesundbrunnen und dann umsteigen. Komm! sagte Martin, blieb aber sitzen und faltete die Zeitung zusammen. Die Schreie des Todes, stand da. Schlimm, sagte ich. Die Berichte von der Katastrophe im Sheffielder Hillsborough-Stadion waren mir nicht entgangen. Jaja, Martin stand endlich auf und steckte die BZ dorthin, wo sie hingehörte, in den Abfalleimer. Er berührte mich kurz am Arm, und wir gingen zum Ausgang. Gut, daß du nicht früher da warst, sagte er, vorhin wurde ich von so 'nem Haufen BVG-Schergen des Bahnhofs verwiesen, weil man sich hier nur zwecks unverzüglichen Fahrtantritts aufhalten darf, ha! Ich bin doch keen Penner. Nee, sagte ich und atmete seine Alkoholausdünstungen ein.
Draußen war es relativ frisch. Vom schönen Frühlingswetter des Wochenendes war nicht viel geblieben. Zumindest regnete es nicht. Der Himmel war so grau wie die hier stehenden Gebäude. Auf der anderen Seite der breiten, mehrspurigen Straße erkannte ich den zweistöckigen Backsteinvorbau des Schwimmbads, das ich zuletzt zu Zeiten des Grundschulschwimmens von innen gesehen hatte. Was machen wir hier? wollte ich wissen. Spazierengehen, sagte Martin. Warum sagste das nicht vorher, motzte ich, dann hätt ich mir mehr angezogen. Bin ich deine Mama oder was? Martin wickelte seinen karierten Schal vom Hals und gab ihn mir. Danke. Das Teil roch furchtbar verqualmt. Dagegen war Martin sein natürliches Geruchsumfeld abhanden gekommen, und er steckte sich erst mal eine an. Wir unterquerten eine Brücke und bogen dann rechts in eine schmale Straße.
Auf der linken Seite standen verstreut diverse Bürogebäude und Hallen, während gegenüber ein wild bewucherter Hang verlief, ein Bahndamm, wie ich bald erkannte. Was fährt denn

da? Nichts, sagte Martin. Wie nichts? Früher die S-Bahn, sagte Martin. Das wüßte ich, sagte ich. Du wußtest ja nicht mal von der Ringbahn! Okay, gab ich zu, was war das hier? Die Strecke führt nach Tegel, ist lange stillgelegt. Die S-Bahn gehört doch wieder dem Westen, sagte ich. Die müssen das ja erst mal reaktivieren, sagte Martin, hast es ja selber vom Senator gehört, denen fehlt's an Geld, und was stillsteht, kostet nix. Inzwischen hatte ich ein Bahnhofsdach erkannt. Würde diese Linie fahren, müßte die U8 keinen Schlenker nach links machen. Sie fährt aber nicht, sagte Martin. Die S2 fährt ja auch wieder, sagte ich, ohne die wären wir im Norden ganz schön aufgeschmissen.

Früher ist man als aufrechter Frontstädter gar nicht S-Bahn gefahren, sagte Martin. Mein Vater bis heute nicht, sagte ich. Nicht dein Ernst! Martin wackelte mit dem Kopf, die gehört der DDR doch mindestens seit fünf Jahren nicht mehr. Davor – klar, er warf seine Kippe auf den Boden. Als ich damals nach Berlin gekommen bin, hab ich das ja erst gar nicht mitgekriegt, fand's nur bizarr, wie leer es in den S-Bahnen war. Gut, die waren jetzt nicht sonderlich gemütlich, und gerochen hat das da! Martin spuckte aus. Haben die die Züge nicht mehr geputzt? Nee, eher im Gegenteil, so wie's im Osten halt riecht, Martin winkte ab, du warst ja nie drüben. Den Gestank kenne ich, sagte ich, Gestank kennt keine Grenzen.

Aus den Schornsteinen?! Martin holte aus seiner Tasche Zigaretten, das meine ich nicht. Im Osten gibt's ein einziges Reinigungsmittel, schätzungsweise Vorkriegsware, alte Bestände, deshalb riecht's dort überall gleich, Geruchssozialismus, könnte man sagen. Deshalb ist hier keiner S-Bahn gefahren? Martin befeuerte seine Zigarette und sah mich dabei an. Im Grunde wirst du recht haben, er sog Rauch ein, dem gemeinen Frontstädter wurde halt mulmig, wenn er wo einstieg, und es roch nach Zone, wie sicher konnte man sich da

sein, daß der Zug am nächsten Bahnhof hält oder erst wieder drüben im Depot? Martin ließ Dampf ab.
Meinst du, die hatten Angst, entführt zu werden? I wo, Martin schüttelte den Kopf, das war alles Propaganda, mit der Ulbrichtkutsche fuhr man halt nicht. Ulbrichtkutsche? Benannt nach dem Genossen Walter, sagte Martin, Mister Mauerbau himself. Schon klar, sagte ich. Damals war das die Ansage von ganz oben, als ich neu in der Stadt war, stand die Mauer ja gerade erst, Martin dachte nach, fünf Jahre, und da hieß es halt, mit 'nem S-Bahn-Ticket finanziere man den Stacheldraht und sei überdies Kommunistenfreund. Und das hat Eindruck gemacht? Und ob, Martin riß die Augen auf, die S-Bahn verlor fünf Sechstel ihrer Fahrgäste, quasi von heute auf morgen. Warum sind die nicht einfach schwarzgefahren? warf ich ein. Martin wedelte mit seiner Zigarettenhand. Das wäre ja doch etwas zu verwegen gewesen, vor allem für eingeborene Westberliner. Ich bin eingeborener Westberliner, sagte ich. Und? Martin musterte mich und schüttelte dann den Kopf. Ich war tatsächlich niemals schwarzgefahren. Wieso auch? Ich besaß ja eine Monatskarte.
Martin wandte sich um und betrachtete die Bauten vis-à-vis. Kennst du die Gegend gut? fragte ich. Gar nicht, sagte er und schickte sich an, die Straße schräg zu kreuzen. Ich folgte ihm mit Verzögerung und ohne Eile. Wir überquerten die Montanstraße. Montan? Haben die hier 'n Bergwerk? rief ich Martin zu, der im Gehen eine abwinkende Geste machte. Oder Schwerindustrie? Das Gebäude an der Ecke sah nicht gerade nach Schwerindustrie aus: ein tristes zweigeschossiges Bürohaus mit großen Fenstern. Immerhin, ein paar Meter weiter stand ein Backsteinbau mit zinnenbewehrtem Eckturm, durchaus repräsentativ. Mein Blick fing im Vorbeigehen mehrere auf Schilder gedruckte Namen ein: Schrott-Company, Asphaltstraßenbau, Spezialgroßhandel für Bäckereien.

Was ist das für 'ne Gegend? fragte ich fröhlich. Martin hielt an, guckte über die Schulter zu mir und wartete, bis ich bei ihm war. Hör zu, sagte er, ich weiß nicht, was genau wir suchen. Wir suchen also was?! Dachte, du kannst dir das denken, Martin griff in seine Jacke. Du rauchst zuviel, sagte ich. Ich weiß, sagte er, in der Hand eine neue Zigarette, ich würde zu gerne wissen, wieso die die U-Bahn nicht direkt durch dieses Gebiet gegraben haben, so richtig viel scheint hier ja nicht los zu sein. Da konnte ich ihm nur zustimmen. Martin kramte in seiner Umhängetasche, holte seine Lesebrille und einen Klappstadtplan hervor, die er aufsetzte beziehungsweise den er aufschlug.

Mir war kalt, und Martin zeigte auf eine helle, dreieckige Fläche links neben der Trasse der S 2, die dicht vor der dicken roten Linie verlief. Hinter der fing Ostberlin an. Im Süden war die helle Fläche von einer weiteren Bahnstrecke begrenzt, auf der Karte bloß farblos skizziert. Darunter stand: Außer Betrieb. Relativ weit rechts wurde das Gelände von der Kopenhagener Straße durchquert, die war breit, endete aber an der Mauer. Einzelne Gebäude waren als rosafarbene Einsprengsel angedeutet. Über einem größeren Komplex links neben der Kopenhagener stand breit ein Name: Görler GmbH & Co. / Degussa KG.

Ungefähr dort befanden wir uns gerade, vor einem langen, zweigeschossigen Klinkerbau mit großen Fenstern und breitem Portal. Architektonisch paßte es zum Schwimmbad. Degussa sagt mir was, sagte ich. Ich wußte nur nicht, was. Das merkte Martin mir an. Er schmunzelte, machte dann jedoch ein komisches Gesicht, nahm die Zigarette aus dem Mund, begutachtete ihre Spitze. Er hatte vergessen, sie anzuzünden. Während er nach seinem Feuerzeug suchte, sagte er: Zyklon B. Oha! Ich war im Bilde. Mich fröstelte noch stärker. Das Portal war eine Durchfahrt, durch deren Gittertore man in erster

Linie Nichts erkennen konnte: viel Freiraum, Bäume und Büsche. Das mittlere Gatter stand leicht offen, Menschen waren keine zu sehen, dafür diverse Firmenschilder. Auf einem war ein Elefant abgebildet, der Text zu seinen Füßen pries Erfahrung in Sachen Matratzen an.
Martin trat durch das Tor. Ich folgte. Ein langer gerader Weg aus verwitterten Betonplatten wurde links von Bäumen und einer struppigen Wiese gesäumt. Rechts stand ein graues einstöckiges Gebäude mit vielen Fenstern. Martin sah sich rauchend um, drückte den Rücken durch und warf mit Wucht die nicht aufgerauchte Zigarette fort, quasi als Aufbruchssignal. Wo willst du hin? Er hob den rechten Arm, ließ die Hand zwei-, dreimal in der Luft kreisen und erwartete, daß ich zu ihm aufschlösse.
Auf dem Gelände parkten Autos. Irgendwo mußte hier also wer sein. Nach geschätzten zweihundert Metern gelangten wir ans Ende des Gebäudes. Dahinter erstreckte sich ein asphaltierter Hof mit vereinzelter niedriger Bebauung. Direkt vor uns in den Asphalt eingelassen sahen wir ein Bahngleis, dessen Ende absehbar war. Es verlief nach höchstens zwei Waggonlängen im Grasland. Direkt an den Asphalt anschließend lagen weitere zugewucherte Schienen, sie waren ebenfalls eher kurz.
Martin betrat die Wiese und lief leicht nach rechts an einem etwa zwei Meter hohen Mäuerchen vorbei. Dabei folgte er einem weiteren Gleis. Hier muß früher ja was los gewesen sein! stellte ich fest. Martin blieb an den Schienen stehen. Im Gleisbett wuchsen niedrige Büsche. Direkt dahinter befand sich eine Backsteinmauer. Martin zündete sich eine neue Zigarette an und konsultierte den Klappplan. Wir sind hier, sein Finger fuhr über die helle Fläche, versuchen wir doch mal, uns schräg so nach Westen durchzuschlagen. Er zeigte auf eine wie im Niemandsland endende Straße. Lengeder Straße,

las ich. Durchschlagen? Ich sah ihn an, wie stellst du dir das vor, wir sind nicht im Dschungel. Kannst ja zurückgehen, wenn du dich nicht traust, Martin steckte die Lesebrille weg, sprang in die Spurmitte und begann, nach links zu gehen. Und ich hinterher.
Das Gelände kam mir vor wie eine große Zurschaustellung diverser Industriegebäude der vergangenen fünfzig Jahre. Hin und wieder drangen Geräusche zu uns. Was wir suchten, war mir mittlerweile weitaus weniger klar als zu Beginn unserer Exkursion. Martin ging es da nicht anders. Mehr als zu rauchen, fiel ihm nicht ein. Ab und an schlug er Haken, verließ also die Bahnstrecke. So gingen wir mal dicht an einer Wand entlang oder quetschten uns durch Gestrüpp bis vor einen Maschendrahtzaun.
Martin fluchte leise vor sich hin, als stünden wir am Abgrund, während wir blutrünstige Verfolger auf unserer Fährte wähnten. Umdrehen! Ich meinte das nicht als Frage. Denn ich fror. Stehenbleiben war ausgeschlossen. Martin sah mich an und brauchte etliche Lungenzüge Zeit, dann rüttelte er am Drahtgeflecht. In leicht gebückter Haltung ging er anschließend ein paar Meter an ihm entlang.
Hier! Martin winkte mich zu sich heran. Was denn? Langsam befiel mich schlechte Laune. Martin gab sich dagegen ungeduldig. Als ich bei ihm war, zeigte er auf ein Loch auf Bodenhöhe. Schienen wir uns bislang bloß verlaufen zu haben, waren wir nun drauf und dran, uns straffällig zu machen. Beim besten Willen, murrte ich, ich krauch nicht durch den Dreck. Was willst du werden? Martin sah mich von unten an, investigativer Journalist oder ein Rezepte abschreibender Drehstuhlpuper?
Was soll das bringen? fragte ich, während Martin bereits halb im Zaun steckte. Da hinten ist die Straße, ächzte er, das Loch war nicht gerade groß, ich zerrte am Drahtgeflecht, damit

Martin besser weiterkrabbeln konnte. Drüben rappelte er sich auf. Jetzt du! Ich sah mich erneut um. Los komm, oder sorgste dich um deinen Anzug? Martin streckte mir seine Hand entgegen, was aufgrund des Zauns komplett sinnlos war, erwachsen kannst du auch morgen noch tun.
Etwas später liefen wir wieder über öffentliches Straßenland. Wo nicht viel mehr los war als jenseits des Zauns. Autos ja, Menschen keine. Wir gingen weiter dorthin, wo Martin den Westen verortete. Ein Mann, der von einem Hund auf uns zu gezogen wurde, war unsere erste menschliche Begegnung im gesamten Areal. Mann wie Hund sahen gleichermaßen unsympathisch aus. Dessenungeachtet sprach Martin sie an beziehungsweise den Mann, obgleich ihm der Hund mehr Interesse entgegenbrachte. Der war eher klein, und ihm wuchs unproportional viel Fell.
Entschuldigung, kennen Sie sich hier aus? Martin näherte sich den beiden. Ich hielt Abstand. Der Mann gab einen Laut von sich, der wohl Zustimmung signalisieren sollte. Er war zwar deutlich größer als sein Hund, aber trotzdem klein. Alter schwer einzuschätzen. Kartoffelnase, strähniges Haar, keine Frisur. Wohnen Sie in der Nähe? An Martin war in der Tat ein investigativer Journalist verlorengegangen. Der Mann brummte wieder so etwas wie: Ja. Lange? fragte Martin. Immer, sagte der Mann. Der Hund knurrte. Aus jetzt! herrschte der Mann das Tier barsch an. Der Hund fiepte.
Sie kannten die Gegend also schon, ließ Martin nicht locker, als hier noch mehr los war? Jau, sagte der Mann. Der Hund schnupperte an Martins rechtem Fuß. Und was gab's hier so? Industrie, sagte der Mann, und der Hund roch an Martins linkem Fuß. Allmählich bezweifelte ich seine Fragetechnik. Dann fragte er: Industrie?
Der Russe hat die Anlagen alle abgebaut, sagte der Mann. Sein Hund sah auf. Der Russe? wiederholte Martin. Das war

ja Kriegsindustrie, sagte der Mann, Argus, Görler! Er überlegte. Martins neue Strategie der Einwortfragen schien aufzugehen. Sein nächstes Wort lautete: Degussa. Bloß war das keine Frage. Der Hund bellte einmal. Wirst du wohl! schimpfte der Mann. Das Tier legte sich auf den Boden. Der Mann sah Martin an. Nun schien er ihn zu kopieren, fragte: Degussa? Martin winkte ab: Mein Fehler. Von Degussa weiß ich nichts, sagte der Mann, aber hier wurde diese Wunderwaffe gebaut. Die V2? Hieß das so? fragte der Mann. Der Hund winselte. Das Ding, womit wir London zerbombt haben, sagte der Mann. Der Hund rappelte sich wieder auf. Ach ja? sagte Martin.
Ich trat auf die drei zu. Der Hund witterte mich. Sie meinen die V1! sagte ich. Der Mann sah mich so an, als bräuchte er dringend eine Brille. Die haben hier also Bomben gebaut? griff Martin den Faden auf. Und Propeller, sagte der Mann, ohne den Blick von mir zu wenden. Der Hund lief auf mich zu, bis die Leine spannte. Der Mann schien ihn zurückziehen zu wollen. Wurden hier Flugzeuge gebaut? fragte Martin. Motoren, sagte der Mann. Ah, sagte Martin. Wuff, machte der Hund und steuerte weiter auf mich zu. Aus! rief der Mann. Der Hund knurrte, doch die Leine hing wieder leicht durch. Wir hatten hier damals viele Arbeiter aus der Tschechei, Holland, Frankreich und, er lächelte plötzlich, Russinnen, besonders Russinnen, die wohnten da vorne in der Graf-Roedern-Allee, er zeigte nach da vorne, dort standen die Baracken, bis die eine abgebrannt ist. Der Mann sah zu Boden. Der Hund hob den Kopf und jaulte. Diesmal unternahm sein Herrchen dagegen nichts.

Abends rief mich Simone an. Wie so oft. Mir fehlte die Lust, ihr von unserem Außentermin zu erzählen. So ließ ich mir erzählen, wie Simone vergeblich durch die ganze halbe Stadt gegondelt war, anderthalb Stunden hin, anderthalb Stunden zurück. An der FU wurde mal wieder gestreikt. Die haben die Rostlaube besetzt, keinen mehr reingelassen, so Simone, ich glaub, morgen spar ich mir den Weg und frag meinen Chef lieber nach 'ner Extraschicht. Seit einiger Zeit arbeitete sie als Aushilfe in einer Pizzafabrik, gleich bei ihr um die Ecke. Eigentlich ein Ferienjob, doch man ließ sie auch im Semester ans Band. Krankheitsvertretung oder so. Falls Mama dich anruft, sagte Simone. Dann bist du bei mir! beendete ich ihren Satz. Ihre Mutter durfte nicht wissen, daß sie nebenbei Geld verdiente. Was hätte ich für einen Anruf Christels gegeben! Und dann gewiß Besseres zu reden gehabt als über den heimlichen Job Simones.

Kurz nachdem es mir gelungen war, sie abzuwimmeln, du, ich bin hundemüde, holte mich meine Mutter vor den Fernseher. Im Anschluß an die Tagesschau lief eine neue deutsche Serie um zwei Reporter. Mutter meinte, das müßte mich interessieren. Du studierst das doch, oder? Ich sagte gar nichts und versank im Sofa. Telekolleg Berufsberatung. Nach Pfarrern, Förstern und Ärzten nun also rasende Reporter.

*

Martin hatte sich aufgemacht, im Landesarchiv nach Unterlagen zum U-Bahn-Bau zu suchen, und mir angetragen, irgendwelche Seitenfüller aufzutun. Denn das, womit wir uns gerade beschäftigten, würde wohl kaum in die nächste Ausgabe kommen. Zum einen brauchte es ein bißchen Recherchezeit. Zum anderen schien Martin Größeres vorzuhaben. Muß man mal gucken, wer einem das abkauft. So seine Worte am Telefon. Träum weiter, dachte ich und betrachtete die vor mir liegende unvollständige Gorch Fock. Von tausend Teilen waren gute achthundert noch nicht verpuzzelt. Kann grad nicht schreiben, sagte ich wahrheitsgemäß. Martin ließ Töne des Unmuts erklingen. Und über was? Egal, sagte Martin, Hauptsache Frau Grabowski hat was, um die Lücken zwischen den Anzeigen vollzumachen. Daß Martin derart bitter von seiner Zeitung sprach, war mir neu. Und mich verblüffte sein Eifer. Soll ich Rezepte gegen Frühjahrsmüdigkeit raussuchen? Gute Idee, sagte er, deine Mutter liest doch garantiert 'ne Illustrierte, vielleicht findest du da eine vom letzten Jahr. Meine Mutter liest nicht, sagte ich. Oder geh zur Luluschule, schlug Martin vor, wo die andauernd so nerven mit ihren Pressemitteilungen.

Da bin ich dann tatsächlich gewesen. Die Luluschule war in einem der niedrigsten Gebäude des ganzen Viertels untergebracht. Als die Luluschule noch eine richtige Schule war, eine Grundschule, ist Simone dort hingegangen, nachdem sie mit ihrer Mutter ins MV gezogen war.

An Christel mußte ich dann auch denken, während ich meine Runde durch dieses Zentrum für Jugendtheater machte. Mit etwas Glück wäre sie ja nachher zu Hause. Ich fotografierte malende, schreibende und schauspielende Kinder aus gutem Hause, wobei die Qualität eines Hauses ja stets Ansichtssache ist. Selbst mein Elternhaus galt gewiß als ein gutes: Mutter Hausfrau, Vater Beamter, beide meistens daheim, und im Keller genug Vorräte, um den bevorstehenden Atomkrieg zu überstehen. Die jüngeren Bewohner der umstehenden Hochhäuser blieben der Luluschule eher fern.

Simone freute sich fürchterlich, als ich nach der Arbeit bei ihr klingelte. Ich weniger. Gar nicht beim Pizzaeinfrieren? War zu kurzfristig. Simone schob mich ins Wohnzimmer. Ist wieder Streik an der Uni? fragte ich. Keine Ahnung, Simone zuckte mit den Schultern, kannst dich ja selber mal wieder in Dahlem blicken lassen, oder haben sie dich exmatrikuliert? Wie kommst du auf so was? sagte ich, ich mach da ja weiter, nur muß ich beim MV Kurier so viel arbeiten. Ich denke,

Simone schob mich zum Sofa, dein Martin hat das früher auch alles allein zusammengeschrieben. Jetzt hat er eben mich. Der nutzt dich ganz schön aus, sagte sie, du kriegst ja nicht mal Geld dafür. Das wird sich schon bezahlt machen, sagte ich. Im Moment kannst du aber gar nichts bezahlen, sagte sie, willst du denn ewig bei deinen Eltern wohnen bleiben?
Um vom Thema abzulenken, erzählte ich Simone von Lulu, einem kleingewachsenen Kunstlehrer, der seinen spärlichen Haarwuchs mittels eines winzigen Zopfs kompensierte. Lulu? Simone sah mich an, als müsse sie gleich niesen. Wir nennen den so, Martin und ich, uns fällt nie ein, wie er heißt, erklärte ich, irgendwas mit Lu, vorne wie hinten. Und der arbeitet da? Neben der Schule, sagte ich, so 'n typischer antiautoritärer Lehrer, der immer nett tut und dir dann die miesen Noten reindrückt.
Simone knuffte mir in die Seite. Du warst früher auch nicht gerade der Eifrigste. Bloß weil ich nicht alle naselang was gesagt hab? fragte ich. Ich zuckte mit den Schultern. Simone streichelte meinen Nacken. Schön, daß du hier bist, ich hab dich vermißt. Ja, sagte ich. Daß dem nichts folgen sollte, bemerkte sie nicht, da sie meine Lippen mit Küssen belegte. Bald befanden wir uns in der Horizontalen, und Simone machte sich daran, mein Hemd aufzuknöpfen. Hoffentlich stört uns deine Mutter nicht wieder, sagte ich, bemüht um Heiterkeit.
Während mir Simones Hände Hemd und Unterhemd aus dem Hosenbund zerrten, bearbeiteten ihren Lippen meinen Hals, so daß mein Hirn die zwischen Küssen geflüsterten Silben erst zusammenpuzzeln mußte. Demnach könne ich mich entspannen, Mama käme, wenn überhaupt, erst spät nach Hause, direkt nach der Arbeit werde sie sich mit Klaus treffen. Mach dir also keine Gedanken. Eine ihrer Hände war

in meine Unterhose vorgedrungen und mußte fühlen, daß da schrumpfte, was anschwellen sollte.
Christel traf sich mit einem anderen Mann! Wo kam der auf einmal her? Wer ist denn Klaus? fragte ich. Was ist los? Simone hatte gerade den Mund vollgenommen, nun paßte ihr Ton nicht mehr zur Situation. Warum willst du die ganze Zeit über Mama reden? Sie richtete sich auf. Ich wollte lediglich wissen, wer Klaus ist. Wieso? Simones Mimik verriet Enttäuschung. Ich dachte, immerhin, ich meine, kam ich nicht über die Satzanfänge hinaus. Simone löste sich von mir und von der Couch. Das ist wichtig, sagte ich, dieser Klaus nimmt dann ja quasi die Position deines Vaters ein. Erzähl nicht so 'nen Quatsch! Simone veranstaltete Verrenkungen, um hinter meinen Füßen sitzen zu können, du mit deiner intakten Familie. Sie ignorierte mein höhnisch gemeintes Auflachen, sagte: Als ob jeder Mann, der mit meiner Mutter ...
Ihr unvollendeter Satz hallte lange nach. Wie dumm meine Bemerkung gewesen war, wurde mir erst im nachhinein klar. Selbst ich wäre dann ja so was wie ein Vaterschaftsanwärter. Peinlich berührt richtete auch ich mich auf und zog meine Hose hoch. Simone stützte ihre Stirn auf eine Hand, den Ellenbogen auf den Oberschenkel, den Fuß auf die Couchkante. War nicht so gemeint, sagte ich. Du bist manchmal ganz schön blöd, maulte Simone bei unveränderter Körperhaltung.
Manchmal? Wie meinte sie das denn? Ich fragte lieber nicht. Ich wandte lieber mir aus Filmen geläufige Mechanismen an, legte einen Arm um Simones Schulter und streichelte mit der anderen Hand ihr mir zugewandtes Bein – mit Erfolg. Rasch lockerte sie ihre Körperhaltung, drehte sich zu mir und küßte mich. Gewonnen hatte ich dadurch nichts, es ging weiter wie begonnen, nur daß ich jetzt über ihr war und daher Aktivität an den Tag legen mußte. Und das tat ich, voller Zorn auf

Christel und daß sie mit diesem Klaus ...! Wo sie doch mit mir könnte. Ich wäre ihr ein guter Liebhaber, würde alles dafür geben und gab es statt dessen Simone. Zum Dank brachte sie Töne hervor, die ich nicht für möglich gehalten hatte, vor allem nicht von ihr.
Der Ärger schien vergessen. Wir lagen schwer atmend auf dem Teppich, halb unterm Couchtisch und ziemlich nackt. Ich liebe dich, sagte Simone. Und diesmal sagte ich mehr als ja. Mir war kalt, mein Hals kratzte, und in meinem Kopf pochte es. Dennoch vermied ich jede Bewegung. Starr hörte ich Simone beim Atmen zu und der Heizung beim Rauschen. Simone würde zu reden beginnen. Und dann redete sie. So mußte man das also machen: anhaltendes Schweigen als Interviewstrategie.
Als ich kleiner war, hab ich Mama übelgenommen, daß Papa uns verlassen hat. Simone Stimme klang, so dicht unsere Köpfe auch beieinanderlagen, erstaunlich fern. Mama hat Papas Fortgehen lange nicht akzeptiert, ewig nicht. Simone verfiel wieder in Schweigen, und ich wartete ab, ob sie von ihrem Vater erzählen würde. Und das tat sie. Sagte, es sei ihr als Kind schwergefallen, zu verstehen, wieso sie nicht mehr mit Mama und mit Papa leben sollte. Anfangs wohnten wir, also Mama und ich, ja weiter in Konradshöhe, sagte Simone, da war alles gleichgeblieben, also fast, ich hab schon was mitbekommen, als Kind merkst du so was, Simone griff nach meiner Hand, Papa fehlte eben, zwar eher so, als sei er verreist, das hab ich mir dann auch so eingebildet, andere Väter gingen auf Dienstreise, warum meiner nicht? Sie gackerte, als ob ein Müllmann jemals dienstlich reisen müßte, Müllmännerkonferenz oder was? Sie bewegte sich. Ich dagegen betrachtete unverändert die Wohnzimmerdecke.
Simone war also die Tochter eines Müllkutschers! Ihr Vater arbeitete mit den schmierigen, schimmelnden, faulenden

Hinterlassenschaften anderer Leute, war umgeben von Gestank. Freiwillig. Von Berufs wegen. Für seine Eltern kann man bekanntlich nichts, gerade ich hatte da wenig zu melden. Christel dagegen hatte sich diesen Müllmann ja ausgesucht, ihn sogar geheiratet, ein Kind von ihm bekommen. Der Müllmann und die Friseuse – was für eine Lovestory! Wobei die Beschäftigten der BSR ja sagenhafte Privilegien genießen, Dreckzulage und Erholungsheim am Wannsee.
Simone erzählte weiter von ihrem vaterlosen Leben. Der Umzug ins Märkische Viertel war wie eine Strafe, die sie der eigenen Mutter verdankte. Ich wollte hier echt nicht hin, wenn ich meinen Vater besucht habe, Simone bewegte sich wieder, ich war da elf, zwölf, ich muß schrecklich gewesen sein, ich hab Mama jedesmal erzählt, wie toll es war bei Papa und seiner neuen Freundin, Isabel. Simone legte eine Hand auf meinen Bauch, er hat sie dann rasch geheiratet, sie ist nämlich schwanger geworden. Mama dagegen hatte jahrelang keinen neuen, soweit ich das weiß, die kleine Simone hätte auch gar keinen geduldet.
Das letzte sagte sie mit verstellter Stimme, piepsiger, als würde da die kleine Simone aus der großen sprechen. Sie richtete sich auf, ihre nackte linke Brust hängte sich in meinen Blick. Sag mal, nun klang ihre Stimme eher warm, du schwitzt ja voll, sie hob meine Hand, die ist dafür ganz frostig. Sie ließ die Hand los, berührte meine Stirn. Ganz heiß, ist dir nicht gut? Weiß nicht, sagte ich. Und wir liegen nackt auf dem Teppich! Simone sprang auf. Laß mal, sagte ich. Erst sollte sie mir erzählen, wer dieser Klaus war.

*

Das kann kein Zufall sein, oder? Martin legte das Lineal weg. Wir standen mal wieder in seinem Bürokabuff, starrten auf

den Berlinplan und überlegten. Also ich überlegte. Martin schaute auf die länger werdende Aschestange an seiner Zigarette. Im Landesarchiv war er zwar nicht fündig geworden, angeblich seien die Akten dreißig Jahre lang gesperrt und nur mit einer Sondergenehmigung einsehbar. Martin hielt das für eine Finte. Irgendwer war daran interessiert, die Unterlagen zur Verlängerung der U 8 zurückzuhalten. Glücklicherweise hatte ihm eine – wie er sagte – Bekannte in der Registratur des Rathauses Reinickendorf ein paar Ordner aus dem Archiv geholt, die sich zwar nicht direkt mit dem U-Bahn-Bau beschäftigten, jedoch belegten, daß bereits Ende der sechziger Jahre, als also noch nicht einmal alle Häuser des Märkischen Viertels standen, beim Bau einer neuen S-Bahn-Brücke über die frisch angelegte Schorfheidestraße, das ist die Verlängerung der Straße am Nordgraben, Vorkehrungen getroffen worden waren, um dort später einen S-Bahnhof zu errichten, direkt an der Mauer.
Hier steht's! Martin blätterte in seinem Notizblock, las daraus vor: Beim Entwurf der Eisenbahnbrücke über den Wilhelmsruher Damm ist der spätere Bau einer U-Bahn-Linie nicht durch besondere konstruktive Maßnahmen an der Brücke zu berücksichtigen. Die geplante U-Bahn-Linie zum Märkischen Viertel soll die Nordbahnlinie der S-Bahn im Zuge der Schorfheidestraße kreuzen. Seine flache Hand patschte aufs Papier, und Martin sah mich triumphierend an. Wenn das kein Beweis ist! sagte er. Die wollten nicht nur einen S-Bahnhof bauen, sondern gleichzeitig einen U-Bahnhof.
Ich betrachtete die Stelle auf der Karte, die Spitze, mit der Ostberlin wie ein Stachel nach Westberlin sticht beziehungsweise stach, denn gestochen wird nicht mehr, was jetzt ineinander übergeht, verwächst, vernarbt. Damals dagegen, da war dies eindeutig die westlichste Ecke Ostberlins, das ein-

zige Hindernis, hätte man vom U-Bahnhof Residenzstraße, anstatt nach Westen zum Paracelsus-Bad abzubiegen, geradewegs und unter der ehemaligen Propellerbaufabrik hindurch einen Tunnel graben wollen, direkt ins Märkische Viertel.
Wann wurde mit der Strecke zum Paracelsus-Bad angefangen? fragte ich. Neunzehnachtzig, Martin nahm einen tiefen Nikotinzug, denk ich, und so vor zwei Jahren muß die Eröffnung gewesen sein. Es hätte ja lediglich eines klitzekleinen Knicks bedurft, ich deutete zur Karte. Heutzutage würde man der DDR die Spitze wohl abkaufen können, sagte Martin. Sollte die Trasse nicht sowieso entlang der Schorfheidestraße? Weiter kam ich nicht, ein Hustenreiz hinderte mich daran. Es hatte mich ganz schön erwischt.
Das südliche Märkische Viertel wäre mit so einem Zwischenstopp verkehrstechnisch perfekt erschlossen, sagte Martin, die Idee eines Bahnhofes MV-Süd geistert ja nach wie vor umher. Der Abstand von Wittenau zu Wilhelmsruh ist ja auch ungewöhnlich lang, warf ich ein. Eben, Martin sog an seiner Zigarette, aber die Idee eines Umsteigebahnhofs ist ja spätestens seit dem Weiterbau Richtung Rathaus vom Tisch. Fünfundachtzig? sagte ich. Martin nickte.
Wer hatte ein Interesse daran, überlegte ich laut, daß die U-Bahn nicht zur Schorfheidestraße gebaut wurde? Oder jemand wollte die U-Bahn um jeden Preis dahin führen, wie sie jetzt gebaut wird, Martin drückte seine Zigarette im Ascher aus und guckte wieder auf die Karte, Bonnies Ranch, Rathaus, da ist nichts, selbst das Humboldt-Krankenhaus ist zu weit weg. Als ob jemand darauf spekulieren würde, daß mehr Kranke kommen, wenn's verkehrsgünstiger liegt, sagte ich und mußte wieder husten. Angehörige, sagte Martin.
Die größte Lobby in der Gegend müßte eigentlich das MV haben, sagte ich. Martin gab einen Brummton von sich. Wenn er nicht rauchte, dachte er offensichtlicher nach als mit

Glimmstengel im Mund. Fummelte an seiner Unterlippe rum. Vielleicht, fing er an, ging's eher darum, bestimmte Grundstücke nicht aufzubuddeln. Meinst du, fragte ich, es gibt da Altlasten? Wer weiß, was da alles im Boden ruht, Martin ging zu seinem Schreibtisch, und mir wurde ein wenig unwohl, bei einem Gedanken, den ich sogleich aussprach. Ob er etwa an Massengräber dächte? Martin sah von einem Papierstapel auf und mich mit großen Augen an. Was denn für Massengräber? Von den Zwangsarbeitern, sagte ich. Das war ja kein KZ, sagte er. So was Ähnliches schon, sagte ich, und wenn da 'ne Baracke abgebrannt ist. Davon wüßte man doch, Martin wandte sich wieder dem Papier zu.

Wußtest du von den Zwangsarbeitern? sagte ich, und daß du fast täglich an einem ehemaligen Zentrum der Kriegsindustrie vorbeifährst? Ich fahre auch fast täglich an der Gegend vorbei, von der aus das Dritte Reich regiert worden ist, sagte Martin, oder bist du der Meinung, wir müßten am heutigen Tage übellaunig umherlaufen, bloß weil der Führer hundert wird? Der Führer? Ich war empört, also bitte! Was denn? Martin hob die Hände, immerhin können wir langsam davon ausgehen, daß olle Adi nicht noch irgendwo in Argentinien lebt oder in 'nem U-Boot hockt und wartet, bis die Luft wieder rein ist. Mein Kommentar dazu war ein gewaltiger Nieser, den ich nicht rechtzeitig per Taschentuch abfangen konnte. Puh, Martin wischte demonstrativ durch sein Gesicht und riß sich dabei beinahe die Lesebrille von der Nase.

Guck, er hielt ein Blatt in die Höhe, dacht ich's mir doch, das war da: die BKR, Berliner Kupfer-Raffinerie. Was das? fragte ich. Die waren dort ansässig, Flottenstraße fünfundzwanzig, sagte Martin, und neunzehnsechsundachtzig hat der Senat das Gelände übernommen, der Boden war komplett verseucht. Und was soll das bedeuten? Ich verstand den Zusammenhang nicht, wenn der Boden so oder so wegmußte. Sechsundachtzig! Martin sagte das arg laut, das war ja viel zu spät, das gab's die Affi längst nicht mehr. Die Affi? Ich konnte Martin nicht mehr folgen. Bleiben wir bei der BKR, Martin kramte wieder auf seinem Schreibtisch, mittlerweile blätterte er in einem anderen Stapel. Und bei mir machte es Klick. Affi, Raffi, Raffinerie! rief ich aus, ich hab's kapiert. Schön, schön, sagte Martin.

Und wieso Kupfer? sagte ich, so viele Kabel braucht ja kein Mensch. Von wegen, Martin holte mehrere einmal gefaltete Zettel hervor und breitete sie auf der Schreibtischlandschaft vor sich aus, all die Kirchturmspitzen und Hausdächer, das, was später so schön grün glänzt, alles Kupfer! Verstanden, sagte ich, aber ist man da dann so mächtig, daß die U-Bahn woanders gebaut wird? Es gibt sogar Garn mit Kupferanteil, kann sein, daß in deinem, Martin sah mich an, Jackett? Na klar, sagte ich, und weil ich eine Kupfergarnjacke habe, fährt die U-Bahn in Zukunft nicht ins MV oder was? Nein, Martin pochte auf eins der Blätter vor sich, das ist 'n interessanter Aufsatz über die Geschichte der BKR. Kannst ruhig Affi sagen, warf ich ein. Mann, stöhnte Martin, willst du's jetzt wissen, oder? Ja, tut mir leid.

Also, paß auf: die BK, er winkte ab, die Affi, die Berliner Affi, es gibt noch 'ne Hamburger Affi, die eigentliche Affi, da kommt auch der Name her. Setz den Blinker, sagte ich. Berlin war pleite, also die BKR, Ende der Sechziger, war 'n richtig kleiner Skandal, sagte Martin, und die norddeutsche Affi hat zugegriffen, doch nicht etwa, weil die Produktionsbedingungen so gut gewesen wären, nee, nee, hier steht's! Er nahm ein Blatt zur Hand, bewegte seine Lesebrille auf der Nase und las vor: Zu den besonderen wirtschaftlichen Gegebenheiten der BKR gehört der Standort Berlin, die Insellage, blablabla, höherer Transportaufwand, Interesse der Erhaltung der Arbeitsplätze, Nebenkosten, Präferenzgewährung, Martin sah mich über die Gläser seiner Brille an, Berlinzulage, ist klar, oder? Die haben die Berliner Affi nur gekauft, um Subventionen zu ...? Diesmal nieste ich ins Taschentuch. Schönheit! sagte Martin. Die scheinen sich durch den Verkauf die Kosten für die Bodensanierung gespart zu haben, er gab mir einen anderen Zettel, Cadmium, Zink, Blei, das ganze Programm. Martin hatte mir eine fotokopierte Skizze Westberlins gegeben, wo hier und da kleine Kreise gezeichnet waren, die in unterschiedlicher Intensität schwarz ausgefüllt waren. Das zeigte die Belastungsstufen der Umwelt an. Dort, wo ich die BKR vermutete, war der Kreis komplett eingeschwärzt. Wie kommst du an so was? fragte ich. Meine Freundin beschäftigt sich mit so 'nem Kram. Du hast 'ne Freundin? Ich war baff. Zwinkernd setzte Martin die Brille ab.

*

Abends rief ich Simone an und hatte Glück: Christel war dran. Oh, sagte ich, wünschte einen guten Abend. Geht's denn gut? Bestens, sagte Christel. Ich sah ihr Lächeln vor mir. Du willst garantiert die Mone haben. Genau, sagte ich, trotzdem freue ich mich, daß wir uns mal wieder sprechen. Ja, sagte Christel. Eine Schippe mehr Euphorie wäre schön gewesen. Statt dessen sagte sie, daß ich mich schon mal besser angehört hätte. Ach, halb so schlimm. Also die Mone, sagte Christel, die hat's tüchtig erwischt. Oje, sagte ich. Fieber, Schüttelfrost, Schnupfen, sagte Christel. Doof, sagte ich. Deshalb schläft sie auch, sagte Christel, ob die wieder fit ist für ihr Seminar am Wochenende? Seminar? An der Uni, sagte Christel. Streiken die nicht? Wer? Christel stutzte, dachte, das ist Samstag und Sonntag, den ganzen Tag? Ach so, genau. Ich ahnte, was Simone da belegen wollte: das Pizza-

seminar. So direkt konnte ich ihr ja nun nicht in den Rücken fallen.
Und jetzt ist sie krank? wiederholte ich die anfängliche Information. Ganz blöd, sagte Christel, komm mal wieder vorbei, das würde sie aufmuntern. Wird gemacht, sagte ich, dann kann ich auch dir Gesellschaft leisten. Einen Moment lang dachte ich, die Verbindung sei gestört. Dann sagte Christel, sie sei gar nicht da am Wochenende, deswegen ja, damit sich wer um Mone kümmert. Verstehe, ich räusperte mich, bloß was ist, wenn ich mich nachher noch bei ihr anstecke? Na, hör mal! Christel klang empört, hast nicht du sie angesteckt?

Simone war gar nicht mehr krank, als ich Samstag bei ihr aufkreuzte. Dank meines Fehlers, Mutter zu erzählen, warum ich am sonntäglichen Dosenfleischmahl nicht teilnehmen würde, denn ich wollte die Nacht bei Simone verbringen, erschien ich in Begleitung einer prall mit gesunden Sachen gefüllten Tasche. Simone amüsierte sich über die Flasche Sauerkrautsaft, die Tupperdose Cocktailobstsalat, die Tetra Paks Multivitamindrink und die Großpackung Bronchialteepulver. Und ich habe ..., ich zog eine braune, sich nach oben hin verschlankende Flasche aus der Tasche, ist schon etwas älter. Och, Simone kicherte, Multi-Sanostol! Das habe sie seit Jahren nicht mehr genommen. Ich auch nicht, sagte ich, deswegen ist hier ja noch was drin. Simone nahm mir die Flasche ab und drehte sie knirschend auf. Sie roch an der Öffnung. Mhm, riech mal! Während sie mir die Flasche an die Nase hielt, beugte sie sich vor, griff nach einem Löffel, auf den sie dann das dickflüssige Zeug fließen ließ. Mund auf, Simone hielt mir den Löffel hin. Wer von uns ist denn krank? fragte ich. Der Löffel blieb vor meinem Gesicht.
Ganz schön süß, sagte ich, nachdem ich artig geschluckt hatte. Aber lecker, Simone schluckte ebenfalls eine Portion und

fuhr sich mit der Zunge über die Lippen, du hast 'ne tolle Mutter! Hör auf! Du siehst das viel zu negativ, sagte sie. Und deine Mutter? Läßt dich einfach so allein, obwohl du krank bist. Ich bin zwanzig, da kann ich durchaus selber auf mich aufpassen, Simone hustete, solltest du was Besseres vorhaben, bitte! Sie zeigte zur Tür. Nein, nein, ich bin ja gerne bei dir, finde bloß merkwürdig, daß deine Mutter so weggefahren ist.

Simone kramte ein Taschentuch hervor. Mama war ganz aufgeregt, das mit Klaus könnte was Ernstes werden. Klaus?! Das entfuhr mir wohl zu laut. Simone sah mich erstaunt an, bevor sie sich die Nase putzte. Klaus scheint sie echt beeindruckt zu haben, sie kicherte, echt ulkig, wenn die eigene Mutter sich wie ein verliebter Teenager benimmt.

Wie lange kennen die sich jetzt? fragte ich. Zwei Wochen? Simone hob die Schultern. Und da verreisen die gleich miteinander? Klaus hat 'n Häuschen im Harz, sagte Simone, da gibt's hoffentlich 'n Gästebett. Hoffst du! sagte ich und hoffte es am meisten. Denkst du, Mama und Klaus werden gleich? Simone gluckste, was 'ne abgefahrne Vorstellung.

Und woher kennt die den? Mama hat den, sagte Simone fröhlich, mit mir zusammen, im Offenen Kanal ... Im Offenen Kanal? Das wurde ja immer besser. Hat der Klaus 'ne eigene Show da? fragte ich, Klausis kleine Quatschkantine? Im Offenen Kanal waren schließlich ausschließlich Freaks zu sehen. Klausis was bitte?! Simones Lachen ging in einen Hustenanfall über. Quatschkantine! Das wär was! sagte Simone, nee, Klaus hat da keine Sendung, der war bei der Fernsehpartnerwahl, kennst du nicht?

Wir haben kein Kabelfernsehen! Müssen wir mal zusammen gucken, sagte sie, das läuft da fast jeden Tag. Suchen Leute da jemanden zum gemeinsamen Fernsehen oder was? Natürlich nicht, Simone lachte, also, das ist ja nicht ausgeschlos-

sen, in erster Linie geht es eh um ... Um Sex? unterbrach ich sie. Du bist blöd, Simone richtete sich auf, das sind lauter einsame Herzen, die suchen einen Partner, wobei da echt ganz schön abgeflippte Typen zu sehen sind. So wie Klaus? Ja, machte Simone, obwohl, Klaus ist da schon anders gewesen, keine Schönheit zwar, der sah so verloren aus irgendwie, in diesem großen Korbsessel, in dem die Kandidaten da sitzen. Der war was Spezielles, so unbeholfen.
Toll, dachte ich, die Frau, in die ich verliebt war, suchte im Hobbyfernsehen nach einem Partner und interessierte sich zu allem Überfluß noch für einen Volltrollo. Und wärst du einverstanden mit dem unbeholfenen Klaus? fragte ich. Fängst du wieder mit der Ersatzvaterkiste an? Und nenn ihn nicht unbeholfenen Klaus! Du hast ja selber, begann ich. Du bist doch auch unbeholfen. Ich?! Ganz minimal, sagte Simone fröhlich, deshalb gefällst du mir so gut. Du magst mich, weil ich unbeholfen bin? Das brachte mich fast aus der Fassung. Ich mag dich nicht, Simones Kopf näherte sich meinem. Ach, nee? Nee, Simone drehte ihren Körper, kniete nun neben mir, wenn ich dich nur mögen würde, wärst du nicht hier.

Christels Schlafzimmer: ein Traum in weiß, die Bettwäsche ausgenommen, auf die war ein wildes Muster gedruckt. Und den tiefseeblauen Teppich konnte man im Bett liegend nicht sehen. Was man sah, war Resopal. Der Schrank ging fast bis zur Decke und nahm die ganze Wand ein. Mein Wunsch, in Christels Bett zu landen, hatte sich erfüllt. Leider mit der falschen Frau. Mit der falschen Frau im richtigen Bett. Nicht unbedingt schön, und dennoch keinesfalls völlig verkehrt. Wenigstens befand ich mich auf dem richtigen Weg.
Ich erwachte vom Telefonklingeln. Draußen war es hell. Wohl wieder hell. Es mußte also Sonntag sein. Nach wie vor lag ich in Christels Bett und neben mir Simone. Die verschla-

fen aus dem Zimmer taumelte. Ich dagegen dämmerte gleich wieder weg, womit ich nicht weit kam. Für dich, Karsten! Simone streckte mir den Hörer entgegen. Das Telefonkabel reichte knapp bis zur Türschwelle. Da half alles nichts, ich mußte meine Liegeposition aufgeben. Wer denn? Ich rieb mir die Augen. Anstatt zu antworten, stand Simone mit krauser Stirn im Flur.
Ja? fragte ich in den Hörer. Ha! dröhnte es mir entgegen, hab ich dich! Martin? Ich war überrascht. Recherche spornt an! rief Martin vergnügt. Simone drückte mir den Telefonapparat in die freie Hand und warf sich zurück aufs Bett. Wie spät ist es denn? fragte ich. Pennt ihr etwa noch? Schön wär's, murrte ich, ist heut nicht Sonntag? Journalisten kennen keine freien Tage! sagte Martin. Doch, ich gähnte, wozu gibt's Montag wohl keine Zeitung? Vielleicht nicht den Tagesspiegel, sagte Martin. Was ist eigentlich los? Ich lehnte mich gegen den Türrahmen. Weiß du, was der Senat der Raffi für ihr Gelände gezahlt hat? Bevor ich Martins Frage ganz erfaßt hatte, kam bereits die Antwort: Achtzehn Komma sieben Millionen! Aha. Und weißt du, fuhr Martin fort, wie teuer die Entseuchungsmaßnahmen des Bodens waren? Sag's! Fünfundzwanzig Millionen! Martin nannte die Summe im Tonfall eines Lottogewinners, ist das nicht dollo? Du rufst hier an, um mir was von Zahlen zu erzählen?
Hey, Karsten, wir sind da an 'ner gewaltigen Nummer dran! Hoffentlich nicht zu gewaltig, sagte ich, soviel Knete. Think big! rief Martin, damit kommen wir groß raus! Ich denk, unser Blatt liest keiner. Vergiß den MV Kurier, rief Martin, das ist was für die BZ! Toll, sagte ich, das ist ja ein Traum. Oder im Spiegel, demnächst schreiben wir für den Spiegel! Dafür müßten wir erst mal die Fakten zusammentragen, sagte ich. Martins Euphorie konnte ich nicht teilen. Morgen treff ich den Finanzstadtrat, sagte Martin, mal sehn, was der zu mei-

nen Informationen zu sagen hat. Gut, sagte ich, danke, daß du mich auf dem laufenden hältst. Logo, sagte Martin, wir sind ja Partner.

Von Klaus war in den nächsten Tagen viel zu hören. Christel ersparte ihrer Tochter kaum ein Detail des Ausflugs – und mir damit auch nicht. Jedes Stille-Post-Spiel war diskreter. Das kleine Häuschen im Harz hatte sich als eine Hütte herausgestellt mit – wer hätte das gedacht? – lediglich einem Bett. Davon wollte ich gar nichts wissen und konnte den Hörer trotzdem nicht auflegen. Und wann zieht Klaus bei euch ein? hörte ich mich sagen. Simone gackerte am anderen Ende der Leitung, das könne dauern, Mama ist relativ bindungsscheu, wenn du mich fragst. Und in Klaus hat sie den Richtigen gefunden? fragte ich, wo sie gleich zusammen weggefahren sind. Damit hat er sie ja völlig überrumpelt, meinte Simone, na ja, ich fänd's echt stark, sollte Mama wen finden, mit dem sie zusammenzieht. Echt stark? sagte ich, und was wird dann aus dir?
Was soll aus mir werden? Simone tat amüsiert, ich will ja so oder so ausziehen. Wieso das denn? Du Schnarchnase, sagte Simone, rat mal, warum ich seit Monaten in der Pizzafabrik ackre? Dachte, du verstehst dich so gut mit deiner Mutter! Das hat doch damit nichts zu tun, sagte Simone, ich will weg aus dieser Gegend, drei Stunden Fahrt zur Uni sind mir echt zu lang. Du kannst dir ja gar keine Wohnung leisten, sagte ich, so auf die Dauer. Im Wedding findet man garantiert was Günstigeres. Wedding? sagte ich, wie kommst du denn auf den Wedding? Wo würdest du denn hinziehen? Wieso ich jetzt? Ich mein ja bloß, sagte Simone, oder willst du ewig bei deinen Eltern wohnen?
Auf keinen Fall, sagte ich, nur muß man ja nichts überstürzen. Simone lachte in den Hörer, höhnisch, wie mir schien.

Manchmal sei ich ihrer Mutter verblüffend ähnlich. Vielleicht sollte ich es dann lieber mit ihr probieren! wagte ich zu scherzen. Das ist 'ne prima Idee, rief Simone arglos, so einen Vater wie dich habe ich mir mein halbes Leben gewünscht.
Und Klaus? lenkte ich vom Thema ab. Hörst du mal mit Klaus auf? Simone fing an knatschig zu werden, glaube nicht, daß das von Dauer ist. Eben hast du noch, fing ich an. Gar nichts habe ich, sagte Simone, Klaus ist mehr was fürs Bett als fürs Herz, hat Mama gesagt, wenn du's genau wissen willst. Ja, das wollte ich. Was ich für mich behielt. Statt dessen sagte ich: Wie schade. Weiß nicht, sagte Simone, zumindest hat meine Mutter anscheinend ein ausgefüllteres Sexualleben als ich.
Das saß und war gleichzeitig ein guter Rat, wenn auch in einer anderen Hinsicht, als Simone dachte. Ich ließ es wirken, auf uns beide, indem ich schwieg. Du, das habe ich eben nicht so gemeint, Simone war nun nahezu kleinlaut. Wie dann? tat ich beleidigt. Ich bin gern mit dir, sehr gerne, hey, jäh änderte sich ihr Tonfall, das wollte ich dich sowieso fragen: Pfingsten, nächsten Monat, da werd ich mit Papa verreisen, für'n paar Tage, das ist schon voll lange geplant, die Astrid, seine Lebensgefährtin, ist ebenfalls dabei, und da dachte ich ... Ich weiß nicht, sagte ich, irgendwas war da, ich glaub, mit Martin. Mit Martin? Simone klang enttäuscht. Ja, sagte ich und versuchte, meine Fröhlichkeit für mich zu behalten. Mir war gerade eine blendende Idee gekommen.

*

Horst Skronski wohnte in einem von mehreren gleich aussehenden vier- oder fünfstöckigen Nachkriegsbauten mit rauhgrauer Fassade. Er empfing mich in einer Wohnung, die wie ein Möbelgeschäft der sechziger Jahre aussah. Zum Wohnen war hier kaum Platz. Und obwohl nirgends ein Anzeichen

von Unordnung oder Nachlässigkeit zu entdecken war, entschuldigte sich Skronski, bereits bevor er mir einen Platz angeboten hatte, dafür, daß nicht aufgeräumt sei. Wissen Sie, er lächelte, im Alter kommt man zu gar nichts mehr, und seitdem die Trude nicht mehr ist ...
Wie ich schien er auf eine Beendigung des Satzes zu warten. Vergeblich. Dann fragte er, ob ich Kaffee oder Tee trinken wollte, Saft könnte ich auch haben. Kaffee ist gut, sagte ich. Denn die Kanne stand schon auf dem Tisch, daneben ein Teller mit gemischtem Gebäck. Das Sofa und die beiden Sessel waren übersät mit Kissen, deren gehäkelte Bezüge perfekt mit dem Tischdeckchen korrespondierten.
Sie sind also der Bruder von Kerstin? sagte Skronski, sobald wir saßen, und begann leicht zitternd die beiden bereitgestellten blumengemusterten Tassen mit Kaffee zu füllen. Sein Haar wuchs ihm weiß in einem dünnen Halbkranz um die polierte Glatze. Ja, sagte ich, vielen Dank, daß Sie Zeit für mich haben. Skronski winkte ab, Zeit habe er genug. Ich verzichtete darauf, den Widerspruch zu dem vor wenigen Minuten Gesagten anzusprechen, und langte nach dem Zuckerdöschen.
Und Sie heißen auch Carsten, nicht wahr? Skronski öffnete ein Kondensmilchpäckchen. Ohne auf unsere unterschiedlichen Anfangskonsonanten einzugehen, bejahte ich. Der Carsten ist ein Enkel, wie man ihn sich wünscht, tadellos, sagte Skronski. Das glaube ich, sagte ich. Und die Kerstin ist genauso eine Liebe, sagte er, und sie kocht gut, das ist ja die Hauptsache. Daß meine Schwester kochen konnte, war mir neu. Und um dazu nichts sagen zu müssen, trank ich lieber einen Schluck des auffallend hellen Gebräus. Sein Geschmack kam dem Aussehen recht nah, und es war fast kalt.
Ihr Gulasch! Skronskis Augen glänzten, da könnt ich mich reinlegen. Soso. Ja, sagte er, hervorragend. Ich nahm einen

zweiten Schluck. Ich habe nicht oft Besuch, ich bin jetzt elf Jahre, er dachte nach, oder sind es zwölf? Und die Trude, das ist auch über ein Jahr her, Skronskis Finger glitten über die Tischdecke. Ich trank meine Tasse leer. Mein Gastgeber bemerkte das und schenkte mir neu ein. Sein ›Ich darf doch?‹ war rein rhetorisch.

Sie wollten etwas zum U-Bahn-Bau wissen? sagte er dann, und ich war froh, daß er sich an den Grund meines Besuches erinnerte. Dafür ist ja die Stadt zuständig, sagte er, der Bausenator, ich dagegen habe im Stadtbauamt Reinickendorf gearbeitet. Er räusperte sich. Lange endete die Linie 8 im Wedding, ich weiß gar nicht mehr genau, seit wann der Bahnhof hier unten angefahren wird.

Der Franz-Neumann-Platz? warf ich ein, das muß vor fast genau zwei Jahren gewesen sein, falls ich das richtig gelesen haben. Zwei Jahre? Skronski sah zum Fenster und seufzte. Die Planungen dauerten ungewöhnlich lange, anfangs wollten die ja bis Lübars bauen, er stieß einen dumpfen Ton aus, dann hieß es wieder, das Märkische Viertel braucht gar keine U-Bahn-Anlagen, es gibt ja die S-Bahn, damals war kaum ein Hochhaus fertig bis in den letzten Stock. Skronski trank einen Schluck und mußte husten. Seine Hand zitterte. Und dann wurde lange diskutiert, welche Trasse gebaut werden soll, da gab es viele Expertisen, ob man vom Flughafen Tegel herkommt, also die Sieben statt nach Spandau zum Kurt-Schumacher-Platz führt und dann über Rathaus Reinickendorf bis ins Märkische Viertel.

Ach, ja? Ich nahm einen Keks und bereute das beim ersten Bissen. Letzten Endes hat man beschlossen, die Residenzstraße ans U-Bahn-Netz anzuschließen, das ist ja auch eine wichtige Straße, nicht wahr, das Zentrum Reinickendorfs sozusagen, er hielt inne. Ich nickte. Weiter gehen sollte es dann unter der Flottenstraße und der Roedernallee durch. Ich

hab's gewußt! entfuhr es mir krümelspuckend. Skronski guckte verwundert und setzte dann seine Rede fort. Demnach sollte die Bahn nur kurz der Roedernallee folgen und dann tatsächlich zur Schorfheidestraße geführt werden. Genau so, wie ich es mir gedacht hatte. Nicht einmal der Bahnhof Paracelsus-Bad war ursprünglich vorgesehen.
Aufgeregt trank ich meine Tasse in einem Zug leer. Wieso wurde der Plan geändert? fragte ich ungeduldig. Ach, wissen Sie, sagte Skronski, erst wurde ermittelt, an welchen Stellen die meisten Menschen wohnen, dabei war ein Großteil der Wohnungen im Märkischen Viertel damals gar nicht bezogen, und als endlich alle Pläne fertig waren, kamen die Baumbewahrer vom Gartenbauamt an, man müsse die Platanen in der Roedernallee schützen, und die Dorfaue in Alt-Reinickendorf durfte erst recht nicht zerstört werden, weshalb sogar wir vom Stadtbauamt einen Alternativvorschlag ausgearbeitet haben, also daß man neben der Roedernallee gräbt, da standen ja nicht so viele Gebäude, die meisten hätte man ruhig abreißen können, und die betroffenen Kleingärten wären ebenfalls leicht zu erneuern gewesen.
Ja und dann? wollte ich wissen. Skronski winkte ab. Dann ging die Kampagne los, vierhundert Dauergärten bedroht, dabei war davon nie die Rede gewesen, fragen Sie nicht, woher diese Zahlen plötzlich kamen! Wegen der Schrebergärten wurde die Streckenführung geändert? Dazu kann ich Ihnen nichts sagen, junger Mann, als ich Ende siebenundsiebzig pensioniert wurde, sollte die Trasse noch anders gebaut werden.
Glauben Sie, die wird eines Tages fertig? fragte ich. Selbstverständlich! Skronski klang fast ein bißchen empört, es dauert eben immer länger, als man hofft, und wenn man bedenkt, daß die Bauarbeiten ursprünglich neunzehnachtzig beendet werden sein sollten, da aber erst anfingen. Wie kommt so

was? fragte ich. Tja, er zwinkerte, der Bautrupp war in Spandau nicht planmäßig fertig geworden.
Langsam glaube ich, es war nie ernsthaft geplant, die Linie bis ins Märkische zu bauen, sagte ich. Na na, so dürfen Sie nicht denken, junger Mann! Und wieso nicht? fragte ich, Sie haben ja eben selber gesagt, in Ihrem Amt hätten Sie nicht alles erfahren. Wir haben durchaus mitbekommen, daß entsprechende Vorbaumaßnahmen getroffen worden sind, damit die U-Bahn dann diese Häuser unterfahren kann. Wurde das wirklich gemacht? Davon können Sie ausgehen, sagte er, da wurde viel drüber diskutiert, weil das eine halbe Million mehr kosten sollte, bei einem einzigen Haus. Welches Haus war das? Das weiß ich nicht mehr, Skronski schüttelte den Kopf. Am Senftenberger Ring? Das kann sein, sagte er, da gab's ja jahrelange Auseinandersetzungen wegen der einen Turnhalle und dem Parkhaus, die sollten genau dorthin, wo man auch für den Endbahnhof buddeln wollte, weshalb die Gebäude verschoben werden mußten. Wenn das so ist, sagte ich. Jaja, sagte Skronski und trank einen Schluck, der ist gut, der Kaffee, nicht wahr?

Abends rief ich bei Christel an und gab vor, Simone sprechen zu wollen. Die trifft sich heut mit Nicole, sagte Christel, hat sie dir das nicht gesagt? Oh, sagte ich, ganz vergessen. Daß du mal was vergißt! entfuhr es ihr. Mone hat gemeint, so Christel weiter, es kann spät werden, die beiden haben sich ja auch lange nicht gesehen. Ich brummte Zustimmung in die Leitung und sah sogleich Nicole vor mir: Vogelnase, krause Stirn, engstehende Augen, verschränkte Arme. Richtig geheuer ist mir Nicole schon zu Schulzeiten nicht gewesen, weshalb ich bislang vermieden hatte, sie gemeinsam mit Simone zu treffen.
Christel konnte davon freilich nichts ahnen. So teilte sie mit

mir ihre Freude darüber, sturmfreie Bude zu haben. Zweifellos gefiel ihr diese Formulierung, so oft, wie sie sie gebrauchte. Am Abend würde sie Besuch bekommen. Von Klaus. Simone hat dir sicher von ihm erzählt, oder? Sie hat ihn erwähnt, sagte ich, so kühl ich konnte.
Klaus ist echt 'n toller Typ, genau mein Typ, Männer, die dicke Autos fahren, machen mich einfach schwach. Christel giggelte. In meiner Phantasie sah ich sie in einen riesigen Mercedes Benz steigen, hinter dessen Steuer ein feister, schwitzender Kerl klemmte.
Christels Amüsiertheit holte mich zurück in die Realität. Ist das nicht eigenartig? sagte sie, mein Ex-Mann ist bei der BSR und mein Neuer bei der BVG. Ich kam nicht mehr mit, und Christel wollte das Gespräch beenden. Heute ist übrigens die Ausgabe raus, sagte ich rasch. Ja? Die, für die ich euren Maler interviewt habe, half ich ihr auf die Sprünge. Ach schön, sagte Christel, da muß ich gleich mal gucken, mach's gut, Karsten. Ja, dito.
Bedrückt ging ich zur Toilette und betrachtete mich danach lange im Spiegel. Die mir von Christel verpaßte Frisur stand mir vortrefflich. Ein paar Locken, nicht zu viele, fielen mir in die Stirn. Die Ohren waren frei. Hinten endeten die Haare knapp überm Kragen. Kombiniert mit dem, was ich mir seit kurzem auf der Oberlippe stehenließ, machte das einen zutiefst seriösen Eindruck. Ich zwinkerte dem jungen Mann mit den blauen Augen zu. Er grinste zurück. Das sah gut aus und kam ja – wie mir schien – vor allem bei Frauen prächtig an. Große Fahrzeuge hin oder her. Mit einem Busfahrer würde ich ja wohl konkurrieren können.

*

Dann fing das mit Vater und den fünfundzwanzig Fahrrädern an. Wobei ich den Anfang gar nicht mitbekommen hatte. Ich habe nie beobachtet, wie er auf einem davon nach Hause geradelt ist. Vater ist sonst nie Fahrrad gefahren. Kerstin war in der Familie die einzige, die Freude dabei empfand, sich derartig fortzubewegen. Der Mensch ist für dergleichen nicht geschaffen. Das sieht albern aus, geradezu unästhetisch. Mag das Fahrrad an sich durch die Symmetrie der beiden Räder mit den unzähligen Speichen einigermaßen formschön sein, wird dies durch den Benutzer zunichte gemacht. Die Arme angewinkelt, der Oberkörper leicht vorgebeugt – so schiebt man Schubkarren. Der Pedalist lagert sein Gesäß unbequem und strampelt mit den Füßen, als versuche er, sich über Wasser zu halten. Selbst Roller fahrende Kinder sind da majestätischer. Der Mensch wurde eben weder mit Flügeln noch mit Rädern geboren und muß sich deshalb fahren lassen. Die Füße für etwas anderes als fürs Gehen zu mißbrauchen widerspricht unserer Natur. Besonders rennen ist mir zuwider. Wer rennt, macht sich verdächtig und verliert seine Würde. Eilige können nicht mit Zeit umgehen. Und Jogger haben zu wenig zu tun. Man kann sich auch mit gelegentlichen Spaziergängen fit halten. Wer auf Teufel komm raus schwitzen will, soll sich eine körperlich schwere Arbeit suchen und nicht in bunter und raschelnder Trainingskleidung durch Grünanlagen huschen.
So haben wir es immer gehalten. Und es war gut so. Bis Vater begann, unseren Garten mit Fahrrädern vollzustellen. Mir fiel das erst auf, als bereits fünf gleiche Modelle nebeneinander auf der Auffahrt standen. Nicht gerade die neuesten Modelle. Damenfahrräder. Was willst du mit fünf Damenrädern? fragte Mutter. Die sind doch noch gut, kam die Antwort. Wir sind trotzdem nur zu dritt! sagte Mutter. Aus diesem Grund waren Kerstin und Calle nach Hermsdorf bestellt

worden. Und so standen wir an einem Samstagvormittag im April vor fünf altmodischen Damenrädern. Bislang hatte Kerstin erfolgreich vermieden, ihren Freund mit nach Hause zu bringen. Und bereute es längst. Dabei hätte sie es ahnen können. Wenn Vater eine Überraschung ankündigte, dann war es eine. Nächste Woche bring ich Herrenräder mit, sagte er. Und zu mir: Eins von denen kannst du ja deiner Simone schenken. Könnt ihr 'ne schöne Radtour machen, sagte Mutter. Das ist ja 'ne prima Idee, dachte ich.
Wo kommen die denn alle her? Kerstin fand erste Worte. Wir lösen den Bestand auf, sagte Vater. Was für 'nen Bestand? fragte Calle. Senatsreserve, sagte Kerstin. Die haben da Fahrräder? fragte Calle. Hatten, sagte ich. Viertausendneunhundertzweiundneunzig, präzisierte Vater. Wozu wurden die gebraucht? fragte Kerstin. Glücklicherweise nie, sagte Vater. Und im Ernstfall? Damit wären hohe Beamte in Krisensituationen mobil geblieben, sagte Vater. Hätte man da nicht lieber Benzin lagern sollen? fragte ich.
Im Grunde war das ein Zeichen. Ein halbes Jahr bevor die Mauer fiel und noch eine Woche vor den berüchtigten Kommunalwahlen in der DDR, deren offensichtliche Fälschung den Zorn der Opposition in Aktionismus umwandelte, begann der Westberliner Senat damit, seine eiserne Reserve zu reduzieren, indem er ausgerechnet metallische Bestände abstieß. Dabei gehörten Fahrräder ja zu den unverderblichen Waren im Lager, wie Mutter an jenem Samstag korrekt bemerkte, die werden wenigstens nicht schlecht.
Höchstens alt, ergänzte ich. Die sind tipptopp in Ordnung, sagte Vater, haben nur keine Gangschaltung. Es gibt also eine Halle, in der fast fünftausend Fahrräder rumstehen? sagte Calle. Die stehen da nicht rum, sagte Vater, die sind teilzerlegt. Die hier nicht, sagte Kerstin. Die bau ich ja auf Arbeit zusammen, Vater guckte stolz. Du baust jeden Tag ein Fahr-

rad zusammen? fragte Mutter, was sagen denn die Kollegen dazu? Die machen das genauso, sagte Vater, was gibt's denn da zu lachen, Kerstin?
Wie viele willst du denn noch anschleppen? fragte Mutter. Ich schlepp die nicht an, ich fahre auf ihnen, sagte Vater, und man muß fünfundzwanzig Stück abnehmen. Fünfundzwanzig! Mutter schlug die Hände zusammen. Nicht überm Kopf, eher vor der Brust. Das geht dann ja gar nicht auf, sagte ich. Wieso? Vater tat komisch. Hast du nicht gesagt, es sind viertausendneunhundertzweiundneunzig? Was du dir alles merken kannst! Kerstin klang spöttisch. Er ist eben Redigteur, sagte Mutter.
Beim anschließenden Essen erzählte ich von meinem Besuch bei Calles Großvater und daß ich herausgefunden hatte, wie die Trasse der U 8 ursprünglich verlaufen sollte. Jaja, murmelte Vater, während er ein in Currytunke ertränktes Heringsfilet sezierte. Das sei allgemein bekannt. Woher und wieso, wußte er nicht. Die wollten die Peckwisch aufbuddeln, sagte er.
Peckwisch? Kerstin und ich wiederholten das Wort fast gleichzeitig. Ihr kennt euch nicht einmal in eurer Heimat aus, was? Vater legte ein winziges Stück Fisch auf die Gabel, während er erklärte, daß die Peckwisch ein ehemals feuchtes, nahezu sumpfiges Gebiet sei, das durch das Anlegen des Nordgrabens trockengelegt wurde. Heute sind da Schrebergärten drauf, schloß Vater mit dem Heringhappen auf der Zunge. Dann weiß ich Bescheid, sagte ich, an der Roedernallee, nördlich von Alt-Reinickendorf.
Kerstin und Calle staunten, als ich den ursprünglich geplanten Verlauf der U-Bahn-Linie repetierte. Vater steckte sich neuen Fisch in den Mund. Und Mutter sagte: Ach! Wir sahen sie an, weil danach nichts kam. War da nicht das Bergwerk? fragte sie seelenruhig. Ein Bergwerk? Das kam reichlich uni-

sono und auch aus Vaters mäßig gefülltem Mund. Wißt ihr nicht? Mutter lächelte, während der Blockade, hat Omi oft von erzählt.
Deine Mutter hat viel erzählt, wenn der Tag lang war, sagte Vater und spießte gleich zwei Stück Hering auf die Gabel. Was hat Omi erzählt? wollte Kerstin wissen. Die hat dort gearbeitet, früher, fuhr Mutter unbeirrt fort, bei der Berliner Bergbaubehörde. Was denn für'n Bergbau? Ich kam nicht mit. Calle und Kerstin ihrer Mimik zufolge ebensowenig. Damit wir nicht auf fremde Kohle angewiesen waren, sagte Mutter. Monika, du übertreibst maßlos, Vater legte sein Besteck zur Seite, das hast du von deiner Mutter! Sie hat da gearbeitet, sagte Mutter, im Vorzimmer des Bergwerksdirektors.
Habt ihr jemals von Berliner Kohle gehört? Vater suchte in uns Verbündete. Brav schüttelten wir die Köpfe. In Mutter brodelte es, ein seltenes Bild. Ich denk mir das ja nicht aus! Sie war den Tränen nahe. Das wissen wir doch, Kerstin legt ihr eine Hand auf den Unterarm, wir haben nur nie von so einem Bergwerk gehört. Ich auch nicht, Vater angelte sich ein weiteres Heringsfilet, diesmal in Tomatentunke. Wir anderen aßen längst nicht mehr.
Menschenskind, Uwe! Mutters Blick hatte etwas Flehendes, Omi hat so oft davon erzählt. Ich habe deiner Mutter nie zugehört, sagte Vater vergnügt. Sie hat immer wieder darüber gesprochen, auch von dem Direktor, wie hieß der gleich? Mutter hielt inne, ich glaube, Treptow hieß der. Treptow, ha! Vaters Mund verlor etwas Fisch, Treptow ist ein Bezirk, drüben in der Zone. Der Mann hieß so, und vom Bürgermeister hat Mutter ebenfalls gerne erzählt, diesem? Mutter sah fragend in die Runde.
Reuter? Vater prustete, deine Geschichte wird von Minute zu Minute wirrer! Mutter fing nun tatsächlich an zu weinen. Vater aß genüßlich weiter. Von welchem Bürgermeister sprichst

du denn, also, wen gab's denn da so? Ich schaute zu den anderen, legte vorsichtshalber vor: Ernst Reuter, Willy Brandt, Eberhard Diepgen. Du hast ganz schön große Lücken, Junge! sagte Vater kauend, was lernt ihr heutzutage eigentlich in der Schule?

Ich geh nicht mehr zur Schule, sagte ich. Vater machte eine wegwerfende Geste. Von Weizsäcker, sagte Calle, und davor war Stobbe? Vater bestätigte das. Die waren alle viel später, schniefte Mutter, und Kerstin wollte ihr mit einer Serviette das Gesicht trockentupfen. Nee, laß mal, Mutter zog ihren Kopf zurück, die kann man ja noch mal benutzen. Walther Schreiber habt ihr vergessen! sagte Vater. Den kenn ich nur als U-Bahnhof, sagte Kerstin. Mutter hielt sich ein zerknülltes Taschentuch vor die Nase und schneuzte hinein. Irgendwas mit Burg am Ende, sagte sie, ich weiß von dem bloß aus Omis Erzählungen. Burg? Vater keckerte, du meinst Otto Suhr! Nein, einen Doktor hat er gehabt. Weiß ich, welcher unserer Regierenden einen Doktortitel gehabt hat!? Vater fuhr mit einem Stück Kommißbrot durch die verschiedenen Tunken auf seinem Teller.

Doktor Kohl, sagte Calle. Der war nie Berliner Bürgermeister, sagte ich. Der Vogel aber, sagte Kerstin. Strauß? fragte Calle. Ich hab's wieder! rief Mutter triumphierend: Friedensburg hat der geheißen, Doktor Friedensburg! Friedensburg? Wir sahen sie verblüfft an. Der ist mir nicht bekannt, sagte Vater, und ich habe mein ganzes Leben in Berlin verbracht. Der war vor deiner Zeit, sagte Mutter. Hast du nicht vorhin von der Blockade erzählt? sagte Vater, da war ich sehr wohl dabei, hab tüchtig mitgeholfen beim Entladen der Rosinenbomber. Da warst du höchstens vierzehn! warf Kerstin ein. Na und? Ich kann mich gut an die Zeit erinnern.

Ich erhob mich und suchte im Wohnzimmerregal nach einem Buch, das der Wahrheitsfindung dienen könnte, und wurde

fündig in einem Band über die Geschichte Berlins. Darin nebeneinander abgebildet: zwei Herren und in ihrer Mitte eine Dame, alle drei nicht mehr die jüngsten. Ernst Reuter, Oberbürgermeister. Louise Schroeder, Amtierende Oberbürgermeisterin. Und – aha – Ferdinand Friedensburg, laut Bildunterschrift vertrat er Frau Schroeder zeitweise wegen schwerer Erkrankung. Ach, ein Stellvertreter! rief Vater. Bürgermeister ist Bürgermeister, sagte Mutter und sah wieder zufrieden aus. Ich las, daß Ernst Reuter wegen eines Vetos der Sowjetunion erst nach der Spaltung der Stadtverwaltung sein Amt antreten durfte. Solange hat für ihn Louise Schroeder regiert. Und dazwischen eben Ferdinand Friedensburg, Doktor Ferdinand Friedensburg.
Und was hat das mit Bergbau zu tun? fragte Kerstin. Das würde ich auch gerne mal wissen, sagte Vater, Mutti lenkt ständig vom Thema ab. Gar nicht, Mutter sah ihn böse an, ich habe lediglich gesagt, daß Omi für den Bergbaudirektor und für den Bürgermeister gearbeitet hat. Von Bergbau steht hier nichts, sagte ich, während ich weitere Seiten überflog. Und stimmt trotzdem, sagte Mutter. In dieser Ecke, da wo diese Peckwisch sein muß, ich setzte mich wieder, gibt es sogar eine Montanstraße, Montan hat ja was mit Bergbau zu tun. Siehste! Mutter tupfte sich die Augen mit einem Taschentuch. Papperlapapp! Vater schlug schwach mit flacher Hand auf die Tischdecke, denkt ihr, Herr Fichte wäre jemals in unserer Straße gewesen, bloß weil sie nach ihm benannt wurde? Herr Fichte? Mutter schniefte, die Fichte ist doch ein Baum! Ich glaube, wir gehen dann mal, sagte Kerstin. Schon? Mutter sah beide abwechselnd an, wir haben uns noch gar nicht richtig unterhalten.

Die Fahrräder stehen nach wie vor in unserem Keller. Und sie werden dort wohl länger bleiben, als es die Reserve geben wird. Vor ein paar Tagen hat Vater mich mitgenommen. Auf Arbeit, zum ersten Mal. Mit der Geheimhaltung sei es ein für allemal vorbei. Der Senat wolle die Reserve möglichst schnell loswerden. Wohl wegen der Kosten, geschätzte einhundert Millionen im Jahr.

Inspektion im Westhafen. Routine, sagte Vater heute morgen, wenn du willst, komm mit. Au ja, schon immer, solange ich denken kann, wollte ich sehen, wo mein Vater arbeitet. Jedes Kind ist neugierig auf das, was die Eltern machen, wenn sie nicht zu Hause sind, und gibt gern damit an, was für tolle Berufe die Eltern haben, falls sie tolle Berufe haben. Ich dagegen mußte schweigen, das war mir früh eingebleut worden. Damals hatte ich Herrn Hanke, unserem um Mehl bittenden Nachbarn – seine Frau und er waren erst kurz zuvor in die andere Hälfte unseres Hauses gezogen –, erklärt, er könne soviel Mehl bekommen, wie er wolle, und wenn unsere Vorräte nicht ausreichten, mein Vater hätte Zugang zu schier unerschöpflichen Reserven. Meine Wortwahl wird eine andere gewesen sein, und Herr Hanke dürfte meine Anspielung weder verstanden noch sich dafür interessiert haben. Trotzdem erklärte mir Vater hinterher so dermaßen eindrücklich, wie leichtsinnig ich gerade den Schutz Westberlins aufs Spiel gesetzt hätte, daß das auch den Hankes nicht entgangen sein dürfte. Die Wand, die aus unserem Haus ein doppeltes macht, ist nicht dick. Und obwohl sich später eine Art Freundschaft unter Nachbarn entwickelte, Herr Hanke hat sich, soweit ich das weiß, nie danach erkundigt, welchem Beruf Vater nachgeht. Mir fiel es anfangs schwer, nicht mit der geheimen Tätigkeit meines Vaters zu prahlen. Leute wie James Bond waren auf dem Schulhof hoch im Kurs. Da hätte ich gerne Eindruck geschunden.

Der Westhafen: Backsteinbauten, Lagerhallen, Schwäne im Hafenbecken, kaum Schiffe. An einer Fassade das Wort Getreidespeicher. Vater steuerte schnurstracks den Seiteneingang eines großen Gebäudes an. Ich stolperte hinter ihm her übers Pflaster, das immer mal wieder von Schienen durchzogen war. Neben der Tür ein Emailleschild mit Berliner Bären, Senatsverwaltung für Wirtschaft.

Wir wurden erwartet. Vater wurde erwartet. Ich nicht. Der Mann musterte mich interessiert. Mein Sohn, sagte Vater, und das ist Herr Tucker, der Lagerleiter. Is de Jeheimhaltung uffjehohm? Tucker nahm seine Augen nicht von mir. Wenn wir selbst das Fernsehen jetzt hineinlassen, Vater hob kurz die Hände. Ha' ick jesehn, sagte Tucker, der Senator hält de Reserve füa entbehrlich. Hoffentlich liegt er damit nicht falsch, sagte Vater.

Mit einem Schütteln wandte sich Tucker um. Denn kommt ma mit! Wir betraten die heilige Halle, eine der so gut gehüteten Kornkammern, wobei ihr Inhalt nur bedingt nahrhaft war. Im Halbdunkel erkannte ich zunächst Kartons mit Etiketten, auf denen stand: Kochsalzspüllösung. Woanders las ich: Sterofundinlösung zur intravenösen Infusion. Kisten, so weit ich gucken konnte, hochgestapelte Kisten auf Europaletten. Glucose, braun, las ich. Isotone Kochsalzlösung, las ich und: Einmal-OP-Schwesternhauben. Sen. f. Gesundheit, las ich, Warenart: Lipofundin. Das muß ich mir merken, dachte ich, falls wir mal wieder spielen.

Während Vater und Herr Tucker irgendwelche Listen durchgingen, beobachtete ich, wie ein großer, unförmiger Mann in blauem Overall aus einem Lastenaufzug ein Wägelchen, auf dem allerlei Kisten gestapelt waren, herauswuchtete und aus meiner Sicht schob. Ich ging umher. In manchen Gängen waren die Säcke so hoch gestapelt, daß man fürchten mußte, sie könnten herabpurzeln. Kristallzucker, las ich, VEB Zuckerfabrik – Nordkristall – Güstrow. Zucker aus der Zone? Ich war verblüfft. Ob Vater davon wußte? Erst mauern sie uns ein, und dann verkaufen sie uns tonnenweise Zucker, damit wir uns auch zu Blockadezeiten unser Leben hinter Beton versüßen können.

Ein Lager weiter zeigte Vater mir Klamotten, eingepackt in Folie. Niemand hätte barfuß oder barhäuptig durch das eingekesselte Berlin laufen müssen. Ein Karton enthielt zweihundert Paar Kindersöckchen, andere Jeanshosen, ebenfalls für Kinder. Erwachsene haben genug anzuziehen, sagte Vater, die nehmen höchstens ab, weshalb ich ja seit jeher dafür bin, Gürtel zu lagern.

Jetze jeht det allet nach Osteuropa, für lau, Tucker sah von seinem Klemmbrett auf. Noch ist nichts beschlossen, sagte Vater, und vielleicht finden sich ja Käufer, falls wir denn verkaufen, man kann nie wissen. Fünfundzwanzich Million Fischdosn müssen ooch erstma vatickt wern, sagte Tucker, mehr zu sich als zu Vater. Der jedoch wurde sofort hellhörig. Wie Tucker auf diese Zahlen käme. Außerdem, so Vater, die Wälzungen haben bislang gut geklappt. Ja, de Wälzungen, sagte Tucker, det reinste Erbsenkarussell! Nichts als Gerede! blaffte Vater. Und ich kam nicht mehr mit. Was für'n Karussell?

Tucker guckte, als säße er mittendrin im Fahrgeschäft. Da wurde die Ware nach Westdeutschland jekarrt, hinta Helmstedt umetikettiert und jing wieda mittem jleichn Laster zurück zu uns. Vater ließ grummelnde Geräusche hören. Das sei nie bewiesen worden. Stand do in de Zeitung, Tucker gab sich gleichgültig, voa Jahren, und is nich ooch imma ma wieda Senatsware wechjekomm? Das ist der natürliche Schwund, Herr Tucker! Vater wurde zunehmend ärgerlich, sein sorgfältig über die Halbglatze gelegtes Haar drohte zu verrutschen.

Natürlcha Schwund? Tucker gluckste, Sie sind ma eener, det warn ja wohl zich Tonnen, oda etwa nich? Vater zuckte mit den Schultern. Hier ging es um die Senatsreserve, um sein Leben. Etwaige Unregelmäßigkeiten durfte es nicht geben. Davon unbeeindruckt, schimpfte Tucker weiter auf gewisse Firmen, die sich an der Reserve eene joldne Nase vadient hätten. Die werden sich alle umkieken müssen, da wird es uns nich anders jehn, Tucker sah meinen Vater an, wissense schon, wohinse komm, wennde Lager leerjeräumt sind, Se sind ja bestümpt vabeamtet, oda?

*

Siebenhundert Millionen, sagte Martin. So viel sollte die U8 mit der veränderten Linienführung kosten, vor zehn Jahren. Also wie gehabt, so Pi mal Daumen, stellte ich fest. Dafür wird sie jetzt länger, man hat also mehr fürs ... Martin stockte. Sag mal, er starrte mich an, da unter deiner Nase?! Das ist kein Dreck, sagte ich. Aha, Martin schob seine Brille in Position. Wir standen in seinem Kabuff vor der großen Karte, auf der ich zwei Tage zuvor die ursprüngliche Trasse der U8 markiert hatte. Martin kam mir auf eine seltsame Art fassungslos vor. Die schweren Krawalle vom ersten Mai in Kreuzberg, von denen in der Abendschau Bilder zu sehen waren, die als Kriegsreportage hätten durchgehen können, schienen sein grundsätzliches Vertrauen in die Polizei und dazu vielleicht seine vagen linken Überzeugungen empfindlich gestört zu haben. Genaues wollte er mir nicht verraten, und schon gar nicht, wieso auf seiner Stirn ein großes, gepolstertes Pflaster pappte. Lieber referierte er, in der Hand seinen Schreibblock, knapp, was er am Vortag in der Bibliothek bei der Durchsicht alter Zeitungen gefunden hatte. Demnach sei die Strecke unter anderem geändert worden, weil die Bodenverhältnisse besser geeignet seien. Gab's da nicht Probleme wegen so riesigen Findlingen? Jaja, Martin grinste, im Juli siebenundsiebzig

schreibt der Tagesspiegel, er sah auf seinen Block, durch die veränderte Linienführung würde man bei jedem Kilometer vierundzwanzig Millionen Mark sparen. Dafür ist sie länger! warf ich ein. So zwei Kilometer ungefähr, sagte Martin, dafür dachten sie, man müsse nicht mit Schildvortrieb bauen und könnte das einfach aufbuddeln, der Abriß einiger Gebäude war fest eingeplant. Und wieso kam es dann anders? Anwohnerinitiativen, Martin hob die Schultern, erhaltenswerter Baumbestand, Pipapo.
Das gleiche Thema wie bei der ursprünglichen Trasse, sagte ich, nehme an, überall wachsen erhaltenswerte Bäume. Wovon du ausgehn kannst! Und wenn die Beschaffenheit des Bodens nicht hundertprozentig vorhergesagt werden kann, sagte ich. Offiziell ging es logischerweise um was anderes, sagte Martin, seit Mitte der Siebziger war Harry Ristock Bausenator, und dessen Wahlkreis war wo wohl? Er sah mich an. Äh, Reinickendorf? Du hast es erfaßt, Martin tätschelte meine Schulter, ich will gar nicht wissen, wessen Interessen er da alles gerecht werden mußte, fest steht, plötzlich tauchte eine Studie auf, wonach die geänderte Trasse wichtige zusätzliche Gebiete erschließt.
Wichtiger als das Märkische Viertel? Die werden ihre Gründe gehabt haben, sagte Martin, hier wohnen auch Menschen. Seine linke Hand wedelte vor Alt-Wittenau herum. Hier nicht, oder was? Ich pochte mit dem rechten Zeigefinger auf die Roedernallee. Da sind hauptsächlich Schrebergärten, Martin warf seinen Block auf den Schreibtisch, und die wären wegen des U-Bahn-Baus sowieso erst mal weg gewesen.
Wir standen schweigend vor dem Stadtplan. Die Begründung ist hanebüchen, sagte Martin nach einer Weile, das kann nicht der ursprüngliche Grund sein. Also doch die Bodenverhältnisse? sagte ich, meine Mutter behauptet ja, kurz nach dem Krieg wäre an dieser Stelle nach Braunkohle gesucht worden.

Deine Mutter? Martin drückte den Filter seiner Zigarette zusammen, was hat die denn damit zu tun? Das hat sie am Wochenende erzählt, sagte ich, meine Großmutter scheint im Bergwerkssekretariat gearbeitet zu haben. Hast du Fieber? Martin sah mich an, was für'n Bergwerk? Ich hab noch nie was von einem Berliner Bergwerk gehört, aus einem einzigen Grund, er sog an seiner Zigarette, hier in der Gegend gibt es keine Kohle. Mag sein, sagte ich, während der Blockade sollen sie trotzdem danach gesucht haben, vor allem in Reinickendorf, laut meiner Mutter, schriftlich kann ich dir das nicht geben. Das wäre eine Erklärung, Martin zog die Nase hoch, wenn hier irgendwelche Schachtanlagen existieren, wäre ein U-Bahn-Tunnel schwierig zu bauen gewesen. Kommt drauf an, sagte ich, und dann müßte ja jemand was darüber wissen. Eben, sagte Martin, eben.

Kennst du zufällig wen bei der BVG? fragte ich Martin, als wir unserer Mittagswurst entgegenspazierten, wobei nur ich spazierte, Martin humpelte. Meine Nachfragen hatte er ausweichend beantwortet. Die nach der BVG paßte ihm da mehr. Kommt darauf an, wie nah, Martin blieb stehen. Verboten nah, sagte ich. Martin hustete, wollte wissen, wie ich denn das meinte. Mal was mit 'ner Frau aus der Verwaltung gehabt? Zweifellos war meine Idee eine fixe, die schnell über alle Berge sein könnte. Martin schien mir keineswegs der Eroberer zu sein, als der er sich gerne selber sehen würde. Du kommst ja auf Sachen, sagte er. Vergiß es, sagte ich. Worum geht's denn? Die Bekanntschaft zu jemandem, der bei der BVG die Fahrten einteilt, würde mir ungeheuer helfen, sagte ich. Soso, Martin setzte sein Gehumpel fort. Ich folgte ihm. Diese Person könnte mir einen großen Gefallen tun. Warum sollte sie das? Er blieb wieder stehen, die Zigarette in der Hand. Du kennst eine? Ich hielt den Atem an.

Kennen, Martin machte eine wegwerfende Handbewegung, na ja. Ich mußte grinsen. Sag, worum geht's? Martin betrachtete seine Zigarette, deren Asche länger war als das ungerauchte Stück. Die Sache ist, ich druckste ein wenig herum, hatte gar nicht damit gerechnet, meinen Plan vor Martin ausbreiten zu können, und wollte ihm bloß das Nötigste verraten. Läßt sich herausfinden, wann ein bestimmter Fahrer Dienst hat?

Wofür soll das denn gut sein? Überraschung für meine Schwester, sagte ich. Martin dachte kurz nach, erwog wohl, was das für eine Überraschung sein könnte. Dann sah er mich mit leuchteten Augen an. Du bist mir ja einer! Er hustete vor Freude. Und ich kam seinen Gedanken nicht hinterher. Dafür war ich vor ihm am Imbiß, wo ich Wurst, Bier und Coca-Cola orderte.

Martin okkupierte einen Stehtisch. Ich brachte schon mal die Getränke. Man müßte ja wohl auch wissen, welche Linie der Mann fährt, Martin ließ seine Büchse zischen. Ich brauchte einen Moment, um zu verstehen, wovon er gerade ausging. Natürlich, sagte ich dann, klar, sonst weiß ich ja nicht, in welchen Bus wir einsteigen müssen, Kerstin und ich. Selbst der falsche Plan gefiel mir außerordentlich gut.

Klaus' vollständigen Namen zu erfahren war leichter als gedacht. Eines Abends hatte ich bei Simone scheinbar zufällig beim Durchqueren der Kabelkanäle besagte Fernsehpartnerwahl erwischt. Die Sendezeiten kannte ich aus der Zeitung. Daher wußte ich, daß sie nicht im Offenen Kanal, sondern in einem sogenannten Mischkanal lief, was ungefähr das gleiche war. Laß mal an, rief Simone sogleich, das ist ja ...! Klaus bekam ich leider nicht zu sehen. Der war gewiß aus der Rotation genommen worden.

Nun kannte ich also die Telefonnummer der Redaktion. Hin-

ter der leider lediglich ein Anrufbeantworter wartete, wie ich am nächsten Tag erfahren mußte. Was mich nicht daran hinderte, das Band so lange und so oft vollzuquatschen, bis mich drei Tage später eine leicht gereizte Frau Krug zurückrief. Sie suchen also einen Mann für Ihre Mutter? Ja, sagte ich leise in den Hörer, an sich habe ich ihn schon gefunden, in einer Ihrer letzten Sendungen. Und warum ruft Ihre Mutter nicht selber bei uns an? Das würde die sich niemals trauen, erklärte ich, sie ist so einsam, und als wir neulich zufällig auf Ihr Programm stießen und dort diesen Klaus sahen, war sie ganz hin und weg. Leider ist es für meine Mutter komplett unverstellbar, sich selber mit ihm in Verbindung zu setzen, wenn dagegen Sie mir seine Nummer geben könnten. Das kann ich nicht machen, sagte Frau Krug, ich kann dem Klaus höchstens vorschlagen, daß er sich mit Ihnen in Verbindung setzt. Ich habe ja die gleiche Nummer wie meine Mutti, warf ich ein, Sie haben so eine nette Stimme, Frau Krug, ich weiß, daß in Ihnen ein großes Herz schlägt.
Das widerspricht unseren Grundsätzen, sagte die Angesprochene nach einem Moment der Stille. Ich hörte Papierrascheln. Das animierte mich dazu, richtig auf die Tube zu drücken. Seitdem Vati tot ist ... Mir gelang sogar ein Schluchzer. Ich weiß gar nicht, Frau Krug schien eilig herumzublättern, ob der Klaus nach wie vor Interesse hat, die Sendung ist ja 'n paar Wochen her, wobei, viele Anfragen hat der nicht bekommen. Mein Puls ratterte. Gewiß besah sich die Frau am anderen Ende der Leitung gerade einen Zettel, auf dem Christels Telefonnummer stand. Vielleicht, bat ich, könnte er sich ja mal mit meiner Mutter treffen, ich würde ihn so gerne darum bitten. Sie mögen Ihre Mutter wohl sehr?
Nachdem ich mich überschwenglich bei Frau Krug bedankt hatte, rief ich die Nummer an, die ich von ihr bekommen hatte. Kormann, meldete sich eine freundliche Stimme. So

freundlich, wie man Kormann eben aussprechen kann. Ich entschuldigte mich ebenso freundlich für die Störung, sagte, ich hätte mich versehentlich verwählt. Danach überprüfte ich per Telefonbuch, ob Name und Nummer zusammenpaßten, was sie taten, so daß sich Martin den korrekten Namen eines Berliner Busfahrers ins Notizbuch schreiben konnte.

Simone war in diesen Tagen anhänglicher denn je – obwohl meine Küsse neuerdings piksten. Unser Ausflug am Ersten Mai, Kinobesuche, Horizontales – ich selber hätte meine Stimmung mit Verliebtheit verwechselt, wäre ich nicht anderweitig festgelegt gewesen. Was sie nicht bemerkte, weil ich mich ihr gegenüber durchaus emotional zeigte. Die Richtung stimmte schließlich, und so stark, wie ich fühlte, strahlte das durch die Tochter durch bis zur Mutter.

Eine Woche vor Pfingsten begann ich, mich auf mein Projekt Eroberung vorzubereiten. Ich hielt mich fern von Christel, die Trainingsstunden wurden in meinem Zimmer absolviert. Gemeinsame Essen mit Simone und meinen Eltern nahm ich in Kauf, so war auf jeden Fall für Gesprächsstoff gesorgt. Simone freute sich ein bißchen zu sehr über das Fahrrad. Dabei besaß sie eins, das zwar nicht mehr neu, dafür aber mit einer Gangschaltung ausgestattet war. Daß ich nicht mit ihr, ihrem Vater und dessen Frau oder Freundin verreisen würde, mißfiel ihr zwar. Gleichwohl war sie darum bemüht, sich das nicht anmerken zu lassen.

Ich bedankte mich mit meinem jüngst erlernten Grinsen. Wir lagen auf meinem viel zu schmalen Bett, und Simone flüsterte, ob mir klar sei, daß ich gewisse Ähnlichkeiten hätte. Ach, ja? Ich horchte auf. Machte sich das Üben vorm Spiegel endlich bezahlt? Dieser eine Schauspieler! Simone bewegte den Kopf, als müsse sie ihre Synapsen aneinanderschlackern lassen, um sich besser erinnern zu können. Ich war kurz davor, ihr auf die Sprünge zu helfen, da legte sie ihre Assoziation in Ketten und rief die Endstation Lindenstraße aus: Der Junge da, Simone guckte fröhlich, Benny! Benny? Ja, du lächelst mindestens so süß wie Benny Beimer.

*

Meine Großmutter, die Bergwerksdirektorensekretärinnenvertretung. Mutter hatte tagelang den Speicher umgeschichtet, bis sie auf eine alte Mappe stieß, die sie uns stolz auf den Abendbrottisch knallte. Diese enthielt vergilbte Zeitungsausschnitte, Artikel und Karikaturen, die sich mit Braunkohlebergbau in Westberlin beschäftigten. Zuerst haben wir uns die Bildchen angeschaut, gehalten in einem nüchternen Zeichenstil, mehr sachlich als witzig. Die Pointe sollte die jeweilige Bildunterschrift liefern.

Vorhin habe ich mir die Mappe ins Zimmer geholt. Blättere mich erneut durch die brüchigen Papiere. Keiner der Ausschnitte ist datiert. Aus welcher Zeitung sie stammen, läßt sich nirgendwo erkennen. Wie bereits letztes Jahr bleibe ich bei den Witzen hängen, frage mich, ob diese damals für komisch befunden wurden.

Gräbt ein Mann im Garten nach Kohlen, und die Frau am Fenster ruft, er solle mal hinmachen: Du weißt doch, daß ich hier im kalten Zimmer warte.

Sitzt die Familie im Wohnzimmer. Vater hemdsärmelig. Frau und Kinder in Unterwäsche. Hinterm Fenster schneit es. An der Wohnungstür eine Nachbarin im Kleid mit einem Eimerchen. Hier, Frau Grundeis, sagt sie, bring ich Ihnen die Kohlen zurück, die Sie mir im Januar siebenundvierzig geborgt haben!

Spaziert eine Familie über eine Wiese bei Frankfurt. Am Himmel ein Propellerflugzeug. Ah, fein, freut man sich, Kohlen aus Berlin!

Schüttet ein Laster Berliner Braunkohle ins Wasser, und die Passanten sagen: Soweit sind wa nu: Wenn wa nich unta den Preis von fuffzich Fennich Ost für den Zentna jehn wolln, müssen wa een Teil Kohln in die Spree schütten!
Die Suche nach Braunkohle unter Berlins Trümmern war vom Westmagistrat beschlossen worden. Die Presse zeigte sich kritisch. Das mag an der Richtung liegen, aus der die Kommentare kamen. Ost wetterte gegen West. Vater fand das empörend, ich eher erheiternd. 1949 muß der Kalte Krieg schrecklich heiß gewesen sein. Dem Verantwortlichen Dr. Ferdinand Friedensburg wurde jegliche Kompetenz abgesprochen. Er sei Jurist und habe vom praktischen Bergbau keine Ahnung. Ohnehin sei die förderungswürdige Braunkohlemenge viel zu gering und das ganze Projekt zum Scheitern verurteilt, würde allein aus Prestigegründen durchgeführt werden. Eine halbe Million Westmark sei quasi für nichts verpulvert worden. Andere Quellen schreiben von sich lohnenden Ergebnissen. Bald könnte eine Tonne Kohle für sieben Mark verkauft werden. Dann ist wieder die Rede von Verschwendung. Die Abteilung für Braunkohlefragen in der Uhlandstraße verfügte über ein gutes Dutzend Angestellte. Es gab ein Sekretariat, ein Zeichnungsbüro, ein Archiv, eine Anmeldung und einen ständigen Beauftragten für Bohrungstechnik. Selbst ein Auto stand zur Verfügung. Und all das nur, um an übers Westberliner Stadtgebiet verteilten Bohrstellen Lehm, Kies und ein dunkles Etwas aus der Erde zu holen, das täglich vom Materialprüfungsamt in Dahlem inspiziert wurde.
Ich lese von einem freien Gelände an der Graf-Roedern-Allee, von den Hügeln und Tümpeln der Peckwiese, dort stünden fünf Dreibeine. Ich lese von der zerstörten Halle der Argus-Werke, vom monotonen Rauschen der Pumpanlage, von sanftem Rascheln des Schilfes und französischen Sprachfetzen.

Ich lese viel von Probebohrungen und von Friedensburgs Absicht, einen Untersuchungsschacht graben zu lassen. Selbst der Name des Reinickendorfer Bergwerks stand fest: Grube Fröhliche Morgensonne.

Vom Reinickendorfer Bergbau erzählte ich Simone in aller Ausführlichkeit, während im Fernsehen der Grand Prix Eurovision an uns vorbeiplärrte. Nino de Angelo sang von Fliegern und stürzte ab auf die hinteren Ränge, während die keck belockte Gewinnerin aus Jugoslawien mit dünnem Stimmchen verlangte, von einem Säugling gesteinigt zu werden. Oder so ähnlich. Über diesen Witz von mir konnte Simone nicht lachen und schmollte lieber mal wieder ein bißchen, weil ich sie partout nicht in die Pfingstferien begleiten wollte. Verwundert gab ich mich, als sie mir von der Enttäuschung ihrer Mutter berichtete, das Wochenende ohne Gesellschaft verbringen zu müssen. Die haben dem Klaus echt Sonderschichten reingedrückt, ausgerechnet nachts, kannst du dir das vorstellen? Simone war ehrlich empört, Mama und er wollten wegfahren, angeblich herrscht Personalmangel über die Feiertage, ist das nicht gemein?
Gemein war es. Und kinderleicht. So ließ sich neben den Dienstzeiten von Klaus nicht bloß herausfinden, daß er über Pfingsten Urlaub genommen hatte, nein, das konnte sogar rückgängig gemacht werden. Martins Beziehungen zur Verwaltung der Berliner Verkehrsbetriebe waren weitaus besser, als er das zugeben wollte.

Wir sollten Hütchenspieler werden, da verdient man ganz ordentlich. Martins Begrüßung ließ mich im Türrahmen verharren. Von ihm selbst war lediglich der Unterkörper zu sehen, die Füße inmitten des Gewühls auf dem Schreibtisch, sowie die Hände, die die BZ hielten, hinter der es kräftig

dampfte. Wieso Hütchenspieler? Zehntausend Ocken in zwei Stunden, auf'm Krempelmarkt. Martins Sprechweise zufolge steckte eine Zigarette zwischen seinen Zähnen. Wird man da nicht so oder so betrogen? Ich betrat das Kabuff. Nicht wenn du aufpaßt, Martin senkte die Zeitung und grinste mich an, Ziggis gibt's da steuerfrei.
Übrigens hier, er blätterte in der Zeitung, legte sie dabei halb auf den Beinen ab, um sich die Zigarette aus dem Mund nehmen zu können, da hat 'ne Frau ihr Auto vor 'ner Schrottfirma geparkt, und die Dumpfmeister haben's in die Presse geschoben. Er kicherte und sprach tiefer weiter: Wir haben nicht gemerkt, daß da am Wagen Nummernschilder waren. Interessant, was die Presse so alles bringt, ich setzte mich auf den freien Stuhl. Hast du was Besseres auf Lager? Und ob! Schließlich kam ich mit Anhaltspunkten, daß das von Friedensburg erträumte Bergwerk doch gegraben worden war.
Ich öffnete meinen Aktenkoffer und holte das Indiz hervor. Martin guckte interessiert, wollte wissen, was ich da habe. Wegen des Bergwerks, sagte ich. Ich denke, es gab kein Bergwerk! Offiziell nicht, sagte ich, warum aber war meine Großmutter dann über ein Jahr länger dort beschäftigt, als die Bergbaubehörde existierte? Martin rutschte aus seiner gemütlichen Haltung, stellte die Füße auf den Boden, dabei flog die BZ runter, und langte nach dem Zettel.
Den er nicht bekam. Lieber las ich ihm vor, daß Frau Edith Moll von März 1949 bis Mai 1950 aushilfsweise im Büro Bürgermeister Dr. Friedensburg – Braunkohlefragen – als Sekretärin tätig gewesen sei. In ihren Zuständigkeitsbereich fielen allerlei technische Schreibarbeiten, sie habe die Registratur in Ordnung zu halten gehabt, weitere Büroarbeiten ausgeführt und sei im übrigen sorgfältig, zuverlässig und bereitwillig gewesen, vollste Zufriedenheit, Glück auf.
Glück auf? Martin verrenkte sich fast, um den Zettel in die

Finger zu kriegen. Glück auf, ja, das steht da. Ich reichte ihm das Blatt. Martin studierte es mit zusammengekniffenen Augen. Das muß ja bedeuten, sagte ich, die haben länger gegraben, als in den Artikeln steht. Wird Braunkohle nicht über Tage abgebaut? fragte Martin. Fest steht, sagte ich, Friedensburg strebte ein Bergwerk an, in den Artikeln war dagegen stets von einer Versuchsschachtanlage die Rede. Die nicht gebaut worden ist, sagte Martin. Oder eben doch, sagte ich.

Auf dem Heimweg traf ich ausgerechnet Fräulein Schultze in der S-Bahn. Wo zuviel los war, um ihr rechtzeitig aus dem Weg gehen zu können. Oh, hi! Ihr erster Impuls war ein Lächeln, das danach rasch verschwand. Dafür, daß wir für den gleichen Verlag arbeiten, sehen wir uns ganz schön selten, sagte sie. Martin und ich sind in letzter Zeit viel unterwegs. Fräulein Schultze ließ ihren Kaugummi schnalzen. Ganz schön voll hier, sagte sie. Da war was dran. Von allen Seiten umdrängt, gab ich mir arge Mühe, ihr nicht näher als nötig zu kommen. Ich weiß, warum ich sonst mit dem Auto fahre, sagte sie, während der Zug abbremste und ich daher kurz gegen sie gedrückt wurde. Ihr Geruch gefiel mir, ohne daß ich ausmachen konnte, ob er von den künstlichen Aromastoffen in ihrem Mund herrührte oder von einem etwas aufdringlichen Parfüm. Pardon, sagte ich. Fräulein Schultze schmunzelte. Als der Zug wieder anfuhr, tippte sie sich mit dem Zeigefinger an die Oberlippe: Steht dir.
Am Bahnhof Hermsdorf trennten sich unsere Wege. Einen Moment lang standen wir uns in der Vorhalle unschlüssig gegenüber. Sie musterte mich. Du mauserst dich echt zu einem Gentleman, sie drehte sich zum Gehen, schönen Abend. Ja, sagte ich und blieb leicht verwirrt zurück, in der Nase die Erinnerung an eine künstliche Frische. Wie es schien, hatte ich einen Schlag bei älteren Frauen. Das beruhigte mich. Un-

ter anderen Umständen wäre ich geneigt gewesen, Inga dichter an mich heranzulassen als in der S-Bahn, würde nicht der Tag, an dem Christel allein in ihrer Wohnung wäre, konstant näher und näher rücken.

*

Zuerst wollte ich sie vorher anrufen, beschloß jedoch, ihr lieber nicht die Chance zu geben, die Angelegenheit bedenken zu können. Und so stand ich vor ihrer Wohnungstür. In meinem neuen lachsfarbenen Anzug, das Hemd war ebenfalls ein frisches. Den Kragen schmückte mein erstes Bolotie. Das von Christel. Ich war aufgeregt, zögerte zu läuten, und mein Herz raste. Die Treppenhausbeleuchtung verlosch. Schlagartig wurde es dunkel. Dumpfe Geräusche schwirrten im Hintergrund. Licht drang durch die Ritzen der Tür vor mir. Christel war also daheim. Ich drückte die Klingel. Zu spät wurde mir klar, wie eigenartig es aussähe, wenn Christel öffnete und ich im finsteren Flur stünde. Hektisch sah ich zu dem roten Leuchtpunkt des Schalters. Ich hastete dorthin, und fast synchron mit dem wiederkehrenden Licht ging die Wohnungstür auf. Im Rahmen stand Christel, verwundert, niemanden zu sehen. Ich trat vor sie. Karsten? Ihr Mund blieb offen. Verlegen begrüßte ich sie. Hat Simone dir nicht? fing Christel an, winkte dann ab, nee, du hattest ja gar keine Zeit, oder was?
Ihr Blick fiel auf die noch eingewickelten Blumen in meinen Armen. Eilig begann ich, die Klebebandstreifen zu lösen. Meine Hände zitterten leicht. Ich, die Stimme versagte mir, weshalb ich mich räusperte und neu ansetzte. Ich weiß, daß Simone verreist ist. Das klang wieder fester. Ach, du grüne Neune! sagte sie. Darf ich reinkommen?
Im Korridor nahm Christel mir den Strauß ab. Zwanzig rote

Rosen sparen dir bisweilen zwei Wochen. Endlich konnte ich den Gehalt von Martins Weisheit testen. Ich weiß gar nicht, was ich sagen soll, sagte sie. Ein Danke reicht, sagte ich, oder sag, du mußt erst mal suchen, ob du so eine große Vase hast. Daß der Spruch von Mutter stammte, behielt ich lieber für mich.

Anstatt sich auf die Suche nach einem Blumenbehälter zu begeben, betrachtete Christel mich beim Ausziehen der Schuhe, als hätte sie so etwas nie zuvor gesehen. Ganz schöne Quadratlatschen! sagte sie, aber schöne Schuhe. Findest du? Christel guckte genauer hin, fragte, ob man so was wieder trägt. Ich ja, sagte ich. Oder sind die von deinem Vater? Christel ließ ein kurzes hohes Lachen hören. Tja, sagte ich. Nein, sagte ich, die sind neu, vielleicht nicht der letzte Schrei, doch voll bequem. Aus was für einem Bestand sie stammten, mochte ich nicht so gerne zugeben. Jede Mode kommt wieder, sagte Christel. Genau, sagte ich.

Na, komm! Sie brachte mich und die Rosen zur Küche. Ich blieb im Türrahmen stehen und sah Christel beim Versorgen meines Mitbringsels zu. Ihr lockiges Haar war frisch frisiert. Sie trug eine enge Jeans mit bunten Applikationen auf dem Hintern. Ihre sich unter dem hellblauen, flauschigen Oberteil abzeichnende Figur war tadellos.

Sie drehte sich um, in den Händen die gefüllte Vase. Christel lächelte, nein, sie strahlte geradezu. Das paßte gut zu den Rosen und gab mir Hoffnung. Ich ließ sie auf mich zutreten. Wich nicht zur Seite. Die Blumen hielten uns auf Abstand. Deren Duft stieg mir in die Nase. Christel sah mich mit erhobener rechter Augenbraue an. Ich war ebenfalls darum bemüht, ernst zu bleiben. Ihr Blick bohrte sich an mir fest, als wollte sie in meinem Inneren lesen. Langsam löste ich mich vom Türpfosten und machte ihr Platz. Ohne ihre Augen von mir abzuwenden, ging sie zum Eßtisch, stellte die Blumen

darauf ab, rückte einen Stuhl zur Seite, setzte sich neben den Tisch und deutete auf einen Stuhl.
Was willst du von mir? fragte sie, nachdem wir uns bereits eine ganze Weile schweigend gegenübersaßen. Selbstverständlich hatte ich mir Sätze zurechtgelegt, um gewappnet zu sein für das Gespräch, das nun folgen mußte. In Gedanken war es von mir mehr als einmal geführt worden – mit alternativen Ausgängen. Von alldem war nur leider nichts mehr abrufbar. Christel wartete. Saß unschlüssig da. Zupfte an ihrem Nicki. Ich beugte mich vor. Uns trennte nicht mehr als die Luft für wenige Atemzüge, und die war leicht zu verdrängen. Ich griff nach ihrer Hand, und sie gab sie mir. Ihre Pupillen waren riesig, die rechte Braue erneut auf Habtachtstellung.
Mein Daumen tastete Christels Handrücken ab. Dabei spürte ich eine leichte Bewegung – ein Zittern? ein Zucken? – und ließ weder locker noch los. Christels Gucken wurde zu einem Starren. Ich zwinkerte. Rückte mit Hilfe eines Fußes meinen Stuhl etwas näher an sie heran. So konnte ich ihre Hand beidhändig bearbeiten.
Das ging eine Weile gut. Eine kurze Weile. Plötzlich flatterten ihre Mundwinkel. Ihr Oberkörper schnellte zurück, Gelächter brach aus ihr heraus. Dabei entwand sich ihre Hand meinem Griff. Zuerst verwundert, gab ich mir Mühe, mit einzustimmen. Was mir nicht so ganz gelang. In ihr eher tiefes Grundgackern mischten sich helle Juchzer. Den Oberkörper gegen die Stuhllehne gedrückt, bebte ihr Busen. Während sie allmählich ruhiger wurde, wischte sie sich mit jeweils einem Finger durch die Augen. Sie beugte sich wieder vor. Ihr Blick blitzte.
Sag mal, hast du gerade probiert, mich zu verführen?
Ja.
Meine Antwort verblüffte mich wohl mehr als sie. Ich hatte nicht einmal kurz überlegen müssen. Christel schob ihre Un-

terlippe vor. Schaute zur Decke. Schaute mich an. Ha! Sie klatschte sich mit beiden Händen auf die Oberschenkel. Lehnte sich zurück. Ließ die Arme baumeln. Sah auf den Tisch. Sah zu den Rosen. Das machst du gar nicht mal so schlecht, sagte sie, hätte ich dir nicht zugetraut. Man wächst mit seinen Aufgaben. Vorsicht! sagte Christel. Dann wär ich nicht hier, sagte ich. Sie rutschte vor bis zur Kante der Sitzfläche. Hielt mir eine Hand hin. Ich zögerte nicht. Fühlte ihre Wärme. Ich bin viel zu alt für dich, sagte sie, ich könnte ja ... Sie entzog mir wieder die Hand und verschränkte die Arme vor der Brust. Na und? sagte ich. Das beste Argument, das mir eingefallen war.
Wir saßen eine ganze Weile vis-à-vis und beobachteten einander. Christels Arme hingen locker herab. Das war also kein Zufall, als wir uns neulich getroffen haben? fragte sie, nach meinem Malkurs, oder? Ich schüttelte den Kopf. Immerhin hast du was über Leonard geschrieben, im Kurs waren alle begeistert. Schade, daß du da nicht da warst, neulich, sagte ich. Ja, die fanden alle, du bist ein niedliches Kerlchen, trotz deiner Größe. Und du? fragte ich. Ich habe einen Partner. Klaus, sagte ich. Du hast Glück, daß er heute keine Zeit hat. Du auch, sagte ich. Sie grinste: Du bist unverschämt. Ansichtssache, ich lächelte, liebst du Klaus? Das geht dich nichts an, sagte sie. Und ob, sagte ich, weil ich dich liebe. Christel inhalierte mit der Nase Raumluft. Das bildest du dir ein. Dann wäre Liebe generell eine Einbildung? fragte ich. Wer weiß, sie klemmte sich die Hände unter die Oberschenkel. Für mich gibt es gerade nichts Besseres, als hier zu sitzen, sagte ich. Nichts Besseres? Christels rechte Braue hob sich. Ich mußte kurz nachdenken. Wenn wir uns küssen würden, oder? Oder? Christel legte den Kopf leicht schief. Unabhängig davon bin ich gern bei dir, sagte ich, allein bei dir.
Sie stand auf, ging ein paar Schritte über den Teppich und

blieb seitlich hinter mir stehen. Ich drehte meinen Kopf zu ihr, sah auf ihren Rücken. Weißt du, ich weiß nicht, sie stockte, das ist ja völlig verrückt, du bist doch, und ich ... Sie wandte sich um. Seit wann bist du denn ... Ihre Arme ruderten durch die Luft. Ich stand auf, berührte ihren linken Oberarm und zog sie nach kurzem Zögern mit Hilfe der anderen Hand näher an mich heran. Sie sah zu mir hoch. Ich neigte den Kopf. Von Christel keine Regung. Davon unbeirrt, legte ich den Mund auf ihren, so zart es ging und doch fordernd. Bewegte meine Lippen, bis auch sie reagierte. Mir gefiel die Weichheit dieses Kusses. Sanft fuhren Christels Hände über meinen Rücken.

Als sich unsere Umschlungenheit leicht löste und wir uns weiterhin mitten im Raum stehend anschauten, verschwand die Freude aus ihrem Gesicht. Sie schob mich von sich. Was ist? Christel fixierte die Auslegeware, hielt mich mit ausgestrecktem Arm auf Abstand und sagte: Geh bitte.

Ich war vor den Kopf gestoßen. Als würde mir der Boden entrissen werden. Mein freier Fall wäre im Erdgeschoß nicht vorbei. Und das, nachdem ich gerade noch geglaubt hatte zu schweben. Warum? fragte ich heiser. Es ist besser, sagte sie tonlos. Und in meiner Verzweiflung sah ich keinen anderen Ausweg, als zu tun, worum sie mich bat. Ich schlich in den Korridor und schlüpfte in meine Schuhe. So dahockend, mir die Senkel schnürend, ich verzichtete dabei auf den üblichen Doppelknoten, bemerkte ich Christel. Sie sah ernst auf mich herab. Ich erhob mich, war total starr und steif. Sie öffnete den Mund. Kein Wort kam da raus. Ich legte die Hand auf die Wohnungstürklinke. Christel trat auf mich zu. Ihre Augen glänzten, ihre grüne Farbe glimmte im Halbdunkel des Flurs. Ich streifte ihre Wange für die Länge eines Wimpernzuckens, wie eine Mischung aus Händedruck und Abschiedskuß. Dann drückte ich die Klinke herab. Oder hast du Hunger?

Christel griff mir an den Hals, spielte an der Brosche des Boloties. Ich könnte, sagte sie, uns Hawaiitoasts machen.

Simone rief mich Dienstag vormittag an, nachdem sie erst in der Nacht zurückgekommen war, erzählte von den Bergen, und ich hörte ihr kaum zu. Du hast mir gefehlt, maulte sie. Ach, sagte ich. Wir müssen uns sehen, sagte sie, das Wetter ist so schön. Ich kann nicht, sagte ich. Schade, sagte Simone, und morgen?
Zum Glück fragte sie nicht, warum ich keine Zeit hatte. Eine gute Lüge wäre mir nicht eingefallen. Morgen bin ich mit Martin verabredet. Doch wohl tagsüber, sagte Simone, abends feiert Nicole ihren Geburtstag, Grillen auf der Terrasse. Weiß nicht, wann wir fertig sind. Du kannst ja nachkommen, sagte sie, das dauert sicher. Lieber 'n andermal, wir müssen noch die nächste Ausgabe vollkriegen. Das war nicht einmal gelogen. Der für den nächsten Tag geplante Ausflug dagegen würde so schnell keinen Artikel abwerfen.
Weißt du übrigens, was scharf ist?! Für den abrupten Themenwechsel war ich Simone dankbar. Meine Mutter läßt sich am Telefon verleugnen, erzählte sie, also wenn Klaus anruft. Geht's ihr nicht gut? Das ist es ja gerade, sie ist voll aufgekratzt, behauptet aber, es sei nichts. Vielleicht das gute Wetter? schlug ich vor. Quatsch mit Soße, Mama ist verknallt. Und nicht in Klaus? Nein, keine Ahnung, in wen, sagte Simone, und du hast echt keine Lust, spazierenzugehen? Tut mir leid, sagte ich. Wäre ich ein Tänzer, ich hätte angefangen zu tanzen, ganz ohne Musik.

*

Am nächsten Tag machte mich Martin mit Kalle Cash bekannt, wenn auch einseitig. Persönlich sollte ich ihn erst spä-

ter kennenlernen. Ein weiterer Kalle also, diesmal jedoch kein Karsten. Kalle Cash hieß offiziell Herbert Karl. Ein Mann mit zwei Vornamen. Dabei hatte er bloß einen. Herr Karl war eine große Nummer im Reinickendorfer Ortsverein der SPD, jahrelang Schatzmeister, der im Alter ein wenig kürzertrat. Nichtsdestotrotz hielt er unverändert den einen oder anderen Faden in der Hand. Das erzählte mir Martin auf dem Weg zur Kleingartenkolonie Lebensfreude.
Die Schrebergärten befanden sich genau dort, wo die U-Bahn hätte gebaut werden sollen. Also drunter durch, sagte Martin, wobei, in dieser Ecke wäre alles weggebuddelt worden, die Parzellen sind ja lediglich gepachtet, in der Regel jährlich kündbar. Und dieser Kalle Cash hat dafür gesorgt, daß die Strecke verlegt wird? kürzte ich Martins Erklärung ab, weil er hier wohnt oder was?
Teils, teils, Martin drückte den Filter seiner Zigarette zusammen, fest steht, der feine Herr hat 'ne Villa in Frohnau, und ob er zusätzlich einen auf Lebensfreude macht? Martin hob die Hände leicht. Auf der anderen Straßenseite befand sich das Eingangstor zur Kolonie Lebensfreude. Ich weiß zwar nicht, wonach genau wir suchen, er warf seine Kurzgerauchte aufs Pflaster, was ich aber weiß, ist, wie die Besitzer der Grundstücke heißen, wo vor vierzig Jahren gebohrt worden ist.
Martin war erneut im Landesarchiv gewesen, diesmal mit mehr Erfolg. Die Westberliner Braunkohlebemühungen lagen schließlich vier Jahrzehnte zurück, da gab es keine Schutzfrist mehr. Hinweise auf Bohrungen nach dem Juli neunundvierzig hatte Martin zwar nicht gefunden, doch ein Verzeichnis der Bohrstellen. Und jetzt halt dich fest, sagte Martin, ein Teil des Geländes gehörte der Stadt Berlin, ein anderer einer gewissen Luftfahrtanlagen GmbH, nehme an, die haben was mit Argus zu tun, und dann war noch ein Ehepaar Hinze ein-

getragen. Die Hinzes wiederum, Martin hob den Zeigefinger, sind die Eltern von Elisabeth Karl. Du meinst? ich hätte mich tatsächlich gerne irgendwo festgehalten, woher weißt du das? Im Archiv gibt's alte Telefonbücher, sagte Martin, und nach einem Besuch im Grundbuchamt weiß ich, daß Herr und Frau Karl bis heute Besitzer von einem Grundstück in den Peckwiesen sind, welches sie an eine Firma vermietet haben, über die ich nicht viel herausfinden konnte, außer daß diese zufälligerweise hier ihren Sitz hat.

Hier? Genau hier, Martin zeigte auf die andere Straßenseite, Interessentenweg zwei, Parzelle dreiundachtzig. Was das denn für 'ne Firma sei, wollte ich wissen. Schwinger, sagte Martin, mehr ist mir nicht bekannt, los, komm! Mit einer einladenden Geste setzte sich Martin in Bewegung. Ich folgte ihm durch das Gartenlabyrinth, der Weg war schmal und von allerlei Zaunarten begrenzt. Maschendraht dominierte eindeutig. Die Sonne schien uns auf die Köpfe, und ich hätte gerne mein Jackett abgelegt, wäre ich nicht darum bemüht gewesen, eine gute Figur zu machen, egal, was uns erwartete.

Für mittags mitten in der Woche herrschte in der Kolonie erhebliche Betriebsamkeit. Vor nahezu jeder Laube qualmte ein Grill. Männer mit freien Oberkörpern, rötlich, speckig, haarig, sahen uns nach, vor allem die, an denen wir zweimal vorbeiliefen. Vielleicht grillen die in Parzelle dreiundachtzig ja ebenfalls, sagte Martin, bei den Düften kriegt man richtig Kohldampf. Bin ja mal gespannt, ob die Firma was mit dem Bergwerk zu tun hat. Ich wischte mir mit einem Ärmel über die Stirn. Zieh halt mal die Jacke aus, Martin blieb stehen. Geht schon, sagte ich.

Er zückte seine Zigaretten und erzählte von einem Bericht, in dem Bergwerksdirektor Treptow damals geschrieben habe, man könne unter den Peckwiesen mit etwa sechzigtausend Tonnen Rohkohle rechnen. Martin tippte mit dem Raucherhanddaumen gegen den Filter. Gegen das Bergwerk wurde Stimmung gemacht, hauptsächlich vom Osten, das war der Spott der Belagerer, er sog an seiner Zigarette, die Pläne gab es ja, das Personal ebenfalls, Gerätschaften, ich habe in den Akten Rechnungen für die Loren gefunden. Interessant, fand ich, und gibt es Beweise für den Bau? Martin schüttelte den Kopf. Die werden wir hier finden, er wies zum Boden, wir müssen nur tief genug graben.

Unser erster Fund wartete zwei Ecken weiter: Parzelle dreiundachtzig. Hinterm Maschendrahtzaun wucherte eine Rhododendronhecke, die verdeckte halbwegs eine gut gestutzte Wiese. Vor einem weiß gestrichenen Häuschen mit Veranda stand jemand und beschäftigte sich mit einem dreibeinigen Grill.

Dem Mann schien unser Getuschel nicht entgangen zu sein. Er drehte uns sein Gesicht entgegen: Kann ick behülflich sein? Wir suchen die Firma Schwinger! sagte Martin mit lauter Stimme. Der Mann richtete sich auf und kam auf uns zu. Eher klein und recht schmächtig, trug er ein ehemals weißes Feinrippunterhemd sowie knappe Shorts, quasi eine Jeans, der die Beine abhanden gekommen waren. Wat wollen Se denn von die Firma Schwinga? Seine Stimme war hoch, sein Blick freundlich. Es geht um das Bergwerk, Martin dämpfte seine Lautstärke. Ich war baff. Daß Martin so investigativ und subtil an die Sache ranging, hätte ich ihm nicht zugetraut.

Denn kommt ma rinn, sagte das Männchen, ick hab noch jar nich mit euch jerechnet. Quietschend öffnete sich das wacklige Tor. Schmidtchen, sein Händedruck war fester als erwartet, alle nenn ma Schmidtchen, Schmidtchen wie de Stulle, könnta ooch tun. Martin stellte erst sich vor und dann mich, nannte mich wie sich beim Nachnamen. Wir waren Horn und Grube. Das klang doch nach was. In einer Vorabendserie

könnten Agenten so heißen. Leider waren wir keine, nicht einmal für Versicherungen.
Setzt euch, 'n Bierchen? Die letzte Silbe von Schmidtchens Frage war gerade verklungen, da hatte Martin bereits ja gesagt und nach einem der buntbespannten Gartenstühle gegriffen, um sich an dem neben der Laube stehenden Campingtisch zu plazieren. Mein Nein war untergegangen. Schmidtchen wandte sich der offenen Laubentür zu und orderte bei einer sich wohl im Inneren befindenden Carmenschnecke drei Pilsetten, wir ham Besuch. Als auch er sich setzte, beschloß ich, mich gleichfalls niederzulassen. Die aus zig parallelen roten Plastikschnüren bestehende Sitzfläche war ausgeleiert. Mein Hintern hing durch. So, sagte Schmidtchen und guckte erst zu Martin, dann zu mir, zurück zur Laube und wieder zu mir. Ob mir nicht warm sei? Meine Rede, Martin zückte seine Zigaretten, ich darf doch? Schmidtchen wandte sich abermals gen Laube und rief: Carmen!
Im selben Moment durchschritt eine Frau die flirrenden bunten Fäden im Türrahmen. Hier bin ich ja! Ihre Stimme hatte ein angenehmes Timbre. Das dunkle Haar wurde von einem Haarreif aus dem Gesicht gehalten. Der fröhliche große Mund konkurrierte mit dem Glitzern der Augen. Was nicht weiter auffiel, denn die Frau war bloß mit einem durchaus knappen Bikini bekleidet, der ihre wohlgeformten Rundungen eher betonte, als sie zu bedecken. Mit ausladendem Hüftschwung brachte sie uns drei geöffnete Bierflaschen. Mit mehr Eleganz könnte man nicht einmal einen Oscar überreichen, geschweige denn drei gleichzeitig.
Martin starrte. Ich selber sah vermutlich ähnlich dämlich aus. War mir bislang warm gewesen, so wurde mir nun heiß. Das Hemd klebte an meinem schweißnassen Rücken, und von der Stirn lief es mir beißend in die Augen. Während Carmen uns die Flaschen lächelnd sozusagen verlieh, orderte Schmidt-

chen einen Ascher. Gerne, sagte sie und schmiegte sich fast katzenhaft an seinem Stuhl entlang, bekam dafür einen Klaps auf eine Pobacke, verschwand kurz im Haus, um kurz danach einen Glasaschenbecher mit Werbeaufdruck auf den Tisch zu stellen.

In der anderen Hand hielt sie eine riesige Sonnenbrille, die sie sich im Zeitlupentempo auf die Nase schob. Ich sonn mich dann mal, ja? Sie stand vor uns, als erwartete sie eine Erlaubnis, die ihr Schmidtchen tatsächlich per Knopfnicken erteilte. Einmal mehr strahlte sie Martin und mich an, bevor sie sich zu einer im vorderen Teil des Gartens stehenden Liege begab. Mir entging nicht, wie sie sich ihres Oberteils entledigte, bevor sie Platz nahm und so meinem Blick entkam.

Auf de schmucken Miezen! Schmidtchen hielt seine Flasche über die Tischplatte, und Martin ließ seine dagegenklirren. Ich tat es ihm gleich und trank dann gierig an gegen die Trockenheit meines Gaumens. Is 'n Prachtstück, de Carmen, wa? Schmidtchens zwinkerte. Ihre? Martin hoffte wohl, in seinen offenen Mund würden die passenden Wörter hineinfallen. Sein Sprachzentrum schien Schaden genommen zu haben. Unser Gastgeber half aus: Frau? Meene Frau? konkretisierte er, und Martins Augen wurden größer. Nee, de Carmen könnt ick ma jar nich leistn, er keckerte, bin ja nich der Kinski. Ist der nicht gerade verlassen worden? Martin kam wieder zu sich, von einer, die vierzig Jahre jünger war als er? Jenau, keckerte Schmidtchen, det stand heut inna BZ, wa? Martin lehnte sich zurück und zündete sich eine an.

Mir war nicht nur heiß, der Alkohol ließ mein Hirn schwirren. Wegen meines nassen Rückens wagte ich nicht, mich hinten anzulehnen. Verstohlen guckte ich zum Liegestuhl und bedauerte, nicht mehr als ein braungebranntes Bein und etwas Haar von Carmen erspähen zu können. Ob sie wohl die Tochter dieses Mannes war?

Habta mittem Boß eijentlich allet jeklärt? Schmidtchen erinnerte uns daran, daß wir nicht zum Vergnügen da waren, sondern unter Vorspiegelung falscher Tatsachen. Ich schielte zu Martin, dank dem ich mich in dieser verfahrenen Situation befand. Wir sind hier, um ihn kennenzulernen. Martins klare Ansage beeindruckte mich. Warum sachta det nich jleich?! Schmidtchen beugte sich vor, der Boß kommt heut jar nich, tut ma irre leid, der jastiert hia eha selten. Macht ja nüschte, Martin schien vom Berlinern seines Gegenübers angesteckt worden zu sein. Dabei war er Wessi. Schmidtchen dachte nach. Jeht doch heut abend, er kratzte sich am Kopf, oda nee, bessa Freitach, ins Karamba, kennta, oda, Rankestraße? Martin brummte. So jegen ölfe, da is der Boß unta Jarantie vor Ort, da müßta dann saren, Schmidtchen schickt euch, wenn wer fracht, und ick werd ihm saren, det Grube und Horn wejen dem Berchwerk kommen tun.
Gut, sagte ich und erhob mich. Martin nahm demonstrativ einen Schluck aus seiner Flasche. Schmidtchen blieb gleichfalls sitzen. Ich kam mir blöd vor. Gibt's 'n Codewort? sagte ich, um irgend etwas zu sagen. Codewort? Martins Mimik nach hätte ich lieber die Klappe gehalten. Schmidtchen sprang auf, rief: Carmenschnecke, der Kot für Freitach? Die Angesprochene richtete sich auf, linste über den Rand des Liegestuhls. Klaro, das ist. Nich durch den janzen Jarten! unterbrach Schmidtchen sie.
Daraufhin erhob sie sich und mit ihr der prächtigste Busen, den ich je in natura hatte sehen dürfen. Der nun auf mich zuwogte. Carmen kam mit ausladendem Hüftschwung strahlend näher, und ich bemühte mich, meine ungeteilte Aufmerksamkeit ihrem Mund zu schenken. Sie trat nah an mich heran, legte mir eine Hand auf die Schulter. Carmen war groß, nur einen halben Kopf kleiner als ich, und wollte mir wohl was ins Ohr flüstern. Ich neigte mein Haupt und spürte ihren

Atem im Gehörgang und wie etwas gegen meinen Arm drückte. Larissa, hauchte Carmens Stimme.
Larissa? wiederholte ich ebenfalls flüsternd. Genau, Carmen war wieder zur Seite getreten. Erst da wurde mir bewußt: Ich war gerade in den Genuß gekommen, ihre Brüste spüren zu dürfen. Stümpt, Schmidtchen stand auf, Larissa hat ja Jeburtstach, det wird 'ne Sause. Stören wir da nicht? fragte ich. Martin schüttelte leicht den Kopf. Das paßt schon, sagte Carmen, sagt einfach, ihr kommt zu Larissas Party, ich bin auch da. Schön, sagte Martin. Wie alt wirdse übahoopt, de Larissa? Schmidtchen kratzte sich am Kopf. Nicht so alt, Carmen kratzte sich kurz am Hinterteil, vierundzwanzig, fünfundzwanzig? Sie machte eine Schnute, sah uns an, als wüßten wir mehr als sie.
Kurz darauf verließen wir die Kolonie Lebensfreude. Direkt vor dem Eingang parkte gerade ein niedriger weißer Sportwagen ein. Ihm entstiegen zwei breitschultrige Volltrollos mit verspiegelten Sonnenbrillen und blondierten Matten. Ob die hier 'ne Laube haben? überlegte ich laut. Ich schätze, das sind die beiden, sagte Martin, auf die haben Carmen und ihr Hausmeister gewartet. Hausmeister? sagte ich, meinste, Schmidtchen war der Hausmeister? Martin zündete sich eine Zigarette an. Dann merkt der ja gleich, daß wir die Falschen waren! stellte ich erschrocken fest. Spielt keine Rolle, Martin blies Rauch aus, diese Typen wollen alle ihre Geschäfte machen, denen im Karamba ist egal, wer hier im Schrebergarten ein und aus geht. Kennst du dieses Karamba überhaupt? Das kennt man, sagte Martin.

*

Christel und ich lagen nackt auf dem Bett. Hinter den geschlossenen Gardinen war Dunkelheit in die Hochhaus-

schluchten gekrochen. Der Wecker stand auf kurz vor neun, es war also noch etwas Zeit, bevor ich verschwinden mußte. Simone hatte ja gesagt, es würde spät werden. Ich betrachtete die von mir Geliebte. Sie döste. Ich fand sie wunderschön. Ihre rechte Brust war etwas zur Seite gerutscht. Ich hörte Christel beim Atmen zu, das beruhigte mich. Mir kamen Fotos in den Sinn, die sie mir gezeigt hatte. Auf denen war sie knapp zwanzig, kurz vor ihrer Schwangerschaft, das Gesicht viel runder. Babyspeck! rief sie und amüsierte sich über ihre damalige Hochsteckfrisur, über die komischen Kleider.
Auf einem Bild ein Mann mit dunkler Brille, Schmalztolle und entschlossener Miene. Brusthaar quoll ihm aus dem Hemd. Christel wollte rasch weiterblättern, mich jedoch interessierte dieser Mann. Das war er also. Simones Vater, der Müllkutscher. Mein erster Freund, so Christel, die große Liebe, wie man eben so dächte als junges Mädchen. Eine schöne Zeit war das, achtundsechzig, da mußte man nicht Student für gewesen sein. Und dann sei sie halt schwanger geworden. Da werde man von heute auf morgen erwachsen.
Christel schlug die Augen auf. Was guckste denn so miesepetrig? Ich wollte es ihr zuerst nicht sagen, erst nach einigem Hin und Her, ach, komm, Kasi – sie nannte mich tatsächlich Kasi –, offenbarte ich ihr meine Gedanken. Christel gackerte. Das hättest du dir vorher klarmachen müssen, daß ich bei deiner Geburt ungefähr so alt war, wie du jetzt bist. Das meine ich nicht, sagte ich, das stört mich ja nicht, das gefällt mir. Ich drehte mich auf die Seite, legte eine Hand auf Christels Bauch und ließ sie sanft kreisen. Mir gefällt das auch, Christel kicherte.
Ich war gerade einundzwanzig geworden und hochschwanger, sagte Christel, damals ist das völlig verpönt gewesen, wilde Ehe, du hättest die Nachbarn mal hören sollen, ich wohnte ja bei meinen Eltern und Fred bei seiner Mutter, ich bin dann

erst mal zu ihm, weil wir keine Wohnung bekamen, ins MV wollte ich auf gar keinen Fall, sie giggelte, als wir dann endlich was Eigenes hatten, hockte ich da abends oft allein rum und paßte auf, daß Mone nicht schreit, während mein feiner Ehemann schön feiern ging, manchmal kam er vor der Arbeit nicht mal nach Hause, und anfangs hab ich mir nicht mal was dabei gedacht.

Und dann hast du dich von ihm getrennt? Meine Hand strich über Christels Schenkel. Sie seufzte. Getrennt hat er sich von mir, hat ja 'ne andere geschwängert gehabt. Und seitdem lebst du enthaltsam? Enthaltsam? Christels Mundwinkel flackerten, wer sagt denn so was? Deine Tochter! Ich spürte Feuchtigkeit in ihrem Schritt. Sie fing an, sich genüßlich zu winden. Ich war zwar alleinerziehend, aber nicht alleingelassen, Christel fischte ein Kondom vom Nachttisch, oder hast du das Gefühl, ich sei aus der Übung?

Christel über mir, das gefiel mir am besten. Wobei mir im Grunde alles gefiel. Ihr Kopf ganz nah, die grünen Augen groß. Ihr Haar kitzelte meine Stirn. Mit den Händen drückte sie meine Arme gegen die Matratze. Meine Versuche, Christel zu küssen. Ihre Lippen entzogen sich den meinen um wenige Zentimeter. Und ich mußte meinen Kopf zurück ins Kissen fallen lassen. Unerträgliches Kribbeln. Kalte Füße. Christels Brüste. Vergebliche Anstrengung, meine Arme ihrem Griff zu entwinden. Wagte einen heftigen Stoß mit dem Becken nach oben. Das dumpfe Aneinanderklatschen zweier Körper. Ich kniff den Hintern zusammen, als Christel unerwartet innehielt, sich schwer machte. Der Druck auf meine Arme ließ nach. Christel fluchte, guckte mich erschrocken an: Mone! Ein Klappern, es war nicht zu überhören. Irgendwo. Nebenan. Im Flur? An der Tür? Schwaches Licht drang durch die offene Schlafzimmertür. Schritte. Mama? Bist du zu Hause? Eindeutig: Simone.

Ohne Gummi wäre meine Ejakulation ins Leere geschossen. Christel hatte sich bereits von mir gelöst. Hastig stand sie auf. Los, komm, sie raffte meine Kleidungsstücke zusammen, half mir auf. Ich konnte kaum stehen, so überwältigt war ich vom verschenkten Orgasmus. Leg dich in Mones Bett, flüsterte Christel und schob mich über den hinteren Flur Richtung Pierrotposter. Ich kann doch nicht, stammelte ich. Immerhin bleibt's in der Familie, sagte sie knapp und schloß Simones Zimmertür hinter mir.
Ich starrte auf die Lichtquadrate jenseits der Fensterscheibe. Meine Sachen ließ ich auf den Schreibtischstuhl fallen. Wasserrauschen drang durch die Wände. Gedämpft hörte ich die Stimmen von Mutter und Tochter, wobei Christel deutlich lauter sprach. Sagte was von einer Überraschung, ja, in deinem Zimmer, mußt du schon selber gucken. Nervös riß ich mir das Kondom vom schlaff gewordenen Glied. Wohin damit? Ich knotete es zu, stopfte es in eine Tasche meiner auf dem Stuhl liegenden Hose und schlüpfte unter die Bettdecke.
Es dauerte nicht lange, da ging die Zimmertür auf und das Licht an. Simone sah sich im Zimmer um. Du? sie faßte sich an die Brust, ach, du bist meine Überraschung?! Ja, sagte ich, und rat mal, was ich anhabe? Ich schob das Federbett leicht von mir. Du spinnst ja! Meinte sie das ernst? Ich war gespannt, wie sie auf die Situation reagieren würde. Ein Grinsen flackerte auf, und Simone stürzte sich auf mich.
Du hättest mir ruhig mal sagen können, daß du Nicole nicht leiden kannst! Simone zerrte sich das T-Shirt über den Kopf. Quatsch, erwiderte ich, ich mußte arbeiten, und ich hab gedacht, wenn ich sowieso im MV bin, kann ich ja auf dich warten. Und da hast du bei Mama geklingelt und dich in mein Bett gelegt? Sie bemühte sich, aus ihrer Hose zu kommen, ohne aufzustehen. Wir haben uns unterhalten, bis du gekom-

men bist, sagte ich, das hier sollte bloß ein Spaß sein. Echt? Sie hielt inne, war Mama nicht im Nachthemd? Kann nicht sein, sagte ich und öffnete Simones BH.

Sie legte sich zu mir. Daß du nackt in meinem Bett liegst, das macht mich echt an. Sie berührte mein Geschlecht. Wir haben gar kein Kondom, sagte ich. Geht ja auch ohne, säuselte Simone, oder schläfst du heimlich mit anderen Mädchen? Nein, dachte ich, nicht mit anderen Mädchen.

*

Das war Mitte Mai letzten Jahres, am 17. 5. 1989. Seitdem hat sich einiges verändert, nicht nur in meinem Leben. Und jetzt mußte auch noch die DDR aufhören zu existieren. Ist vor wenigen Stunden von der Weltkarte geplumpst. Hat sich dem westlichen Nachbarstaat angeschlossen. Wahnsinn! Das Wort des Jahres. Prägnanter kann man den Zustand meiner Mitmenschen nicht zusammenfassen. Ich dagegen war bemüht, den Lauf der Dinge zu ignorieren.

Axel versuchte mir zu verklickern, ich könnte was verpassen, bliebe ich am Tag der deutschen Einheit zu Hause. Das ist Zeitgeschehen, Alter! Er hat fast in den Hörer gebrüllt, als sei er ebenfalls infiziert von der kollektiven Debilität. In so einer Nacht dürfe ich auf keinen Fall in Hermsdorf versauern. Da muß man ja wohl dabeisein, an diesen dritten Oktober wirst du dich dein Leben lang erinnern. Wenn das stimmte, war es wohl doch besser, rauszugehen und nicht mit meinen schlechtgelaunten Eltern im Fernsehen besoffenen Einheitsdeutschen zuzugucken. Lieber wollte ich mir das Elend hautnah und ohne Vaters weinerliche Kommentare reinziehen.

Obwohl Axel und ich fast zeitgleich am Bahnhof eintrafen, konnten wir nicht den nächsten Zug nehmen. Es galt, auf Damenbegleitung zu warten. Dachte, du kannst dir denken, daß Anja mitkommt, sagte Axel, ist ja meine Freundin. Ich begann zu bereuen, mich auf diesen Ausflug in die historische Gegenwart eingelassen zu haben. Keine Sorge, Axel klopfte mir auf die Schulter, sie bringt ihre beste Freundin mit. Er sah mich an, als müßte ich begeistert sein. Grinsend fügte er hinzu: Wenn du dich ein bißchen um sie kümmern könntest. Ich nickte betroffen.

Du hast ja schon letzten November gefehlt, sagte Axel, am Tag nach dem Mauerfall vorm Schöneberger Rathaus, das war vielleicht was. Wo die zwanzigtausend den Kohl ausgebuht haben? Na ja, Axel tippte sich an die Nase, so ist es um die Welt gegangen, gebuht hat im Endeffekt nur die erste Reihe, dort wo wir standen, hat niemand gepfiffen. Gejubelt aber auch nicht. Die Kohl-Fans waren ja wohl alle an der Gedächtniskirche, Axel grinste, weil die CDU nicht zusammen mit Momper und seinen Chaoten feiern wollte, und der Unmut wuchs, als sich herumsprach, daß Kohl unbedingt als letzter sprechen wollte, wo das doch Willy Brandt gebührt hätte, wegen dem waren die meisten überhaupt gekommen, da standen ja auch massenhaft Ossis. Hat Brandt da nicht seinen berühmten Satz gesagt? erinnerte ich mich: Jetzt wächst zusammen, was zusammengehört. Ich glaub, den hat er vor Aufregung damals vergessen, Axel sah der von Frohnau kommenden S-Bahn entgegen, ich kann mich jedenfalls nicht dran erinnern. Und dann die schiefe Hymne, sagte ich, das war ja großes Thema, und Vater hat sich mächtig aufgeregt, Leute, die nicht singen können, sollten das nicht vor den Augen der Welt machen. Da hinten kommt Anja, sagte Axel.

Ich kannte Anja. Und ich kannte die Freundin. Flüchtig, aber ausreichend. Vor anderthalb Jahren waren sie wie Simone und ich auf Axels Silvesterparty gewesen. Ach, der! sagte Anjas Freundin zur Begrüßung, wenn auch nicht zu mir. Statt dessen durfte ich den neongrünen Inhalt ihres Mundes bewundern, ein fetter Fladen, auf dem sie schmatzend herummalmte. Richtig, sagte Axel, du kennst Anja und Carola ja. Beide Mädchen trugen ähnliche Klamotten, mutmaßlich in der gleichen Größe, dabei besaßen sie gar nicht identische Körpermaße. Was Anja an Rundungen fehlte, besaß ihre Freundin zuviel und war dafür kleiner.

Voll schade, daß unser Ostgeld alle ist! war wohl der häufigste Satz des Abends. Die drei gingen fest davon aus, die Ossis wären so dämlich, den Unterschied zur Westmark nicht zu bemerken, betrunken, wie die nachher alle sein würden. So betrunken, wie sie selber waren, bestand eher die Gefahr, von anderen beschissen zu werden. Die Mädels hatten eine Flasche Sekt mitgebracht. Der war warm und süß, wie ich bei meinem Anstandsschluck feststellen mußte.

Planlos liefen wir Unter den Linden entlang. Die Mehrheit der Menge schien, meinen Begleitern gleich, darum bemüht, sich die Feierlichkeit schönzutrinken. Als unsere Flasche leer war, machten sich Anja und Axel daran, Nachschub zu organisieren. Carola und ich sollten auf sie warten, unweit einer Bühne, von der gehörig Radau ausging. Carola sah mich neckisch an. Ich gab mir keine Mühe, sie in ein Gespräch zu verwickeln. Das Ende der DDR rückte unaufhörlich näher. Und mit ihm Carola. Voll kalt! Sie rieb sich die Hände. Hast ja auch nicht gerade viel an, gab ich zurück. Eine rein sachliche Feststellung. Immerhin hatten wir Oktober. Dein Mantel sieht schön warm aus, sie zupfte mir am Revers. Ich sagte: Das geht so nicht! und wich einen Schritt zurück. Dann noch einen. Carola sah mich fragend an. Im Hintergrund tauchten Anja und Axel auf. Ich drehte mich um und fing an zu laufen.

Gerannt bin ich nicht. Ich renne nie. Meine Schritte waren zügig, soweit das bei größeren Menschenaufläufen möglich

ist. Ich entkam dem Trubel, lief eine trüb beleuchtete Straße entlang und fast in die Arme von drei Skinheads, die mich verwundert wie hämisch musterten, ihre rechten Arme ausstreckten und unverständliche Parolen grölten. Ohne stehenzubleiben, lief ich weiter, orientierungslos, wie ich war. Überall standen am Straßenrand Menschen mit Getränken. Ihre Visagen glänzten. Sie schienen auf etwas zu warten.
Dann begann der Krach. Am Himmel zerplatzten Feuerwerksraketen. Glas klirrte. Menschen jubelten. Ich lief mitten auf der Straße. Autos fuhren keine. Vielleicht feuerte man mich an. Mich, den Ahnungslosen ohne konkretes Ziel. Eine S-Bahn ratterte über eine nahe gelegene Brücke, daneben befand sich der Eingang zu einem Bahnhof. Marx-Engels-Forum. Ich hastete die Treppe hinauf, ließ mich auf eine Bank fallen, starrte auf die gegenüberliegende gelblich verklinkerte Mauer, in die kleine, runde, an Bullaugen erinnernde scheibenlose Fenster eingelassen waren. Das Jubeln und Knallen drang nur noch gedämpft zu mir.

*

Das Karamba befindet sich in Kudamm-Nähe. An der Gedächtniskirche rechts rein, kommt man vom Zoo. Chrom ist Trumpf hier, Plüsch ebenso. Martin hatte sich für diesen Anlaß in Schale geworfen, sein Jackett hätte aus dem Schrank meines Vaters stammen können. Früher warst du mal schlanker, was? Meine in der Tat nicht gerade freundliche Begrüßung wurde mit einer Qualmwolke beantwortet. Ich habe mich erkundigt wegen diesem Schwinger, sagte Martin nach ein paar Metern quer durchs Flaniervolk auf dem Breitscheidplatz, die Schnitte neulich im Garten war fraglos ’ne Professionelle. Du meinst? Schwinger macht in leichten Mädels, sagte Martin, wobei ihm schwere Jungs sicher auch nicht gerade fremd sind, offiziell ist er Gastronom, das Karamba gehört ihm. Ist das etwa 'n Puff? Keene Sorge, Martin wackelte mit dem Kopf, na ja, die eine oder andere rote Lampe blinkt da drin bestimmt. Von der gegenüberliegenden Straßenseite schien uns zweifelhafte Verheißung entgegen. Das da! sagte Martin. Hinter großen Scheiben gestattete gedämpftes Licht lediglich schemenhafte Einblicke. Um so heller strahlte darüber der Kneipenname aus grellbunten Leuchtbuchstaben. Kombiniert mit einem Ausrufezeichen las sich das wie eine Drohung.

Und was hat das alles mit der U 8 zu tun? Dies herauszufinden, sind wir hier, sagte Martin. Hast du einen Plan? Martin kratzte sich an der Nase. Hier ist Improvisation angesagt, er warf seine Zigarette gen Rinnstein, und daß wir Reporter sind, sollten wir für uns behalten, denn wenn übers Karamba berichtet wird, hat das meistens was mit Körperverletzung zu tun. Da geh ich nicht rein! Komm schon, sagte Martin, solange wir cool bleiben, wird uns nichts passieren.

Ein bulliger Dumpfmeister, dem wir an der Tür gesagt hatten, wir würden zu Larissas Geburtstag wollen, führte uns wortlos durch das plappernde Gedränge in den hinteren Teil des gut gefüllten Lokals bis zu einer Runde, in der es lauter zuging als an den anderen Tischen. Mitverantwortlich dafür waren zweifellos die in der Mitte stehenden Magnumflaschen.

Wer seid ihr denn? Ein hünenhafter Kerl mit blonder Mähne und wulstigen Lippen erhob sich am anderen Ende der Tafel. Er fixierte uns durch die getönten Gläser einer viel zu großen Brille. Der Rest der Gesellschaft nahm uns kaum wahr. Männer mit zu langen Haaren im Nacken, Pomade satt, am Hals und an den Fingern güldenes Geschmeide. Frauen, die jung waren oder so geschminkt. Sie alle hingen mehr hinter dem Tisch, als daß sie saßen. Wildes Gequabbel. Schrilles Gegacker.

Erst als der Hüne laut Ey! schrie und dazu mit einem Aschenbecher mehrmals auf die Tischplatte hämmerte, verstummte die Gruppe und begaffte uns. Ich hab euch was gefragt! Sein Blick – ein Herausforderung. Ich hätte am liebsten kehrtgemacht, Martin jedoch sagte mit fester Stimme: Wir kommen, um Larissa zum Geburtstag zu gratulieren.

Dies sorgte für spürbare Entspannung bei den Anwesenden. Einzelne setzten ihr Gespräch fort. Und, der Stehende ließ nicht locker, habt ihr auch ein Geschenk für Larissa mitgebracht? Er deutete auf die neben ihm Sitzende. Die war ziemlich zierlich, hatte kurzes, bleichblondes Haar, riesige Augen und einen spitzbübischen Gesichtsausdruck. Das ist? Martin guckte zu mir, als ob ich ein besserer Improvisateur wäre als er. Wir, sagte ich. Gert, die sind sauber, eine Frau gesellte sich zu uns, das sind die, von denen Schmidtchen erzählt hat. Carmen?! sagte Martin eher fragend als erleichtert. Sie war kaum wiederzuerkennen, trotz des unverwechselbaren Lächelns, trug sie doch relativ viel Textil. Dies indes ließ tief blicken.

Wenn das nicht ’n weiterer Grund zum Feiern ist! rief der Mähnenmann, kommt und trinkt mit uns. Ey, Kinners, macht den Herren gefälligst Platz! Zwei Stühle wurden freigemacht. Der Hüne gab uns seine Pranke. Was für ein Händedruck! Ihr seid die, die neulich den armen Schmidtchen völlig aus dem Konzept gebracht haben, er hat euch für wen anders gehalten, er lachte, ihr könnt mich übrigens Gert nennen, einfach Gert, in seinem Mund blitzte es, mit T wie Titten! Er betatschte die Brust des neben ihm sitzenden Geburtstagskindes. Das sich darüber zu freuen schien. Gelächter der Umsitzenden. Martin stimmte mit ein. Und ich ebenfalls. Man kann ja nie wissen.

Ihr interessiert euch also für Kram aus'm Schacht? Gert füllte unsere Sektgläser auf, wieviel darf's denn sein? Soviel du hast, Martin machte einen auf ganz dicke Hose. Und fuhr gut damit. Hey! Gert stieß zum wiederholten Mal mit uns an, ihr gefallt mir! Leude! rief er in die Runde, die Jongs hier machen mir Spaß, von denen könnt ihr noch was lernen! Das Stieren der anderen war mir unangenehm. Martin dagegen blühte förmlich auf. Er trank sich in Stimmung, und ich befürchtete, er könnte sich am Ende tatsächlich für einen windigen Geschäftsmann halten. Soviel du hast! Worum ging es hier überhaupt? Um Drogen oder Waffen? Und was würde passieren, käme heraus, wer und was wir wirklich waren: Lokalreporter ohne Spesenkonto.

Warum kennt man euch eigentlich nech? Gert lehnte sich zurück und fummelte beiläufig an Larissa herum, nee, sacht ma, wo kommt ihr wech? Martin sog an seiner Zigarette, als bliebe ihm bloß dieser eine letzte Zug. Und du? Gert glotzte mich an, kannst du auch sprechen? Nicht nur Gerts Augen ruhten auf mir. Klar, ich griff nach meinem Glas. Und wo kommt ihr nu wech? In meinem Kopf rauschte es. Mir fiel nichts eins. Nicht mehr als: Märkisches Viertel. Märkisches Viertel? Gert prustete. Die anderen teilten sein Amüsement. Bis auf Martin. Ich guckte lieber nicht zu ihm und nahm einen großen Schluck Schampus. Gibt's denn im Märkischen Viertel wat zu holn? fragte Gert. Sicher, sagte ich, das ist ja quasi abgehängt vom Rest der Welt, du kannst da alles machen, im Prinzip ist das wie Glasperlenhandel in der Südsee.

Gert riß die Augen auf und prustete los. Glasperlenhandel in der Südsee! Er kriegte sich gar nicht wieder ein, wischte sich durchs Gesicht. Jongs, sagte er, ihr seid clevere Burschen, er hob sein Glas, freut mich, daß wir ins Geschäft kommen. Martin und ich prosteten ihm zu. Er stand auf. Ich muß mal

die Runde machen, er rülpste, bleibt ruhich noch und feiert 'n bißken. Er drückte uns die Hände zum Abschied. Die anderen mußten sich mit einem Winken zufriedengeben.
Mir war schwindlig, ich brauchte Sauerstoff. Daher erhob ich mich und torkelte Richtung Ausgang. Sollte ich gehen? Ich drehte mich um. Martin war dieser Larissa inzwischen mächtig auf die Pelle gerückt, und sie amüsierte sich sogar über das, was er erzählte. An der Bar bestellte ich ein Glas Wasser und erschrak über den genannten Preis. Ist okay, sagte da eine Frauenstimme, der Junge gehört zu Gert. Verdutzt wandte ich mich der Stimme zu und schaute direkt in die hellen Augen einer Blondine mit extralangen Wimpern.
Danke, sagte ich. Wofür? ihre Lippen glitzerten knallrot, du solltest dir abgewöhnen, Wasser zu trinken. Warum? Ich trank mein Glas rasch leer. Vielleicht, die Frau tat, als dächte sie nach, weil Fische drin ficken? Was? Ich kam nicht mit. Ich trinke kein Wasser mehr seit Tschernobyl, sagte sie. Man muß aber was trinken. Sie strahlte: Wo du recht hast. Polly, sie winkte der Barfrau, mach uns mal zwei Tequila komplett. Danke, für mich nicht. Du bedankst dich zu oft, sagte die Blonde.
Die Barfrau stellte zwei gut gefüllte Schnapsgläser vor uns. Auf denen lag jeweils eine halbe Zitronenscheibe. Die Blonde griff sich einen Salzstreuer, salzte damit ihre Hand und leckte es ab. Dann wollte sie mir den Streuer geben. Ich zögerte, unsicher, was das alles sollte. Daraufhin streute sie erneut Salz auf ihre Hand und hielt mir diese vor den Mund. Nicht so schüchtern, fremder Mann! Ihr Blick spornte mich an. Also fuhr ich mit der Zunge darüber. Sie giggelte, nahm die Zitrone von einem Glas, kippte dessen Inhalt in sich hinein und biß danach in die Frucht. Ich machte es ihr nach, um sie nicht auf falsche Ideen zu bringen. Widerlich.
Neben mir stand ein freier Hocker, auf den setzte ich mich.

Noch mal, sagte die Blonde und drückte kurz einen Finger gegen meine Lippen. Jedes Widerwort war zwecklos. Ich gab mich mit einem Lächeln geschlagen, darum bemüht, dieses sarkastisch aussehen zu lassen. Wie der junge John Malkovich, sagte sie. Baff war ich, irgendwie geschlagen, und fühlte mich gleichzeitig verstanden. Ich langte nach dem Salz. Der zweite Tequila schmeckte deutlich besser. Allein die Zitrone nervte. Du bist nicht wegen der Frauen hier, stellte die Blonde kühl fest und orderte umgehend die nächste Runde. Für mich ohne das Gemüse, bitte, sagte ich laut. Meine Mittrinkerin gluckste. Der fremde Mann weiß Bescheid, Polly, stell uns gleich die Pulle hin.

So wie du aussiehst, bist du gut versorgt, ließ die Blonde nach dem dritten Schnaps verlauten. Ohne Salz und Zitrone sagte mir das Zeug viel mehr zu. Ich füllte unsere Gläser auf. Du hast doch mehr als eine Freundin? Sie griff sich ihr Glas, trank, sah mich vergnügt an und legte mir eine Hand auf den Oberschenkel. Ich hab mich in die Mutter meiner Freundin verliebt, sagte ich. So einer, die Blonde lallte leicht, stille Wasser sind tief. Ihr Kichern kitzelte mein Ohr. Ich wollte die Sache mit ihr beenden, sagte ich, ich weiß bloß nicht, wie, und ihr zu erzählen, ich hab mit ihrer Mutter gebumst, und das mehr als einmal, käme einem Geständnis gleich. Geständige bekennen sich schuldig. Die Blonde drängte mich dazu, mit ihr anzustoßen. Die freie Hand ließ sie auf meinem Bein. Wir tranken. Vorgestern habe ich mit Mutter und Tochter geschlafen, sagte ich. Die sind ja pervers, fand die Blonde fröhlich, haben die sich auch gegenseitig? Nein, nein, so hab ich das nicht gemeint. Sie nahm die Hand zurück und zündete sich eine Zigarette an. Wenn zwischen mir und meiner Tochter eins klar ist, sagte sie beim Rauchausstoßen, ein Mann, den eine von uns hatte, ist für die andre tabu. Ich muß sie befremdet angesehen haben, denn aus ihr brach ein Gackern

heraus. Guck nicht so, fremder Mann, das Alter einer Dame steht an vielen Stellen, nur nie in ihrem Gesicht.
Kurz darauf entschuldigte sie sich und wollte gleich wiederkommen. Ich goß mir noch einen halben ein, dann war die Flasche leer, und wartete, weniger auf die Blonde als auf die Wirkung des Alkohols. Daß ich längst unter seinem Einfluß stand, war mir entgangen.

Auf einmal erschien Fräulein Schultze aus der Tiefe des Lokals. Inga! Ich sprang ihr in den Weg. Sie war genauso perplex wie ich und gab sich verlegen freundlich. Was machst du denn im Karamba? fragte ich überschwenglich. Das könnte ich dich gleichfalls fragen. Recherchen, sagte ich. Fräulein Schultze schaute verwundert. Für den MV Kurier? Die Wege einer Recherche nehmen gelegentlich seltsame Abzweigungen. Ich wedelte dazu mit der Hand in der Luft herum.
Ich hab ’nen Kudamm-Bummel gemacht, sagte Fräulein Schultze, so ’ne wunderbar laue Nacht. Darauf sollten wir trinken! Ich gab der Barfrau ein Zeichen. War bloß schnell auf der Toilette hier, sagte Fräulein Schultze. Was denn? Polly guckte fragend. Fräulein Schultze zögerte: Na, gut, was Kleines. Zwei hiervon, ich zeigte auf die leere Flasche. Tequila? Fräulein Schultze machte großen Augen, aber Karsten! Ich bekam den Inhalt ihrer folgenden Worte nicht mit.
Die Barfrau stellte uns zwei Gläser hin. Also, ich schnippte meine Zitronen vom Glas und nahm einen Hieb. Fräulein Schultze konsumierte den Tequila nach Vorschrift. Sie verzog das Gesicht, guckte keck. Der dringende Wunsch, sie zu küssen, bemächtigte sich meiner. Nichts hielt mich davon ab, nicht einmal ein Kaugummi. Ich beugte mich zu ihr herab und tat es. Verzögert wich sie zurück, weshalb ich fast das Gleichgewicht verlor, und starrte mich mit offenem Mund an.

Was ist hier los? Plötzlich war da dieser Mann, mehr als einen Kopf kleiner als ich. Thomas! rief Inga. Was ist hier los? Mehr Text gab es nicht für den Mann. Was mischte er sich überhaupt ein? Frauen gab's in dem Laden ja wohl genug. Statt dessen faßte er mich an. So ein Wurm! schoß mir durchs Hirn, und ich schlug zu. Direkt auf die Nase. Ich hatte mich nie damit beschäftigt, mir nie vorgestellt, jemanden zu schlagen. Und gleich mein erster Versuch war ein Volltreffer: Der Mann fiel einfach um, nach hinten, direkt gegen einen Tisch. Geklirr und Geschrei waren groß. Inga wandte sich von mir ab. Polly stellte einen neuen Tequila auf die Theke, ohne Zitrone. Ich stürzte ihn hinunter und sah mich im Laden um. Den meisten schien meine Aktion entgangen zu sein. An der Tür jedoch erkannte ich das Grinsen von Gert Schwinger. Er hob seinen Daumen.

Vor den Pissoirs traf ich Martin. Er war mir dorthin gefolgt. Wie bist du denn drauf? Ich hatte Mühe, mich auf das Pißbecken zu konzentrieren. Notwehr, sagte ich, der hat uns belästigt. Was hat Fräulein Schultze denn im Karamba gewollt? Martin stand einen Schritt hinter mir und machte gar keine Anstalten, sich die Hose zu öffnen. Mußt du gar nicht? Ich glaub, das war ihr Verlobter, sagte Martin.
Glaubst du, Frau Grabowski wird mich entlassen? fragte ich beim Händewaschen, ich hab ja nicht mal 'nen Vertrag. Dann kann sie dich auch nicht entlassen. Wenn ich aber nicht mehr erwünscht bin beim MV Kurier? Ich mußte mich an der Wand abstützen. Was ist schon der MV Kurier?! sagte Martin, wir sind da an was ganz Großem dran, Märkisches Viertel, Glasperlenhandel, manchmal haust du Dinger raus, Mannomann! Er klopfte mir auf die Schulter. Schmeißt du dann auch hin? Ich hatte das Bedürfnis, Martin zu umarmen. Doch der lachte bloß. Was ist eigentlich mit dieser

Larissa? fragte ich. Ist mir zu klein, Martin spuckte ins Waschbecken.
Larissa war genauso groß wie er. Ich traf sie vor dem Karamba, als ich etwas später nach Martin suchte. Sie wankte. Du hast ma jar nich zum Jeburtstach gratuliert! Larissa zeigte einen Schmollmund. Echt nicht? Ich wollte ihr die Hand geben, die sie nicht nahm. Statt dessen lenkte sie ihren schimmernden Blick zur Seite. Ich ließ meine Hand sinken und fragte, wie alt sie eigentlich geworden wäre. Sie guckte mir wieder direkt in die Augen, sehr ernst. So wat fracht man keene Dame nich! Oh, sagte ich. Sie griff sich die Schnüre meines Boloties. Vor allem nich, bevor man se jefickt hat, Larissa zerrte an meinem Halsband. Ich gab dem Druck nach und beugte mich zu ihr herab. Larissa küßte mich. Ihre Zunge schmeckte süß. Meen bestet Jeschenk, säuselte sie schwankend. Bemüht darum, sie zu stützen, geriet ich selber ins Wanken. Man sah zu uns herüber. Du solltest vielleicht nach Hause gehen, schlug ich vor. Gloobste? Larissa hielt sich an meinem Nacken fest, bringste ma denn nach Hause? Ick wohn ooch jleich um de Ecke.

Drittens:
Von der harten Arbeit, ein leichtes Leben zu führen

Als die DDR unterging, nahm sie Westberlin gleich mit. Das Schaufenster der freien Welt ist im Prinzip eine Art kapitalistische Miniaturversion des real existierenden sozialistischen Versagens jenseits der Mauer gewesen. Von den Siegermächten beschützt und alimentiert, lebten die Westberliner unproduktiv vor sich hin, während eine korrupte Riege unfähiger Politiker so tat, als würde sie sie regieren. Um keine Zweifel aufkommen zu lassen, nannten sie ihr Oberhaupt Regierender Bürgermeister. Das sollte Handlungsfähigkeit demonstrieren und sein Amt über das des Oberbürgermeisters Ostberlins heben – mehr Macht gab es ihm nicht.

Vetternwirtschaft war das Betriebssystem der Bezirksverbände der beiden großen Parteien. Wofür sich nach dem Fall der Mauer niemand mehr so richtig interessierte. Die findigeren Verbrecher hatten ihre Geschäfte rasch auf das Gebiet der ehemaligen DDR verlagert, während der Sumpf der einstigen Frontstadt undurchwühlt blieb. Das Neue Berlin baut man anderswo, und die Sonntagsreden hält weiterhin ein Regierender Bürgermeister. Die Moorleichen dagegen gerieten in Vergessenheit.

Kalle Cash zum Beispiel. Der Nachname war ihm einst von Freunden verliehen worden. Als Herbert Karl hat man es nicht leicht und versauert mit seinen zwei Vornamen in verrauchten Hinterzimmern vorörtlicher Vereinslokale. Dagegen hinterläßt ein Mister Cash Spuren – als große Nummer im Reinickendorfer Ortsverein der SPD. Das mag piefig klingen. Und es ist piefig. Ganz Westberlin war piefig. Die Stadt gehörte den Piefigen. Kalle Cash hatte als langjähriger Schatzmeister seiner Partei nie ein politisches Amt inne, saß nicht einmal in der Bezirksverordnetenversammlung, die inoffiziellen Kassen der SPD aber wurden praller und praller. So stand es zumindest in den für einen Provinzpolitiker ungewöhnlich ausführlichen Nachrufen auf ihn. Belege gibt es freilich keine. Das Geld hortete Cash nicht auf Konten, sondern in Kisten. Ausgezahlt wurde es bar auf die Kralle. Eben cash.

Im letzten Sommer auf der Insel der Glückseligen lebte Cash bereits zurückgezogen auf seiner Ranch. So soll er sein Frohnauer Anwesen bezeichnet haben. Die Vorliebe für den Wilden Westen sah man ihm an – vom Scheitel bis zur Sohle. Fotos zeigen ihn stets mit Stetson und Stiefeln. Am Ende hat er sich wohl vornehmlich um die Vermehrung seiner Kaninchen gekümmert. Und hielt dennoch den einen oder anderen Faden in der Hand. Mehr als einer davon führte direkt zu einer Parzelle der Kleingartenkolonie Lebensfreude auf der sogenannten Peckwisch im Süden Reinickendorfs zwischen Berliner Mauer und Roedernallee, einer von Platanen gesäumten Straße.

Unter ihr hätte die U-Bahn-Linie 8 entlangführen sollen, mit der das nördlich von dort liegende Märkische Viertel verkehrstechnisch an die Innenstadt angeschlossen worden wäre. Doch wenige Jahre bevor begonnen wurde, diese langgeplante Verlängerung zu realisieren, waren die Pläne abgeändert worden. In einem weiten Bogen erreicht sie alles mögliche. Die Trabantenstadt mit vierzigtausend Menschen hingegen wohl nie.

Seit der Wiedervereinigung ist an eine Weiterführung der Linie nicht mehr zu denken. Das Geld wird für den Aufbau Ost gebraucht und nicht, um Versprechen aus der Zeit des Kalten Krieges zu erfüllen. Man muß dem Senat im Grunde dankbar sein, daß er die Strecke nicht sogar eine Station davor, am Rathaus Reinickendorf, enden ließ. Worüber durchaus laut nachgedacht worden war.

All dies konnten die Lokaljournalisten Karsten Grube und Heinz Horn nicht ahnen, als sie Ende Mai 1989 besagte Parzelle der Kleingartenkolonie Lebensfreude besuchten. Grube

war aufgefallen, daß die direkte Strecke nur halb so lang gewesen wäre wie die statt dessen gebaute. Gemeinsam mit dem wesentlich älteren Horn machte er sich auf die Suche nach einem Grund dafür und stieß auf Informationen, wonach vierzig Jahre zuvor, während der Berlinblockade, versucht worden war, an der Peckwisch Braunkohle zu fördern, um die abgeschnittene Bevölkerung der westlichen Halbstadt bezüglich des Brennstoffs unabhängig zu machen. Offiziell hatte es bloß Probebohrungen gegeben. Grube und Horn nahmen jedoch an: Inoffiziell war weitergegraben worden. Und mutmaßlich bestand ein Zusammenhang mit den kurzfristigen Änderungen der U-Bahn-Baupläne.
Kalle Cash war Eigentümer von Land, das zu Zeiten der Blockade für ein Versuchsbergwerk in Frage gekommen wäre. Er hatte es an eine Firma vermietet, deren Sitz sich merkwürdigerweise in der benachbarten Laubenkolonie befand. Was das genau für eine Firma war, wußten Grube und Horn nicht. Dabei waren sie drauf und dran, mit ihrem Inhaber Geschäfte zu machen. Ein paar Tage zuvor hatten sie diesen Gert Schwinger kennengelernt, in einem Lokal nahe dem Kurfürstendamm. Es gehörte ihm, und die anwesenden Damen gewissermaßen gleich mit.

Grube und Horn durchschritten den von Kleingärten gesäumten Sandweg. Horn, kurzatmig und untersetzt, trug eine helle Blousonjacke, die perfekt zu seinen asphaltfarbenen Schuhen paßte. Diese waren das Sportlichste an ihm, dem eine qualmende Zigarette im Mundwinkel hing. Auf seiner Nase klemmte ein mehreckiges Brillengestell mit braunen Gläsern, eine Art Pilotenbrille für Fluguntüchtige. Der hochgewachsene, ihn um einen ganzen Kopf überragende Grube dagegen steckte in einem perfekt geschnittenen Anzug. So perfekt, wie ein Anzug von der Stange perfekt sein kann. Das

Jackett hing ihm aufgrund vorsommerlicher Temperaturen lässig über der linken Schulter. Mit einem Finger hielt er es davon ab, in den Staub zu rutschen. Er trug ein kurzärmliges mintfarbenes Hemd. Grubes Frisur war modisch, leicht lockig und im Nacken etwas länger. Sein Oberlippenbart verlieh seinem jugendlichen Gesicht einen seriösen Ausdruck.
Und wenn Gert mitkriegt, daß wir Journalisten sind? fragte Grube leise. Horn hielt an, musterte seinen Partner. Solang du es ihm nicht steckst, er warf seine Zigarette mit Wucht gegen einen Maschendrahtzaun. Gibt ja kein Amt, wo man hingeht und sich zeigen lassen kann, was die Herren Horn und Grube bislang so alles gemacht haben in ihrem Leben. Ja, sagte Grube. Und wenn uns 'n Privatdetektiv folgen würde, bekämen wir das ja wohl mit, und jetzt komm!
Vor dem weiß gestrichenen Häuschen mit Veranda war ein schmächtiges Männchen mit spärlichem weißem Haarwuchs damit beschäftigt, einen Grill zu befeuern. Als Grube und Horn den kurzgemähten Rasen betraten, sah er auf und winkte ihnen mit dem Feuerhaken zu. Er trug knappe Shorts und ein weißes Unterhemd. Hallo Schmidtchen, geht's gut? Bei der Begrüßung klopfte Horn ihm freundschaftlich auf die Schulter, als kennten sie sich seit Jahren, dabei war ihre erste Begegnung erst eine Woche her.
Habta Appetit mitjebracht? Schmidtchens Stimme war hoch, seine Augen leuchteten hell. Aber hallo, Horn warf seine Jacke auf einen der blaßroten Gartenstühle. Schon jehört, Schmidtchen zwinkerte Grube zu, det de janz jroß bist im Jesichtummodelliern. Würde man ihm gar nicht zutraun, feixte Horn und ergänzte nach einem Seitenblick seines Partners: Wenn man ihn nicht kennt, wenn man ihn nicht kennt! Pilsetten müßta euch heut selba holn, stehn im Kühlschrank, Schmidtchen wies auf die offene Tür der Laube. Ach, Horn war enttäuscht, keene charmanten Damen da? Und Gert?

fragte Grube. Der Boß? sagte Schmidtchen, wußte jar nich, det der komm wollt. Hat er Freitag jesagt, Horn zog an seiner Zigarette, deswegen sind wir ja hier. Dachte, wejen mia, Schmidtchen keckerte.
Dann saßen sie zu dritt bei Bier und Würsten, und Horn fragte beiläufig nach Carmen, einer leicht bekleideten Schönheit, die Grube und er bei ihrem letzten Besuch kennenlernen durften. Die Carmen hat euch jefallen, det gloob ick, Schmidtchen strahlte, über det Mädel springt keen Hund mit Sportabzeichen rüba, leida hatse heut zu tun, echt bedauerlich, wo die Sonne so schön scheint, is jut für de Hautfarbe, sacht der Boß, und er spart gleichemang am Bräunungsstudio für de Miezen. Horn und Grube bekundeten Anerkennung. Die Platze könnt ick mir ärjern, Schmidtchen senkte die Stimme, det de Nachbarn immazu rübalinsen, und wenn's janz dicke kommt, bringse jleich watt zu futtan mit, als ob bei mia nich jenügend uffn Grill liegen würd. Haste wenigstens Gesellschaft, sagte Horn. Jau, Schmidtchen feixte, det jibt Taje, da wär ick mit de Mädels jerne ma alleene, so 'n oller Mann hat ja ooch Jefühle. Er stand auf und holte Nachschub vom Rost.
Horn sah zu Grube, der nicht die geringste Lust verspürte, eine weitere ledriggegrillte Wurst zu verzehren. Doch noch mehr widerte ihn die Vorstellung an, daß sommersonnengegerbte Laubenpieper mit Grillgut in der erhobenen Zange hinter den Rhododendronbüschen auftauchten und die nackte Wampe gegen den Maschendrahtzaun drückten, um ungeniert Carmens schönen Körper beglotzen zu können und sie dabei in ein möglichst verfängliches Gespräch zu verwickeln.
Kaum hatte sich Grube halbwegs in Carmen verguckt, war ihm Larissa begegnet. Und zwar so richtig. Nicht abgeneigt, eine wie Carmen als den Typ Frau in sich abzuspeichern, auf

den er sich in Zukunft einlassen wollte, ist Larissa diesem Umstand sozusagen zuvorgekommen. Und das sollte erst der Anfang sein. Zu seinem Bedauern konnte sich Grube hinterher nicht so recht entsinnen, ob seine erste Begegnung mit Larissa ein vergnügliches Ende gefunden hat. Ein heftiges Zusammentreffen mit anschließenden Gedächtnislücken. Am folgenden Vormittag entdeckte Grube eine Stelle an seinem Oberarm, die wie ein Zahnabdruck beim Kieferorthopäden aussah. Vage erinnern konnte er sich an Larissas Bedürfnis, ihn zu beißen, an ihr Gekratze, ihr Gekreische und wie sie viel zu laut seinen Namen in ihr vom Morgendämmer durchflutetes Zimmerchen keuchen mußte.
Eine halbe Woche war das nun her. Verarbeitet hatte Grube die Nacht bislang nicht. Horn schien eine Bemerkung auf seine Kosten gemacht zu haben. Kollege Grube böte den Mädels ebenfalls gerne mal ein Würstchen an. Oder so. Schmidtchen lächelte breit und warf ihnen Nachschub auf die Teller.
Daß Larissa sich wie Carmen für Geschlechtsverkehr bezahlen ließ, war dabei das kleinere Problem. Grubes Kenntnisse über Prostitution hielten sich in Grenzen. Männer, die diese in Anspruch nahmen, kamen wohl sonst zu kurz. Und obwohl ihm Larissa privat zu Leibe gerückt war, fragte er sich doch, warum es überhaupt passieren konnte. In sexueller Hinsicht fühlte er sich keinesfalls vernachlässigt. Eher im Gegenteil und im Vergleich zu früheren Zeiten. Vielmehr hatte er mit Larissa die Frau betrogen, mit der er seine Freundin hinterging. Und zu allem Überfluß war die Betrogene die Mutter der Hintergangenen.
Sprichta imma so wenich? Schmidtchen und Horn, der diese Frage zögernd bejahte, waren mittlerweile zum Rauchgut übergegangen. Dabei qualmten auf dem Grill weitere Würste. Manche quabbeln halt zupackend, sagte Schmidtchen, andre schweign weitaus schlachkräftja. Horn lachte dumpf. Ooch

eene? Schmidtchen hielt Grube eine aufgeklappte orangefarbene Schachtel hin. Der schüttelte den Kopf, danke. Hab echt lang keinen mehr getroffen, der Ernte 23 raucht, sagte Horn. Dabei ist det eene ehrlich jute deutsche Ziehjarette! Demonstrativ intensiv sog Schmidtchen an der in seinem Mund. Die Spitze flammte fast auf. Ich mag's lieber röstiger, sagte Horn und betrachtete seine Kippe. Neulich hab ich mir 'ne Stange vom Krempelmarkt geholt, fuhr er nach einer Pause fort, da spart man ganz schön was. Steuern, sagte Grube, um auch mal wieder etwas zum Gespräch beitragen zu können. Nee, also, bei de Polacken! Schmidtchen schüttelte den Kopf und guckte, als würde ihm die Zigarette nicht mehr schmekken.

Dieses Bergwerk, Horn senkte die Stimme und schaute Schmidtchen in die Augen, ist das eigentlich ein Codewort, oder gibt's das wirklich? Schmidtchen gab einen prustenden Laut von sich, als hätte er sich an dem Rauch seiner Zigarette verschluckt. Jips jibt's inne Jipsfabrik! rief er, ihr imma mit eure Kotwörta! Keene Fraje jibbet det Berchwerk, deshalb seita ja ooch hia, oder irr ick mia? Keinesfalls, sagte Grube, aber wir kennen das Bergwerk bislang bloß vom Hörensagen, da wüßten wir gerne Näheres. Worauf wir uns da einlassen, ergänzte Horn. Is 'ne janz wilde Storri, Schmidtchen grinste, die erzähl ick euch, wenn wa mal unten sind. Könn wa nicht gleich? Horn hielt es mit Ach und Krach auf seinem Stuhl. Nee, Schmidtchen lehnte sich zurück und nahm einen Zug, so easy jeht det nu nich, da könnte ja jeda anspaziert komm. Sind wir etwa jeder? schnaufte Horn. Fangt nich an, mia zu belatschan, Schmidtchen blieb seelenruhig, beim letzten Mal dacht ick ooch, ihr seid zwo janz andre, da habta ma janz schön jelackmeiert, det muß der Boß entscheiden, von mir krichta erstma nua Mollekühle, wenna vasteht.

Beschwingt vom Bier kehrte Grube Stunden später heim. Seine Eltern saßen beim Abendbrot. Den Blick seiner Mutter kannte er nur zu gut. In ihm lagen viele unartikulierte und daher eher unspezifische Vorwürfe. Irgendwas fand sich immer. Er war nicht pünktlich um sechs zum Essen erschienen. Dabei kam er in letzter Zeit nie pünktlich, wenn überhaupt, zum Essen nach Hause. Er setzte sich zu ihnen, und zwar nicht vor das noch unbenutzte dritte Brettchen. Wo kommst du her? Sein Vater blinzelte durch die zu große Brille. Recherche, sagte Grube. Daß er seinen Job beim MV Kurier losgeworden war, weil er dem Verlobten der Anzeigenleiterin die Nase eingedetscht hatte, ging niemanden etwas an, erst recht nicht seine Eltern.

Simone hat wieder angerufen, sagte die Mutter. Ständig klingelt das Telefon, ergänzte sein Vater. Versteht ihr euch nicht mehr? Seine Mutter klang besorgt. Grube sprang auf. Ich hab viel zu tun, sagte er knapp und ging in sein Zimmer. Dort legte er eine Kassette von den Pet Shop Boys ein, schob den Lautstärkeregler nach rechts und warf sich aufs Bett.

Deshalb hörte er das Klingeln nicht, und selbst das Klopfen an seiner Tür ging fast unter in den hämmernden Beats der Musik. Neil Tennant sang gerade davon, daß wohl alles in Ordnung sei, wobei ihm ein Zweifel anzuhören war, als Grube aufhorchte. Seine Eltern klopften sonst nie, weshalb er normalerweise abschloß, was er diesmal vergessen hatte. Was ist denn? Als Antwort öffnete sich die Tür, auffällig langsam. Im Rahmen stand Simone, groß, blond, bleich. Sie trug blaue Jeans, ein rosafarbenes Sweatshirt und Ringelsöckchen.

Du? Grube erhob sich. Er hätte damit rechnen müssen, daß sie irgendwann bei ihm auftauchen würde. Vor ihr stehend, bemerkte er, wie wacklig seine Knie waren. Das lag weniger an Simones Anwesenheit als an den Alkoholresten in seinem Blut. Na? Simone ließ ihren Rucksack fallen und stakste zögerlich näher, strecke ihre Arme aus. Grube sah keine Chance, ihr zu entkommen. Und scheute zugleich die Konsequenzen der Wahrheit. Also breitete er seine Arme aus. Cause the music plays forever, sang es vom Band – auch das eine Lüge. Denn mit einem Mal trat Ruhe ein, kurz noch gestört von einem Klacken, mit dem der Kassettenrekorder seinen Dienst einstellte. Dumpf und wie aus weiter Entfernung waren Stimmen und Geräusche des Fernsehers im Wohnzimmer zu hören.

Grube und Simone verharrten wie versteinert in ihrer halben Umarmung, als ginge es erst weiter, wenn jemand die Kassette umdrehte. Wobei auf der zweiten Seite nichts käme, nichts als Stille, fünfundfünfzig Minuten lang. Simone mühte sich ein Lächeln ab. Grube machte gute Miene, vorsichtshalber. Dann gab eins seiner Knie nach, weshalb er zurück zum Bett taumelte. Simone ließ sich neben ihn fallen. Du hast Alkohol getrunken, sagte sie, sich an ihn schmiegend. Ein Bier, log Grube, bei einem Interview, da konnte ich nicht nein sagen, deshalb hab ich mich hingelegt. Im Anzug? Simone gluckste, du verträgst echt gar nichts. Weil ich so selten trinke. Du bist süß, sie küßte ihn. Du hast dich nicht gemeldet. Viel zu tun, sagte er. Ach, Simone saß kerzengerade auf der Bettkante. Grube blieb liegen, die Füße auf dem Teppich. Simone starrte das Wandregal mit den Coca-Cola-Dosen an.

Abrupt sprang sie auf, betrachtete kurz das unfertige Puzzle auf dem Schreibtisch, eine Gorch Fock ohne Segel, und bückte sich zu ihrem Rucksack, aus dem sie etwas hervorkramte. Das warf sie gegen Grube, es landete auf seiner Brust. Was ist das? Er war verblüfft, nahm es in die Hand: ein leerer Gefrierbeutel. Wobei, es befand sich etwas darin. Ein Kondom? Grube schnellte hoch, ist das benutzt? Wie Simone an das Ding gekommen war, konnte er sich nicht erklären. Als Simone ihre Mutter und ihn eine Woche zuvor beinahe beim

Sex erwischt hätte, war das benutzte Kondom in Grubes Hosentasche gelandet und dann vergessen worden.
Was soll das? Er löste sich langsam von der Matratze. Was das soll? Simone sprach betont ruhig, das frage ich dich, was das soll? Wo hast du das her? Grube wedelte mit der Tüte vor ihrem Gesicht herum. Wetten, das ist dein Sperma! Du hebst Kondome auf? Grube simulierte ein Lachen, für so pervers hab ich dich gar nicht gehalten. Simones Augen glänzten feucht, ihre Unterlippe zitterte. Das hab ich Samstag unter meinem Schreibtisch gefunden, sagte sie und griff sich an den Nacken.
Bemüht darum, sich nichts anmerken zu lassen, sagte Grube: Du wirst ja wohl wissen, mit wem du gebumst hast. Mit dir, du Arsch! Simone schniefte. Na, dann, Grube knüllte die Tüte zusammen, dann hab ich das Ding Mittwoch eben Richtung Schreibtisch gepfeffert. Mittwoch haben wir ohne, sagte Simone leise. Und wo kommt dann das Kondom her? Grube war klar, daß es darauf nur eine einzige Antwort gab. Könnte es nicht sein, jemand hat das Ding von oben aus dem Fenster geschmissen? sagte er, und deins war offen und der Wind stand ungünstig. Grube streckte seinen Arm aus, die Idee gefiel ihm. Sehr unwahrscheinlich, Simone guckte fast feindselig. Stimmt, sagte er, wenn du eine bessere Erklärung hast. Ich hatte gehofft, du hast eine. Was willst du von mir hören? sagte Grube, daß ich mit einer anderen Frau geschlafen habe und dann zu dir gefahren bin, um mich nackt in dein Bett zu legen, nicht ohne vorher den Gummi auf deinem Teppich zu verlieren?
Simone wischte sich Tränen von der Wange. Am Ende lag's da schon länger, sagte Grube. Endlich ließ sich Simone umarmen und küssen. Du hättest mich ruhig mal anrufen können, sagte sie mittendrin. Woher soll ich wissen, was los ist? sagte Grube, Horn und ich sind an 'ner voll großen Sache

dran. Du und der MV Kurier! Simones Mundwinkel flatterten.
Sie war jetzt ganz handzahm, machte total auf Streichelzoo. Grube dagegen fühlte sich mehr nach Raubtierkäfig. Ein paar feuchte Schmatzer, dann faßte er ihr fest zwischen die Beine. Simone zuckte zusammen. Ihr verheulter Blick wurde fordernd. Sie öffnete die Jeans. Grube zog ihr das Sweatshirt über den Kopf und lockerte seinen Gürtel. Dann bugsierte er sie zum Bett. Sie verlor das Gleichgewicht, stützte sich an Wand und Bücherbord ab, kniete halbwegs auf der Matratze. Grube musterte ihr im Vergleich zum Rest ihres Körpers fast schon massiv zu nennendes Hinterteil, zerrte den Slip nach unten und tätschelte ihren nackten Arsch. Sie seufzte.

*

Das Ergebnis seiner jüngsten Recherchen trug Horn in Form einer übelriechenden Fahne vor sich her, als Grube ihn am Nachmittag einsammelte. Sie kauften sich Eis und schlenderten damit durch die Straßen. Warm war es, zu warm für Mai, fast dreißig Grad. Grube trug bloß ein Polohemd, blau wie der Himmel, nur weniger grell. Sie kreuzten einen Parkplatz. Hier soll mal der Endbahnhof Senftenberger Ring hin, sagte Horn beiläufig, theoretisch jedenfalls, da haben sie ewig drüber diskutiert, weil das Parkhaus und die Sporthalle leicht verschoben werden mußten, damit nicht alles zusammenkracht, wenn der Tunnel gegraben wird. Grube lutschte an seinem Eis und betrachtete die mit Autos zugestellte Freifläche. Welches Parkhaus? Nee, Horn knabberte an seiner Waffeltüte, weder Parkhaus noch U-Bahnhof sind gebaut worden, und die Sporthalle steht da hinten.
Wie sicher ist es denn, daß die Statik der Hochhäuser einen nachträglich gegrabenen Tunnel aushält? Grube setzte sich

wieder in Bewegung, hätte man nicht lieber eine Hochbahn bauen sollen? Eine Hochbahn? Ja, sagte Grube, so wie in Kreuzberg, breit genug sind die Straßen ja. Wie sähe das denn aus? Horn ließ seinen Blick schweifen und drehte sich dabei im Halbkreis, wie bei Metropolis oder was, der Film, kennste den? Klar, sagte Grube, dieser Musikfilm von Giorgio Moroder! Genau, sagte Horn, der ist so wunderbar bunt und nicht zu lang. Keine Ahnung, sagte Grube. Und Horn warf die Spitze seiner Eistüte fort wie den Rest einer Kippe.

Sie steuerten den Freizeitpark Lübars an. Der war in den siebziger Jahren auf einer Müllkippe angelegt worden. Der Senat hatte erreicht, daß die DDR die Abfälle Westberlins gegen Devisen entsorgte. So konnten die stärksten Gerüche der fünfziger und sechziger Jahre unter Gras und Sand verschwinden und die neuen Bewohner des entstehenden Märkischen Viertels ohne Risiko die Fenster öffnen.

Was will uns Gert verkaufen? überlegte Grube, Kohle bestimmt nicht. Koks vielleicht! sagte Horn. Kokain? Grube guckte ungläubig, die lagern so was ja wohl nicht in einem feuchten Erdloch. Wir müssen halt die interessierten Käufer mimen, sagte Horn, bis wir erfahren, was wir überhaupt kaufen wollen.

Warum eigentlich? fragte Grube, wollten wir nicht herausfinden, warum die U-Bahn einen Umweg durchs Erdreich macht? Wir müssen ja die Hintermänner von Gert ausfindig machen, sagte Horn, so 'n kleiner Zuhälter wird wohl kaum in der Lage sein, den Bau einer U-Bahn zu beeinflussen. Wenn das Grundstück diesem Kalle Cash gehört, sagte Grube. Bislang haben wir nichts in der Hand, sagte Horn, wir müssen also noch 'n Weilchen dranbleiben, oder war's dir unangenehm im Karamba? Grube schüttelte den Kopf. Sie liefen einen mäßig geschlängelten Weg entlang, was dem Zustand Horns entgegenkam.

Sie waren auf der höchsten Erhebung Reinickendorfs angelangt, standen achtzig Meter über dem Meeresspiegel. Wasser gab es nicht. Dafür massenhaft Leichtbekleidete. Es roch nach verbranntem Fleisch. Dichte Wolken stiegen von diversen Grills auf. Frisbeescheiben flogen. Waghalsige bretterten auf Fahrrädern die Rodelbahn herab. Rechter Hand glitzerten die Fenster des Märkischen Viertels im Sonnenlicht. Links lag Lübars mit seinen paar Feldern, als wollte man dem Osten zeigen, daß man allzeit autark war. Und direkt vor Horn und Grube breiteten sich, durch die bunt besprayte Mauer gut sichtbar abgetrennt, das andere Berlin aus, die Hauptstadt der DDR. Ein unspektakuläres Stück: niedrige Häuser, wuchernde Gärten. Ost wie West ähnelten sich sehr.
War die Mauer wirklich mehr als die Grenze zweier Staaten? Befanden sie sich tatsächlich am Ende der freien Welt? Anzunehmen. Vor ihnen lag kein gelobtes Land. Hinter ihnen genausowenig. Dank der Häuserblocks mit ihren gezackten und teilweise knallbunten Spitzen hätte der Westen zumindest an dieser Stelle im Wettbewerb um die häßlichste Seite garantiert einen Punkt eingefahren.

Reinickendorf ist der größte Bezirk Berlins. Und gleichzeitig der langweiligste. Zwischen ausgedehnten Grün- und Wasserflächen leben dort zweihundertfünfzigtausend Menschen. Und jeder sechste davon im Märkischen Viertel, der Stadt am Stadtrand. Die hat zehn Schulen, fünfzehn Kindertagesstätten, vier Kirchen, zwei Kaufhäuser, Arztpraxen, zahlreiche Geschäfte, diverse Gaststätten, zwei künstliche Seen, allerlei Spielplätze, eine Postfiliale, eine Mehrzweckhalle und ein Hallenbad. Selbst das längste Haus Deutschlands steht hier.
Nachdem er sich von Horn verabschiedet hatte, suchte Grube Christels Frisiersalon auf. Die traf er beim Zusammenfegen abgeschnittener Haarbüschel an. Vom Türgebimmel auf-

geschreckt, rief sie seinen Namen, ließ den Besen fallen und kam auf ihn zu. Sie sah auf die nicht eingewickelten Rosen in seinen Armen, ihre Hände jedoch langten sanft nach seinem Kopf. Ich dachte schon, sagte sie, du bist sauer auf mich, weil ich dich neulich in Simones Zimmer geschoben habe. Simone war bei mir, Grube legte den Strauß in einem Waschbecken ab. Ich weiß, Christel drückte ihren Kopf gegen seine Brust, gestern war sie ganz glücklich, da hab ich gemerkt, wie ich eifersüchtig wurde, auf meine eigene Tochter! Das darfst du nicht sein, sagte Grube, niemals, ich hätte ja längst mit ihr Schluß gemacht. Ich weiß, Christel ließ Wasser ins Becken laufen und schloß die Ladentür ab. Dann führte sie Grube ins Hinterzimmer. Darin stand ein durchgesessenes Sofa. Zu dem schubste sie ihn und setzte sich auf seinen Schoß. Wüßte Mone, was wir tun, wäre das eine Katastrophe, Christel fuhr mit ihren feingliedrigen Fingern durch sein dichtes Haar, sie würde ausziehen, allein wär die Wohnung zu teuer für mich, sagte sie mit feuchten Augen, die ist zu groß für einen, Stichwort Fehlbelegungsabgabe. So groß ist sie ja gar nicht, Grube griff nach einer Strähne, die Christel im Gesicht hing, und strich sie ihr hinters Ohr. Das gefiel ihr. Zweizweihalbe Zimmer, das sind beinahe achtzig Quadratmeter. Erstaunlich, sagte Grube. Damit konnten sie die Mieten hochtreiben, sagte Christel, eine Wohnung mehr pro Stockwerk würde weitere Fenster, weitere Wasserleitungen, weitere Heizkörper und Badewannen bedeuten. Ihr zahlt also quasi Miete mit für eine fehlende Partei? sagte Grube. Kann man so sagen, und was ich an Miete zahle, ist echt ’ne Menge, ich verdien ja gar nicht so viel, und ohne Mone gäb’s auch keine Alimente mehr von Fred. Simone verdient doch selber Geld, sagte Grube. Christel sah ihn verdutzt an.

*

Der Rum Club befand sich in einer Seitenstraße unweit des U-Bahnhofs Kurfürstendamm und sah von außen eher unspektakulär aus. Unter einem schmalen Schild, das sich bei Dunkelheit beleuchten ließ, lud eine massive Stahltür nicht unbedingt dazu ein, auf den daneben angebrachten Klingelknopf zu drücken. Horn tat es trotzdem. Um acht waren Grube und er mit Schwinger verabredet. Dies sagten sie dem kompakt gebauten Anzugträger, der ihnen die Tür öffnete, deren Rahmen er in der Breite wunderbar ausfüllte. Wortlos trat er zur Seite. Das mußte als Begrüßung genügen.

Grube und Horn gingen vorbei an einer unbesetzten Garderobe. Der Flur endete an einem schweren Vorhang. Dahinter befand sich ein größerer Raum, der, hätte er eine höhere Decke gehabt, als Saal durchgegangen wäre. Das Licht glich der Musik im Grad der Schummerigkeit. Auf einer rot schimmernden Bühne räkelte sich eine blaßhäutige leichtbekleidete Frau mit schwingender Dauerwelle. Und obwohl sie den Eindruck erweckte, ihre leichte Bekleidung so schnell es ging loswerden zu wollen, blieben die Textilien unverrückt, wie aufgemalt.

Horn bereitete dies sichtlich Vergnügen, und er wippte im Takt der Musik. Amüsiert darüber, betrachtete Grube das Ambiente. Nicht besonders viele der umplüschten Sitzecken waren belegt. So saßen drei Krawattenträger beisammen und verfolgten das Bühnengeschehen gebannt, während sie ihre Gläser befummelten. An zwei weiteren Tischen saßen einzelne Herren in Begleitung von Damenduos, die ebenfalls nicht gerade warm angezogen waren.

Vor der Bar stand Gert Schwinger, ein großer, muskulöser Mann. Das lange, blonde Haar wirkte im Gegenlicht wie ein Strahlenkranz. Er freute sich, als Grube und Horn ihn entdeckt hatten und auf ihn zukamen, breitete die Arme aus und ließ das Gold in seinem Mund glitzern. Mit diesem Glanz konnten allenfalls seine Finger mithalten. An denen steckte die halbe Auslage eines Kudamm-Juweliers. Schön, euch zu sehn, Jongs! Schwinger klopfte ihnen auf die Schultern und bestellte Drinks, Mai Tai. Unser Hausgetränk, erklärte er, geht aufs Haus, fühlt euch bitte eingeladen.

Die Frau auf der Bühne streifte langsam und mit betörenden Beckenbewegungen den straßbesetzten BH ab. Ihr ansehnlicher Busen fiel der Schwerkraft nur geringfügig zum Opfer. An den Brustspitzen klebten alberne Quasten. Grube beobachtete fasziniert, wie die Frau diese nun rotieren ließ. Der Rhythmus der Musik spielte dabei keine Rolle mehr. Gefällt dir Lizzy? Schwingers Frage ließ Grube zusammenzucken. Oder ist sie dir zu alt? Schwinger grinste, für dich finden wir was Jüngeres. Nicht nötig, sagte Grube und ergänzte nach einer Pause: Ich habe eine Freundin.

Grölend schlug Schwinger mit dem Handrücken gegen Horns Brust, der sich so aufgefordert sah, mitzulachen. Grube bedankte sich mit einem bösen Blick. Ich will euch kennenlernen, Schwinger reichte die von der Barfrau bereitgestellten Gläser an sie weiter. Beeindruckend, wie du dem Kerl neulich verklickert hast, daß er gerade gehörig stört, sagte Schwinger zu Grube, kanntest du den? Nie gesehen, er nahm einen großen Schluck von dem bräunlichen Getränk, das seinen Gaumen kühlte, dann jedoch brennend die Speiseröhre hinablief.

Du gefällst mir, meen Jong, sagte Schwinger, nech erst viel Sabbeln, die Faust ist und bleibt das beste Argument, so und nech anders kann man überleben, vor allem in meinem Metier, wißt ihr, ich bin ja gar nicht so lange als Mösenversilberer zugange, und dennoch kriecht ihr bei mir die geilsten Muschis von ganz Berlin. Zwei durften wir unlängst kennenlernen, sagte Horn. Tatsächlich? Schwinger machte große Augen. Carmen, sagte Grube. In eurem Garten, sagte Horn,

und wie hieß die andere? Er sah Grube an. Der hätte Larissas Namen gerne für sich behalten. Das Geburtstagskind! Horn ließ nicht locker. Larissa? Schwinger schmunzelte, Carmen und Larissa, da kennt ihr meine Sahnestückchen ja schon, bedauerlicherweise sind die beiden heute gebucht, na ja, ich wollte eh erst mal mit euch klönen, wenn ihr nichts dagegen habt.
Klönen ist gut, sagte Grube. Schwinger wieherte: Das sagt ausgerechnet der Schweiger! Der Schweiger? Grube sagte dazu nichts und sah wieder zur Bühne. Die Tänzerin war nun zu Boden gegangen und spreizte die Schenkel. Mit den Spitzen ihrer roten Schuhe pikste sie in die Bühnenluft, die sich mit künstlichem Nebel füllte.
Ah, da kommt er ja! Schwinger deutete gen Eingang, Leute, ich möchte euch einen Freund und Partner vorstellen. Ein schlanker, gutgekleideter Mann, etwas kleiner als Grube, kurzes lockiges Haar, das feucht glänzte, kam auf sie zu. Schwinger und er umarmten sich fest, klopften einander auf den Rücken. Das ist Farouk, sagte Schwinger. Farouk, das sind die beiden, die an Ware aus dem Bergwerk interessiert sind. Ich bin erfreut, sagte der Vorgestellte mit scharfem Akzent, bevor er ebenfalls einen Mai Tai orderte. Schwinger drängte zum Aufbruch. Ich zeich euch was, versprach er Grube und Horn, ich zeich euch Berlin, mein Berlin, das teile ich gern mit euch.
Schwingers Berlin bestand hauptsächlich aus Innenräumen, in denen Getränke ausgeschenkt wurden. Direkt vor dem Rum Club parkte sein weißer Mercedes. Grube legte keinen großen Wert darauf, sich von einem angetrunkenen Zuhälter durch die Innenstadt kutschieren zu lassen. Was Horn spürte. Er gab Grube mit starrer Miene zu verstehen, es wäre kein optimaler Zeitpunkt, um über Fehlverhalten im Straßenverkehr zu diskutieren. Zumindest machte Schwinger einen

relativ nüchternen Eindruck. Anzunehmen war, daß er regelmäßig trank, und das nicht zu knapp. Was man ihm im Gegensatz zu Horn nicht einmal ansah.

Die Fahrt war kürzer als befürchtet. Nach links auf den Kudamm, und einmal kurz ans Gaspedal getippt – schon hielten sie wieder. Das Stückchen hätten wir auch laufen können, sagte Grube erleichtert. Ich lasse lieber laufen! Schwinger schlug die Wagentür zu und hüpfte gen Mittelstreifen, ihr habt hoffentlich Hunger.
Den brauchte man in dem Lokal, in das er die beiden führte. Die Portionen waren gigantisch. Bei einer derartigen Quantität hatte die Qualität keine reelle Chance. Horn rieb begeistert die Hände über seiner Grillplatte, und das Schnitzel Wiener Art vor Grube entsprach dessen Körpergröße weitaus mehr als der des darunter versteckten Tellers.
Am Tischgespräch beteiligte sich Grube höchstens beiläufig. Erst als Schwinger von einer Frau sprach, die einen um zwanzig Jahre jüngeren heiraten würde, wurde er hellhörig. Wer heiratet? Liz Taylor, sagte Schwinger, war wohl vor deiner Zeit. Aussehen tut sie fabelhaft, sagte Horn. Sie sah mal gut aus, sagte Schwinger, schönes Gesicht, schöner Arsch, schöne Titten, mehr als schön schlaff ist an der nichts mehr. Ich mein, ohne Quatsch, Schwinger beugte sich über den Tisch, welcher richtige Mann nimmt 'ne zwanzig Jahre ältere, wenn er 'ne zwanzig Jahre jüngere kriegt? Wie alt ist denn die Taylor? fragte Grube. Sechzig? Horn hob die Schultern. Schwinger zwinkerte Grube zu: In deinem Alter muß man vorliebnehmen mit den Müttern der Ischen, die nächstes Jahr zwanzig Jahre jünger sein werden, als man selber ist.
Eine Kellnerin mit einladendem Ausschnitt brachte drei Klare und räumte die Reste ab. Immer noch mehr übrig, als woanders überhaupt auf die Teller kommt, bemerkte Horn. Ich

kann euch das einpacken lassen, sagte die Kellnerin. Nech nötich, Schwinger ließ seine Finger einem Pianisten gleich für kurze Zeit über die Tischplatte tänzeln, an Fleisch wird es uns heute nicht mangeln. Schön für euch, die Kellnerin lächelte kurz und verschwand. Heiße Deern, wa? Mit der Rechten führte sich Schwinger den Hieb Schnaps zu. Dann zückte er eine Zigarettenschachtel, öffnete sie und hielt sie Grube vor. Der schüttelte den Kopf. Und sogar Horn lehnte ab.

Eins müßt ihr wissen, Schwinger lehnte sich beim Rauchausatmen gegen das Rückenpolster der Sitzbank, wenn wir denn ins Geschäft kommen, wird das nicht das letzte bleiben, und nicht nur das, denn wir sind ja jetzt schon so was wie Freunde, ihr seht das hoffentlich genauso. Trotz der pluralen Anrede galt Schwingers fragender Blick allein Horn, der ihm deshalb auch heftigst beipflichtete. In erster Linie versteh ich mich ja auf Frauen, Schwinger trank von seinem Bier, Frauen sind das Schönste auf der Welt, leider nech für ewich, Gott sei Dank wachsen beständig welche nach, fast so wie das Zeuch in unsrem Schacht übrigens, da könnt ihr euch auf was gefaßt machen, aber das ist nech alles, ihr seid ja meine Freunde, wenn ich also gelegentlich was für euch tun kann, Berlin ist bekanntlich klein, und ich kenne mich nech bloß aus, ich kenn auch Leude, Schwinger beugte sich wieder vor und fuhr mit leiserer Stimme fort: Wenn ihr mal wissen wollt, was im Zentralcomputer der Polizei steht über euch. Gar nichts, hoffe ich! platzte es aus Grube heraus, und Horn kicherte heiser. Deine Diskretion in Ehren, Schwinger legte eine Hand auf Grubes Unterarm, über kurz oder lang haben sie dich auf ihrem Schirm, was gar nicht mal schlimm ist, solange du es weißt. Ich zum Beispiel, Schwinger ließ seinen Oberkörper zurückfallen, versteht sich von selbst, daß ich häufiger mal Besuch bekomm von den Bullen, und eben nicht ausschließlich privat, das fiele ja auch auf, weil ich jedoch die Klappe halte, passiert nichts, und unter uns, würd ich auspacken, müßten so einige Herren einpacken. Wieso aber sollte ich? Schwinger rieb mit dem linken Daumen am Ring des Nachbarfingers, ich verdiene ja an ihnen, und mitunter ruft mich eben wer an.

Bei mir gibt's exotische Extras, meine Kunden fahren da voll drauf ab, und sie sollen kriegen, worauf sie abfahren, nech? Schwinger winkte nach der Bedienung, und die Ansprüche sind hoch, meine Herren, wenn ich da anfangen würde, mit so lächerlichen Lappalien wie Aufenthaltsgenehmigung, Arbeitserlaubnis und Gesundheitszeugnis, er machte pro schlimmem Wort eine wegwerfende Geste, nee, so läuft das nech, im Laden bimmelt halt ab und an das Telefon, und dann muß es fix gehen, nech, ganz spontan muß die eine oder andere halt Kaffee trinken gehen, ganz egal, ob die gerade beschäftigt waren, die Kundschaft kriegt 'n Gutschein und verdünnisiert sich, die sind ja genauso dankbar, daß ihr kleines Schäferstündchen nech amtlich wird. Per Fingerzeig bestellte Schwinger eine neue Runde Bier. Bis jetzt hat jedenfalls keine einzige staatliche Stelle was auszusetzen gehabt, sagte Schwinger, nech offiziell und erst recht nech privat. Seine Lippen formten ein breites Grinsen. Im Inneren funkelte es.

Ein Mann Mitte Vierzig betrat den Gastraum. Mit seinem Bürstenhaarschnitt, seiner Lederweste und der altmodischen Sonnenbrille paßte er perfekt zum rustikalen Ambiente des Lokals. Er schien jemanden zu suchen – und fand ihn in Gert Schwinger. Hab ich mir doch gedacht, daß ich dich hier treffe! Seine Stimme war heiser. Mongolenmanne! Setz dich, trink was mit uns! Mongolenmanne fixierte Horn und Grube durch seine dunklen Gläser. Schwinger stellte die drei einander vor. Bin auf'm Sprung, sagte Manne, muß dir was erzählen.

Dann schieß los! Schwinger breitete die Arme aus, das sind Geschäftspartner. Ist vertraulich, Mongolenmanne deutete mit dem Kopf zur Bar. Wenn du das sachst! Schwinger erhob sich, ihr entschuldigt mich, geht nech gegen euch. Is klar, sagte Horn.
Als Schwinger und der Besucher an der Bar standen, grinste Horn seinen Partner an: Läuft gut, wa? Wir kommen keinen Meter weiter, raunzte der. Gemach, Gemach, Horn faltete die Hände, mir gefällt's, und vorhin beim Striptease wärste doch auch gerne länger geblieben. Von wegen, sagte Grube, wir verschwenden unsere Zeit. Er hat das Bergwerk erwähnt, gab Horn zu bedenken, also wart's ab, und so lange laß uns halt Spaß haben. Was, wenn wir auffliegen? Grube beobachtete die letzten Kohlensäurefäden bei dem mühsamen Bestreben, in seinem Bier aufzusteigen.
Und? Schwinger kehrte zurück an ihren Tisch. In den Händen hielt er drei gut gefüllte Schnapsgläser. Mongolenmanne hat einfach keine Geduld, sagte Schwinger, das hätte bis morgen warten können. Was? fragte Grube. Und Horn gleichzeitig: Wieso Mongolenmanne? Die Visage! Schwinger verteilte die Schnäpse. Neun Monate vor seiner Geburt gab es in Berlin viele Russen. Du meinst? fing Grube an. Prost! sagte Horn. Sie stießen an. Herrlich! Schwinger schüttelte sich. Was darf ich euch als nächstes zeigen?

Wieder im Auto. Wieder auf dem Kudamm. Wieder viel zu schnell. Wenn es so weiterginge, dachte Grube, würden sie ihr Geschäft niemals abschließen können, geschweige denn erfahren, was für ein Geschäft das eigentlich war. Da klingelte ein Telefon. Verrückt, dachte Grube. Schwinger griff rechts neben den Fahrersitz und hatte einen Hörer in der Hand. Wahnsinn! Ein Autotelefon. So etwas kannte Grube nur aus amerikanischen Krimiserien.

Schwingers Gespräch war kurz. Tut mir leid, Leute, sagte er beim Auflegen zu seinen Mitfahrern, Planänderung. Ich muß kurz mal was regeln, was nech heißt, daß ihr euch langweiln müßt, geht auch flott. Um das zu bestärken, drückte er aufs Gaspedal und Grube seinen Rücken gegen den Sitz.
Mit quietschenden Reifen hielten sie vor einem düsteren Nachkriegsbau, dessen Architekt gewiß schon lange keine Häuser mehr bauen durfte. Dafür blinkten Buchstaben über der Eingangstür, irgend etwas mit Sex. Hier hielt sich niemand unnötig mit Umschreibungen auf. Schwinger schob seine Begleiter am ihm zunickenden Einlasser vorbei durch matt beleuchtete Gänge. Dumpf war Musik zu hören, verschiedene Stücke aus verschiedenen Ecken.
Schwinger stoppte und faßte sich in die klimpernde Hosentasche. So, Flossen her, zwei, drei, vier Heiermänner, das müßte reichen, Schwinger gab jedem zwei Fünfmarkstücke. Na dann, FFK, sagte er, viel Vergnügen, Genossen, wie die Zonies sagen, ich hol euch in zehn Minuten wieder ab. Weg war er. Was soll das? Grube lehnte sich an die Gangwand. Horn knuffte ihn: Wir sind in ’ner Peepshow. Ehrlich? Grube sah sich um. Rechts wurde der Raum breiter. Zu sehen waren mehrere im Halbkreis angeordnete Kabinen, deren Vorhänge größtenteils offenstanden. Sag ich’s doch, sagte Horn und ging schnurstracks darauf zu, dachte, so was ist gar nicht mehr erlaubt.
Und dann stand auch Grube in einer dieser Kabinen. Musik plärrte von der Decke. Es roch muffig. Vor ihm eine Klappe, daneben ein Kasten mit Münzschlitz sowie ein kleines Schild mit den Preisangaben. Eine Minute kostete zwei Mark, fünf fünf Mark. Die Menge macht’s, dachte Grube und warf die erste von Schwingers spendierten Münzen ein. Es klapperte und klackte, dann öffnete sich ein Fensterchen vor ihm. Er mußte sich etwas bücken, um hindurchgucken zu können.

Grube sah rot. Rot flackerndes Licht. Und mittendrin: Frauenkörperteile. Irgendwie gesplittert, vielfach, wie durch ein Kaleidoskop betrachtet, und zwar durch eins, das sich bewegte. Auf der anderen Seite der nicht ganz sauberen Scheibe lag auf einer sich langsam drehenden kleinen Bühne eine nackte Frau. Die Wände waren von oben bis unten verspiegelt, unterbrochen bloß von den reihum eingelassenen Guckquadraten. Durch eins davon starrte nun also Grube auf die sich träge räkelnde Frau mit blondiertem Haar. An ihren großen, wie Kissen auf ihrem Körper liegenden Brüsten klebten kleine Bommeln.

Von wie vielen Männer wurde sie wohl gerade begafft? Neben sich wußte Grube Horn. Ob den das erregte? Grube fand die Situation abstoßend und mußte die breitbeinig vor ihm Ruhende doch begaffen. Ihre dunkel bewachsene Scham drehte sich ihm zu. Die Frau legte eine Hand auf ihr Genital. Ihr Blick traf den seinen. Unwillkürlich wich Grube ein Stück zurück. Der Geruch, natürlich, in der Kabine roch es nach Sperma. Grube wunderte sich, wie hier irgend jemand auch nur ansatzweise Erregung verspüren könnte. Dann schnappte die Klappe zu, und es war dunkel.

Kurz darauf klingelte es. Wie in der Schule. Die Musik wechselte, wurde flotter. Eine Gitarre jaulte auf. Eine Stimme sagte: Foxy. Eine schnarrende Männerstimme kündigte Vanessa an, unsere Nummer Sex, kleine Titten, harte Nippel. Herrje, dachte Grube und warf die zweite Münze ein. So wurde es wieder Licht. Auf der Bühne stand jetzt eine weitaus grazilere Erscheinung. Ihre ohnehin langen Beine wurden durch die hohen Absätze der schwarzen Schuhe verlängert. Ihr Haar war kurz und schwarz, sie trug spitzenbesetzte Reizwäsche. Ernst schaute sie in alle Richtungen. Seltsamerweise glaubte Grube mit einem Mal, die Frau hätte ihn erkannt. Was nicht sein konnte, befand er sich doch im sicheren Versteck.

Sie tanzte im Rhythmus der Musik, drehte sich dabei und riß sich mit einem Mal den BH vom Körper, schwang ihn mehrmals durch die Luft und ließ ihn dann los. Ihre Brüste waren bemerkenswert klein. Grube mochte das. Grube mochte Vanessa. Seine Unterhose wurde eng. Er war froh, daß Vanessa ihn nicht sah. Mit beunruhigender Langsamkeit entledigte sie sich langsam ihres Slips und präsentierte das Dreieck ihrer Intimbehaarung. Vor Grube stand eine splitterfasernackte Frau, zum Anfassen nah, wäre nicht die Glasscheibe gewesen. So hatte er noch keine Frau betrachtet. Und eine rauhe Männerstimme sang zur Musik: You gotta be all mine, all mine, fuck the lady.
Mit kreisenden Hüften ging die Nackte peu à peu zu Boden. Auf allen vieren kroch sie über den Drehteller. Ihre Zunge schnellte hervor. Sie starrte zu Grube. Durch den dünnen Stoff seiner Hose faßte er sein geschwollenes Geschlecht an und beglotze den jetzt vor seinen Augen wackelnden Hintern Vanessas.
Just da sie ihre Vulva berührte, die Finger bewegte, klackte es, und er stand erneut im Dunkeln. Das waren niemals fünf Minuten, verdammt! dachte er und suchte sein Portemonnaie. Ausgerechnet heute fand er darin nur Scheine und kleinere Münzen. Mit einem Fünfzigpfennigstück kam er bei dem Geldschlitz nicht weiter. Er ärgerte sich. Rasch schlug dieser Ärger um. Wie konnte er bloß auf so ein schmuddliges Schauspiel anspringen? Völlig erniedrigend. Dann hörte er Schwingers Stimme und kurz darauf Horns Lachen. Die Musik hatte gewechselt. Der Stimme war die gleiche. Help me, sang der Mann, help me.
Na, wie war's? Schwinger und Horn grinsten ihn an. Erstaunlich, sagte Grube, ist nichts für mich, so unpersönlich. Find ich auch, sagte Schwinger, es gibt so viele Weiber, da muß Mann echt nicht selbst Hand anlegen. Ja, sagte Grube. Horn

studierte den Teppichboden. Die Luft hier macht ganz schön durstig, sagte Schwinger und ging voran. Stimmt, sagte Grube, erleichtert, der Verlockung unfreiwillig widerstanden zu haben. Übrigens, sagte Horn leise, dein Hosenschlitz ist offen.

Einige Stationen später steuerten sie eine Kneipe knapp hinterm Wittenbergplatz an. Dicker Friedrich stand in güldenen Lettern auf dem roten Schild. Die gehört mir mal nicht, obwohl ich dort nech zu knapp einzahle, erklärte Schwinger, als er seinen Wagen direkt davor in zweiter Reihe parkte, hier trink ich gern mein Feierabendbier. Wohnst du in der Nähe? Horn hielt sich an einem Verteilerkasten fest. Jau, Schwinger machte eine Bewegung, wies vage auf ein Hochhaus schräg hinter ihm.

Der Innenraum war neonhell, die Luft verqualmt, das Publikum spärlich. Seitlich und mit dem Kopf auf der Theke hing ein Mann, von dem man kaum mehr als die Halbglatze sah, und im Nebenzimmer daddelte jemand an einem Spielautomaten. Hinter der Bar lehnte eine Blondine mit knallroten Lippen und müden Augen, die sie nun weit aufriß, um die Hereintretenden überschwenglich zu begrüßen. Grube glaubte, die Frau zu kennen. Schwinger beugte sich über den Tresen, und sie hielt ihm ihre Wangen hin, damit er sie darauf küssen konnte. Ist die Chefin gar nicht da? fragte Schwinger und bestellte drei Bier, geht auf meinen Deckel. Nee, die Manu ist auf Ibiza, hat ja jetzt ’nen neuen Macker. Na so was, Schwinger stellte sich einen Barhocker zurecht, und du mußt die Stellung halten? Gibt Schlimmeres, sagte die Frau.

Horn und Grube nahmen ebenfalls auf Hockern Platz. Horn drückte seine Unterarme gegen die Theke und streckte dabei den Rücken durch. Schwinger beobachtete ihn interessiert. Die perfekte Tresenhöhe, sagte er dann, nicht jeder Kneipier versteht was davon. Was ich nicht verstehe, sagte Horn, der

Abstand des Mundes zum vor einem stehenden Glas ist wichtig. Kommt ja auf die Körpergröße an, warf Grube ein. Nicht unbedingt, sagte Horn, der Armwinkel ist das Entscheidende, neunzig Grad, er machte es vor, legte die Faust mit dem Daumen nach oben auf das Holz und führte sie dann langsam unter seine Nase. Da weiß einer Bescheid, Schwinger war erfreut, eine Schande ist das, welcher Wirt kennt sich schon mit Trinken aus? Er holte seine Zigaretten hervor. Wer will? Ich rauch nicht, sagte Grube. Und ich hab aufgehört, sagte Horn. Seit wann denn das? Grube traute seinen Ohren nicht. Ach, das gibt sich wieder! Schwinger ließ erst die Zähne und dann das Feuerzeug aufblitzen.
Willst du uns nicht miteinander bekannt machen, Gert? Die Blonde stellte ihnen drei Schultheiss-Tulpen hin. Wir sind Geschäftspartner, sagte Schwinger. Dabei hatten sie den ganzen Abend kein einziges Mal über etwaige Geschäfte gesprochen. Das ist Herr Horn, und Herr Grube paßt auf, daß ihm nichts passiert. Schwinger zeigte eine Faust. Oder hab ich da was falsch verstanden? Nee, nee, Horn hob sein Glas, genauso isses! Grube überraschte diese neue Rollenverteilung zu sehr, um dagegen zu protestieren. Stimmt, die Blonde strahlte, der fremde Mann aus'm Karamba, letzte Woche, da haben wir geplaudert, sie beugte sich vor, nicht wahr, Herr Grube? Ihr pralles Dekolleté lenkte vom Gesicht ab. Trotzdem erinnerte er sich. Die Blonde hatte ihn mächtig mit Tequila abgefüllt. Grube zwinkerte der Blonden zu. Drei Tequila ohne Gemüse? sie zwinkerte zurück, der Herr Grube weiß nämlich, was er will, mit Nebensächlichkeiten hält der sich gar nicht erst auf. Gemüse ist gut, ha! Schwinger grunzte, das wollen wir auf der Stelle trinken.
Wie geht's denn Mutter und Tochter? fragte die Blonde, als sie mit Grube anstieß, beide gut versorgt? Jaja, sagte Grube. Es gefiel ihm nicht, daß eine Fremde offenbar bestens über

seine Verhältnisse informiert war. Wie? Was? Schwinger war auf der Stelle hellhörig geworden, Mutter und Tochter? Und Horn ebenfalls. Grube zuckte mit den Schultern. Herr Grube schläft mit Mutter und Tochter, sagte die Blonde, und zwar so laut, daß danach ein Moment tiefster Stille eintrat. Trotz des unbeirrt durch den Raum dudelnden unbedarften Schlagers.
Respekt, sagte Schwinger fröhlich, ich war mir von Anfang an sicher, der Grube ist ein Teufelskerl, so 'n richtiger Mösenmagnet, der sabbelt nicht, der handelt und nimmt sich, was er kriegen kann. Horn popelte an seinem Bierdeckel.
Und? Gibt's 'nen Unterschied? Hinter ihnen stand ein kleiner grauer Mann mit breitem Mund und kariertem Hemd, der aus dem Nebenraum zu ihnen getreten sein mußte. Funkelnd sah er ihn an. Grube hätte ihn gerne ignoriert und bedauerte, sich umgedreht zu haben. Wieder weggucken wäre feige gewesen, also starrte er das Männlein an, stumm. Nee, sach ma! der Kerl ließ nicht locker, riechense gleich? Und wie ist es mit die Geräusche beim Vögeln?
Das Gebiß des Mannes wirkte wie einmal herausgeschlagen und anschließend falsch wieder eingesetzt. Horn knuffte Grube in die Seite. Das sollte wohl heißen: Kümmre dich nicht um den. Was ihm nichts nützte. Grube konnte einfach nicht aufhören, den Mann anzustarren. Der erzählte zu allem Überfluß von der Tochter seiner – wie er sagte – besseren Hälfte, die ist jetzt sechzehn, also nicht von mir, und die ist echt zucker, frag mich manchmal schon, wie's mit der wäre.
Du Würstchen! dachte Grube. In ihm stieg Wut auf, daß so einer es wagte, ihn da mit hineinzuziehen, als mißverstandenen Experten, Komplizen gar. Einer von ihnen müßte den Raum verlassen, am besten sofort. Grube war zu klar im Kopf, um so ohne weiteres zuzuschlagen. Worauf die anderen wahrscheinlich warteten. Keiner sagte was, und die

Musik plärrte fröhlich weiter. Ein anderes Lied, die gleiche falsche Laune.
Bist du stumm oder was? Das Männlein ballte die Fäuste, wankte von einem Fuß auf den anderen und zurück. Grube kniff das rechte Auge zu. Das mußte dem Kerl genügen. Der nicht verstehen wollte. Ich hab dich was gefragt, sagte er, vielmehr schrie er es. Eine ganz höfliche Frage habe ich gestellt, die wirst du mir ja beantworten können. Verpiß dich! dachte Grube. Vielmehr legte er diese Ansage in seinen Blick. Du bist nicht stumm, sein Gegenüber kratzte sich am Kopf, ich hab dich sprechen gehört! Grube hob sein Kinn um allenfalls zwei Zentimeter. Ihr habt ja wohl 'ne Macke hier, scheiße, das Männlein trippelte auf der Stelle, fuchtelte mit den Armen, dann ging er hastig zur Tür, riß sie auf und verschwand in der Nacht, fluchend. Und in den Boxen sang eine Frauenstimme zum wiederholten Mal: Fremdes Mädchen, laß ihn gehn, er gehört zu mir.
Grube schlug sich zwei-, dreimal leicht gegen die Oberschenkel, als seien sie eingestaubt. Dann drehte er sich zurück zum Tresen. Die hellen Augen der Barfrau trafen ihn und blieben bei ihm. Der Tresenschläfer war erwacht und blickte trübäugig umher. Hat er überhaupt bezahlt? fragte Schwinger. Nee, sagte die Barfrau, der kommt morgen ja wieder. Darauf würde ich nicht wetten, Schwinger drückte die Zigarette aus, darauf würd ich nicht wetten.

*

Grube lag neben Simone auf ihrem viel zu schmalen Bett und gab sich größte Mühe, wach zu bleiben. Die Lichter der Nacht schienen schwach ins Zimmer, während Simones Atem gleichmäßiger wurde. Sie war eingeschlafen. Grube wartete weiter. Wenn sie nicht ganz tief schlief, bestand die Gefahr, daß sie etwas merken könnte. Was die Wartezeit verlängern würde. In einer der vergangenen Nächte war das passiert. Und am Ende ist Grube selber weggedämmert. Behutsam bewegte er sich zur Bettkante und befreite sich dabei von der auf seiner Hüfte ruhenden Hand Simones. Dann stand er auf und schlich zur Tür. Während er diese im Zeitlupentempo öffnete, behielt er das Bett im Auge. Von Simone waren nur Schemen zu erkennen. Sie schnurrte arglos.

Zum anderen Zimmer waren es nicht mehr als drei, vier Schritte. Dort mußte er weniger vorsichtig sein. Als er die Tür wieder ins Schloß drückte, knipste Christel das Licht an. Ihr habt euch ganz schön Zeit gelassen! murrte sie. Grube kroch unter die Decke. Das mußt du Simone sagen! Er gab seiner Geliebten einen Kuß. Normalerweise beendet der Mann den Akt, sagte Christel, hat's wenigstens Spaß gemacht? Du weißt, ich tät gerne darauf verzichten, Grube legte eine Hand auf ihren Busen. Mone hat's auf alle Fälle Spaß gemacht, sagte sie, war ja nicht zu überhören. Ich hab die ganze Zeit an dich gedacht, Grube schob die Decke zur Seite und begann, Christels Bauchhaut zu küssen.

Seit der Begegnung mit dem unangenehmen Männlein im Dicken Friedrich vor gut zehn Tagen ertappte er sich dabei, den Geruch von Christel und Simone miteinander zu vergleichen. Zu einem endgültigen Ergebnis war er bislang nicht gekommen, zumal es ihn ärgerte, daß er ausgerechnet in diesen Situationen an den Kerl denken mußte. Gleichwohl erregte es ihn. Und das übertrug sich auf beide Frauen. Doch während Simone darauf bedacht war, ihre Begeisterung herauszuschreien, biß sich Christel gewissermaßen auf die Lippen. Beides beschämte ihn. Was er sich besonders bei letzterer nicht anmerken ließ. Bis zur Erschöpfung bewies er Christel seine körperliche Zuneigung. Sie sollte keinesfalls glauben, er könnte seine Befriedigung bereits nebenan gefunden haben.

Hast du mich noch lieb? Simones Stimme holte Grubes Bewußtsein aus extremen Tiefen zurück in das kleine Zimmer, drängte sich in seine verworrenen Träume. Was? Grube fühlte sich zerschlagen, kein Stück erholt. Das lag am fehlenden Schlaf. Ob du mich liebhast, habe ich gefragt. Simones Flüsterstimme dröhnte in ihm. Klar, brummte er ins Kopfkissen. Es kam ganz auf die Relationen an. Er liebte Simone ungefähr genauso stark wie zu Beginn ihrer Beziehung. Er begehrte sie schlichtweg nicht mehr. Wie spät ist es denn? Er drehte sich zur Seite. Zehn nach zehn, flötete Simone. Neun Stunden Schlaf, sie schmiegte sich an seinen Rücken, wenn das nicht genug ist. Ist doch Sonntag! Oder konntest du nicht schlafen? Ihre Hand betastete den Bund seiner Unterhose. Nicht so gut, sagte er und rollte sich auf den Bauch, nicht jetzt. Wann dann? Simone wandte sich von ihm ab, zog die Nase hoch und stand auf.

Am Frühstückstisch herrschte eine merkwürdige Stimmung. Der Kaffee dampfte, die von gehäkelten Mützchen bedeckten Eier waren warm, und es roch nach frischem Brot, Knackundback sei Dank. Grube kannte diese Instantbrötchen bislang nur aus dem Werbefernsehen. In den vergangenen zwei Wochen hatte er zwar mehr als diese eine Nacht als Pendler zwischen zwei Betten verbracht, saß aber zum ersten Mal danach mit beiden Frauen beim Frühstück. Er war müde und ohne jeden Appetit. Christel zuliebe köpfte er sein Ei. Perfekt! Wunderbar weich und kein bißchen flüssig. Ein Eierkocher war wirklich was Feines.

Simone musterte ihn mit finsterer Miene. Lustlos pflückte sie Flocken aus ihrem aufgeschnittenen Brötchen. Darum bemüht, die Atmosphäre aufzulockern, repetierte Christel den Wetterbericht und erinnerte an das am Vortag zusammen geschaute ›Wetten, dass ...?‹.

Der Großteil der Sendung war an Grube vorübergeflimmert.

Einzig die Wette, bei der ein Fallschirmspringer aus dem Korb eines Heißluftballons gesprungen ist, um zweitausend Meter tiefer dort wieder einzusteigen, hatte ihn beeindruckt. Und wenn er so darüber nachdachte, konnte er gewisse Parallelen zu seinem Leben entdecken. Auch er befand sich außerhalb des Korbs, in dem er zu ungeahnten Höhen des Glücks katapultiert worden war. Ist man aber an den Ausnahmezustand des Fliegens gewöhnt und fühlt sich geborgen in der Gondel, reizt einen das Unvernünftige, der freie Fall. Vor allem, wenn die Option bleibt, zurückzuklettern. Leider geht es dabei stetig hinab. Ein erneuter Aufstieg ist bei dieser Methode nicht vorgesehen, und der Boden der Realität rückt näher und näher. Der Aufprall wird unvermeidlich. Natürlich, wieder in der Gondel, wäre eine Rückkehr in alte Höhen unmöglich. Nur fällt es schwer, sich im Sicheren wiegen zu lassen, weiß vom Rausch der Schwerelosigkeit.

Seit wann duzt ihr euch eigentlich? Obwohl Simone bei ihrer Frage auf ihr Brötchen starrte, das sie dünn mit Margarine bestrich, war Grube und Christel klar, es ging hier um mehr als um Höflichkeitsformen. Grube setzte auf Ignoranz. Hat Mama dir das Du angeboten? Simone knallte ihr Messer auf die Tischplatte. Grube guckte von Christel zu Simone und zurück. Wir haben einfach damit angefangen, Christel lächelte, wo ihr euch doch auch duzt. Simone steckte sich die Brötchenhälfte in den Mund und biß ein Stück davon ab.

Fred hat meine Eltern erst nach der Hochzeit geduzt, Christels Finger ordneten die Krümel auf ihrem Teller, das war aber ’ne ganz andere Zeit, er hat sogar offiziell um meine Hand angehalten. Hätt ich das auch tun sollen? fragte Grube. Quatsch! Christel versuchte zu lachen, was ihr nicht so ganz gelang. Simone kaute unter Einsatz sämtlicher Gesichtsmuskeln. Ich habe nicht geglaubt, daß du so spießig bist, sagte ihre Mutter, weiterhin mit der Krümelanordnung beschäftigt.

Ich? Spießig? platzte es aus Simone heraus, das, was ihr hier treibt, gehört sich nicht, und mich dann noch so dreist anlügen! Vereinzelte Tränen hingen an Simones Augen, liefen ihr die Wangen herab. Zu Grube sagte sie: Heut nacht bin ich wach geworden, und du lagst nicht neben mir. Ich war auf dem Klo, log er. Ich konnte nicht wieder einschlafen, sagte Simone. Das kam dir bloß so vor, Schatz, denn als ich zurückkam, hast du tief und fest gepennt. Lüg mich nicht an! Simone drückte sich samt Stuhl nach hinten, ich dachte, du könntest nicht schlafen, und bin deshalb aufgestanden, um nach dir zu gucken, gefunden hab ich dich nicht, aber aus Mamas Zimmer kamen Geräusche, eindeutige Geräusche. Christel und Grube saßen wie erstarrt auf ihren Stühlen und wagten nicht, einander anzuschauen. Simone sprang auf. Stellte sich mit verschränkten Armen vor den Eßtisch. Und diese Sache mit dem Kondom, sagte sie, ich wußte hundertprozentig, daß wir damals ohne, nur fand ich den Gedanken absurd, vollkommen absurd, meine eigene Mutter könnte mir den Freund ausspannen, nein, mehr als das. Simone blieb erschreckend ruhig. Ihr vögelt hinter meinem Rücken rum und denkt, die doofe Simone merkt das nicht! Kind, ach, Mone! Christel wollte aufstehen, ihr Stuhl blieb an einer Teppichfalte hängen, das ist nicht, wie du denkst. Ich denke gar nichts mehr, fauchte Simone, ich weiß einfach nicht mehr, was hier insgesamt so abgeht, dieser unheimliche Kerl neulich, der mich gefragt hat, ob ich Karstens Freundin bin. Was für'n unheimlicher Kerl? fragte Grube. Keine Ahnung, Simone hob die Arme, ein Türke, nehm ich mal an, grauer Anzug, etwa so groß wie ich, und ja, sein Duftwässerchen war nicht zu überriechen, der stand plötzlich neben mir an der Bushaltestelle, kennst du den? Nicht daß ich wüßte, sagte Grube. Ist auch egal, Simone wischte sich über die Augen. Dann verschwand sie in ihrem Zimmer. Christel blieb sitzen, den Kopf so gedreht, daß Grube ihr Gesicht nicht sehen konnte. Und der Nachhall der zugeschlagenen Tür wollte nicht aus seinen Ohren.

*

Der Jert und icke, wir kenn uns ja echt ewich, wie der nach Berlin jekomm war, wir ham uns damals zufällich anner Bar kennjelernt, er sacht imma, ick bin sein ersta richtja Kontakt jewesen, und ick muß Tatsache saren, eene schnieke Tüpe war er von Anfang an, meene Herrn, een Kreuz wie zwo Klawiere! Schmidtchen breitete die Arme aus, ick war zwar ehmtfalls mal jünger und schicker, den Lukas jedoch hätt ick ooch vor fuffzehn Jahrn nich durchschlajen könn. Er keckerte. Grube und Horn stimmten mit ein. Sie waren ja Profis. Oder so was in der Art.

So ein sommerlich warmer Tag ließ sich vortrefflich im Grünen verbringen, verbunden mit der Aussicht auf eisgekühlte Getränke und leichtbekleidete Damen. Zu sehen gab es bei Schmidtchen dann kaum was, zu trinken um so mehr. Gerade bekamen die Rhododendren ihr Wasser ab. Schmidtchen schien sich über den unerwarteten Besuch zu freuen. Wo ma die Mädels heute schon in Stich lassen, erklärte er, die wollten lieba planschen jehn, die kenn da so ’n verborgnes Eckchen am Wannsee, wo keener wat sacht, wenn die oben ohne rumhüppen, dufte also, det ihr ma wieda rinkiekt. Horn guckte so, als hätte er auf das Bier, das Schmidtchen ihm in die Hand drückte, gut verzichten können, würde er im Gegenzug erfahren, wie er zu diesem geheimen Strand käme.

Grube seinerseits war ganz froh, nicht unnötig in Verlegenheit gebracht zu werden. Und obwohl Christel den überstürzten Auszug ihrer Tochter alles andere als verwunden hatte, machte er sich doch berechtigte Hoffnung auf eine neue Phase

ihrer Beziehung. Sie würden zusammenleben wie ein normales Paar, am Wochenende was Gemeinsames unternehmen, würden vielleicht mal Freunde treffen, Christels Freunde.
Der Boß müßt ooch mal wieda vorbeikomm, sagte Schmidtchen, denn er ahnte den eigentlichen Grund für den spontanen Besuch von Horn und Grube. Ihr dürft aba nüscht Böset denken vom Jert, der mit seine Jeschäfte immazu, ick gloob, der is momentan uff Frischfleischtournee, da machta sich's bestümpt nich leicht, nua wat wär eener wie er ohne Mädels, und det mal eene selba vorstellich wird, det passiert eher selten, sind wa ma ehrlich, so 'n junget Ding kommt ja in de Rejel jar nich uff de Idee, det se anschaffen jehn könnt, na ja. Schmidtchen betrachtete den grimmigen Mützenmann auf dem Flaschenetikett. Wie jesacht, ick kenn den von Anfang an quasi, ick war sein ersta Mitarbeeta, hab dis fast für umsonst jemacht, der hatte ja nüscht am Anfang, wie er aus Hamburch hierhea jekomm war, Schmidtchen nuckelte an seiner Flasche. Deswegen spricht der so! sagte Grube. In Hamburch sprechen die so komisch wejen die steife Brise, Schmidtchen keckerte, und Gert, bevor der nach Berlin jekommen is, wara Leibwächta von so 'ner Kiezjröße uff Sankt Pauli jewesen, fracht ma jetze nicht, wie der hieß, war aba so 'n janz Bekannta, und der lach denn eenes Morjens doht am Timmendorfa Strand, Schmidtchen schlug auf die Lehne, und der Jert is denn ja nach Berlin jekomm. Kein Wunder, dachte Grube, richtig gut schien er seinen alten Job nicht gemacht zu haben.
Prostituzion is schon lang nich mehr det, watse mal wa, seufzte Schmidtchen, von wegn krisenfeste und so, die Eydsproblematik drückt komplett de Preise, und vülle von die Mädels machen sich selbständich, wandern ab uff Springers Telefonstrich. Schmidtchen zog kurz an seinem Augenlid, und Horn tat wissend. Grube brauchte einen Moment, bis er

verstand, daß es gerade um die zig Spalten ging, in denen sich in der BZ tagtäglich all die feurigen, diskreten, charmanten, bildhübschen, schönen, schlanken, schwarzen, molligen, vollbusigen, süßen, türkischen, asiatischen, arabischen, afrikanischen, attraktiven, netten, neuen, rassigen, dominanten, mädchenhaften, exzentrischen, energischen, exotischen, starkbehaarten, glattrasierten Modelle mit Rubensfigur, weißem Kittel, blondem Haar, langem Haar, Strapsen oder mit Niveau anboten.
Dabei ist der Rumm Klupp eene eens a Adresse, fuhr Schmidtchen derweil fort, det wißta ja sicha selba, dreihundertfuffzich für 'ne Pulle Schampus, det klingt erstma happich, isset aba nich im jeringsten, bedenkste, watte dafüa jeboten krichst, ihr wißt schon, so als kleene Uffmerksamkeit vom Haus aues. Schmidtchen sah Horn und Grube an, als müßten sie wissen, worin diese Aufmerksamkeit bestand. Welcha Herr wüll ooch so 'n Sektchen alleene picheln, da isset janz praktisch, det er die Madame gratis dazukricht, mit der derf er denn allet machen, solang der Flaschenboden bedeckt is. Das ist fair, sagte Horn. Ja, nich? Schmidtchen erhob sich, ick hoff, ihr habt Appetit mitjebracht. Aus einem großen Pappbeutel kippte er Kohle auf den Grill, tat Grillanzünder hinzu, schüttete reichlich Spiritus drüber und warf einige brennende Streichhölzer zu den Kohlen. Als erste Flammen aufloderten, war er zufrieden, griff einen Schürhaken und rührte im Grill. Dann setzte er sich wieder.
Grubes Gedanken waren bei Larissa gelandet. Er sah ihre weiße Haut vor sich, blaß und gleichzeitig von einem inneren Glühen erfaßt. In jener betrunkenen Nacht war es ihm vorgekommen, als würde die Luft, die sich um Larissas bebenden Körper schmiegte, flimmern, wie er das aus dem Fernsehen vom Asphalt an heißen Tagen kannte. Grube spürte ein jähes Unbehagen in sich aufsteigen, das ihm genauso ge-

lungen war zu verdrängen wie seine Lust auf Larissa. Männer, die Geld dafür gaben, kamen nicht bloß in den Genuß, ihren kleinen, zarten Busen zu liebkosen, sie warfen sich überdies auf das schmale Mädchen und preßten aus ihr die gleichen Laute, die auch er hatte vernehmen dürfen.

Hey, jemand zu Hause? Horn stieß Grube an. Ich erzähl gerade von dem mutig geschminkten Luder aus'm Dicken Friedrich. Was? Grube verstand nicht. Na, Melli, die Barfrau, sagte Horn, die war schwer enttäuscht, daß du so 'nen unvermittelten Abgang hingelegt hast. Ehrlich? Sie wollte nur über dich sprechen, sagte Horn. Hatse dia abblitzen lassen, wa? Schmidtchen keckerte, und Horn stürzte den Rest seines Bieres in sich hinein. Tut mir leid, sagte Grube leise. Die hat Tatsache gesagt, du würdest sie an diesen einen Schauspieler da erinnern, sagte Horn. Ach so? Grube grinste. Schmidtchen fixierte ihn: Ja, Mönsch, so wo de's sachst, diese Serie da mit der Laberkarre.

Horn prustete den letzten Schluck auf den Rasen, und weder Schmidtchen noch Grube verstanden, warum. Grube fragte Schmidtchen lieber, wie eine Frau Schwingers Einflußbereich wieder entrinnen könne. Det kommt so jut wie nie vor, lautete die Antwort, manchmal tauscht der Boß zwar mit 'nem Kollejen, wenn eener von ihn scharf uff det Mädel von 'nem andren is, aba det will jut übalecht sein, wat det wieda füa Vawicklungn schafft, det sind ja Konkurrenten, und wenn die uff eenmal Lochschwaga sind. Er wackelte mit dem Kopf. Lochschwager? wiederholte Grube. Schmidtchen keckerte fröhlich vor sich hin, und Grube verstand, daß ihn wegen der einen Nacht mit Larissa etwas mit einem Zuhälter verband. Etwas, das er nie loswerden würde.

Schmidtchen ging zum Grill. Berlin is nu ma 'ne kleene Stadt, kann sich ooch jar nich mehr vajrößern, er bewegte den Schürhaken, wennde in bestümpten Kreisen vakehrst, denn kennste ebent irjentwann deene Pappenheima. Schmidtchen stocherte eine Weile in den Kohlen herum. Und wennde sechsuell besondas aktiv bist, er drehte sich um und guckte Grube grinsend an. Kennste eene, kennste alle, warf Horn ein. Grube fand den Spruch total unpassend. Obwohl er selbst gerade mal mit drei Frauen intim gewesen war, von denen zwei zudem eng miteinander verwandt waren, hoffte er für Horn, daß der sich mit dieser Floskel bloß wieder ins Gespräch hatte bringen wollen.

Schmidtchen kam zurück zu seinem Stuhl, griff ein Bier, rieb sich die Nase und sagte dann: Det meeste tun wa eh aues Langeweile, trinken, feiern, vögeln, passiert ja ooch kaum noch wat in Berlin, eenes Tajes, det sach ick euch, da werdense aues Daffke den Landwehrkanal üban Kudamm leiten. Horn fand das lustig. Wir können doch ganz froh sein, sagte Grube, daß es so ruhig um uns geworden ist, als ernsthafte Bedrohung kann man den Osten ja nicht mehr sehen. Nee, da stimm ick dia zu, sagte Schmidtchen, die sind ja mea mit sich selba beschäfticht, jab's da nich jrade so Ärja? Er sah seine Gesprächspartner an. Die gefälschten Wahlen? sagte Horn. Jenau, die jefälschten Wahln!

Vom Osten bekomm ich wenig mit, sagte Horn, klar, die Mauer, die seh ich sogar von meinem Balkon aus, oder wenn man beim Durchschalten ins DDR-Programm gerät, doch sonst? Er hob die Hände. Wenn man bedenkt, det die da in Bonn uns ma in de Lüneburja Heide vapflanzen wolltn! sagte Schmidtchen, ick meen, Berlinblockade, det war nu nich det Anjenehmste, damals war ick knapp zwanzich, aba direkt nach'm Kriech, da kam wa mittem Mangel irjendwie klar, mea wie de blanke Übalebenswille war da nich, späta wärs valeicht schwierja jewordn, bloß wechziehn kam nich in Fraje, und janrantiert nich komplett, wir waren denen im Westen jelinde jesacht zu teua, immazu det Jerede: Haupt-

stadt, Wiedavereinjung, dabei hätt uns der Adenauer am liebsten rausjeholt, ständich diese Krisen, der is ja nicht mal nach'm Mauerbau hia rübajekomm, hatte bestümpt Schiß jehabt, stellt euch det mal voa, wir säßen jetze uff so 'nem lila Feld, und die Heidschnuckn würden Mäh machen, Mäh, Schmidtchens Augen blitzten, als der Jedanke uffkam, ham wa uns jefracht, obse uns ooch den Funkturm in de Landschaft da drüben stelln wolln.
Wahnsinn wäre das gewesen, eine ganze Stadt umzusiedeln, sagte Grube. Weeß ick nich, warf Schmidtchen ein, Polen is ja ooch nach links jerutscht. Die Aufgabe Berlins wäre ja wohl ein Sieg für die Sowjets gewesen, sagte Grube. Und eine Konsolidierung der Verhältnisse, warf Horn ein, nix Entspannungspolitik, wer weiß, wo's da dann schon so alles geknallt hätte. Ick wär uff jeden Fall hierjebliem, sagte Schmidtchen, und sicha nich nua icke, er sah seine beiden Gäste prüfend an, nee, ihr seid ja zu jung, ihr wärt sicha unta andren Umständen heut nich hia. Wer weiß, sagte Grube, meine Eltern sind nicht so beweglich und ihrer Heimatstadt äußerst treu, Herr Horn dagegen, er wies auf seinen Partner, der eilig widersprach: Ich hab einen Berliner Onkel, der ist 'n hohes Tier bei der BVG!
Grube konnte sich zwar nicht erklären, weshalb Horn wegen eines Onkels in ein von Russen besetztes Berlin hätte ziehen sollen, doch diese unerwartete Beziehung zur BVG verblüffte ihn um so mehr.
Wie ooch imma, überging Schmidtchen die Einwände der beiden, wenn der Russe denn eenmarschiert wär, wer weeß, ob aus mia 'n Unterjrundkämpfa jeworden wär, so mittenmang de Ruinen. Oder im Bergwerkschacht! platzte es aus Grube heraus, weshalb ihn ein böser Seitenblick Horns traf. Was Schmidtchen glücklicherweise nicht mitbekam.
Wo de recht hast, fuhr der statt dessen fröhlich fort, ick war ja Tatsache eener der wenjen, die det übahoopt wußtn, offi-

ziell is da ja nie jegrahm worn, wa? Grube und Horn hielten die Luft an, während Schmidtchen fortfuhr. Det war eijentlich een irra Zufall jewesen, neunundvierzich warste in Berlin doch froh, richtje, ick meen, bezahlte Arbeet zu ham und mea wie 'n paar Fennich fürs Schuttwegschaffn zu kriegn, und det war ooch een Zufall, det ausjerechnet icke, wo ick an sich nüschte mit Berchbau zu schaffen hatte, denn die ham erfahrne Leute jesucht jehabt, wovon det in Berlin nu aba nich jrade vülle jab, Schmidtchen kratzte sich hinterm Ohr. Und jetze paßt uff, nämlich, een Kammrad von meen Vatter war vorm Kriech in 'ner Zeche in Bottrop tätich jewesen, Hermann hieß der, und den kannte irjent eener, weshalb se den Hermann jefragt jehabt ham, ob er nich nach Berlin komm wüll, Schmidtchen nahm einen Schluck Bier, unjünstich wa bloß, dem Hermann fehlte mittlerweele der rechte Ahm, wat immahin besser wa wie bei meem Vatter, dem fehlte allet, vor allm det Lehm, und denn habense ihn ooch noch mißvastanden, den Hermann, wie er jesacht hat, mit Berlin vabindet ihn eher nüschte, außer wie een Kammrad ausser Wehrmacht, det wär 'n richtja Kumpel jewesen, vastehta? Schmidtchen keckerte, meen Vatter war Bierkutscha jewesen! Na ja, der Hermann hatte keen Schimmer jehabt, det der jestorben jewesen war, weil det war nach'm Kriech, is 'ne längere Storri. Jedenfalls stand so 'ne Tüpe eenet Tajes vor unsra Türe, ob ick der Jerhard Schmidt bin, und ick so: ja, ick hab jar nich erwogen, det mein Vatter damit jemeint sein könnte, weil, der hieß jenauso wie icke beziehungsweese icke so wie er, könnta mir foljen? Schmidtchen sah seine zwei Zuhörer an, und so wurd ick Kumpel im eenzjen Berchwerk von Berlin.
Warum blieb das aber geheim? fragte Grube, angeblich war ja nach den Probebohrungen Schluß. Det war 'ne schwierje Anjelejenheit, Schmidtchen beugte sich vor, det kostete Jeld, und nich jrade wenich, dabei herrschte so kurz nach'm

Kriech alljemeener Mangel, und von die Zone kam jede Menge Spott, da wurde im Westsenat beschlossen, det lieba unta strengsta Jeheimhaltung fortzusetzn, die ham ooch nich jeden übanomm, wa, mir hamse vatraut, und so als Abjebrochna war ick eh privilijiert. Stimmt, pflichte Horn bei, in U-Booten und Bergwerken sind wir kleinen Männer voll im Vorteil, weil, wir müssen uns nicht bücken. Und wenn ihr da unten seid, stolpern wir hier oben nicht ständig über euch Murkel, motzte Grube in das Gelächter von Schmidtchen und Horn hinein.

Große Feldherren waren häufig eher klein, gab Horn zu bedenken. Stümmpt, sagte Schmidtchen, der jroße Fritze hatte dafüa seine langen Kerls, die mußten tun, wat er ihn befahl. Horn sah Grube auffordernd an: Hol mal neues Bier. Und weil Grube keine Lust auf Zwietracht verspürte, und erst recht nicht dem Lob des kleinen Mannes weiter beiwohnen wollte, stand er bereitwillig auf.

Die kleine Küche wurde von einem Kühlschrank dominiert, der großzügig mit Alkoholflaschen bestückt war, hauptsächlich Bier. Sekt gab es ebenfalls sowie je eine Flasche Himbeer- und Waldmeistersirup. Außerdem entdeckte Grube etliche Packungen Grillwürste, zwei, drei Dosen Sprühsahne, Ketchup, Senf und mehrere Packungen Butter. Er nahm sich drei Bier, schloß die Tür und spähte ins hintere Zimmer. Der Durchgang war mit unzähligen bei jedem Luftzug raschelnden bunten Plastikstreifen verhängt. Dahinter befand sich ein großes Schlafzimmer oder genaugenommen ein gigantisches Bett. An den Wänden und an der Decke waren diverse Tücher und Vorhänge befestigt. Staunend betrat Grube den Raum. Seine Füße versanken in einem flauschigen Flokati. Das Zimmer wirkte unbewohnt, aufgeräumt, wie es war. Und wegen der abgestandenen Luft hätte man meinen können, das Gemach einer vor über einhundert Jahren verstorbenen

Prinzessin zu betreten. Einzig die Rolle Küchenpapier, die neben der fransenbehängten Nachttischlampe stand, paßte nicht so ganz ins Ambiente.

Dumpf vernahm Grube Stimmen. Fremde Stimmen. Offenbar war weiterer Besuch erschienen, Lautstärke und Erregungsgrad zufolge aber kein willkommener. Vorsichtig ging er zum Küchenfenster, bemüht darum, unbeachtet zu bleiben. Horn und Schmidtchen waren aufgestanden, wobei Horn sich im Hintergrund hielt. Ein kleiner Mann versteckte sich hinter einem anderen kleinen Mann. Grube mußte schmunzeln. Zumal die den beiden vis-à-vis stehenden Herren auch nicht gerade Riesen waren. Beiden Parteien trennte allein der Grill, auf dem die Holzkohlebriketts still vor sich hin glühten. Die Besucher trugen breitschultrige Lederjacken und ihr blondiertes, mittellanges Haar wie fusselige Helme. Grube brauchte einen Moment, um zu verstehen, worum es da draußen ging. Nach dem formalen Austausch durchschnittlicher Unfreundlichkeiten näherten sich die Eindringlinge dem Chefgärtner auf Atemweite. Sag uns jetzt, wo wir die Schnecke finden! raunzte der eine. Det jeht euch 'ne Schiebekarre voll Kleckaschmutz an! polterte Schmidtchen zurück. Darauf versprach ihm der zweite ungebetene Gast, wenn er nicht auskunftsfreudiger werde, könne es passieren, daß er in einen Zustand geraten könne, in dem er jener Schnecke nur noch ungern gegenübertreten wollen würde.

Wat willste damit jesacht ham, Fatzke? keifte Schmidtchen, um kurz darauf laut aufzuschreien. Eine der Blondmatten hatte seinen Arm gepackt und verdreht. Uffhörn! flehte der Angegriffene, ick verrat's euch ja, wenna det unbedingt wissen wollt! Grube mutmaßte, daß es um die schöne Carmen ging. Diese Annahme bekräftigte Horn, indem er sich mit vollem Körpereinsatz in die Diskussion einmischte und den zweiten Blondkopf ungezielt anrempelte. Der Taumelnde revanchierte sich mit einem Fausthieb. Horn verlor erst die Sonnenbrille und dann das Gleichgewicht, weshalb er sich auf seinen Gegner fallen ließ und diesen so niederriß. Ihm selbst gelang eine Rolle seitwärts. Der andere krachte mit dem Kopf voll in die Feuerstelle, deren drei Beine einknickten. Sein auf Volumen gespraytes Haar sprach stracks an auf die heiße Masse, so daß der Mann, noch bevor er samt Grill zu Boden gegangen wäre, bereits wieder aufsprang und im Kreis wankend auf seine brennende Frisur einschlug. Das brachte die Schmerzensschreie Schmidtchens zum Verstummen, weil dessen Peiniger umgehend von ihm abließ, um seinem Frisurenpartner zu Hilfe zu springen.

Jetzt betrat Grube die Szene. Mit einem dritten Mann hatten die beiden Besucher nicht rechnen können. Anstatt etwas zu sagen, nahm Grube eine der in der Laube geöffneten Bierflaschen und spritzte deren Inhalt auf das Brandopfer, obwohl es vermutlich gar nichts mehr zu löschen gab. Ihr solltet den Friseur wechseln, sagte Grube, das Styling ist ja brandgefährlich und kommt auch bei Mädels selten gut an. Der Unbeschadete guckte zornig, was wegen dessen verspiegelter Sonnenbrille nur zu erahnen war. Dafür sah Grube sein eigenes Lächeln. Ob die beiden dabei eine Ähnlichkeit mit John Malkovich, David Hasselhoff oder gar Benny Beimer bemerkten, war ihm egal.

Das Holzkohleopfer hielt sich die Frisurenreste zu. Er schien Schmerzen zu haben. Laß uns gehen! Er legte seinem Partner die Hand auf die Schulter. Inzwischen waren Horn und Schmidtchen an Grubes Seite getreten. Mit einem verächtlichen Schnauben wandte sich der Partner dem Verbrannten zu, der bereits auf dem Rückzug gen Gartentor war. Schade, sagte Horn, wo wir gerade mit dem Grillen begonnen haben.

*

Schwinger lud sie zwei Tage später in den Rum Club ein, um sich für ihren Einsatz zu bedanken. Und Horn fand, es wäre unhöflich, die Einladung auszuschlagen. Sie saßen in einer Sitzecke, tranken Mai Tais, und auf der Bühne räkelte sich eine halbnackte Frau zu knackigen Beats. Ich habe neulich mal über deinen Onkel nachgedacht, sagte Grube. Welcher Onkel? Horn nippte an seinem Drink. Dein Onkel von der BVG, sagte Grube, ich hab ja geglaubt, es gäb da 'ne Frau. Horn grinste. Man glaubt stets das, was man glauben will, dabei bin ich gar nicht so 'n Weiberheld. Ist mir durchaus aufgefallen, Grube sah zur Bühne, du tust oft so, als legtest du die Weiber reihenweise um. Na ja, Horn musterte seine Hände, dabei bin ich seit Ewigkeiten mit ein und derselben zusammen. Die du vor mir verheimlichst. Was mit dir und deiner Schnitte ist, verrätst du mir ja genausowenig, sagte Horn. Weil du sie Schnitte nennst, sagte Grube. Besser 'ne Schnitte als 'ne Torte. Und dein Onkel? wechselte Grube das Thema, während auf der Bühne blankgezogen wurde, und zwar im wörtlichen Sinne. Kein Haar, nirgends.
Mein Onkel ist allerhöchstens ein Knäckebrot. Ein Knäckebrot, das dir aus familiärer Verbundenheit einen Gefallen tut? sagte Grube, am Ende hat er ja eher mir geholfen. Denke, deiner Schwester. Ja, logisch, beeilte sich Grube zu sagen. Es ging damals gar nicht um deine Schwester? Klar ging's um meine Schwester! sagte Grube, erzähl mir mal lieber von deinem Onkel. Du hast 'ne Neue! Horn schlug schwach auf den Tisch, das erklärt, warum du in letzter Zeit so selbstbewußt rüberkommst. Findest du? Grube langte nach der Schale mit den Erdnüssen.
Warum bist du dann aber neulich mit ins MV gefahren? Vielleicht, weil ich da wohne, sagte Grube, ohne große Lust, darüber zu reden. Wieso solltest du im MV wohnen? Horns gesamte Aufmerksamkeit galt seinem Partner, ich mein, du

arbeitest ja nicht mal mehr beim Kurier. Hat sich so ergeben, sagte Grube. Also echt die Mutter! Horn machte große Augen. Grube hob die Schultern. Erzähl mir erst mal von deinem Onkel! Kein großes Ding, sagte Horn, ich hab dem halt mal geholfen, publizistisch sozusagen, wegen des Skandals bei der BVG. Welcher Skandal bei der BVG? Siehste, freute sich Horn, und jetzt du!

Na, ihr zwei Hübschen?! Larissa rutschte neben Grube, während auf der anderen Seite der halbrunden Bank Carmen Platz nahm und Horn ihren Busen entgegenwölbte. Beide maßlos aufgedonnert mit viel Farbe im Gesicht. Carmens Haar war wild auftoupiert, während Larissa die Frisur wie eine Badekappe auf dem Kopf klebte. Hallo Larissa, sagte Grube leise, schön, dich zu sehen. Larissas Samtaugen schimmerten fiebrig. Hast ma also do ni janz vajessen, Baby? Wie könnte ich? Er roch die Frische ihres Atems. Ihr Mund war dunkelrot, als würden die Lippen bluten. Auf der Stelle überkam ihn das Verlangen, mit Larissa zu schlafen.

Horn und Carmen standen auf und entfernten sich ohne weiteres vom Tisch. ’n schicket Hemd trägta, deen Kolleje, stellte Larissa fest. Zuviel Muster, sagte Grube, wo gehn die denn hin? Larissa guckte lustig. Dort, wo wa ebentfalls hinkönnten. Sie legte einen Arm um Grubes Schulter und ihre Beine über seine Oberschenkel. Is diesma nich janz so privat, jeht aba uffs Haus, wenn ick richtich infoamiert bin. Ich weiß nicht. Ach, Baby, komm jetze ma nich mit irgend ’na Freundin, die war neulich ooch nicht jrade een Problem. Sie streichelte seine rechte Wange. Das ist das Problem und sie nicht irgendeine Freundin, sagte Grube, während sein Körper so tat, als sagte Larissa die Wahrheit.

Ich sehe, ihr amüsiert euch! Gert Schwingers Visage war erheblich brauner als noch vor zwei Wochen. In jedem seiner Arme hielt er eine junge Frau, beide klein, zart, langes schwarzes Haar, asiatische Gesichtszüge, schüchterne Höflichkeit. Darf ich vorstellen, Mi und Li, rief Schwinger, die kompletten Namen der beiden Hübschen sind zu kompliziert und tun eh nichts zur Sache. Mi und Li lächelten höflich, verstanden vermutlich kein Wort. Kollege Horn ist bereits beschäftigt? fragte Schwinger. Carmen zeicht ihm jrad de Räumlichkeiten inna ersten Etaje, sagte Larissa. Die solltest du dem Schweiger auch mal zeigen, sagte Schwinger. Mach ick, Larissa schmiegte sich enger an Grube. Ich hoffe, du bist zufrieden, sagte Schwinger, wir sehen uns! Das klang wie eine Drohung.

Sie nenn dia also den Schweija, sagte Larissa, als sie die Tür zu dem kleinen Zimmerchen hinter sich zudrückte. Im Hintergrund plätscherte leise Musik. Die Beleuchtung war spärlich, die Einrichtung ähnlich plüschig wie der restliche Club. Ein Tigerfell pappte an der Decke, in einer Ecke stand eine mickrige Zimmerpalme. Larissa zupfte an ihrem Kragen, worauf ihr Oberteil zu Boden glitt. Anschließend stieg sie aus dem knappen Rock. Ihre Dessous glitzerten. Sie setzte sich auf das schmale Bett und klopfte mit der Hand auf die Decke neben sich. Machs dia bequem, Schweija, du weeßt ja, ick tu dia nüscht. Ich weiß, Grube näherte sich dem Bett, das hat nichts mit dir zu tun, du bist toll, ehrlich, mein Beziehungsgeflecht ist aber so schon kompliziert genug.
Dafür, det se dia den Schweija nenn, laberste janz schön vülle, Larissa lachte, und die meesten Männer, die ick ficke, sind liiert, dit intressiert ma keen Stück, mußt nich gloom, dit ick bei dia ’ne Ausnahme mach. Nicht? Larissa nahm eine seiner Hände. Weeßte, jeda zahlt irjendwie füa Sex, und wea zu Huren jeht, kennt wenigstens den Preis.
Sie sah ihn an mit diesem ganz speziellen Blick, der ihn gut einen Monat zuvor in ihre Wohnung gelockt hatte. Und diesmal war ihm sogar klar, woran ihn dieser Blick erinnerte:

An die Augen einer Schlagersängerin, dank der er mit zehn, höchstens elf Jahren zum ersten Mal von dem Gefühl befallen gewesen war, in jemanden verschossen zu sein. Sie hieß Gitte, und sie sang: Freu dich bloß nicht zu früh. Seitdem waren neun Jahre vergangen. Und Grube saß nicht im Frotteeschlafanzug mit seiner Mutter auf der heimischen Couch, sondern auf einem Bordellbett neben einer hübschen Prostituierten, die ihm schöne Augen machte. Und er konnte nicht anders, er mußte sie küssen. Wollte das wohlige, feuchtwarme Drängen ihrer Zunge in seinem Mund. Küssen war kaum mehr als eine Extremform der Kommunikation. So gesehen, betrog er Christel gar nicht, er tauschte sich nur aus mit einer anderen Frau, von der sie nicht einmal ahnte.

Echt niedlich, deine kleine Nutte, sagte Horn später an der Bar. Laß das, sagte Grube, du warst von Anfang an scharf auf Carmen, und jetzt hast du sie bekommen. Die ist richtig bombe, Horns Grinsen reichte von einem Ohr bis zum anderen, bloß was ist der perfekteste Körper gegen eine Nutte, die verliebt ist in dich? Grube verschüttete fast seinen Drink: Was willst du damit sagen? Mit dir komm ich langsam nicht mehr mit, mein Lieber! Horn klopfte Grube auf die Schulter und ließ ihn am Tresen stehen. Allein mit seinen Gedanken.
Anstatt miteinander zu schlafen, hatten sich Larissa und Grube unterhalten. Dabei waren ihre Hände immer mal wieder über seine Arme geglitten, zufälligen Berührungen gleich. Irritiert fragte sie mehrfach, ob er sie nicht begehrte, und Grube mußte zigmal wiederholen, wie sehr sie ihm gefalle, er wäre eben mehr an ihrem Wesen interessiert als an ihrer Vagina. Das brachte sie zum Weinen. Erst mit vielen Küssen ließ sie sich beruhigen. Er sei süß, hat sie gesagt. Anschließend erzählte sie, wie sie 1987 nach Westberlin gekommen war, aus der DDR übergesiedelt, Durchgangsheim Marienfelde.

Grube war sprachlos. Jemanden aus der Zone hatte er sich ganz anders vorgestellt. Und nicht so hübsch. Aber was wußte er schon vom Osten? Selbst daß es drüben einen Ort namens Senftenberg gab, war ihm unbekannt. Senftenberg. Die zentrale Straße im Märkischen Viertel, der Senftenberger Ring, war nach einer DDR-Stadt benannt worden! War das den Neumärkern klar?

Larissa würde im MV niemals heimisch werden. Das war ihr genauso fremd wie ihm das Land hinter der Mauer. Sie kannte den Westen als bunt und verschwenderisch. Sie mochte Charlottenburg und Schöneberg. Kreuzberg war ihr fast wieder zu schräg. In Reinickendorf ist sie nie gewesen. Ob die Bahn dorthin nicht unterm Osten durchginge? Einmal sei sie versehentlich vom Halleschen Tor aus in die falsche Richtung gefahren und nicht rechtzeitig wieder ausgestiegen, bevor sie die Geisterbahnhöfe passierten. Sie habe befürchtet, der Zug könnte steckenbleiben und die Grenzer würden sie rausziehen. Warn Sie nicht mal eine von uns? Willkommen zu Hause.

Den Westen habe sie anfangs entsetzlich gefunden. Ohne Geld und jemanden, dem man vertrauen mag, sei die bunte Welt wie ein Bilderbuch aus der Bücherei, dessen Leihfrist man überschritten habe. Sie sei ins KaDeWe zum Klauen gegangen und mußte sich von Kerlen aushalten lassen, die sie widerlich fand. Bis ihr eines Abends Gert Schwinger begegnet sei, stark, gutaussehend, großzügig und sympathisch. Von dem habe sie sich gerne verführen lassen. Und nachdem sie mitbekommen habe, daß er sie letztlich lediglich getestet hatte, ob sie für ihn zukünftig eher indirekt die Beine breit machen würde, sei sie nur kurz enttäuscht gewesen.

Grube trank sein Glas leer, drehte sich um und bestellte einen neuen Mai Tai. Für mich das gleiche, sagte eine heisere Stimme neben ihm. Deren Sprecher nickte Grube zu. Der grüßte artig und brauchte dann eine Weile, um in dem Herrn Mongolenmanne wiederzuerkennen. Sie stießen an. Mongolenmanne rauchte ein Kraut, dessen Geruch Grube an die Schwaden erinnerte, die hin und wieder Reinickendorf überwehten, wenn der Wind verbrannten Westberliner Müll zurück in die Halbstadt blies.

Und Sie arbeiten für Herrn Schwinger? fragte Grube, der sich erinnerte, beruflich im Rum Club zu sein. Warum so förmlich? Sein Nebenmann reichte ihm seine Pranke, Manfred. Karsten, sagte Grube und hielt den starken Händedruck aus. Für Gert zu arbeiten ist gewissermaßen eine Auszeichnung, sagte Mongolenmanne nach der Freigabe von Grubes Hand, faire Bezahlung, anständige Zusatzleistungen, er zwinkerte, da kann man sich echt nicht beklagen. Früher habe er sein Geld mit Coca verdient, das sei hart und der Stoff nicht immer der beste gewesen.

Grube war baff. Beinahe hätte er seinem Gegenüber von seiner Coca-Cola-Dosen-Sammlung erzählt und sagte statt dessen, früher habe er sich mal mehr mit Coca beschäftigt. Du bist weggekommen von dem Zeug? Mongolenmanne runzelte die Stirn. Hm, Grube trank einen Schluck, kann man wohl so sagen. Hochachtung, sagte der andere, er gibt nur wenige, die vom Hohen C wieder die Finger lassen können. Der Zusammenhang zum Orangensaft erschloß sich Grube nicht im geringsten, was er sich nicht anmerken ließ. Im Barspiegel sah er Larissa. Entschuldige mich, sagte er zu Mongolenmanne. Der brummte bloß und blies eine stinkende Wolke aus.

Hey, Baby, Larissa tätschelte Grubes Arm, wüllste jetze doch mit mia? Nein, ich, Grube wußte selber nicht, was er wollte. Da hinten is eener meener Stammkunden, sagte Larissa, ick komm späta zu dia. Grube hielt Larissa fest. Wat? fragte sie barsch, und als Grube sie freigab, stand der andere Mann bereits bei ihnen. Grube legte keinen Wert darauf, ihn begrüßen zu müssen, obwohl er ihm merkwürdig bekannt vorkam. Ein junger Fatzke mit aufgeschwemmter Fresse und schlechtsitzendem Anzug. Und so einer schlief regelmäßig mit der entzückenden Larissa! Zu allem Überfluß reichte der Kerl ihm die Hand. Wir kennen uns, oder? Nicht daß ich wüßte, sagte Grube. Larissa warf ihm einen ärgerlichen Blick zu. Ich wollte gerade gehen, sagte Grube.

Nein, der Mann feixte, das ist ja ein Zufall, wir kennen uns echt, aus der Schule, bist du nicht? Sascha! Er patschte Grube gegen den Oberarm. Sascha Monzke! Warst du nicht die Pfeife, die nie das Maul aufgekriegt hat? Wat mittlaweile sein Markenzeichen is, sagte Larissa. Wenn das kein Zufall ist! sagte Sascha Monzke, stehst du etwa auch auf die kleine Larissa? Er wollte die kleine Larissa an sich ziehen, die sich entgegen aller Professionalität plötzlich sträubte. Sie starrte Grube an, spürte wohl, wie etwas in ihm aufstieg. Sascha Monzke, Sportskanone, Lästermaul und Mädchenheld.

In Grube brodelte ein Gemisch aus aufgestauter Verachtung und ungezählten Mai Tais. Grube sah zur Bühne, wo gerade keine tanzte. Guckten jetzt alle zu ihm? Im Hintergrund erkannte er Schwinger neben Horn. Du sagst ja gar nichts, Sascha Monzke guckte herausfordernd, hast dich echt kaum verändert, hey, ich hab dich was gefragt! Die Antwort kam prompt und nicht aus Grubes Mund. Monzke ging steif zu Boden. Er gab ebenfalls keinen Laut von sich, hielt sich nur die Nase und sah Grube erschrocken an. Mongolenmanne half ihm aus dem Laden.

Larissa war verschwunden, dafür winkte Schwinger Grube an seinen Tisch. Dort saß er mit den beiden Asiatinnen sowie Horn und Carmen. Die weggeschickt wurde, um eine neue Runde Getränke zu beschaffen. Kann verstehn, warum sie dir gefällt, sagte Schwinger Horn zugewandt, ich war auch mal

tierisch geil auf sie, und obwohl sie jetzt so Mitte Zwanzig ist, hat sie sich gut gehalten, was? Horn machte gute Miene, und Mi und Li sowieso.
Von meinen neuen Perlen dürft ihr noch nicht naschen, Schwinger streichelte den Mädchen über die Köpfe, die sind bis auf weiteres in der Lehre bei mir, er zeigte Zähne, klar, daß die andren eifersüchtig sind, aber die haben ja ihre festen Kunden, wobei ... Ehrlich, ich wollte den nicht vergraulen, sagte Grube, der Typ ging mir bloß mächtig auf den Zeiger. Das war nicht zu übersehen, Schwinger legte seine fleischige Hand in Grubes Nacken und tätschelte diesen. Freier gibt es in dieser Stadt genug, und niemand hält den Finger in eine meiner Spulen, wenn ein Freund von mir davon Bauchschmerzen bekommt.
Nachdem Carmen die Gläser gebracht hatte, stieß Schwinger mit Horn und Grube an. Ihr seid gute Leude, ich freue mich auf die Granatengeschäfte, die wir miteinander machen werden, und wenn ich euch mal einen Gefallen tun kann, ihr wißt ja, eine Faust prügelt für die andere, er wieherte. Erst Horn und dann auch Grube lachten artig mit. Sollte euch also mal wer ärgern, sagte Schwinger und sah sie fest an. Uns ärgert keiner, sagte Grube. Wobei, dieser Grieche damals, Horn sah Grube an. Neu-Delphi? fragte Grube, das war doch nicht der Rede wert. Na, hör mal! rief Horn, hast du etwa wieder die elendige Scheißerei vergessen, also wenn der uns kein Rizinusöl ins Essen getan hat, ess' ich nie wieder griechisch. Schwinger griff sich ins Jackett. Sach an, wo find ich den Schweinehund? Er klappte ein kleines Notizbuch auf.

*

Im Grunde war niemandem bekannt, daß Grube jetzt woanders wohnte. Seine Eltern glaubten, er würde für ein paar

Tage bei Simone bleiben. Was in gewisser Hinsicht sogar stimmte. Offen gesagt machte er sich ohne Christels ausdrückliche Billigung bei ihr breit. Wenn du willst, dann bleibe ich. So seine Worte, nachdem sie sich wegen des Fortgangs ihrer Tochter an seiner Schulter ausgeheult hatte. Ihr Nicken mit geröteten Augen und verschmierter Schminke, ihre salzigen Küsse und die Tatsache, daß sie danach in die Küche gegangen war, um Toast Hawaii, sein Lieblingsessen, zuzubereiten – zusammengenommen waren diese Gesten für Grube eine eindeutige Einladung, länger zu bleiben als ein Wochenende.

Und nun hockte er in seiner neuen Wohnstätte am Eßtisch, der nicht seiner war, erschöpft und gleichzeitig nicht müde, betrachtete einen gelbbraunen Umschlag, der ihm von Farouk Baran mit ernstem Gesicht in einer dunklen Nische des Rum Clubs anvertraut worden war, als Grube gerade gehen wollte. Er kannte Baran kaum, wußte nicht mehr von ihm, als daß er gutsitzende Anzüge trug, aus dem Libanon kam und ein Freund und Ludenkollege Schwingers war. Nimmst du Päckchen mit? so die geraunten Worte des Pomadisierten, mußt du gut aufpassen darauf, sehr gut, du mußt versprechen.

Unangenehm berührt von der Situation und dem schweren, süßlichen Geruch des Eau de Toilette seines Gegenübers war Grube gerade mal ein Nicken geglückt. Er fühlte sich überrumpelt, aber auch geschmeichelt. Ihm wurde etwas anvertraut. Gut verstecken, und niemand sagen davon, nicht einmal Kollegen, und laß Umschlag dir nicht abnehmen, von niemand, du nie wissen, wer von Inhalt Wind bekommt. Nach diesen Worten war Baran ohne Abschiedsgruß verschwunden. Erst da erinnerte sich Grube an Simones Geschichte von einem fremden Mann, der sie angesprochen hatte. War das Baran gewesen?

Grube rätselte über den Inhalt des Umschlags. Etwas Festes befand sich darin. Nichts Schweres. Ein Kästchen? Oder ein Block Rauschgift? So etwas kannte er höchstens vom Sehen, aus dem Fernsehen. Braune Blöcke Haschisch, aufgetürmt nach Razzien, präsentiert wie Trophäen. Oder war im Umschlag nichts als eine stinknormale VHS-Kassette, bespielt mit brisantem Material – Bilder, die Politiker, Gäste des Rum Clubs, in Verlegenheit bringen könnten?
Ein Räuspern ließ Grube aufschrecken. Seitlich neben ihm lehnte Christel am Türrahmen, das Haar wirr, die Augen nur halb geöffnet. Sie zurrte ihren Bademantel fest um den Körper. Dachte, du schläfst! Grube wollte aufstehen, streckte eine Hand aus. Christel kam auf ihn zu. Hast du getrunken? Bei ihrer Umarmung schnupperte sie an ihm und stellte fest, er rieche aus jeder Pore nach Kneipe. Ihre Nase an seinem Hals mißfiel ihm. Unsicher, welche der Gerüche des Abends an ihm hängengeblieben waren, bemühte er sich, die Geliebte auf einen der Stühle zu bugsieren.
Christel kicherte, als sie ihren Oberkörper wieder zu ihm beugte. So wie du riechst, mußt du im Puff gewesen sein! Er fühlte sich ertappt. Sie drückte ihm einen Kuß auf die Lippen, fragte, ob sie eifersüchtig sein müsse. Wie kommst du darauf? Grube gab den Arglosen. Süßes Parfüm! Christel ließ ihren Zeigefinger vor seiner Nase tanzen.
Farouk Barans Geruch kam ihm in den Sinn. Und so erfand er die Geschichte von einem Informanten, der sich mit einer aufdringlichen Duftwolke umgeben hätte. Homosexuell? Christel lallte. Kann sein, Grube zuckte mit den Schultern. Immer noch die U-Bahn-Sache? Christel streichelte seine Hand, ihr hängt euch da ja völlig rein. Das wird der große Knaller, sagte Grube. Und dann kriegt's keiner mit, Christel rückte ihren Stuhl nach hinten, wer liest schon den MV Kurier? Wir veröffentlichen das woanders. Dürft ihr das? Chri-

stel stand auf. Wir dürfen alles, sagte Grube, ich bin da ja nicht mal fest angestellt. Daß er seit gut einem Monat nicht mehr das Verlagsgebäude betreten hatte, behielt er besser für sich. Er brachte es nicht übers Herz, Christel zu gestehen, daß er nicht nur vollends einkommenslos, sondern zudem ohne Anstellung war. Unvorstellbar, wie Christel darauf reagieren würde, so in ihrem emotionalen Ausnahmezustand.
Christel stellte eine angebrochene Flasche Baileys und zwei Gläser auf den Tisch. Wie wär's mit 'nem Schlummertrunk? Beim Setzen öffnete sich ihr Bademantel. Das ihr Dekolleté mit schwarzer Spitze einfassende seidene Kleidungsstück war ihm unbekannt. Lächelnd ließ er sich ein Glas mit dem milchigen Likör geben. Sie stießen an und tranken, ohne einander aus den Augen zu verlieren.

Was ist das für'n Umschlag? wollte Christel am nächsten Tag wissen. Nicht meiner, sagte Grube. Aha, Christel deckte den Tisch fürs Abendbrot, das strenggenommen ihr Frühstück war. Kaffee hatten sie im Bett gehabt und dazu eine Packung Kekse, deren Krümel sie danach nicht störten. Die Bettruhe haben sie sich gegenseitig verordnet, weil sie krank waren oder viel zu müde, um zur Arbeit zu gehen. An Beschäftigung mangelte es ihnen nicht. Christel rief im Laden an und erzählte der Chefin was von einer Sommergrippe. Grube tat das gleiche, nur daß er in eine tote Leitung hineinsprach.
Der Umschlag landete auf Simones Schreibtisch. Erst am Montag erinnerte er sich daran, als Christel beschloß, wieder arbeiten zu gehen. Er selbst behauptete, in die Redaktion zu müssen. Etwas in ihm trieb ihn dazu, die Wohnung zu verlassen. Den Umschlag behielt er lieber bei sich, trug ihn in seinem Aktenkoffer spazieren. Er fuhr in die Innenstadt, wollte im Landesarchiv recherchieren, was nicht möglich war, Bestell- und Sperrfristen ließen ihn nicht so ohne weiteres in

den Akten nach der Trasse der U8 graben. So ging er spazieren, ziellos, den Tauentzien entlang, bog dann links ab und rechts und links und wieder links, als er, ohne es zu wollen, inmitten mehrerer hoher Siebziger-Jahre-Bauten stand, die so aussahen wie Larissas Wohnblock. Er erschrak und suchte das Weite, fuhr zurück ins MV, setzte sich in sein Zimmerchen, starrte auf die Hochhäuser, betastete er den Umschlag. Wahrscheinlich war darin wirklich eine Videokassette. Oder zwei. Er öffnete Schubladen. Die waren voll, dort wollte er nichts deponieren. So legte er das Päckchen unters Bett.

Christel kam von der Arbeit, ließ sich kurz küssen, fragte, ob er Hunger habe. Er bejahte, und sie fing an zu kochen. Es gab Madagaskar-Pfanne, war im Angebot. Grube schaltete den Fernseher ein. Das ZDF zeigte ›Quax, der Bruchpilot‹ mit Heinz Rühmann, davon sah er das Ende. Das Schweinegeschnetzelte mit der exotischen Note aßen sie am Couchtisch bei der Abendschau. Ein großes Thema war ein Absturz auf dem Ostberliner Flughafen Schönefeld mit vielen Toten. Genaues konnte der Reporter nicht berichten.

Der Rhythmus Arbeit-Freizeit-Arbeit taktete sich ein. Grube verbrachte die Tage in verschiedenen Lesesälen: Landesarchiv, Amerika-Gedächtnis-Bibliothek, Humboldt-Bibliothek. In letzterer hielt er sich am liebsten auf. Das Gebäude am sogenannten Tegeler Hafen wurde von einer großen Halle dominiert. Die Bücher standen in kleinen Nischen, der Rest war Leere. Grube fand das beruhigend.

Weniger gefiel ihm ein handschriftlicher Vermerk, den er in einem doch noch vom Landesarchiv herausgerückten Ordner über den Bau der U-Bahn-Trasse fand. Darin ging es um ein zweites geologisches Gutachten, wonach das Erdreich der geplanten Strecke eventuell ungeeignet sei. Das Gutachten war im Ordner nicht enthalten, der ohnehin ziemlich leer war. Interessant fand Grube den Namen des Auftraggebers dieser

neuerlichen Studie: Herbert Karl. Grube mußte nicht lange nachdenken. Das mußte kein Geringerer sein als Kalle Cash. Abends telefonierte Grube mit Horn. Der hörte sich die neuesten Erkenntnisse interessiert an und befand, der Zeitpunkt sei gekommen, um mit Schwinger eine Bergwerksbesichtigung zu verabreden. Im gleichen Atemzug warnte er davor, die Sache zu überstürzen. Je mehr Vertrauen sie gewännen, desto mehr erführen sie. Horn schlug daher vor, dem Rum Club einen weiteren Besuch abzustatten. Grube äußerte sich dazu zurückhaltend.
Mit Christel besuchte er ein Konzert Joe Cockers in der Waldbühne. Grube verstand nicht, was seine Geliebte an diesem dicklichen älteren Herrn mit der kaputten Stimme fand.
Am Samstag war Hausputz angesagt. Während Christel den Staubsauger durch die Wohnung schob, übernahm Grube den Abwasch und stellte sich vor, sie würde beim Saugen den Umschlag unter Simones Bett hervorholen und wieder Fragen stellen. Mit tropfenden Händen huschte er in das Zimmer und steckte den Umschlag in sein Köfferchen. Er würde ein Versteck außerhalb der Wohnung auftun müssen. Von Farouk Baran gab es ebensowenig Nachricht wie von Gert Schwinger oder Larissa. Seine Gedanken an sie ließen ihn dagegen nicht in Stich. Sie waren einfach da. Sogar, wenn er mit Christel schlief.

Seine Schwester bat ihn, die von ihr betreuten Kleintiere bei Karstadt zu füttern. Er sagte zu, obwohl er an diesem Sonntag mit Christel einen Ausflug machen wollte. Endlich wußte er, wo er den Umschlag verstecken konnte. Er ging allein dorthin, traf Christel auf halber Strecke. Von Waidmannslust aus spazierten sie durchs Fließ zurück ins Märkische Viertel. Das Wetter war angenehm, ein schöner Sommertag. Grube trug eine weiße Hose und ein hellblaues halbärmeliges Hemd.

Christels Haar war seit ein paar Tagen kürzer, nicht so lockig und röter als sonst. Ihr Lidschatten schimmerte in der Sonne. Das gelbe Kleid sah neu aus und endete kurz über ihren Knien. Grube geizte nicht mit Komplimenten. Nur daß sie jünger aussah, behielt er lieber für sich – aus Angst, sie könnte das mißverstehen. Dabei schätzte er ihren so wunderbar erwachsenen Körper außerordentlich. In ihrem Gesicht hatte sich Charakter festgesetzt. Grube mochte ihre kleinen Fältchen an Mund- und Augenwinkeln, die Furche über der Nase.

Hand in Hand betraten sie einen längeren, von Geländer flankierten Holzsteg. Der führte über ein Feuchtgebiet direkt an der Mauer lang. Entgegenkommenden mußte man gelegentlich Platz machen. Hier und da standen Eltern mit Kindern, Enten und anderes Schwimmgetier betrachtend. Wie wär's? sagte Grube, wir sollten mal Freunde zum Essen einladen, langsam hab ich das Gefühl, du verheimlichst mich. Wieso? Christel griff sich ans Ohr, es ist Sonntag, überall sind Leute, wer weiß, vielleicht treffen wir ja wen? Sie drückte ihn an sich. Wir können doch mal bei deinen Eltern vorbeischauen, wohnen die nicht in der Nähe? Meine Eltern sind so was von uninteressant, sagte Grube. Oder deine Schwester! sagte Christel, du hast noch gar nicht von deiner Tierfütterung berichtet.

Und so erzählte Grube von Carsten Kaninchen und auch davon, daß seine Eltern Tiere allenfalls tot in ihrem Haus duldeten. Du redest immer so gemein von deinen Eltern, sagte Christel. Wenn sie nun mal so sind, sagte Grube, wie gern hätte Kerstin eine Katze gehabt. Wir hatten einen Kater, Christel blieb stehen. Als wir damals ins MV gezogen sind, mußte ich den wegjagen, so 'n Tier im Hochhaus, das geht ja nicht, sie stützte sich auf das Geländer, Mone hat geglaubt, Mucki ist abgehauen, weil er nicht umziehen wollte. Grube legte einen Arm um Christel. Sie legte ihren Kopf an seine Brust. Er faßte ihr ins Haar, beugte sich herab und drückte ihr einen Kuß auf die Lippen. Sie schloß die Augen, streichelte seinen Rücken. Es durchlief ihn heiß, und er dachte nicht einmal an Larissa.

Neben ihnen räusperte sich jemand. Sie standen wohl im Weg. Christel lockerte die Umarmung. Sie wunderte sich, warum das ältere Paar ihnen nicht ausgewichen war, sondern unverfroren glotzend vor ihnen stand. Die beiden waren altmodisch gekleidet, kariertes Hemd und Blumenkleid, wobei das Kleid kein bißchen elegant war, eher die Ausgehversion einer Kittelschürze. Die Frau trug eine dicke Brille und eine graumelierte Dauerwelle, die längst hätte nachfrisiert werden müssen. Das Haar des Mannes war dünn und schütter, dafür aber akkurat über die Glatze gelegt.

Grube ließ Christel los, trat einen halben Schritt zur Seite und murmelte eine Art Gruß. Zu ihr sagte er: Wolltest du nicht meine Eltern kennenlernen? Wir hatten ja keine Ahnung, fing seine Mutter an, wir dachten ... Simones Name schwang in ihrer Mundhöhle und wurde wieder verschluckt. Mutti hat sich Sorgen gemacht, sagte Grubes Vater und starrte betroffen zu Christel. Die reagierte gekonnt und drängte den beiden ihre Hand auf. Grube hoffte auf einen glimpflichen Verlauf der Situation. Christel legte einen Arm um ihn und sagte: Ich bin übrigens die Mutter von der Simone.

Den weiteren Weg lief Grube wie in Trance. Er erinnerte sich hinterher nicht einmal mehr, wie man auseinandergegangen war. Allein Mutters besorgte Miene blieb ihm präsent sowie Vaters anfängliches Zweifeln bezüglich Christels Alter, das er dann wohl rasch überschlagen haben mußte. Da müssen Sie Ihre Tochter ja früh bekommen haben! so sein hilfloser Rettungsversuch.

Christel und Grube gingen schweigend und ohne sich zu berühren. Automatisch wählten sie eine Abkürzung und liefen den Öschelbronner Weg entlang. Als sie das Haus des griechischen Restaurants passierten, verschwand Grubes Benommenheit mit einem Schlag und wich einem Gefühl von Bestürzung. Das Gebäude war bis auf die Grundmauern niedergebrannt. Lange konnte das nicht her sein, es roch noch verkohlt. Da war ich mal essen, sagte er leise, mit Horn. War's gut? Christel griff nach seiner Hand. Nein, sagte er, das ist ja das Problem.

*

Am ersten Juliwochenende 89 herrschten in Berlin tropische Temperaturen, permanente vierunddreißig Grad. Die Medien sprachen von Gluthitze, und der Senat gab Ozonwarnungen heraus. Die Bevölkerung hielt sich im Schatten oder im Freibad auf, kühle Orte waren heiß begehrt. Einen der kühlsten kannte nicht einmal der Bürgermeister. Den Schlüssel dazu besaß Gert Schwinger. Begleitet von Schmidtchen und Mongolenmanne führte er seine neuen Geschäftspartner Horn und Grube zu seinem Heiligtum, dem Bergwerk von Westberlin.

Nich vülle dürfen hiahea, sagte Schmidtchen, als sie noch über Tage waren. Ich vertraue euch, ergänzte Schwinger, ihr habt euch als loyal erwiesen. Sie standen im staubigen Wohnzimmer eines unscheinbaren Nachkriegsbungalows, der zusammen mit einer Garage in der Nähe der Kleingartenkolonie Lebensfreude auf einem nahezu zubetonierten Grundstück stand. Gerade mal ein großer Apfelbaum erinnerte an die Möglichkeit, einen Garten anzulegen.

Ohne uns kommt hier eh keiner rein, sagte Schwinger. Und wenn doch, ergänzte Mongolenmanne, dann nicht mehr raus, und mit euren gemahlenen Knochen pudern sich Gerts Mädchen ihre kleinen Ärsche. Schwinger und Schmidtchen glucksten. Grube und Horn tauschten unschlüssige Blicke. Keene Sorje, Schmidtchen guckte aufmunternd, ihr seid ja keene Varäta und ooch nich von die Journallje. Ja eben, sagte Horn und guckte erleichtert wie nach einem Freispruch. Grube bewunderte ihn dafür und konzentrierte sich auf das ockerfarbene Muster der Tapete.

Würdet ihr wem was vom Berchwerch erzählen, die Leute hielten euch eh für bekloppt, und denn noch unterm Haus eines ehrenwerten SPD-Mitglieds, Schwinger ließ sein Gebiß aufblitzen, aber das muß euch gar nech kümmern, kommt lieber mit in den Keller. Ein unbehagliches Gefühl lagerte sich in Grubes Knien ab. Was, wenn dies eine Falle war? Wenn das eben Gesagte gespickt mit Anspielungen war? Wenn unten gar kein Bergwerk auf sie wartete, sondern ihr Sterbezimmer?

Schmidtchen ging voran. Im dunklen Flur schloß er eine Tür auf und knipste ein mattgelbes Licht an. Es ging treppab. Horn war hinter Schmidtchen, gefolgt von Schwinger. Grube zögerte und schaute zu Mongolenmanne. Der griente breit, machte eine Geste, nach dir. Diese Reihenfolge konnte kein Zufall sein. Zu verhindern war sie nicht. Polternd machten sie sich an den Abstieg.

Das Kellerlicht fiel matt auf Leitern, Latten, Bretter, einen antik anmutenden Rasenmäher, die den schmalen Durchgang flankierten. Vor ihnen an einer fleckigen Wand hing ein Tastentelefon. Schmidtchen sah Horn streng an, sagte: Jetze ma nich kiekn. Horn legte sich seine Hand vor die Augen. Schmidtchen hob den Hörer ab und drückte auf einige Zahlen. Grubes Aufmerksamkeit streifte einen Hammer mit langem Stiel, der auf einem prall gefüllten blauen Plastiksack lag. Dann piepste es mehrmals, gefolgt von einem leisen

Knacken. Schwinger sagte: So. Schmidtchen drückte gegen die Wand, die sich knarrend vor ihnen öffnete.
Die Prozession setzte ihren Zug fort. Modriger Geruch lag in der Luft, und ein Surren nistete sich in ihren Ohren ein. Der Boden war uneben, abschüssig, die Beleuchtung schlechter als vorher. Hinter Mongolenmanne fiel die Wandtür zurück in ihr Schloß. Horn wandte sich um, wirkte beunruhigt. Nach zwei, drei Metern gelangten sie an ein vom Boden bis zur Decke reichendes Maschendrahtgitter. In dessen Mitte gab es eine Tür, die mit einem Vorhängeschloß gesichert war. Schmidtchen öffnete es. Sie traten einer nach dem anderen über die Schwelle. Nur Mongolenmanne blieb dahinter stehen. Mit verschränkten Armen und fröhlicher Visage.
Wegen der miesen Lichtverhältnisse brauchte es seine Zeit, bis Grube sich orientieren konnte. Im hinteren Bereich sah er an der niedrigen Decke eine mächtige Winde mit einem dikken Drahtseil, das quer durch den Raum gespannt und über eine gewaltige Kurbel geführt in Bodenhöhe zurücklief. Vorsehn! Schmidtchen faßte Horn an die Schulter, da jeht's rasant berchab. Erschrocken stoppte Horn und betrachtete die Stelle vor sich näher. Das Seil verschwand senkrecht im Boden. Das geht hier wirklich in die Tiefe? fragte Horn. Schwinger strahlte. Und Grube hätte sich über die naive Frage seines Partners gerne geärgert, wäre er nicht genauso perplex gewesen, de facto am Eingang einer wie auch immer genau gearteten Schachtanlage zu stehen. Obwohl er ahnte, was ihn erwartete.
Na, dann, Schwinger trat zur Kurbel und guckte zu Grube, hilf mir mal, ist leider Handbetrieb. Gemeinsam machten sie sich ans Werk, bis aus dem Dunkel ein Metallgestell auftauchte. Entfernt ähnelte es einem aufgesägten Ölfaß, in das ein Sitz geklemmt worden war. Einsteigen bitte! Schwinger zeigte auf Horn. Der wie vom Donner gerührt dastand. Und

dann? Dann lassen wir dich langsam hinab, erklärte Schwinger mit sanfter Stimme. Was, wenn ihr loslaßt? Das wird nicht passieren, sagte Schwinger, und Mongolenmanne trat einmal fest auf, als müßte er eine Maus zertrampeln. Wir passen uff, sagte Schmidtchen. Wie tief ist das denn? fragte Grube. Dreißig Meter etwa, sagte Schwinger. Und das Grundwasser? fragte Horn irritiert. Rat mal warum wir 'ne private Pumpe haben, Schwinger deutete auf ein mächtiges Gerät in einer Wandnische. Von dem auch das Surren ausging.
Und fahren wir jetzt alle da runter? fragte Horn. Alle nicht, sagte Schwinger, sonst kommen wir ja nicht mehr hoch, nur du und Schmidtchen, ihr seid nun mal die Leichtesten. Und was ist mit Karsten? Horn zeigte auf Grube. Feigling, dachte der und sagte, er würde ja gerne, wäre bloß viel zu groß. Mußte dir ebent bückn, sagte Schmidtchen. Na los, Horn lächelte Grube an, für dich verzichte ich gerne. Aber auch nicht auf alles, was? Schwinger klopfte Horn fröhlich auf die Schulter. Horn guckte zu Grube, der nicht verstand. Nächstes Mal kommt er wieder mit, sagte Schwinger, die Mädchen reden ständig von dir, mit dem Schweiger würde jede gerne mal. Grube stammelte sinnlos Satzanfänge, doch Schmidtchen führte ihn zum Abgrund, wo er sich in die viel zu enge Konstruktion zwängen mußte. Dann drückte er ihm einen Bauarbeiterhelm in die Hand sowie eine Lampe mit Gummiband, die er über den Helm ziehen sollte. Horn half Schwinger beim Kurbeln. Und abwärts! Ick komm gleech nach! hörte Grube Schmidtchen versprechen. Der Lichtschalter ist rechts, rief Schwinger, und zieh an der Schnur, wenn du ausgestiegen bist.

Langsamer als befürchtet fuhr Grube in die Finsternis ein, während er noch dabei war, am Helm die richtige Kopfgröße einzustellen. Stetig wurde es kühler. Klamme Luft legte sich auf seine nackten Unterarme. Das helle Loch über ihm wurde kleiner und kleiner. Hier kommst du nie wieder raus, dachte er und tat alles, um diese Vorstellung rasch loszuwerden. Vor seinen Augen war es schwarz. Er setzte den Helm auf und fummelte an der Lampe. Was für einen Lichtschalter hatte Schwinger gemeint? Er drehte an dem runden Ding. Da ging ein Lämpchen an, das ihn, obwohl eher schwach, zunächst blendete.

Mit einem Ruck setzte die Tonne auf. Grube sah hinauf. Von dem Licht am anderen Ende des Schachts war nicht mehr viel zu sehen. Das sind also dreißig Meter, Grube leuchte mit seinem lächerlichen Lämpchen die Seiten ab. Vor ihm öffnete sich eine Art Gang. Er stieg aus. Der Boden gab leicht nach, war weich, nicht matschig, aber feucht. Grube mißfiel die Gesamtsituation, was ihm nicht gerade weiterhalf. So tief wie er sank man in Berlin nicht alle Tage. Unter Tage, das war er, der einzige Mensch weit und breit, der freiwillig in einem Erdloch steckte. Wobei, freiwillig war etwas anderes.

Der Lichtkegel seines Lämpchens traf ein graues Kästchen – bestimmt besagter Schalter. Grube drückte drauf. Sofort flackerten vor ihm Lichter auf. Gut und gern zehn hintereinander, mit jeweils zwei, drei Metern Abstand. Grube war beeindruckt. Er befand sich in einem Stollen. Einem Stollen, von dem niemand auch bloß etwas ahnte. Weshalb ihn hier niemand jemals suchen würde. Höchstens Horn. Hoffentlich Horn. Grube sollte ja an der Schnur ziehen. Die hing direkt beim Lichtschalter. Er tat's, vorsichtshalber zweimal. Bimmelte da was, leise?

Die Fahrtonne ruckelte, bewegte sich, wurde hochgehievt. Okay, dachte Grube, von hier an hab ich es nicht mehr in der Hand. Kurz kam ihm Christel in den Sinn, wurde jedoch rasch von Larissas Lachen verdrängt. Carmens Rundungen. Die anderen Mädchen würden auch mal gerne. Aha. Horn

war also im Rum Club gewesen, ohne ihm davon zu erzählen. Grube ging vorsichtig in den Gang hinein. Der vollgestellt war mit Kisten verschiedenster Größen, größtenteils bis zur Decke gestapelt, dazu mehrere Fässer. Etwa ein Dutzend. Die Kartons waren beschriftet, einige trugen Stempel vom Land Berlin. Sterofundin, Lipofundin, Insulin, las Grube, und immer wieder: Der Senat von Berlin.
Vielet hia is aussa Reserve, erklärte Schmidtchen dann auch, der zu Grubes Erleichterung nachgekommen war. Eens a Ware, kannste nich meckan, wennde watt prüfen wüllst, tu dir keen Zwang an. Mit dem belampten Helm und dem Schatten im Gesicht wirkte Schmidtchen wie der den Hort der Nibelungen bewachende Zwerg. Fehlte bloß der lange Bart. Und das Schwert.
Grube öffnete einen Karton auf Bauchhöhe. Der war gefüllt mit zahlreichen Fläschchen. Ick merk schon, sagte Schmidtchen, der Herr hat een Händchen fürs Exklusive, det ist jrade frisch rinjekomm, vierzichmal zwo Emm Ell, damit kannste die halbe Stadt einschläfern. Grube legte falsche Anerkennung in sein Nicken und deutete auf die Fässer: Was ist das da? Oh, Schmidtchen winkte ab, det is ’ne janz wilde Storri, lieba nachhea nich drüber quabbeln, det is Heizöl, und det kriegn wa nich mea wech, er klopfte gegen das Metall, der Boden is anjerostet, da is sicha eh nich mehr vülle drinne. Nicht gerade gut fürs Grundwasser, was? warf Grube ein. Nee, is jar nich jut, derf man echt keen erzähln von, jut nua, det se die U-Bahn damals nich hia durchjebohrt ham.
M-hm, machte Grube, darum bemüht, sein Triumphgefühl für sich zu behalten. Und das ist alles aus der Senatsreserve? Längst nich mehr, sagte Schmidtchen, wir lagern hia ooch Ware, die jrad keene Säsong hat, wennde weeßt, wattik damit saren will. Grube wußte nicht, was Schmidtchen damit sagen wollte, nickte aber. An watt seita eijentlich intressiert?

Schmidtchen ging die Kistenreihung ab, berührte manchen Karton, las bei anderen die Beschriftung. Wir sind da nicht so festgelegt. Kenn ick, Schmidtchen blendete ihn mit seiner Helmlampe, Import, Export ebent.
Grube hätte nie geglaubt, daß sein vermeintliches Geheimwissen um die Berliner Senatsreserve ihm in einem entscheidenden Moment etwas nützen könnte. Er konnte wie ein Experte auftreten. Und fragte sich daher fieberhaft, was von all den lebensnotwendigen Dingen, die seit der Blockade eingelagert worden waren, überhaupt für einen illegalen Handel interessant sein könnte. Er hielt sich ja nicht in einem klammen Gang tief unter der Erde auf, um einen kriminellen Deal einzufädeln, an dessen Ende eine Wagenladung Heringsfilet in Tunke den Besitzer wechselte oder Dosenrindfleisch, Trokkenkartoffeln und Toilettenpapier.
Chemikalien würden da unweigerlich mehr hermachen. Was ist mit Salpetersäure? fragte er deshalb. Schmidtchen sah ihn mit offenem Mund an. Det hätt ick euch jetze jar nich zujetraut, sagte er und betrachtete das Lager, Salpeta, Salpeta, nee, det ham wa jrad nich vorrätich, wie wäret mit Ammoniak? Er ging zu einer Tonne und klopfte einmal dagegen. Und die ist nicht durchgerostet? Schmidtchen trat einen Schritt zurück, ging in die Knie, beleuchtete den Fußboden vor der Tonne. Nee, ick gloob, die is in Ordnung, er erhob sich wieder, die ham wa noch nich so lang.
Hätte nicht gedacht, daß sich so was so leicht abzweigen ließe, sagte Grube. Det ist ooch ’ne janz wilde Storri, Schmidtchen senkte seine Stimme, jewisse Substanzen sind quasi uff Jeleisen jelagat, Jüterbahnhof Neukölln, weeßte, und damals, er sah Grube an, dafür biste wahrscheenlich zu jung, um det richtich mitjekricht zu ham, die Panik, die hierzulande jeherrscht hat, wegen die Err A Eff, da hamse die Wajons andauernd in Bewejung jehalten jehabt, die sind ständich hin

und her jependelt von Helmstedt nach Berlin und wieda zurück, damit die Terrorbrüda det nich in de Luft jagen konnten. Mit einer ausladenden Geste deutete Schmidtchen eine Explosion an. Wie jetzt? Alles schien Grube wohl doch nicht über die Senatsreserve zu wissen. Die haben das Zeug permanent durch die DDR geschickt? Jenau, so waret jewesen, sagte Schmidtchen, und det Schärfste is, selbst Moskau wußte det. Und nun ist es hier gelandet? Nich vülle davon, sagte Schmidtchen, jeht ja einjes wieda wech, det is ja ooch keen Vorrats-, sondern een Durchjangslaja, so 'ne Art Marienfelde, wennde vastehst. Ist es nicht voll mühselig, den ganzen Kram hinabzuschaffen? fragte Grube. Det kannste laut saren, Schmidtchen kratze sich am Kopf, det kannste echt ma laut saren. Und immer schön die Kellertreppe hinab? Grube machte einen auf Mitgefühl, und anschließend wieder hoch? Nee nee, Schmidtchen schüttelte den Kopf, janz so kompliziert isses nu ooch wieda nich, dafür jibt's 'n Durchjang zua Jaraje.
Praktisch, sagte Grube, der erst jetzt bemerkte, daß er fror. Ich glaube, ich hab genug gesehen. Du hast det Zeuch ja noch jar nich jeprüft. Wir müssen ja erst mal handelseinig werden, sagte Grube, fürs erste war es uns wichtig zu sehen, was so alles da ist und in welchem Zustand. Wir hätten ooch vaschiedne Medikamente im Anjebot, damit läßt sich bestümpt einjes anstellen. Ja, sagte Grube, garantiert. Nich allet jeht so jut wech, Schmidtchen machte weiterhin keine Anstalten, zurück zum Aufzug zu gehen. Janz weit hinten, er zeigte in die andere Richtung, da lagern 'n paar Rollen Feinpapier, Riesenoschies. Bei der Feuchtigkeit? Det is det Problem, sagte Schmidtchen, Zucker ham wa ooch ma jehabt, laß ma schätzen, det war 'ne jute Tonne feina, weißa Zucker, leida nich sonderlich lange.
Gut, Grube klatschte die Hände zusammen. Er wollte zurück ans Tageslicht. Der Strahl von Schmidtchens Leuchte traf

seine Augen. Na, sach mal, wüllste dir ehrlich damit zufriedenjehm? Womit? Schmidtchen machte eine wegwerfende Geste gen Warensammelsurium. Ist das nicht alles? Schmidtchen stieß hörbar Luft durch die Nase. Ick hätt dir clevrer einjeschätzt. Grube verstand. Und ich dachte, du rückst nie damit raus, sagte er. Schmidtchen keckerte. Denn komm ma! Grube folgte dem kleinen Mann an den Kartonstapeln vorbei tiefer hinein in den Stollen. Sie hielten vor verschieden großen aus groben Brettern zusammengezimmerten Kisten. Schmidtchen klopfte gegen einen nur aufgelegten Deckel. Jerts janzer Stolz! sagte er, los, pack ma mit an. Sie hoben das Ding zur Seite. Im schwachen Schein ihrer Helmlampen erkannte Grube zunächst nichts als Stroh, das Schmidtchen behutsam beiseite schob. Zum Vorschein kamen schlammfarbene Metallrohre. Was? begann Grube. Jute alte Panzerfäuste, sagte Schmidtchen, echte deutsche Wertarbeet. Das Licht fiel auf die blumentopfförmigen Köpfe der Waffen. Die sind tatsächlich …? Vom Volkssturm übrichjebliem! Schmidtchen sagte dies, als habe er sie höchstpersönlich zur Seite geschafft. Es jibt ooch noch ’ne jrößre Menge Handjranaten, er ging zu einer anderen Kiste, is praktischa für de Stadt.
Das sagt uns schon eher zu! Grube gab sich größte Mühe, geschäftsmännisch zu agieren, und nahm die ihm gereichte eiförmige Faustbombe entgegen. Sie fühlte sich kühl an. Mit mulmigem Bauchgefühl betrachtete er Ring und Hebel. Dann weiß ich Bescheid. Er gab das Ding zurück. Ja, nich, sagte Schmidtchen, weeßt ja nie, wofür wat jut is, wa? Nee, sagte Grube, das kannste nie wissen.

*

An Sommersonntagen geht man hinaus in die Natur, ins Freibad. Man macht einen Spaziergang, fährt Dampfer. Oder

man bleibt lange im Bett, steht irgendwann auf, setzt sich im Schlafanzug vor den Fernseher. Für Verliebte ist das eine gute Option, gerade wenn sie frisch zusammenwohnen. Ein Monat war seit dem Auszug Simones vergangen. Und sie hatte sich nicht ein einziges Mal gemeldet.
Im Fernsehen lief ein Bericht über die steigende Zahl von DDR-Bürgern, die über Ungarn in den Westen wollten. Dort war die Grenze zu Österreich seit Mai stetig durchlässiger geworden. Deshalb nutzte man die Sommerferien, um länger als nur kurz von zu Hause wegzufahren. Christel meinte, sie könnte das nicht, die Familie verlassen, die Freunde, das Zuhause. Und hungern müssen die im Osten ja wohl nicht. Ihre Stimme zitterte leicht. Vermutlich dachte sie wieder an Simone. Grube legte seinen Arm um sie und streichelte mit der anderen Hand ihren Oberschenkel. Die DDR interessierte ihn nicht. Und ob es für ihn ein Zuhause gab, war mehr als fraglich. Neben Christel zu sitzen mit dem Geruch ihres bettwarmen Körpers in der Nase, das gefiel ihm. So könnte es eigentlich immer weitergehen.
Christel schmatzte ihm gerade einen feuchten Kuß auf, als es an der Tür klingelte. Wir sind nicht da, murmelte Grube, konnte die Geliebte aber nicht bei sich halten. Und wenn's was Wichtiges ist? Wir sind ja nicht mal angezogen, widersprach Grube. Und es läutete erneut. Vielleicht ist es Mone! Christel sprang auf, lief ins Schlafzimmer, um sich etwas überzuziehen. Drückst du den Türöffner? rief sie. Grube tat, wie ihm geheißen, und stieg dann rasch in eine Hose. Seine karierte Pyjamajacke ging notfalls als Hemd durch. Dann griff er nach dem zur Hose passenden Jackett. Dabei war es in der Wohnung viel zu warm dafür. Zudem paßte der Lachston nicht gerade zum Bordeauxrot des Pyjamas. Geschmacklich war das extrem daneben.
Als es erneut klingelte, stand Christel bereits an der Tür. Grube

lauschte. Von Simone hörte er nichts. Dafür sprach ein Mann mit dumpfem Akzent. Grube kannte diese Stimme. Er eilte in den Flur und sah Farouk Baran. Der schob Christel ungerührt zur Seite und kam herein, gefolgt von einem Mann mit Pilotenbrille, kurzgeschorenem Schädel und einer qualmenden Zigarette im Mund. Ihm war Grube nie zuvor begegnet. Mehr als ein Lächeln schien der Mann von sich nicht preisgeben zu wollen. Immerhin paßte es gut zu seinem brutalen Kinn.

Hier wird nicht geraucht, sagte Christel. Die beiden Männer ignorierten das und ließen sie im Korridor stehen. Hilflos der Blick, den sie Grube zuwarf und der unerwidert blieb. Grube konzentrierte sich vollends auf die unerwarteten Besucher. Was für eine Überraschung! Er gab Baran die Hand. Warum sollte man nicht auch bei schweren Jungs mit Aufrichtigkeit weiterkommen? Während das Kinn rauchend und mit verschränkten Armen im Vorraum stehenblieb, durchschritt Baran das Wohnzimmer. Sein grauer Anzug schimmerte leicht, und sein Aftershave bereicherte die Raumluft um eine süßliche Note. Schön habt ihr's, er sah aus dem Fenster, mir gefällt, wenn wird geklotzt.

Willst du deinen Freunden nichts anbieten? Christel fuhr sich nervös durch das unfrisierte Haar. Das Kinn starrte ihr ungeniert auf die sich unter dem T-Shirt abzeichnenden Brüste. Ja, genau, wollt ihr was trinken? Grube ging ins Wohnzimmer zu Baran, der eine Schranktür geöffnet hatte und wahllos Sachen herausnahm, die er, ohne sie groß zu betrachten, fallen ließ. Christel gab einen Laut des Unmuts von sich, biß sich jedoch auf die Lippen. Wir trinken später etwas, sprach Baran in den Schrank, erst mal isch möschte Umschlag zurück. Den Umschlag! wiederholte Grube, ja, der Umschlag ist nicht im Schrank, genaugenommen ist er nicht mal in der Wohnung.

Nischt? Barans Blick funkelte, du hast versprochen, aufzupassen auf Umschlag, und isch habe vertraut dir! Das kannst du ja auch, sagte Grube, er ist noch im Versteck. Ein Versteck? Baran blinzelte. Quasi ein Schließfach, sagte Grube. In eine Bank oder was? fauchte Baran, wenn isch dir Umschlag gebe, hat das Grund, zu Bankschließfach kann ich gehen selber. Er griff sich die im Schrank stehende Flasche Baileys, öffnete sie und schnupperte daran. Nein, nicht in 'ner Bank, fing Grube an, als Baran freundlich lächelnd die Flasche über seine Schulter gegen das Wohnzimmerfenster warf.
Grube erstarrte. Er sah, wie sich die Scheibe in zig Glassplitter auflöste und die Flasche im Nichts verschwand. Aber er hörte nichts. In seinen Ohren rauschte es bloß. Christel krümmte sich mit entsetztem Gesicht. Ihren Schrei blendete Grubes Gehör ebenfalls aus. Er bekam erst wieder etwas mit, als sie anfing, die ungebetenen Besucher wüst zu beschimpfen. Baran ging zu ihr, tätschelte ihre Schulter, tut mir leid, unendlisch, daß wir belästigen Sie, an so schönem Sonntag, seine Brauen trafen sich über der Nase, wir sind Geschäftspartner von Karsten, und er misch hat sehr enttäuscht, dabei isch habe ihn gebeten um nicht mehr als um kleinen Gefallen. Ich habe den Umschlag ja! rief Grube. Was denn für'n Umschlag? Christels Blick huschte von Grube zu Baran und zurück, dann erinnerte sie sich: Der Umschlag von neulich, als du so gerochen hast wie der Herr hier? Genau der, sagte Grube, da hatte er ihn mir gerade gegeben.
Weiß deine Freundin, wo du bist gewesen? fragte Baran, damals, als wir haben uns getroffen. Was tut das zu Sache? Grube machte eine wegwerfende Geste. Frauen interessiert immer, wenn Mann geht ins Puff. Er lachte, und das Kinn grinste breit. Wo bist du gewesen? Christels Kopf bewegte sich leicht hin und her. Das ist nicht so, wie du denkst! Was denke ich denn? Christel wischte über ihre Wangen, gerade denk ich,

glaube ich, gar nichts. Ich war da aus rein geschäftlichen Gründen, sagte Grube. Das sehen die Mädels dort aber anders, mischte sich das Kinn ein. So ist es, Baran schlug einen fröhlichen Plauderton an, wegen einer er hat sich sogar geprügelt, harte Faust, der Herr Grube.
Du hast was? Christels Augen glänzten. Grube kannte das: Gleich würde sie anfangen zu heulen. Ehrlich! er trat auf sie zu, du mußt mir das glauben! Christel drückte den Rücken durch, ihre Mundwinkel zuckten. Hau ab, sagte sie heiser, laß dich hier nie wieder blicken, geh mit deinen Freunden oder, sie hob ihre Hand, Geschäftspartnern in den Puff und prügle dich, soviel du willst, erst Mone, und dann das, mein Leben machst du nicht noch weiter kaputt! Bei den letzten Worten klang sie äußerst weinerlich. Hey, das ist, ich habe, Grube wollte sie berühren. Sie schlug gegen seinen Arm, und Baran schob ihn in den Flur. Wo ist Umschlag, mein Freund?
Christel! Grube wollte sich losreißen. Sie jedoch drängte ihn und die ungebetenen Gäste aus ihrer Wohnung. Das Kinn nutzte die Gelegenheit, ihr seinen unterdessen ausgedrückten Kippenstummel zu überreichen. Ich hätte es wissen müssen! war das letzte, was Grube von ihr hörte.
Sei froh, daß wir dich da rausgeholt haben, feixte das Kinn, die Olle trägt ja nicht mal 'nen BH! Es ist Sonntag! empörte sich Grube, außerdem ist das meine Sache. Wir sind Freunde, deine Freunde, Baran legte seinen Arm um Grube, der nichts dagegen tun konnte, Umschlag ist wischtig. Grube gab einen verächtlichen Ton von sich. Was willst du mit so alte Frau? fragte Baran, und vorher die Tochter, war auch nicht gerade schön, voll der fette Arsch. Simone? Grube schüttelte Baran ab, du kennst Simone? Flüschtich, Baran zwinkerte, beide nix gut für disch, bei uns du kriegen viel besser Mädschen. Das Kinn grunzte. Als der Fahrstuhl kam, stiegen sie ein.
Das Gefährt hatte sich nicht einmal in Bewegung gesetzt, als

das Kinn stöhnend auf ein Gekrakel an der Wand zeigte. Was ist damit? fragte Baran, Gott ist tot, Nietzsche tot, bist du geworden Christ oder was? Siehst du das nicht? schimpfte der andere, Nietzsche ist falsch geschrieben. Da fehlt das z, sagte Grube. Da kennt sich mal einer aus! sagte das Kinn, holte einen Edding hervor und setzte ein rotes z zwischen das t und das s.

Und nun schreib du hin, sagte Baran, Tote nicht reden, in Klammern: Django. Was? Das Kinn sah ihn irritiert an. Der Fahrstuhl war längst unten angekommen, die Tür öffnete sich. Dann schreib ich das, ja? fragte das Kinn. Die Tür machte wieder Anstalten, sich zu schließen. Baran schob seine Schulter davor. Sein Begleiter schrieb wie geheißen an die Kabinenwand mit einer verblüffend filigranen Schrift.

Als sie das Haus verließen, fragte das Kinn Grube, ob er was von Nietzsche gelesen hätte. Ein bißchen, sagte Grube. Mußte mal machen, und fang am besten mit der Geburt der Tragödie an, ist 'n guter Einstieg, ohne Scheiß. Du liest Nietzsche? fragte Baran das Kinn. Klar, sagte der, aber nur die scharfen Stellen. Die beiden Männer johlten. Das Kinn zündete sich eine Zigarette an und hielt dann Grube die Schachtel hin. Der unversehens etwas erblicken mußte, das ihn zu sehr in Anspruch nahm, um höflich ablehnen zu können. Mein Notizbuch! rief er. Und das stimmte. Grubes Notizbuch lag aufgeschlagen auf dem Pflaster. Er sah an der Fassade hoch. Ein Hemd segelte durch die Luft und wurde dabei von einer Hose mit Gürtel im freien Fall überholt. Sie schmeißt meine Sachen aus dem Fenster! Sei froh, sagte Baran, dann mußt du sie nicht abholen später, ist nie schön so was. Er und das Kinn machten sich daran, das zu Boden Gehende aufzufangen.

Wo sollen wir hinmachen ganzes Zeug? fragte Baran fröhlich. Grube bückte sich nach einem seiner Boloties, strich mit dem

Daumen über den Adlerkopf und unterdrückte ein Schluchzen. Mein Koffer kommt garantiert zuletzt, sagte er bitter. Und behielt recht. Mehr noch, es kamen zwei Koffer geflogen: der leere Reisekoffer und Grubes Aktenköfferchen. Beide landeten krachend auf dem Gehweg, was der Reisekoffer wesentlich besser verkraftete als der andere.
Beim Weg zum Parkplatz begegnete ihnen der Kontaktbereichsbeamte Palinske auf seiner abendlichen Streife. Der grüßte freundlich, und Grube und seine Begleiter grüßten ebenso freundlich zurück. Na, auf Verbrecherjagd? Grube wußte um die Plumpheit des Versuches, was Besseres fiel ihm zu seinem Bedauern nicht ein. Palinske gab sich fröhlich. Viel zu schönet Wetta für'n Vabrechen, wa? Korrekt, sagte Baran, böse Buben liegen lieber auf faule Haut an Tag wie heute. Oder sie bilden sich weiter, fügte das Kinn hinzu. Und Sie? fragte Palinske, sind Se am Vareisen? Die beiden Herren hier nehmen mich mit! Grube betonte dabei den Tatbestand des Mitnehmens. Palinske war bei ihrer ersten Begegnung anläßlich der Verabschiedung seines Vorgängers nicht müde geworden, damit zu prahlen, er habe einen Riecher für Kriminelle. Was Grube damals als schlechten Witz abgenickt hatte, war jetzt seine letzte Hoffnung. Wir nehmen ihn mit auf 'ne Kulturtour! sagte das Kinn knapp. Na, dann, sagte Palinske, wünsch ick 'ne jute Reise.

Grube mußte sich auf die Hinterbank von Barans rotem Porsche zwängen. Dabei war Grube viel zu groß für den Notsitz. Hier liegt was! Grube zog eine kleine braune geriffelte Flasche unter seinem Hinterm weg. Sechsämtertropfen, las er den Namen auf dem grünen Etikett vor. Ah, die Mädschen neulich, sagte Baran, hat ihnen nicht geschmeckt, trink ein Schluck, wenn du magst. Tut gut, ergänzte das Kinn, die Weiber haben keinen Geschmack. Grube drehte den Deckel auf,

und Baran startete den Motor. Sogleich ertönte ohrenbetäubend laute Musik. Der Schnaps roch süßlich, würzig. Ein Frauenstimmchen versicherte, daß sie Boogie könne. Grube kannte das Lied. Er nippte an der Flasche, deren Inhalt auf seinen Lippen brannte. Baran stellte die Musik leiser, um Grube nach dem Versteck des Umschlags zu befragen.
Bei Karstadt im Karnickelkäfich? Baran lachte lange, wenn das stimmt, ist geniales Versteck, bestes Versteck, von dem ich gehört habe jemals. Seit wann hat Karstadt sonntags geöffnet? fragte das Kinn. Das ist es ja, sagte Grube, morgen wäre alles viel leichter. Du hättest dir vorher überlegen müssen, was morgen ist und was heute, Baran wandte sich zu ihm um. Die Straße, sagte Grube. Die Straße kann dir sein egal, raunzte Baran und sah wieder nach vorne. Meine Schwester hat einen Schlüssel. Leider hatte Grube seinen wieder abgeben müssen. Er schloß die Flasche und stopfte sie zurück in die Sitzpolsterritze.
Seine Schwester war nicht zu Hause. Das erzählte ihnen Kerstins Lebensgefährte Calle Skronski, der die drei mißtrauisch beäugte. Der Schlüssel wird ja wohl sein hier, sagte Baran und drückte den verdutzten Skronski in die Wohnung. Was für'n Schlüssel? Und wer sind Sie? Verzeihung, sagte Baran und gab Skronski die Hand, Farouk Baran, mein Name, und das ist mein Kollege Eckart Paulsen, wir sind Freunde von Karsten, und Dummerchen hat etwas vergessen bei Karstadt, etwas, das gehört mir. Deswegen brauchen wir den Schlüssel, fügte Grube hinzu. Skronski sah sie an, als sprächen sie eine fremde Sprache: Ihr wollt sonntags ins Kaufhaus, weil da etwas liegt, was deinem Freund gehört? Genau, sagte Grube. Und das hast du dort liegengelassen oder was? Skronski fand das lustig. Gib uns einfach den Schlüssel, sagte Grube nervös, weil er hinter sich das Kinn bemerkte, glaub mir, es ist besser. Ich kann euch den Schlüssel nicht geben, sagte Skronski fröh-

lich, mal ganz abgesehen davon, daß das die bescheuertste Geschichte ist, die ich je gehört habe.
In diesem Moment drängte sich das Kinn an Grube vorbei. Ich werd dir zeigen, was bescheuert ist! Er packte Skronski am Pullover und schüttelte ihn unsanft. Was wollt ihr von mir? Der Humor war Skronski gehörig vergangen. Wir wollen haben Schlüssel, sagte Baran mit einem falschfreundlichen Lächeln. Ich hab den Schlüssel nicht! jammerte Skronski. Das Kinn drückte ihn gegen die Tapete und schlug in seinen Bauch, woraufhin er zusammensackte. Sein Peiniger ließ ihn los und zu Boden sinken. Dann trat er einmal kräftig zu. Skronski schluchzte. Kerstin hat den Schlüssel, sie hat auf dem Weg zu euch die Tiere gefüttert.
Grube war beschissen zumute. Daß sein Schwager in spe zusammengeschlagen wurde, hatte weiß Gott nichts mehr mit dem Bau der U 8 zu tun. Er sah zu, wie das Kinn die Telefonschnur aus der Wand rupfte. Unnötig, sagte Baran, unser Freund wird nicht verpfeifen uns, ist es nicht so? er beugte sich zu dem an der Wand Kauernden herab, denn er weiß, wir kommen wieder, wenn er uns verpfeifen tut. Skronski wimmerte Zustimmung.
Wo ist deine Schwester? fragte Baran Grube. Bei meinen Eltern, war die Antwort, bitte laßt die in Ruhe, die haben absolut nichts mit dem Umschlag zu tun. Sorge disch nicht, Baran gab sich höflich, wenn du Umschlag mir gibst, niemand wird etwas passieren. Und er? Grube zeigte auf Skronski. Der kann nichts ab, das Kinn wischte sich mit den Händen über das karierte Hemd. Er ist manchmal etwas vorschnell, sagte Baran, deswegen isch hab ihm weggenommen Wumme. Wumme? Das Wort erschreckte nicht nur Grube. Sein Schwager in spe fing an zu zittern. Wir gehen, sagte Baran, entschuldigen Sie bitte Umstände.

Und so 'n Lappen fickt deine Schwester? fragte Baran, als sie zurück im Auto, angetrieben von fetzigen Klängen, nach Hermsdorf brausten. Und der heißt ohne Scheiß auch Karsten? brummte das Kinn. Er wird aber mit C geschrieben! Wird Carsten nicht immer mit C geschrieben? Das Kinn guckte zu Grube. Nein, ich zum Beispiel nicht. Und deine Schwester? unterbrach Baran, die heißt? Kerstin, sagte Grube. Kerstin von Karstadt! Das Kinn bebte vor Vergnügen. Und deine Eltern? fragte Baran, heißen auch Karsten? Er stimmte ein in das Gelächter seines Beifahrers. Nee, sagte Grube, keine Ahnung, warum meine Schwester so fixiert ist, schon ihr erster Freund hieß Carsten, auch mit C, und die Wahl meines Namens war damals einfach praktisch, denn so brauchte meine Mutter keine neuen Namensetiketten in die auf mich übergegangenen Kleidungsstücke nähen und mußte lediglich zwei Buchstaben umsticken. Namensetiketten? Die Heiterkeit auf den Vordersitzen nahm kein Ende. Und im Hintergrund sang eine Frau: I need some hot stuff, baby, tonight.
Was sollte das vorhin eigentlich mit der Waffe? fragte Grube, hat Farouk Ihnen wirklich die Waffe abgenommen? Ohne Waffe fühl ich mich so nackt, sagte das Kinn. Du mußt wissen, Baran guckte kurz nach hinten, dieser freundlische Herr ist bekannt in gewissen Kreisen als Pistolenpaule. Ah so, sagte Grube, froh darüber, daß Baran wenigstens wieder auf die Straße guckte. Sollte er jetzt hoffen, daß seine Familie einen Spaziergang machte? Pistolenpaule sah aus dem Seitenfenster: Wenn in Berlin mal jemand gekillt werden soll, dann weiß jeder gleich, wer ihm da weiterhilft. In Berlin niemand darf Wumme haben, sagte Baran und bog in den Hermsdorfer Damm ein. Außer die Alliierten, sagte Pistolenpaule, doch die lassen mich in Frieden. Und was war mit dein Unfall? fragte Baran. Unfall, ha! machte Pistolenpaule, da hat mich der Mossad beim Segeln auf dem Wannsee in die Luft

gesprengt, das war 'n Ding, kein Scheiß, und bloß, weil ich mich geweigert hab, den Arafat auszuknipsen. Nee, das nischt wäre nett gewesen von dir, sagte Baran. Hier dann links, Grube wäre am liebsten im Wagen sitzen geblieben, um nicht dabeisein zu müssen, wenn ein Killer und ein Zuhälter bei seinen Eltern klingelten. Aus den Boxen sang ein Männerchor: Burn, Baby, burn.

Monika und Uwe Grube waren Fremden gegenüber durchaus aufgeschlossen, solange sie Berliner waren. Echte Berliner! Also Menschen, deren Familien zumindest mütterlicherseits seit drei Generationen an der Spree siedelten. Andere wurden allenfalls geduldet und mit einem Gaststatus belegt. Dabei war es zweitrangig, ob sie aus Heidelberg oder Beirut kamen. Auf Farouk Baran traf letzteres zu, und obwohl er die Hälfte seines Lebens in Deutschland verbracht hatte, identifizierten ihn die Leute auf Anhieb als Araber.

Den Grubes ging es da nicht anders. Weil sie jedoch Wert auf ein gepflegtes Äußeres und gute Umgangsformen legten, waren sie angetan von dem freundlich guckenden schlanken, kurzfrisierten Herrn im eleganten Anzug vor ihrer Eingangstür. Der zweite Fremde fiel da kaum auf, grobschlächtig und gedrungen, wie er war, das kurzärmelige Holzfällerhemd über der Hose. In ihrer Mitte der verlorene Sohn des Hauses. Unter dessen lachsfarbenem Jackett bot die rotgrün karierte Pyjamajacke einen ungewöhnlichen Kontrast. Von den Hausschuhen an den Füßen ganz zu schweigen. Grubes Eltern kümmerten sich nicht um seine Kleidung. Du hast Bekannte mitgebracht?! stellte Uwe Grube fest. Haben Sie Hunger? fragte seine Frau, Sie sehen so aus, als ob Sie etwas Fleisch auf den Hüften vertragen könnten.

Wir wollen gar nicht lange stören, sagte Grube. Baran bestätigte dies. Aufmerksam taxierte er das Wohnzimmer. Die

Jalousie war halb heruntergelassen, wohl um das Sonnenlicht fernzuhalten. Auf der Terrasse saßen die Grubes höchstens in Notfällen. Kerstin Grube, eine junge Frau mit dunkler Dauerwelle und niedlicher Nase, saß gelangweilt vor dem Fernsehschirm, wo Lilo Pulver auf mehrere zauselige Männer in komischen Kostümen einredete, als wären diese hörbehindert.
Läßt du dich auch mal wieder blicken? Wahre Wiedersehensfreude sieht anders aus. Kerstin war wahrscheinlich mürbe geworden von dem Tag bei ihren Eltern, so ganz ohne Schützenhilfe. Wir sind wegen dir hier! Erst da bemerkte Kerstin die beiden hinter ihrem Bruder ins Zimmer getretenen Herren. Sie sprang sogar auf. Nett, daß du mir mal Freunde von dir vorstellst, sagte sie, ohne ihre klaren blauen Augen von dem Araber zu lassen. Der sagte bloß: Was für hübsche Schwester du hast, Karsten.
Sie hat bereits einen Job, beeilte sich Grube zu sagen, und deswegen sind wir gekommen, Kerstin, frag lieber nicht, warum, aber wir brauchen dringend den Schlüssel von Karstadt, und das ist total wichtig, ich erklär dir das später. Gut, sagte Kerstin und strahlte Baran an. Der schnippte erfreut mit den Fingern.
Hinter ihm kam Monika Grube mit zwei gut gefüllten Tellern ins Wohnzimmer. Der für dich steht draußen, sagte sie zu ihrem Sohn, holst du ihn bitte selber? Sie deckte den Tisch. So, die Herren, lassen Sie's sich schmecken. Folgsam setzten sich die beiden. Darf ich Ihnen etwas zu trinken anbieten? Uwe Grube kam mit zwei Schultheiss-Flaschen herein. Seit wann hortet der Senat Bier? fragte Kerstin, ohne daß jemand darauf reagierte.
Als Grube sich mit seinem Teller dazusetzte, er hatte einen Teil der ihm zugedachten Portion zurück in den Topf gelöffelt, staunte er, mit welcher Begeisterung seine Begleiter aßen. Und Monika Grube stand mit gefalteten Händen stolz

daneben. Wie bei Mama! lobte Pistolenpaule. Gut ist das, sagte Baran mit vollem Mund, was ist das? Das ist allerfeinste Moppelkotze! Paule nahm seine Pilotenbrille ab. Moppelwas? Baran hörte mit dem Kauen auf und sah die Köchin an. Ein altes Rezept, sagte sie leise, Moppelkotze. Aus Blockadezeiten, ergänzte ihr Gatte. Rindfleisch ist da drin, übernahm wieder sie, grüne Bohnen, Kartoffeln. Mama schnippelt meistens noch Weißkohl rein, merkte Pistolenpaule an, so aber ist es auch ausgezeichnet. Weißkohl? sagte Baran, Weißkohl paßt nischt zu grüne Bohnen. In Döner gehört Kohl genausowenig rein, sagte Paule, und die Leute mampfen's massenhaft. Barbaren! grunzte Baran, nischt wissen, was paßt und was nischt paßt.
Dieses Senatsfleisch ist ohne Scheiß das beste, sagte Paule, ganz der Kenner, und leerte seine Flasche. Nimmt Ihre Mutter das auch? fragte Monika Grube. Klar, Paule unterdrückte ein Aufstoßen, und sie bringt mir stets 'n paar Dosen mit, wenn wieder gewälzt wird. Hat Ihre Familie etwa was mit der Senatsreserve zu tun? fragte Kerstin, kerzengerade auf dem Sofa sitzend. Pistolenpaule richtete sich auf, Baran hielt beim Löffeln inne, und in Karsten Grube schrillten sämtliche Alarmglocken: Ein Gespräch über die Senatsreserve und seine eigenen Verbindungen dorthin war das letzte, was er gebrauchen konnte. Zumal sein Vater sich gerade an den Tisch setzte und tief Luft holte.
Jeder in Berlin hat doch solche Büchsen im Schrank, sagte Grube abwiegelnd, Christel zum Beispiel. Seine Eltern sahen ihn erschüttert an. Um Vaters Lieblingsthema abzuwürgen, brachte er notgedrungen das seiner Mutter zur Sprache. Wolltest du sie nicht mal zum Essen mitbringen? fragte sie steif, während Baran und Pistolenpaule ihre Teller leerkratzten. Das mit Christel ist aus, sagte Grube kühl und widmete sich seinem Essen. Besser, man merkt es gleich, sagte sein

Vater erleichtert. Ihr habt auch nicht zusammengepaßt, ergänzte dessen Frau, und die Simone, das war ein so nettes Mädchen. Wer ist Christel? Kerstin hielt es nur mit Mühe auf dem Sitzkissen. Das hat sich erledigt, sagte Grube, müssen wir nicht langsam mal gehen? Nicht so hastig, Paule leckte sich die Lippen. Wollen Sie Nachschlag? Monika Grube griff nach seinem Teller. Karsten, Baran sah ihn an, du hast bessere Frau verdient, schönere, jüngere.

Eine gute Dreiviertelstunde später standen Farouk Baran, Grube und seine Schwester vor dem Hintereingang des Karstadt-Kaufhauses. Pistolenpaule mußte mit Kerstins Fahrrad nach Tegel strampeln, so war es weniger eng im Porsche. Kerstin schloß die Tür auf. Gut, stellte Baran fest, gar kein Pförtner. Es gibt einen Wachschutz, sagte Kerstin, der kommt aber eher sporadisch vorbei. Auf der Fahrt hatte ihr Grube erklärt, warum es so wichtig war, am Sonntag abend in das dunkle Kaufhaus zu gehen, und von einem Drehort für einen Film gefaselt, den würden Baran und Paule suchen, was zu seiner Erleichterung unwidersprochen blieb. Kerstin interessierte die Anwesenheit Barans wohl mehr als plausiblere Gründe. Wäre Baran wirklich auf der Suche nach einem Filmset gewesen, die Besichtigung hätte ihn überzeugt. Guter Ort, sagte er mehrfach und blieb ständig stehen, um das notbeleuchtete Angebot in die Hände zu nehmen. Grube hoffte inständig, er würde das meiste davon wieder zurücklegen.

Psst! flüsterte Kerstin, die Tiere schlafen. Baran staunte nicht schlecht. Haustiere im Kaufhaus! Er gab sich beeindruckt. Ein Papagei, sprischt der? Ein Beo, entgegnete Kerstin, der kann zwar sprechen, doch er ist kein Papagei, sondern ein Star. Aha, sagte Baran, ein Beo. Was wollen wir denn bei den Tieren? wollte Kerstin von ihrem Bruder wissen, ich dachte ...

Schlangen? unterbrach Baran sie, habt ihr Schlangen? Nein, Kerstin vergaß zu flüstern, wonach sucht ihr, Karsten?
Der Beo krächzte. Wo ist Carsten Kaninchen? fragte Grube. Verkauft, sagte Kerstin, letzte Woche. Verkauft?! Das Gebot der Stille war außer Kraft gesetzt, zumal Grube einen Niesanfall bekam. Ob allergie- und panikbedingt, war nicht auszumachen. In den Kästen scharrte es vermehrt. Der Ansagengong erklang, und Kerstin bekam nervöse Zuckungen. Dabei hatte sich bloß der Beo bemerkbar gemacht.
Das Kaninchen ist verkauft? Grube war wütend. Seine Schwester konnte ihm nicht folgen. Wir sind ja kein Zoo, sagte sie, hätt ich geahnt, daß er dir so ans Herz gewachsen ist. Wo ist sein Käfig? Hier, Kerstin deutete auf ein Gittertürchen, oder nee, der da war's, da ist jetzt eine Simone drin. Simone? entfuhr es Grube, wieso denn Simone? Wenn ich deine Freundin schon nie treffe. Mit Simone is nix mehr, sagte Baran. Grube öffnete den Käfig. Mit einem Satz sprang prompt die tierische Simone auf den Fußboden und verkroch sich unter einem Regal. Was soll das? schimpfte Kerstin. Grube zerrte den restlichen Inhalt des Käfigs hervor, etwas Streu und Heu, eine Pappe, aber keinen Umschlag. Wo ist der Umschlag?
Was für'n Umschlag? Kerstin verstand gar nichts mehr. Umschlag war in Käfig? Baran schüttelte verständnislos den Kopf. Wo ist das, was vorher hier drin war? Grube glaubte keine Luft mehr zu kriegen. Der wurde saubergemacht, sagte Kerstin, die ganzen Ködel. Und die Pappe? Weggeschmissen, sagte Kerstin. Zur Kartenkasse, krächzte der Beo, zur Kartenkasse.
Und isch Idiot vertraue dir! Barans Stimme wurde schärfer. Worum geht es eigentlich? Kerstin Grube war sichtlich genervt. Ich hab das Ding gut verpackt, sagte Grube, dicke Tüte, zugeklebt. Hasen beißen auch Kabel durch! Barans Blick verhieß nichts Gutes. Vielleicht ist ja der Müllcontainer ..., fing

Kerstin an, ach nee, der wird freitags geleert. Endstation Müllkippe, sagte Baran, viel Spaß bei Suche. Kommt der Müll nicht in den Osten? fragte Kerstin. Ein Geräusch ließ sie aufhorchen. Was war das? Kerstin sah sich hektisch um. Ich tippe, doofer Papagei, knurrte Baran.
Kurz darauf stand Pistolenpaule vor ihnen. Wie siehst du aus?! rief Baran, pitschnaß. Im Schein der Notbeleuchtung erinnerte der Mann mehr an einen begossenen Pudel als an einen Killer. Und Grube dämmerte, woher das leise Rauschen kam. Was plätschert denn da? Seine Schwester stieß einen spitzen Schrei aus und drängte sich an ihm vorbei, um gen Erdgeschoß zu hasten. Das ist jetzt nicht wahr, ey?!
Paule zeigte entschuldigend den feuchten Kippenrest in seiner Hand. Bist du des Wahnsinns? entfuhr es Grube. Hör gut zu, Baran packte ihn am Kragen seines Pyjamas, du hast versagt, ich vertraue dir, und du machen Mist. Er stieß ihn von sich. Was für ein Idiot! Baran spuckt aus, da hast du deinen Film, Regen im Kaufhausparadies! Gedämpft waren Sirenen zu hören. Die Bullen? Baran sah fragend zu Paule. Ich tipp mal auf Feuerwehr, sagte der. Wir fahren heim, Baran legte ihm fürsorglich eine Hand auf die Schulter, sonst du erkältest disch.

Die nächsten Stunden verbrachte Grube auf einer Bank in der Tegeler Fußgängerzone und haderte mit seinem Leben. Oder mit dem zu Ende gehenden Tag. Alles, einfach alles hatte er binnen weniger Stunden verloren. Gelegentlich fuhr ein Bus an ihm vorbei. Die Feuerwehr war längst abgerückt, und viele Menschen verkehrten hier nach dreiundzwanzig Uhr nicht. Die gelben und roten Lichtbuchstaben von Teppich-Tegel blinkten in immer gleicher Abfolge und übten eine beruhigende Wirkung auf Grube aus, der nicht wußte, wohin er jetzt sollte. Am nächsten wohnte Kerstin. Die dürfte inzwischen erfahren haben, daß der Wasserschaden nicht das

einzige war, was Grubes Begleiter angerichtet hatten. Zu seinen Eltern konnte er nicht, schon, um nichts erklären zu müssen. Und was Christel von ihm dachte, wollte er lieber nicht wissen. Horn wäre eine Anlaufstelle gewesen, hätte er dessen Adresse gekannt. Und die Telefonnummer stand in seinem Kalender, und der befand sich in Barans Porsche.
Grube ging in eine der Telefonzellen, um in den dort hängenden Telefonbüchern nach Martin Horn zu suchen. Leider fand er mehr als einen, was letztlich egal war, denn Grube war ohne Kleingeld. Mit einem Geldschein kam er am Münzschlitz nicht weiter. Grube sah sich in der Fußgängerzone um. Niemand da, den er hätte fragen können. Vor den Schaufenstern von C&A alberten zwar Jugendliche herum, doch um die anzuhauen, fehlte Grube gerade die Kraft.
Vom Tegeler See her kamen drei stramme Jungs mit lauten, fröhlichen Stimmen. Sie schienen in Grubes Alter zu sein und waren ganz passabel gekleidet. Ordentlich, hätte seine Mutter gesagt. Grube ging ihnen entgegen. Womöglich könnte er sie um Hilfe bitten. Zu spät erkannte er Sascha Monzke. Da waren sie sich jahrelang nicht über den Weg gelaufen, und nun waren nicht einmal vier Wochen vergangen seit ihrer letzten Begegnung.
Ach nee! Monzke zeigte ein fieses Grinsen, man trifft sich immer zweimal wieder. Ich darf vorstellen, er zeigte auf seine Begleiter, Mike und Joe, zwei Kollegen aus der Bank, und das da ist das Arschloch, dem ich meinen häßlichen Nasengips zu verdanken hatte. Das gibt's ja nicht, echt? Die anderen beiden machten große Augen. Seit wann ist der Gips denn wieder ab? Grube sah keine Chance, dieser Begegnung ohne viele Worte zu entkommen. Er roch den in ihrem Atem hängenden Alkohol und hoffte, sie könnten milde gestimmt sein. Ohnehin sah man Monzkes Riesenzinken kaum etwas an. Außer einer kleinen Schramme war da nichts.

Erst vorhin haben wir über dich gesprochen, sagte Joe. Er war zwei Köpfe kleiner als Grube, dafür aber doppelt so breit. Ist ja 'n Zufall, Grube gab sich Mühe, gelassen zu bleiben, und erwog gleichzeitig davonzulaufen. Es gab Situationen, da wäre Rennen durchaus angebracht. Und dann hatte man ausgerechnet Pantoffeln an den Füßen.

Stimmt, sagte derweil Mike, wir haben uns komplett die Köpfe zermartert, wo wir dich ausfindig machen können, am besten allein und ohne deine Ludenkumpels. Der arme Sascha hat seither Hausverbot im Rum Club, sagte Joe, dabei wollte er nichts als mit einer kleinen Nutte vögeln. Das tut mir ehrlich leid, stammelte Grube, ich ... Weiter kam er nicht. Dumm gelaufen, Jolly Jumper, sagte Monzke und drückte Grube den ersten Schlag rein. Den Rest überließ er seinen Kollegen. Grubes Glück war, daß die beiden wesentlich kleiner waren als er und daß Monzkes Schlagkraft hinter einem Bankschalter wahrlich besser aufgehoben war, weshalb er sich darauf beschränkte, Grube von hinten festzuhalten, damit die anderen besser auf ihn eindreschen konnte. Die meisten Schläge trafen ihn im Bauch und am Kinn. Grube sackte zusammen, wurde von Monzke gestoßen und landete mit der Fresse auf dem Pflaster. Danach traten die drei nachlässig mit Füßen auf ihn ein, bis einer von ihnen sagte: Oh, da kommt mein Bus. Und ein zweiter: Der dahinter ist für mich. Grube fühlte sich außerstande, ihre Stimmen zuzuordnen. Gut, sagte der dritte, dann haben wir's. Und sie ließen von ihm ab. Wobei: Einen hab ich noch, schöne Grüße an Larissa, viel Spaß beim Zusammenflicken! Das kam eindeutig von Monzke, dessen Schuh mit Wucht in Grubes Gemächt landete. Zusammen ficken ja wohl eher nicht, war das letzte, von Gelächter Begleitete, was Grube von den dreien hörte.

In seinem Mund klebte der Geschmack nach Blut, Dreck und Sand. Vergeblich versuchte er, aufzustehen. Mühsam

schleppte er sich auf allen vieren zu dem Toilettenhäuschen am U-Bahn-Eingang. Dort stank es erbärmlich, und Grube fühlte sich wieder eins mit der Welt.
Was haben wir denn da für einen hübschen Arsch?! Eine grobe Stimme holte ihn aus seinem Selbstmitleid. Hinter ihm stand ein bärtiger Mann, der ihn im Halbdunkel der Toilette mit großen Augen ansah. Du siehst ja scheiße aus, sagte er in einer sanfteren Tonlage. Waren das wieder die homophoben Wichser von der Tanzschule? Weiß nicht, flüsterte Grube, aus Angst, lautere Worte würden stärker schmerzen. Deutsche Bank, glaube ich. Das sieht den Zastermackern ähnlich, sagte der Fremde und griff Grube unter die Arme, willst du ins Krankenhaus oder nach Hause?
Krankenhaus, dachte Grube, weiß und steril, das wäre wohl das beste, nur würden sie dann bei seinen Eltern anrufen, und die waren die letzten, die er in seinem Zustand um sich haben wollte.
Warte hier, ich hol schnell mein Auto! Sein Retter legte Grube auf einer Bank ab und entschwand. Verschwommen nahm Grube das Blinken des Teppich-Tegel-Schriftzugs wahr. Er brauchte eine Weile, bis er bemerkte, daß das h sein rotes Licht verloren hatte. Das amüsierte ihn. Er lehnte sich zurück, starrte in die Sterne. Alles, was er erspähte, waren am Himmel flimmernde Satelliten. Die letzten Worte Sascha Monzkes kamen ihm wieder in den Sinn, und mit einem Mal war ihm klar, wohin er gebracht werden wollte.

Die Hausnummer von Larissa kannte er nicht, und als er sagte, irgendwo in der Lietzenburger, gluckste der Fremde. Glücklicherweise konnte Grube sich erinnern, wie man dort hinkam, und vor allem, an welcher Ecke das Haus lag. Grube bestand darauf, allein hineinzugehen. Der Fremde sah ihm nach, bis er um die Ecke gebogen war. Wo sich Grube erst

einmal gegen eine Wand lehnen mußte. Jeder Schritt bereite ihm unermeßlichen Schmerz, was auch daran lag, daß er seine Pantoffeln verloren hatte. Ein anderes Problem war: Er wußte nicht, wo er klingeln müßte.
Und dann stand mit einem Mal Larissa vor ihm. Sie war schon an ihm vorbeigegangen, drehte sich jedoch instinktiv noch einmal um. Der Schweija? sie kam näher, Mensch, ick hätte dia fast nich erkannt, du sieht so, sie zögerte, so ... Ich seh kotzschlimm aus, Karsten legte eine Hand vors Gesicht. Er bereute bereits, hierhergefahren zu sein. Dit würd ick jetze nich sagen, sie schmunzelte, dia fehlt deen Halsschmuck, sie berührte seinen Arm, und deen Anzuch müßte ooch mal wieda inne Reinjung. Nicht nur der, Grube ließ sich von ihr an die Hand nehmen, seit heute weiß ich, warum schwere Jungs stets dunklen Zwirn tragen.
Als Larissa ihn im Licht ihrer Flurbeleuchtung sah, prustete sie los, denn unter seinem Jackett trug er unverändert seinen Schlafanzug. Wüllste diesmal üba Nacht bleim? Grube betrachtete ihr breites Grinsen. Das natürliche Rot ihrer Lippen hätte jeden Farbtopf blaß aussehen lassen. Von mir aus kannste so lange bleim, wiede willst, sagte Larissa. Vorsichtig half sie ihm, sich auszuziehen, ließ die Badewanne vollaufen und Grube hineinsteigen. Dann begann sie, seine Wunden abzutupfen und schlüpfte schließlich aus dem Kleid und, mach mal Platz, zu ihm ins warme schaumige Wasser.

*

Larissas Fürsorge konnte die diversen Dellen, Schrammen und Blessuren nicht von Grubes Körper küssen. Zudem wuchs rund um sein linkes Auge eine bläulich grünliche Schwellung, die ihm in Kombination mit seiner aufgeplatzten Unterlippe das Aussehen eines Vorortganoven verschaffte.

Sie besorgte ihm einen Anzug aus dünnem Cordsamt, in dem er jede mitternächtliche Varietédarbietung hätte konferieren können und der farblich hervorragend zu seinem verunstalteten Gesicht paßte. Die von einem Nachbarn geliehenen Turnschuhe waren weiß. Immerhin stimmte die Größe.
Wie siehst du denn aus? entfuhr es dann auch Horn, als sie sich zwei Tage später vor einem Kreuzberger Lokal unweit der Mauer trafen. Und er meinte gewiß nicht Grubes Klamotten. Kennst du diesen Baran, Farouk Baran? Grube setzte sich an einen der auf dem Bürgersteig aufgestellten Tische. Flüchtig, sagte Horn und ließ sich ebenfalls nieder, hat etwa der? Indirekt, sagte Grube, und ist dir ein gewisser Pistolenpaule ebenfalls ein Begriff? Nee, Horn starrte wieder Grube an, sag mal, warst du damit beim Arzt? Das nicht, aber ich bin in erstklassiger Behandlung.
Horn verstand ihn nicht, was Grube überging und statt dessen von dem verlorenen Umschlag erzählte. Die haben den totalen Aufstand gemacht, ich kann mich jetzt weder bei meiner Familie noch bei Christel blicken lassen. Und wo bist du dann untergekommen? Horn knetete am Ende des linken Brillenbügels. Ich wollte ja dich anrufen, sagte Grube, wußte leider nicht, hinter welchem Martin Horn im Telefonbuch du dich versteckst. Hinter keinem, sagte Horn, ich heiß ja gar nicht Martin. Was? Grube war es gerade gelungen, einer blonden Servierkraft einen fordernden Blick entgegenzuschicken, woraufhin dieser die Getränke auf ihrem Tablett über Glas- und Tassenränder schwappten. Und wie heißt du dann? Heinz, Horn sagte das leise, Heinz fand ich halt nicht so prall. Er tippte sich mit dem Brillenbügel gegen die Lippen. Martin ist besser? Grube mußte grinsen, bei Martin muß ich immer an Laternenumzüge denken. Kein Scheiß? Daran hab ich ja ..., fing Horn an und wurde von der Kellnerin gestört. Was darf's denn sein? Grube bestellte einen Kaffee und Horn ein Bier.

Gar keine Cola? fragte er Grube. Da bin ich von runter. Das gelingt nicht vielen, Horn legte seine Brille aus der Hand. Mal Spaß beiseite, was war das denn für'n Umschlag? So 'n gefütterter, A5 oder so, Grube deutete die Größe mit den Händen an. Wie der hier? Horn beugte sich zu seiner Tasche und holte einen Umschlag hervor, der exakt wie der verlorengegangene aussah. Du hast den? Grube streckte seine Hand danach aus. Moment, Moment, Horn hielt den Umschlag vor seine Brust, das ist ein anderer, von Baran ist er, hat er mir vor gut einem Monat gegeben mit der Auflage, daß ich drauf aufpasse und dir nichts davon erzähle.

Wie bei mir! Grube wischte mit der Handkante über den Tisch. Bizarr, Horn befingerte den Umschlag, als sich ein hagerer Mann mit grünlichem verfilztem Haar ohne erkennbare Frisur zu ihnen gesellte. Er trug ein abgerissenes Netzunterhemd sowie eine Art Minirock über löchriger Strumpfhose. Interessiert ihr euch für Musik? fragte er schleppend, seine geschminkten Augen waren bloß notdürftig geöffnet. Gerade nicht, sagte Horn. Das ist ein Fehler, sagte der Mann und setzte sich auf einen freien Stuhl. Kein Bedarf, sagte Grube barsch, was den Mann nicht davon abhielt, einen hölzernen Kassettenständer aus seiner Tasche zu ziehen. Ich habe brandaktuelle Bootlegs für euch, wie wär's mit The Cure in Barcelona, erst zwei Wochen alt, oder hier hab ich, er zeigte ihnen eine handbeschriftete Hülle, das ist die letzte Kopie, New Model Army live in Bonn am fünfundzwanzigsten Oktober achtundachtzig, oder auf was steht ihr so?

Die Kellnerin brachte die Getränke, dabei mißachtete sie den ungebetenen Gast gekonnt. Der sah Horn und Grube fordernd an. Pet Shop Boys, sagte Grube daher, hast du so was? Pet Shop Boys?! der Mann schob die herausgenommene Kassette zurück in ihr Fach, so 'nen Scheiß doch nicht. Anstalten zu gehen, machte er keine. Statt dessen kratzte er an einer kahl rasierten Stelle oberhalb seines rechten Ohrs, daß es nur so rieselte. Okay, sagte Horn, wieviel willst du für die Cure? Fünfzig Mark, der Mann begann, nach dem Tape zu suchen, ist echt 'ne super Aufnahme. Fünfzig Mark? wiederholte Horn ungläubig, Ostmark oder was? Nee, das kannste vergessen, da kriegen wir beide ja Konzertkarten für. Garantiert nicht in Barcelona, murrte der Mann, erhob sich und ging grußlos zum nächsten Tisch.

Wo waren wir stehengeblieben? fragte Horn. Grube zeigte auf den Umschlag. Richtig, Horn nahm ihn, ich mach den jetzt auf. Und wenn Baran morgen bei dir klingelt? Dann erzähl ich ihm was, sagte Horn, außerdem, ich hab solche Umschläge zu Hause zigfach rumzuliegen, da steht ja nicht mal was drauf. Er nahm einen Schluck Bier und öffnete dann die verklebte Lasche. Das Papier riß ein. Dann zog Horn etwas in Zeitungspapier eingeschlagenes Rechteckiges heraus. Vorsichtig entfaltete er die Seite. Fünfzehnter Juni, las er, die Ausgabe hab ich bestimmt nicht mehr.

Als er sah, was er da auswickelte, begann Horn zu kichern. Zwischen zwei festen Pappdeckeln befand sich ein Stapel dünner Heftchen, Groschenromane, John Sinclair, Lassiter, Perry Rhodan, Jerry Cotton, wild gemischt, etwa zehn Stück, die alle einen ziemlich zerlesenen Eindruck machten. Was soll das denn? fragte Grube, der nie zuvor solch ein Heft in der Hand gehalten hatte, sind die kostbar? Für Mr. Fuffzich-Mark-Kassette vielleicht! Horn deutete zu dem Verkaufsgespräch an einem der Nachbartische. Da hat uns einer verarscht, sagte er, der hätte uns genausogut Telefonbücher einpacken können, wenn der Umschlag groß genug gewesen wäre. Dann wollte Baran uns testen oder was? Grube schaute auf die mit Graffiti übersprayte Berliner Mauer, die auf der anderen Straßenseite entlangführte. Ich glaub, vor 'n paar Wochen hat Baran sich sogar an Simone rangemacht. Ran-

gemacht? Grube winkte ab. Er hat sie verfolgt und wohl auch angesprochen, so genau weiß ich das nicht.
Wir müssen echt vorsichtiger sein, sagte Horn nach einer Pause, das sind Gauner. Da sagst du was, Grube nippte an seinem Kaffee, der war heiß und bitter. Der Grieche! Horn griff erneut nach der Brille, ich dachte ja, du spinnst, den können die ja nicht wegen 'ner Ansage von uns angezündet haben. Von dir, sagte Grube, ich hab damit nichts zu tun! Wir stecken da beide mit drin, Horn steckte sich einen Brillenbügel in den Mund, lutschte etwas darauf herum. Mit einem Mal bekam seine Miene etwas Verschmitztes. Ganz unverdient war das ja nicht. Grube ging nicht darauf ein. Die Waffen machen mir viel größere Sorgen. Was sollen wir mit Panzerfäusten? Horn lachte. Nicht so laut! Grube legte einen Finger auf die Lippen. Horn sah sich um. Grube beugte sich vor. Das sind uralte Teile, sagte er gedämpft, wer weiß, wie lange die schon da unten sind. Und woher die kommen, sagte Horn, ich hab mich mal kundig gemacht, in den Argus-Werken wurden Tatsache Flugzeugteile gebaut, wie der Typ damals gesagt hat, Antriebsmotoren, Räder und Schläuche und so was. Räder und Schläuche? Ja, Horn trank aus seinem Glas, Argus war ein wichtiger Zulieferer für die Luftrüstung. Keine Handgranaten? Grube betrachtete das Cover eines der Hefte auf dem Tisch. Ein grimmiger Cowboy mit Revolver stand dort vor einer sich auf weißem Laken räkelnden nackten Brünetten.
Wir müssen mit unserer Geschichte rauskommen, sagte er, jetzt, wo wir das Bergwerk aufgetan haben. Wir brauchen nur noch Fotos, und an diesen SPD-Typen müssen wir auch ran. SPD? fragte Grube, meinst du Kalle Cash? Psst! machte Horn. Also, wenn uns wer beobachtet, Grube zeigte auf den Heftchenstapel in ihrer Mitte, und beide mußten lachen. Eins mußt du mir mal verraten, sagte Horn dann, wo treibst du

immer deine scharfen Klodden auf? Besonders das gelbe Hemd, echt mutig. Tja, Grube lehnte sich zurück. Das hat dir 'ne Frau ausgesucht? sagte Horn, seit wann gibt's im MV solche Läden? Nee, sagte Grube, das MV ist mir einfach zu klein geworden.

*

Larissa fand die Sonnenbrille, die Horn Grube geliehen hatte, irre schrill, so ungeil, dit se wieder jut käme, setzte sie ihm sogar am Frühstückstisch auf, doch nicht wegen des geschwollenen Auges, denn an so etwas sei sie gewöhnt. Sie trug eins seiner neuen Feinrippunterhemden, was Grube nicht bloß akzeptierte, weil es von ihr bezahlt worden war, er sah sie überaus gern darin. Nüchtern und bei Tageslicht besehen war Larissa weitaus weniger betörend als künstlich beleuchtet in der Nacht. Mit ihren kurzen, verstrubbelten Haaren sah sie aus wie das nette Mädchen von nebenan. Allenfalls ihre Augen verrieten, daß dieser Eindruck täuschte, wenn sie in Konkurrenz zum blauen Himmel strahlten. Dabei waren sie grün.

Er fühlte sich wohl in der kleinen Wohnung, die sie mit Carmen teilte. Und das lag kaum an dem ungezwungenen Umgang der Frauen mit ihm und ihren Körpern. Die Stimmung war gut. Er mochte, wie sie von anderen Männern erzählten. Sexgeschichten aus ihren Mündern waren nichts Verruchtes oder Verdorbenes, es waren Anekdoten eines Berufslebens. Handwerker mochten ähnlich über ihre Kunden sprechen, nur nicht so anzüglich.

Ist heut wohl mit Frühstück, was? Carmen kam in die kleine Küche, und Larissa kicherte, strich über Grubes Haar, beugte sich zu ihm, um ihm einen feuchten, nach Erdbeermarmelade schmeckenden Kuß aufzudrücken. Der Schweija kricht von mia so vülle Frühstück, wia wüll, sagte sie. Wovon sprecht ihr? wollte Grube wissen. Na, beim ersten Mal biste vorm Frühstück gegangen, sagte Carmen, was richtig war, denn normalerweise fertigt Ute ihre privaten Gäste sowieso vorm ersten Kaffee ab. Is ohne Frühstück, und ooch ohne Diskussion, Larissa gackerte, dit is aus so 'nem Fülm. Kenn ich nicht, sagte Grube, und wer ist Ute? Larissa und Carmen fanden die Frage komisch.

Der Film ist aus'm Osten, Carmen fuhr durch ihr Haar, und die Ute ist auch aus'm Osten. Larissa stand auf und setzte sich auf Grubes Schoß, einen Arm um seinen Rücken legend. Mit der anderen Hand griff sie seine und schüttelte sie: Jestatten: Ute Lutz aues Senftenberch. Da kannste dir aber was drauf einbilden, sagte Carmen und verschwand mit flatterndem Morgenrock und ihrer Kaffeetasse aus der Küche.

Larissa gefiel ihm. Selbst wenn sie Kaugummi kaute. Und sie kaute ständig. Warum, wagte Grube nicht zu fragen, er akzeptierte es. Zumindest machte sie keine Blasen und beschränkte sich auf Pfefferminzgeschmack. Der gab ihren Küssen einen so frischen Touch. Selbst beim Sex verzichtete sie nicht auf die Dinger. Es sei denn, sie küßte ihn eine Etage tiefer. Dann schob sie ihm das ausgemalmte Teil in den Mund und beschäftigte sich anschließend mit dem Wachstum seiner Männlichkeit. Kam dann der andere Gummi ins Spiel, das Mäntelchen aus Plaste und Elaste, wie Ute es nannte, holte sie sich das minzige Kauobjekt per Kuß zurück, als bräuchte sie etwas zum Draufbeißen, sobald die Lust ihren Körper durchlief. Dadurch biß sie nicht Grube, wie in ihrer ersten gemeinsamen Nacht. Da war ihr der Kaugummi wohl abhanden gekommen.

Sie schliefen gar nicht so oft miteinander, und das lag nicht an den Verletzungen, die er sich in der Tegeler Fußgängerzone eingefangen hatte. Die verheilten schneller als gedacht.

Grube meinte, Sex würde Larissa langweilen, ähnlich einem Arzt, der auf Familienfesten Diagnosen abgeben muß. Larissa aber beharrte darauf, daß es etwas völlig anderes sei, mit ihm zu schlafen, als mit einem Freier. Ab und an lagen sie stundenlang wach und quatschten, bis sie irgendwann zusammengekuschelt einschliefen. Draußen war es dann meistens wieder hell.

Warum berlinerst du eigentlich, wenn du gar nicht aus Berlin kommst? wollte er von ihr wissen. Und sie konterte, wieso er aus Berlin komme und Hochdeutsch spreche. Sie erzählten sich viel von ihrer Kindheit, ihrer Jugend, und Grube war anfangs erschrocken, daß sich diese gar nicht mal so arg unterschieden. Wir konnten halt nie richtich vareisen, sagte Larissa. Wir sind auch fast nie verreist, sagte Grube leise. Ob er nie den Drang verspürt habe wegzugehen? Ich wüßte gar nicht, wohin, er küßte sie, ich hab ja alles hier. Dißwejen ha' ick ja zu euch rüberjemacht.

Larissa erzählte, wie sie dem Fernsehen geglaubt hätte, daß der Westen bunter und aufregender wäre. Und stümpt ja ooch, nich imma vülleicht, du broochst halt Knete, sagte sie, im Osten haste selbst mit Knete nich allet jekricht, da mußten deene Eltern schon Valuta ham, alleen wie schwierich dit war, Kaujummis zu kriegn, den jab's ja nua im Westpaket. Und wegen des Geldes biste im Puff gelandet? Im Grunde war ick bloß in Jert verknallt, sie sah an die Decke, man konnte mia damals leicht beeindrucken mit Glanz und Glitter. Sex sei für sie seit ihrer Pubertät ein probates Mittel gewesen, von Männern das zu bekommen, was die meisten ungern von sich gaben: Geld, Geschenke und Bewunderung.

Und jetze bin ick ebent hia! Sie richtete sich auf, begutachtete Grubes Wunden. Man sieht fast jar nüscht mea. Sie streichelte seine Wangen, fuhr seine Lippen entlang, ließ ihn an ihren Fingern knabbern. Und denn ha' ick plötzlich dia am Hacken,

sie schmunzelte, keene Klamotten, keene Knete, keene Ahnung, wat als nächstes kommt. Ganz so isses ja nicht, sagte Grube. Nua dit quasi keener weeß, wo de stecken tust. Als ob deine Eltern wüßten, wo du bist! Dit is wat andret, Larissa wischte sich über die Augen, wat ick dir ja ooch erzählt hab, du dajegen machst weeter een uff Schweija, und ick weeß nich vülle mehr, als dit de Streß hast mit Jert. Nicht mit Gert, fiel ihm Grube ins Wort, mit Farouk Baran.
Wat im Endeffekt ditselbe is. Und ein Problem für dich? Grube richtete sich ebenfalls auf. Nee, keen Stück nich, sagte Larissa, davon abjesehn, dit ick für ihn anschaffen jeh und ihm die Wohnung jehört, in der ick dia seet zwo Wochen vastecke. Du versteckst mich ja nicht, sagte Grube, es gab halt Unstimmigkeiten, geringfügige Unstimmigkeiten, eher ein Mißverständnis. Bestümpt, sagte Larissa, mit deinem Horn is ja ooch allet paletti, der war diese Woche zwo-, wennich dreimal bei uns. Was? Grube hielt es nicht mehr im Bett. Frach Carmen, Larissa hielt ihn an seinem Pyjama fest, ick werd Jert mal vorsichtich druff anlabern, und jetze knutsch ma endlich, Baby. Wenn's bloß das ist, Grube beugte sich zu ihr. Wo denkste hin? Larissa zog die Nase kraus und ihm die Hose herunter.

Gert Schwinger war bester Laune, als er der Wohnung in der Lietzenburger einen Besuch abstattete. Mit goldglitzerndem Lachen, Umarmung, Rückengeklopfe begrüßte er Grube wie einen alten Freund. Larissa dagegen bekam einen kräftigen Klaps auf den Hintern. Kein Wort über Grubes Gesichtsblessur, die zwar gut verheilt, aber unübersehbar war. Dafür brachte Schwinger Grubes Koffer mit. Die hast du neulich vergessen mitzunehmen, erklärte er, warf flüchtige Blicke in die Zimmer der Mädchen, orderte Kaffee und schlug Grube vor, in der Küche Platz zu nehmen.

Ich hab gelesen, fing Schwinger im Plauderton an, immer mehr aus'm Osten machen legal rüber, die Lager sind völlich überfüllt. Dann jeh doch hin und hol dir frische Mädels, sagte Larissa, die neben der gurgelnden Kaffeemaschine lehnte. Hör ich da etwa Eifersucht? Schwinger zwinkerte Grube zu, freu dich lieber, daß es bei dir so gut geklappt hat, heute müssen alle, die nicht aus Ostberlin kommen, ab in den Westen, Zonenrandgebiet, die können froh sein, wenn mir eine so gut gefällt, daß ich sie da raushole, wobei Asiagirls gerade viel angesagter sind, die sabbeln auch nicht sächsisch, nee, nee, da denkt der Freier nachher noch an Margot Honecker und kriecht keen hoch. Schwinger wieherte. Grube stimmte vorsichtshalber verhalten mit ein, trotz Larissas böser Miene.
Guck mal nech so, Mensch! Schwinger patschte auf den Tisch, ich hab ein Herz für die Schwestern und Brüder aus der Zone, vorhin erst hab ich mit dem Baustadtrat von Wilmersdorf drüber gesprochen, Container aufzustellen auf einem Grundstück, das ich kürzlich gepachtet hab. Da werd ich Aussiedler aufnehmen, zweihundert passen da rein, man muß mir also dankbar sein, oder was hältst du davon? Er sah Grube an. Der nichts sagte. Stimmt, du bist ja unser großer Schweiger, kommt gut an bei den Mädels, nur, wenn man Geschäfte machen will, und deswegen seid ihr ja zu mir gekommen, sind ein paar Worte manchmal nech verkehrt.
Wir handeln eher mit toter Materie, sagte Grube. Grober Fehler, sagte Schwinger, mit Menschen kannst du viel mehr Kohle machen, das ist der beste Rohstoff, nachwachsend, wobei Zimmervermietung noch lukrativer ist, aber nicht an Touristen oder Bauarbeiter, der Senat muß dafür aufkommen, Asylanten, Aussiedler, nech, das bringt Pinkepinke, die meckern nech mal, wenn man sie unter 'ner Autobahn unterbringt. Unta de Autobahn? entfuhr es Larissa. Was denn?

Schwinger hob die Hände, beste Verkehrsanbindung. Du bist zünüsch, sie nahm die Kaffeekanne aus der Maschine, Tropfen zerzischten auf der Heizplatte. Und du eindeutig zu emotional für 'ne Hure, sagte Schwinger, und jetzt gieß uns Kaffee ein, und danach läßt du die Männers mal alleene klönen.
Ist sie nech süß, wenn sie wütend ist? bemerkte Schwinger fröhlich, nachdem Larissa mit diversen Verwünschungen in den Augen die Küche verlassen hatte. Grube rührte endlos in seinem Kaffee, obwohl weder Zucker noch Milch in ihm waren. Gib gut acht auf sie, fuhr Schwinger fort, und mach dir keine allzu großen Hoffnungen, denn sie ist eine Hure, und sie wird immer eine Hure bleiben, das paßt nicht zu dir, Schweiger, wie cool du auch sein magst. Was heißt schon immer? Grube kippte viel zu heißen Kaffee in seinen flauen Magen. Wenn das deine Einstellung ist, sagte Schwinger, würde mich das freuen, ich bin ja nicht bloß Larissas Arbeitgeber und Entdecker, zuallererst bin ich ihr Freund, und wenn du zu anhänglich wirst, weil du nicht verstehen kannst, daß sie mit anderen Jongs pimpert, kriegst du mit mir zu tun, das neulich im Rum Club sollte die Ausnahme bleiben. Das war was Persönliches, sagte Grube, mit Larissa hat das nichts zu tun gehabt, vor allem nicht mit ihrem Beruf.
Gut, Schwinger warf drei Stück Zucker in seine Tasse, denn sonst wird dir dein momentanes Problem wie ein Sonntagsspaziergang am Wannsee vorkommen. Hab ich ein Problem? Grube hatte sich vorgenommen, bockig zu sein. Schwinger machte auf sanft. Ich mag dich, meen Jong, sagte er, ohne Quatsch, und frag nicht, warum, das ist einfach so, ich vertrau da ganz auf mein feines Näschen. Schwinger tippte mit einem Finger dagegen. Und deshalb weiß ich auch, daß du neulich total auf die Panzerfäuste abgefahren bist, er gluckste, du bist ja eh ein Faustkämpfer, Martin will ja nur Handgranaten haben, Panzerfäuste wären bei euch im Märkischen

Viertel nicht einsetzbar, was Blödsinn ist, so Puff! Schwingers Handkante durchschnitt die Luft über dem Tisch, ideal für den Häuserkampf.
Unauffällig ist das dann aber nicht, sagte Grube, wenn du mit so 'nem Ding auf der Schulter um den Block ziehst. Schwinger wieherte vor Vergnügen. Unsereins ist eben nech so dezent, sagte er schließlich. Das hab ich gemerkt, als Farouk sich die Ehre gegeben hat, der hat vielleicht ein Faß aufgemacht, wegen dieser wertlosen Heftchen! Grube sagte das so ruhig er konnte. Von wegen wertlos, Schwinger trank vom Kaffee, außerdem solltest du ja wohl gar nicht den Umschlag öffnen. Ich hab mich dran gehalten, sagte Grube, Martin hat erst hinterher in seinen geguckt, ihr wolltet uns testen mit so 'ner bekloppten Geheimdienstnummer, wozu sollte das gut sein?
Wir wollten sehen, ob ihr euch gegenseitig vertraut, sagte Schwinger, Farouk hatte da so seine Bedenken, ihr tretet zwar als Team auf, doch so richtig dicke seid ihr wohl nicht miteinander, sonst wärst du ja zu ihm gefahrn und nicht zu 'ner Hure, die einmal nett zu dir gewesen ist. Ich hab das mit dem Umschlag halt ernst genommen und ein gutes Versteck gesucht, Grube verschränkte die Arme, dumm gelaufen, das tut mir leid, und trotzdem hätten Farouk und sein Kollege nicht gleich die Wohnung meiner Freundin und ein halbes Kaufhaus verwüsten müssen, und über die Art, wie sie den Verlobten meiner Schwester behandelt haben, will ich gar kein Wort verlieren.
Schwinger machte eine abwinkende Geste. Ich hab Farouk bereits deutlich gesacht, mit seiner Aktion ist er mächtig übers Ziel hinausgeschossen, so behandelt man seine Freunde nech, tut mir echt wahnsinnig leid, mein Jong, doch hey! Schwinger hob die Hände, sei dem Schicksal ruhig mal 'n bißchen dankbar dafür, wohin es dich verschlagen hat, von mir aus kannst

du hier so lange wohnen, wie du willst. Er stand auf. Ich sag ja, ich mag dich, meen Jong, und wenn du dir zwischendurch mal was dazu verdienen willst, du weißt ja, wo du mich findest.

Horn und Grube gingen im Rum Club und im Karamba ein und aus. Gelegentlich begleiteten sie Schwinger in den Dicken Friedrich. Melli schien dort nicht mehr zu arbeiten. Auch im Karamba machte sie sich rar. Ihm konnte das nur recht sein. Anscheinend war allgemein bekannt, daß er mit Larissa liiert war, und jeder behandelte ihn freundlich, selbst Farouk Baran, den er allerdings höchstens mal von weitem sah.
Grube traf Horn im Rum Club, ohne mit ihm verabredet gewesen zu sein. Und Horn trat so auf, als sei das Etablissement sein zweites Zuhause. Du arbeitest wohl gar nicht mehr? fragte ihn Grube leise. Sie saßen in einer der plüschigen Nischen, während Lizzy sich auf der Bühne langsam entkleidete. Aus den Boxen plärrte dazu das dünne Stimmchen von Samantha Fox, eine von Schwingers erklärten Lieblingssängerinnen. Nicht allein Lizzys Dauerwelle erinnerte an die des britischen Busenwunders, das unablässig verlangte, angefaßt zu werden.
Ich arbeite doch, sagte Horn mit Blick zur Bühne. Das sehe ich, Grube betrachte Horns Profil, so viel kann man hier ja gar nicht recherchieren. Gerade arbeite ich auch nicht, Horn nahm einen Schluck Bier, gerade ist Freizeit. Und wann arbeitet der Herr? Vorhin, sagte Horn, oh, sieht sie nicht zucker aus? Unwillkürlich guckte Grube zu Lizzy. Die sich im Kontrast zum Liedtext – Touch me, touch me, I want to feel your body – selber heftig die Brüste massierte. Was hast du denn gearbeitet? Nerv nicht, knurrte Horn, ich vergess schon nicht, warum wir hier sind. Ach, du arbeitest an was anderem? Nee, Horn guckte ihn jetzt doch an, ist quasi 'ne doppelte Mis-

sion, Gert läßt mich was dazuverdienen. Was? Kleine Botengänge, nichts Aufregendes, und gleichzeitig krieg ich was über die Strukturen raus. Das erzählst du mir so nebenbei? Grube war empört. Psst, Horn legte einen Finger auf seine Lippen, du bist ja auch einfach so zu deiner kleinen Nutte gezogen, ohne ein Wort zu sagen.
Sie ist, begann Grube. Despektierliches Gerede über Larissa gefiel ihm ganz und gar nicht. Am Nachbartisch johlte es. Lizzy war ihr letztes Kleidungsstück losgeworden. This is the time we've got to get it right, sang Samantha Fox. Und Grube sagte, er habe nun mal keine andere Wahl gehabt. Farouk hat mich ja bei Freundin und Familie unmöglich gemacht. Horn setzte ein feines Lächeln auf. Ist vielleicht kein Zufall gewesen. Du glaubst? Grube schüttelte den Kopf, das ist ja absurd! Na ja, sagte Horn, erst randalieren sie bei Simone, dann bei deinem Schwager, im Kaufhaus, und dann vermöbeln sie dich und hoffen, du kriechst zu Larissa, was 'n Zufall auch, daß sie schon so früh Feierabend gehabt hat.
Über diese Theorie dachte Grube lange nach. Und kam wieder und wieder zum gleichen Schluß: absurd. Trotzdem behielt er lieber für sich, wessen Fäuste und Schuhe ihn tatsächlich malträtiert hatten. Und er konnte sich partout nicht vorstellen, daß Larissa auf ihn angesetzt war.
Mit Larissa unternahm er Ausflüge. Es galt, den Sommer zu genießen. Sie zeigte ihm die Stelle am Wannsee, wo sie und ihre Kolleginnen nackt badeten, und einmal waren sie dort sogar nachts. Der Mond schien pathetisch in kompletter Pracht, der sie ihre beiden Körper gut entgegenzusetzen wußten. Grube genoß das Selbstverständliche daran. Er fand es auch gut, morgens nackt ins Bad zu spazieren. Wenn er dabei Carmen begegnete, machte ihm das rein gar nichts aus, denn oft genug war sie ebenfalls unbekleidet. Und hatte sie selber männlichen Besuch über Nacht, fühlte sich Grube diesem

überlegen, falls dieser in Unterwäsche verlegen aus dem Bad huschte.

Einmal saß er mit Larissa in der Küche, nachmittags. Er war längst angekleidet. Sie dagegen trug ihr Negligé offen und nichts weiter, setzte sich ans Fenster und begann, sich umstandslos die Scham zu epilieren. Das machte sie immer in der Küche. Das Bad war zu schlecht beleuchtet, kein Tageslicht, und in ihrem Zimmer hätte man die Härchen anschließend mühsam vom Teppich saugen müssen. Grube nahm sich eine Coca-Cola-Dose aus dem Kühlschrank. Seine Leidenschaft für dieses Getränk hatte arg nachgelassen. Dabei gab es gute Gründe, neue Dosen in die Sammlung aufzunehmen. Die Öffnung war verändert worden, nannte sich nun Bleibt-dran-Verschluß. Kein guter Slogan, fand Grube. Das klang so klebrig. Eine ungünstige Assoziation für ein zuckerhaltiges Getränk. Larissa hob kurz den Kopf, strahlte ihn an. Was sie wohl von ihm denken würde, wüßte sie, daß eine Wand seines Jugendzimmers voller Dosen war? Dank Bleibt-dran-Verschluß würden bald keine Alunippel mehr auf den Gehwegen liegen. Da ging eine Ära zu Ende. Früher konnte man die Ringe so toll mit dem Nippel durch die Gegend schnippen. Kindlicher Zeitvertreib für langweilige Sonntagsausflüge.
Die Türklingel unterbrach Grubes Gedanken. Jehste kieken? bat Larissa. Im Hausflur stand eine junge Frau mit kurzem schwarzem Haar und breitem Lächeln. Sie streckte ihm die Hand entgegen. Hi, sagte sie, ich bin die Isa, ist Ute da? Ja, ich weiß nicht, Grube vergaß, die Hand der Fremden wieder loszulassen. Durfte er sie so ohne weiteres hineinbitten? Schließlich saß Larissa nackt in der Küche. Ick bin hia, rief die dann aber, komm rinn in de jute Stube. Isa zwinkerte Grube zu, der nun ihre Hand freigab und zur Seite trat.

Nachdem Larissa die Besucherin ausführlich geherzt hatte, zeigte sie auf Grube: Dit issa, meen Sonnenschein! Isa nickte anerkennend: Haste gut gemacht, Kleine! Sie war größer als Larissa, trug enge Jeans und ein knappes T-Shirt, unter dem sich kleine, spitze Brüste abzeichneten. Sie kam Grube bekannt vor, er konnte sie nur nirgends einordnen.
Endlich lernste ma 'ne Freundin von mia kenn, Larissa hatte sich den Morgenrock um den schmalen Körper gewickelt und setzte sich wieder, also 'ne richtje. Und wer sind die falschen? Isa setzte sich ebenfalls. Grube stand etwas unschlüssig in der Küchenmitte. So ha' ick dit nich jemeint, sagte Larissa, du bist ebent die einzje, die nich jegen Bezahlung fickt. Stimmt, ich zieh mich lediglich aus für sie. Isa is Profi, sagte Larissa zu Grube, bei der kriegn die Männer ditte, wat se sehn wolln: ihre Möpse und ihre Möse, der Rest bleebt een Jeheimnis, oder wirste inzwischen uff de Straße erkannt? Nicht daß ich wüßte, sagte Isa, die kennen mich ja bloß nackig.
Valeicht kennt mein Schweija dia ja ooch nackich, Larissa sah Grube an. Ach, woher denn? sagte der. Zieh da ma aues! Larissa hatte sichtlich Freude an der Idee, denn erkennste se bestümpt wieda, wie nennste dia, Isa? Vanessa, sagte Isa, aber laß ihn doch, Männer reden da nicht gerne drüber. Grube war nun klar, hinter welcher Scheibe ihm Isa begegnet war. Und das, ohne sie ein zweites Mal nackt sehen zu müssen. Grube öffnete den Kühlschrank und guckte hinein. Wollt ihr was trinken?
Die Damen bevorzugten Kaffee. Grube kochte welchen und setzte sich anschließend zu ihnen, die gerade Berufliches besprachen. Wir haben jetzt zwei von drüben bei uns, erzählte Isa, Biggi und Doreen, ich glaub, die kriegen weniger als wir, wenn das so weitergeht ... Ick komm ja ooch aus'm Osten, meinte Larissa. Ja, du, das ist ja was anderes, und für dich war das noch 'n richtiger Akt, Ausreiseantrag, heute kommen die

über Ungarn hierher. Jert gloobt, dit Asiagörls jrad mächtich anjesagt sind, Larissa rührte in ihrer Tasse, wer will schon wat mit 'ner Ostpocke ham, so mit Dauerwelle und stonewashed Jeans. Die bleiben ja nicht so, sagte Isa, du siehst ja auch ganz passabel aus, oder was sagst du, Karsten?

*

Natürlich liebte auch Larissa ihren Karsten. Auf ihre Art. Sie sagte es nur nicht. Nicht so direkt. Statt dessen schlief sie jetzt öfter mit ihm als zuvor. Und bat ihn bisweilen, sie im Rum Club abzuholen. Dort traf er regelmäßig Horn, der wieder vergessen zu haben schien, was sie besprochen hatten. Hier verständigten sie sich mit Blicken und Gesten. Horn war bemüht, ihn zu beruhigen. Ihre gemeinsame Sache laufe gut, es fehlten lediglich die Fotos und weitere Details. Grube bezweifelte, daß Horn alles im Griff hatte. Dafür ging er zu oft ins Bordell, wo er sich nicht einmal mehr mit Carmens Körper begnügte. Er faselte was von Abwechslung, und es sah so aus, als plante er, mit jedem im Rum Club arbeitenden Liebesmädchen mindestens einmal im Séparée gewesen zu sein. Selbst Larissa machte er Avancen.
Geschichten wie diese erfuhr Grube spätestens am nächsten Morgen beim Frühstück, wo sich seine beiden Mitbewohnerinnen abfällig über Carmens Dauerkunden äußerten. Im Kolleginnenkreis war er als Schmarotzer verschrien, der sich von Gert aushalten ließ. Weder Carmen noch Larissa kümmerte es, daß Horn Grubes Partner war. Wenn er nicht aufpaßt, platzen eure Geschäfte mit Schwinger, hieß es.
Wat sind dit übahoopt füa Jeschäfte? fragte Larissa mal wieder, da saßen sie und aßen in der Küche Mittagsbrote, du bist doch keen Schläga, du bist ooch keen Händla, du bist 'n Träuma! Das verstehst du nicht, Grube bestrich seine Schnitte

dick mit Teewurst. Nee, ick vasteh dit ehrlich nich, jetze macht dein Martin ooch noch Erledjungn für'n Gert. Hat mich anfangs genauso gewundert, gab Grube zu, glaube, er wollt ihm damit bloß 'n kleinen Gefallen tun. Dit nennste 'nen kleenen Jefalln? Halt so Botendienste, Grube nahm einen großen Bissen. Larissa indes lachte. Botendienste? Du bist ma ja eener! Dein feina Herr Horn fickt bei Jerts Konkurrenz, soll wohl ma kiekn, ob sich die eene oda andre Madame abwerbn läßt, und du nennst dit Botendienste!

Grube blieb der Schmierwurstbrotbrocken fast im Hals stekken. Bemüht, die Neuigkeiten auf die leichte Schulter zu neben, sagte er, so blockiere Horn immerhin keine von Larissas Kolleginnen. Den Spruch fand sie nicht lustig. Kommste deshalb nie innen Klupp, weil de jenauso als Stiftung Hurentest untawegs bist? Das ist ja Quatsch, Grube warf seine Stulle auf den Teller, ich bin schließlich hier, weil ich dich liebe, wobei ich mich in letzter Zeit schon frage, ob es Zufall war, daß du mich aufgenommen hast. Wat solln ditte bedeuten? Larissa war aufgesprungen, bewegte ihre Hände hilflos hin und her. Ich meine, sagte Grube, ich hatte Streß mit Farouk, und trotzdem läßt Gert mich bei dir wohnen, da macht man sich halt seine Gedanken. Du machst dia Jedankn?! Larissa sah ihn mit großen Augen an, schön füa dia, ick gloob nämlich, du machst dia jar keene Jedankn, merkste denn nüscht?

Nein, sagte Grube mit lauter Stimme, verdammt noch mal! Sein Schlag auf die Tischplatte ließ das Geschirr klirren. Jawohl, ich merke nüscht, ich bin der letzte Volltrollo, mit mir könnt ihr's ja machen! Wer wia? Larissa verschränkte die Arme. Was weiß ich? Grube sprang auf, also ich weiß ja gar nichts, er gestikulierte sich durch die kleine Küche, weder, was Horn so treibt, ob das hier 'ne Falle ist, und welche Rolle du dabei spielst. Wat soll ick denn für 'ne Rolle spieln? Larissa sah aufs Linoleum, ick hab mich einfach nua jefreut, dit du zu mia jekomm bist. Jefreut? Grube blieb in der Mitte des Raums stehen, mehr nicht? Reicht dit dia nich? Aufgrund ihres Augenaufschlags hätte Grube seinen Zorn am liebsten zum offenen Fenster hinausgewedelt – wäre er ein, zwei halbe Stunden später in der Lage gewesen, die Situation ein zweites Mal zu durchleben. So aber fiel ihm nichts Besseres ein, als zu brüllen, daß es ihm tatsächlich reiche. Türknallend ging er nach einem Griff an die Garderobe aus Larissas Wohnung.

Plan- wie ziellos lief er eine Weile wie aufgezogen durch die Gegend. An einer Telefonzelle blieb er stehen, wollte Horn in der Redaktion anrufen – und erreichte ihn nicht. Das ließ Grube nicht unbedingt ruhiger werden. Wo war er bloß hineingeraten? Hatten Horn und er sich verrannt? War sein Partner am Ende gar nicht mehr daran interessiert, den Skandal beim Bau der U8 ans Licht der Öffentlichkeit zu bringen? Arbeitete er vielleicht gar nicht mehr beim MV Kurier? Stimmte das Gerede von der Stiftung Nuttentest? Was war aus Horns Idealismus geworden? Dem Traum vom späten journalistischen Durchbruch.

Erneut wählte er Horns Durchwahl. Vergeblich. Wo steckte der Kerl bloß? Grube verließ die Kabine. Eilte weiter. War bald am Kudamm angelangt. Der Stolz der Stadt, die Spitze der kaputten Kirche glänzte von fern in der Sonne des warmen Augusttages. Monochrom gekleidete Touristen mit prallen Tüten und Rucksäcken zwangen ihn schlendernd zum Temposverzicht. Er hängte sein Jackett über die Schulter, spürte Rückenschweiß und betrat ein weiteres Telefonhäuschen. Rief wieder Horn an. Ließ lange klingeln. Einmal. Zweimal. Zigmal. Endlich meldete sich wer. Hallo? Eine weibliche Stimme. Wer ist denn da? Ingas Stimme.

Ist Martin da? Entgegen seiner Hoffnung erkannte sie seine Stimme auf Anhieb. Karsten? Wo steckst du? Warum kommst du nicht mehr in die Redaktion? Darauf ging er nicht ein

und fragte statt dessen, wo Horn steckte. Keine Ahnung, sagte Inga, auch der ist in letzter Zeit selten im Büro, na ja, solang er seine Arbeit macht. Als von Grube nichts kam, fragte sie, was eigentlich los mit ihm sei. Nichts, sagte Grube und drückte auf den Kopf an der Höreraufhängung.
Lange hörte er dem darauf folgenden nervösen Tuten zu. Horn machte beim MV Kurier also allenfalls noch Dienst nach Vorschrift. Grube lehnte mit der Schulter an die Seitenscheibe der Zelle. Die Geräusche der Stadt drangen verzerrt zu ihm hinein. Es klopfte. Ein schmächtiger Herr mit Hut und dunkler Brille wollte telefonieren. Grube fühlte sich jedoch außerstande, seinen Unterstand aufzugeben. Er mußte mit jemandem sprechen. Mit einer Person, der er vertrauen konnte. Deren Telefonnummer er kannte. Christel kam ihm in den Sinn. Ausgeschlossen. Sie würde ihm garantiert nie verzeihen. Seine Eltern dagegen schon. Direkt hatte er ihnen ja auch gar nichts angetan. Sprechen wollte er trotzdem mit keinem von beiden.
Das Klopfen in seinem Rücken wurde penetranter. Ja, Mann! rief Grube und stecke demonstrativ drei Groschen in den Münzschlitz. Außer seinem Schulkumpel Axel konnte er nur noch seine Schwester anrufen. Larissas Nummer kannte er nicht. Sonst hätte er die wohl gewählt. Um sich zu entschuldigen. So aber entschied er, einen größeren sozialen Flurschaden wiedergutzumachen. Glücklicherweise war seine Schwester kein nachtragender Mensch.
Ja? Das war Calle Skronski. Den hatte er ganz verdrängt. Dabei wohnte Kerstin ja bei ihm. Hallo, hier ist Karsten, ist meine Schwester da? Pause. Er hörte ein Schnaufen. Daß du dich traust. Es tut mir leid! Grube glaubte sich selber nicht. Ich sollte dich anzeigen! Ja, sagte Grube. Ich bin bis auf weiteres krankgeschrieben, sagte der andere. Hinter Grube wieder das Klopfen. Telefonieren Sie überhaupt?

Dabei warst du mir früher mal echt sympathisch, sagte Skronski. Seine Aussprache klang unsauber. Grube fragte besser nicht nach. Am Tag drauf war im Briefkasten Geld, ein ganzer Batzen, sagte Skronski, was sind das für Leute, Karsten? Das weiß ich nicht. Halt dich besser fern von denen! sagte Skronski. Was ist mit meiner Schwester? wollte Grube das Thema wechseln. Kerstin wohnt nicht mehr hier, schlimm genug, daß sie es dir nicht selber gesagt hat, dachte, ihr wart so dicke miteinander. Wo finde ich sie? fragte Grube. Weiß nicht, bei Karstadt arbeitet sie auch nicht mehr, angeblich taten ihr die Tiere leid, auf einmal, er lachte auf, sie sagt, weil die nie Tageslicht sehen. Aha, machte Grube. Bestimmt ist sie bei euren Eltern. Ja, sagte Grube, gute Besserung! Er legte auf.

Der Wartende riß die Tür auf. Wurde ja mal Zeit! Grube fuhr um die eigene Achse und dann den Mann an: Gibt es in der Gegend keine andere Telefonzelle? Die, von der ich komme, ist kaputt, außerdem hab ich's eilig. Die hier ist ebenfalls kaputt, Grube griff wieder den Hörer. Quatsch, Sie haben ja selber gerade ... Weiter kam er nicht. Mit offenem Mund mußte er dabei zusehen, wie Grube mit kräftigen Schlägen die Hörmuschel gegen den Apparat drosch. Das Ding war extrem stabil. Als etwas abbrach und zu Boden fiel, ließ Grube los und drängte an dem sprachlosen Mann vorbei ins Freie.

Er war ein paar Meter gegangen, da erst vernahm er eine hohe Stimme. Halten Sie den Mann da fest, das ist ein Vandale! Dem Aufruf kam niemand nach. Das Interesse an Grubes Person war bei den Passanten nicht sonderlich hoch. Er bemerkte bloß den Blick einer jungen Frau mit Sommersprossen. Als er ihr in die Augen sah, reagierte sie mit einem flüchtigen Lächeln. Grube fühlte sich merklich ruhiger. Der Streit mit Larissa ärgerte ihn. Was er ihr gerne sagen wollte. Er beschloß, sie abends im Rum Club abzuholen. Bis es soweit war, ging er ins Kino. Der neue James Bond lief gerade überall. Und der hatte eine Lizenz zum Töten.

An der Bar des Rum Clubs gab man Grube ein Getränk aus. Larissa sei beschäftigt. Der Laden war mäßig besucht. Auf der Bühne tanzte keine, dafür legte Gert Schwinger eigenhändig Platten auf. Gerade säuselte und stöhnte Donna Summers aus den Boxen. Und in den Sitzecken war Einzelbetreuung angesagt. Love to love you, baby. Aus dem zur Musik passenden Licht trat mit einem Mal Horn auf Grube zu, bestens gelaunt und mit einer Zigarette zwischen den Lippen. Er umarmte ihn und orderte ein Getränk. Dachte, du rauchst nicht mehr? eröffnete Grube das Gespräch. Anstatt zu antworten, bewegte Horn die Finger seiner linken Hand, als knetete er einen unsichtbaren Ball.
Ich liebe diesen Song, Horn lehnte sich an die Bar, Giorgio Moroder at his best, das ist die Siebzehnminutenversion. Grube verspürte nicht im geringsten Lust, über schwummerige Musik zu quatschen. Ist es wegen deiner Mehrfachbelastung? er führte Ring- und Zeigefinger ausgestreckt zum Mund, wie ich höre, ist aus deinen Botendiensten mittlerweile eine verantwortungsvolle Tätigkeit geworden? Horns Mundwinkel gingen nach oben. Hat deine kleine Nutte Bammel, aussortiert zu werden? Willst du eins auf die Nase? Grube zeigte ihm seine Faust, und Horn verlor das Grinsen. Hey, hey, das war nur 'ne kleine Gefälligkeit, ein Spaß!
Grube ließ die Hand sinken. Was ist eigentlich mit deiner Freundin, weiß die, daß du hier ein und aus gehst? Horn entsog seiner Kurzgerauchten das Letzte und schnippte sie dann gen Ascher. Als ob du das bessere Beispiel wärst, oder wie war das? sagte er, Mutter und Tochter und dann noch 'ne Nutte, mach also jetzt keinen auf Papst, Alter! Das ist aber vorbei, sagte Grube. Für Farouk ist nie was so einfach vorbei. Was

weiß der denn davon? Grube trank an gegen den fahlen Geschmack in seinem Rachen. Farouk weiß mehr, als du zu hoffen wagst, Horn griff ebenfalls nach seinem Glas, deshalb ist es manchmal besser zu tun, was Gert und er einem sagen.
Grube beugte sich zu Horn herab. Meinst du, sie haben uns längst durchschaut? Horn schüttelte den Kopf. Deswegen mach ich mich gerade 'n bißchen rar in der Redaktion, flüsterte er, davon abgesehen ist es schon nicht schlecht, was ich so geboten kriege. Er trat einen Schritt zurück, drückte den Rücken durch. Neulich war ich dabei, wie Farouk und Pistolenpaule zwei so armseligen Hütchenspielern klargemacht haben, wem der Kudamm gehört. Was soll das heißen?
Ich sag mal so, Horn nippte an seinem Glas, die warten drauf, daß du mit einsteigst. Da bin ich nicht gerade scharf drauf, sagte Grube. Du bist hier auf keinem Wunschkonzert, Freivögeln ohne Gegenleistung ist nicht. Aber Larissa ist doch ... Horns eindringlicher Blick ließ Grubes Satz unvollendet. Er trank sein Glas leer. Ihm war nicht sonderlich wohl. Sein Ex-Schwager in spe kam ihm in den Sinn. Wieso kriegen die Opfer eigentlich hinterher Geld? Kriegen sie das? Horn zuckte mit der Schulter, was weiß ich, vielleicht verkaufen sie damit ihre Glaubwürdigkeit, wenn sie's annehmen, oder ihre Würde. Horn legte eine Hand auf Grubes Schulter. Niemals sollte man annehmen, was sie einem schenken, sagte er äußerst leise.
Das sagst gerade du! Grube gluckste. Horn blieb dagegen ernst. Mein Fehler, sagte er und stellte sein Glas auf den Tresen. Im Augenwinkel sah Grube jemanden aus der Tür zu den Séparées treten und war enttäuscht, nicht Larissa zu sehen, sondern Carmen, die freundlich grüßte. Kurz darauf folgte ihr ein aufrecht gehender, schlanker Herr im Anzug, dessen graumeliertes Haar im roten Licht leicht schimmerte. Ist das nicht? Grube mußte zweimal hinsehen, das ist ja Senator Krampe, was macht der denn hier? Nehme an, daß er

zum Nageln da ist, sagte Horn, ohne sich nach dem Mann umzusehen, kannst ihn ja mal fragen, wie weit die Planungen zum Bau der U 8 gediehen sind. Gute Idee, Grube löste sich von der Theke, einer muß ja mal zur Tat schreiten. Horn legte eine Hand beschwichtigend auf Grubes linken Arm. Keine gute Idee!
Du verstehst wohl auch gar keinen Spaß, Grube orderte per Handzeichen einen neuen Drink. Bloß weil der hier ist, heißt es ja noch lange nicht, daß der involviert ist in die U-Bahn-Chose, sagte Horn. Zusammen beobachteten sie, wie Schwinger auf der Stelle von seinen Plattenspielern abließ, um den Senator überschwenglich zu begrüßen. Kann ja was ganz anderes sein, sagte Horn. Asylbewerberheime, sagte Grube, das neue Geschäft. Was weißt du denn davon? Horn zündete sich eine neue Zigarette an. Genug, um mir so meine Gedanken zu machen, sagte Grube.
Hey, Baby! Larissa stand mit einem Mal bei ihnen, haste dia wieda beruicht? Ich freu mich dich zu sehen, Grube gab ihr einen Kuß. Larissa wich zurück. Horn hustete vergnügt. Küß eine Nutte nie auf'n Mund! Larissa zeigte drohend mit einem Finger auf ihn: Mit dia red ick nich! Dann legte sie einen Arm um Grube. Du weeßt ja, sagte sie, Jert sieht dit nich jern, wenn wa hia ... Weiß ich ja, sagte Grube, weiß ich ja. Gert ist beschäftigt, Horn sog an seiner Zigarette.
Den kenn ick von irjendwoher, Larissa wies auf den Senator. Und ergänzte mit bösem Blick zu Horn: Nich, wat du wieda denkst! Ist der öfter da? wollte Grube wissen. Keen Schimmer, Larissas Nase kräuselte sich. Dann deutete sie zu den lässigen Baßläufen, die durch den Club waberten, Tanzschritte an. Wolln wa noch hampeln jehn? Hampeln kannste auch hier, Horn zeigte auf die Bühne. Ach, halt doch! fing Grube an. Wia könn ooch nach Hause jehn, Larissa schmiegte ihren Kopf an Grubes Brust. Wo willst du denn tanzen? fragte er.

An sich verabscheute er diese Form der Körperlichkeit. Was nützte es, sich zu bewegen und dabei auf der Stelle zu bleiben? Andererseits spekulierte er auf ein weitgehend wortloses Vergnügen, das seine Fortsetzung auf Larissas Laken finden würde. In den Boxen sang derweil einer: Wherever he laid his hat was his home.

*

Und dann traf er eine gute Woche später Christel. Genaugenommen traf sie ihn. Dort, wo er niemals mit ihr gerechnet hätte. Im Karamba. Am frühen Abend war die Bar alles andere als gut gefüllt, was auch am schönen Wetter lag. Doch während die spärlichen auf dem Bürgersteig herumstehenden Stühle von touristischen Zufallskunden halbwegs besetzt waren, hielten sich die Stammgäste im schummerigen Inneren auf. Von Durst und Langeweile getrieben, war Grube hierhergekommen und auf Horn und Schwinger gestoßen. Man säße an einem Konzept, die Hütchenspielerplage zu kontrollieren. Martin hat da gute Ideen, Schwinger patschte Horn auf den Unterarm.
Und wie soll das funktionieren? fragte Grube, selbst die Polizei scheint da ja machtlos zu sein. Ha! Wir sind doch nicht die Polizei, Schwingers Gebiß funkelte, natürlich müssen wir vorsichtig vorgehen, aber wenn die Jugos sich erst mal richtig organisieren, verlieren wir die Hoheit über Charlottenburg, und das wäre das Ende vom Lied. Horn nickte und preßte die Lippen zusammen. Die Burschen sind nicht gerade zimperlich, sagte Schwinger, und die sind eng miteinander verbandelt, aber wenn wir Luden vom Kudamm zusammenhalten, er sah zu Horn, jemand Neutrales muß da vermitteln. Und das macht der? Ungläubig zeigte Grube auf seinen Partner. Vielleicht wäre es gut, du würdest ihn dabei begleiten! sagte

Schwinger zu Grube, der eine abwehrende Geste machte. Immerhin wohnst du in meiner Wohnung und vögelst eins meiner Mädchen. Und unser Geschäft? platzte es aus Grube heraus, der sich auf keinen Fall mit südosteuropäischen Kleinkriminellen anlegen wollte. Daß das angesprochene Geschäft darin bestünde, museumsreifes Militärgerät zu erwerben, verdrängte er dabei.
Das Geschäft hat Zeit, sagte Horn. Mir zu helfen soll nicht von Nachteil für euch sein, Schwinger hob die Hand, weil er neue Getränke ordern wollte. Und keine Angst, Schweiger, um die Jugos kümmern sich Leute, die, Schwinger sah zur Seite, wer kommt denn da? Ich glaub, die kenn ich, sagte Horn. Jetzt erst drehte sich Grube um. Und erschrak, denn auch er kannte die Frau, die das Karamba betreten hatte und sich zögernd umschaute – Christel.
Grube sprang auf und ging auf sie zu. Das ist ja! Er versuchte Freude in seine Worte zu legen. Diese Bemühung prallte an Christel ab. Die stand mitten im Raum, die Arme an den Körper gepreßt. In der einen Hand ihre Tasche, in der anderen eine Tüte von C&A, musterte sie ihn still. Die strahlende Fröhlichkeit, die er an ihr so geliebt hatte, war ihrem Gesicht abhanden gekommen. Die Frau, die beim MV Kurier die Anzeigen macht, hat gemeint, vielleicht find ich dich hier. Christels Stimme klang heiser. Dieser Besuch fiel ihr augenscheinlich nicht leicht. Wollen wir uns setzen? Als Grube ihre Schulter streifte, zuckte sie leicht, ließ sich aber zu einem Ecktisch führen. Kaffee? Ja, Christel rutschte auf der Sitzbank hinter den Tisch. Grube setzte sich neben sie. Er wollte nicht mit den Rücken zum Rest des Raumes sitzen. So könnten sie auch leiser sprechen als quer über den Tisch. Die Musik war gedämpft. Grube kam es vor, als wäre sie bis eben lauter gewesen. Horns und Schwingers Stimmen waren ebenfalls verstummt.

Daß du immer noch das Bolotie trägst! Christel sprach es nach wie vor falsch aus, mit einem langen i am Ende. Ich mag's eben gern, sagte Grube. Läßt du dir die Haare wachsen? Christel war kurz davor, ihn zu berühren, ließ es jedoch. Polly brachte zwei bis zum Rand gefüllte Tassen und zwinkerte Grube zu. Christel nahm nur einen kleinen Schluck, beim Abstellen der Tasse schwappte etwas über.
Ich dachte, du meldest dich mal, Christel betrachtete seine Hände. Nach dem Rauswurf? Christel blies Luft durch die Nase. Ich weiß bis heute nicht, was das für Typen waren. Die sind gar nicht so, sagte Grube, das war ein Mißverständnis. Und was für eins! sagte Christel, die ganze Nachbarschaft hat sich die Münder fußlig gequatscht. Ich hab nicht gewagt, mich bei dir zu melden, Grube probierte den Kaffee, der war sehr heiß. Anfangs war ich unendlich sauer auf dich, Christel sah ihn fest an, trotzdem danke, daß du dich darum gekümmert hast. Ja. Grube war sich unsicher, was sie meinte. Erst wollt ich die Glaser nicht reinlassen, ich hatte auch noch gar nicht bei der Hausverwaltung angerufen.
Das Fenster mußte nun mal so schnell wie möglich wieder heile gemacht werden, sagte Grube. Einen Rest Anstand haste dir ja bewahrt, Christel öffnete ihre Handtasche, das hier aber, sie knallte einen dicken Briefumschlag auf den Tisch, das da will ich nicht. Der ist nicht ..., begann Grube. Ich will gar nicht wissen, wo du reingeraten bist, Christel probierte es erneut mit dem Kaffee. Wo soll ich hineingeraten sein? Grube runzelte die Stirn. Wie kommst du sonst zu tausend Mark? Christel sah sich im Karamba um, Simone sagte, das hier sei nicht gerade die beste Adresse.
Simone! sagte Grube dankbar, wohnt ihr wieder zusammen? Du bist gut! Christel stieß Luft aus, ich weiß nicht mal, wo sie wohnt. Hast du nicht gerade ...? Grube hielt inne, tut mir ehrlich leid. Er legte seine Hand auf die von Christel, die sie

sofort wegzog. Faß mich nicht an! Sie rückte zur Seite, wirkte, als würgte sie etwas herunter.
Mit einem Mal stand sie auf. Ach ja, hier die Tüte, sie gab sie ihm, deine Schuhe, ich hab probiert, sie sauber zu kriegen. Sie zwängte sich an der anderen Seite der halbrunden Sitzbank heraus. Grube schaute auf die Schuhe, zuletzt getragen im Bergwerk. Senatsreservenware, ruiniert in einem illegalen Senatsreservenwarenlager. Gut, daß er sich längst an seine neuen weißen Sporttreter gewöhnt hatte. Die verliehen ihm viel mehr Dynamik.
Er erhob sich ebenfalls. Sie starrte ihn an. Er ahnte ihre Verachtung. Du hast meine Familie zerstört, sagte sie laut, also das, was von ihr übriggeblieben ist, du hast nicht nur mein Herz gebrochen, sondern das von Simone gleich mit. Die langen Finger gegen die Stirn gedrückt, atmete sie tief durch. Sie wischte sich über ihre Augen, die ihn feucht fixierten. Was sind das für Gangster, mit denen du verkehrst, Kasi? fragte sie so, daß die wenigen Anwesenden, deren ungeteilte Aufmerksamkeit ihnen ohnehin galt, es gut verstehen konnten. Ich sollte dich anzeigen, sie kramte in ihrer Tasche, jemand muß dir helfen.
Während sich Christel die Nase putzte, war Horn neben sie getreten. Er legte einen Arm um ihre Schulter, den diese sogleich abschüttelte. Nehmen Sie Ihre dreckigen Finger weg! schrie sie. Verlegen guckte Horn erst zu Grube, dann irgendwo hinter ihm hin. Wahrscheinlich zu Schwinger. Er packte Christel jetzt fester, hakte sich halb bei ihr ein und verhinderte so, daß sie ihn wegstoßen konnte. Ich will nicht, fauchte sie empört. Besser, Sie gehen! knurrte Horn und schob Christel aus dem Karamba. Und besser, Sie vergessen Ihren Kasi, sagte er ihr an der Tür, wenn Sie Ärger machen, machen wir das allemal.
Über Horns Schulter hinweg trafen sich ein letztes Mal ihre

Blicke. Grube bemerkte erst, daß Schwinger bei ihm stand, als Polly drei Gläser Tequila brachte. Ohne Gemüse! Horn kam dazu. Gut gemacht, Martin, sagte Schwinger, so lob ich es mir. Die beiden stießen an und erwarteten, daß Grube mitzog. Dachte zuerst, das wär deine Mutter, Schweiger! Schwinger klopfte ihm auf die Schulter. Grube sah auf den von Christel zurückgelassenen Umschlag. Er langte danach und drückte ihn an Schwingers Brust. Sie will es nicht, und ich will es auch nicht. Was ist das? fragte Schwinger. Geld, nehm ich an, von dir oder Farouk, das ist ja egal. Schwinger feixte, nahm den Umschlag, als wolle er dessen Gewicht abwägen, und steckte ihn dann in Grubes Jackettasche. Behalt's, sagte er. Ich will dein Geld nicht! Ein fester Griff Schwingers hielt ihn davon ab, den Umschlag herauszuziehen. Das ist nur die erste Rate, er klopfte ihm auf die Schulter, und jetzt entschuldigt mich, ich hab zu tun.

*

Horn überredete ihn, zusammen was essen zu gehen und später in den Rum Club zu wechseln. Dort erzählte er ihm was von einem Daimler, den er haben könnte, Gert macht uns da 'n absolut fairen Preis. Wieso uns? Na, wir machen halbe-halbe, und wenn du mich nicht fährst, kannst du mit deiner kleinen, Horn grinste, dann kannste mit Larissa durch die Gegend kreuzen. Was soll das? Grube verstand Horn nicht, du weißt ja wohl, daß ich keine Pappe habe. Ja ja, Horn kicherte, das ist ja das beste, die Pappe ist im Kaufpreis mit drin, na, na, was hältste davon? Gar nichts, du nervst. Mensch, da hätten wir gleich was in der Hand! Horn krallte sich an Grubes Ärmel fest.
Schön, dich zu sehen, Kalle! Grube fuhr herum. Horns Griff wurde er dadurch los. Aber Grube war gar nicht gemeint.

Etwa ein halbes Dutzend älterer Herren in Anzug und Krawatte füllten den Eingangsbereich. Offenbar waren sie im Club gut bekannt. Unverzüglich schwärmten alle verfügbaren Mädchen auf die Neuankömmlinge zu. Gemächlicheren Schrittes, dafür mit ausgebreiteten Armen, näherte sich schließlich Gert Schwinger. Schulterklopfend begrüßte er einen kleinen Mann mit stattlichem Bauch und Cowboyhut. Kalle, lange nicht das Vergnügen gehabt!
Ob er das ist? raunte Horn Grube ins Ohr, Kalle Cash?! Grube richtete sich auf. Das Männlein mit buschigen Koteletten und speckigen Stiefeletten sollte der Drahtzieher hinter der Verlegung der U-Bahn-Trasse sein? Ohne sich umzudrehen, bestellte Grube mit zwei Fingerzeigen einen neuen Drink. Derweil führte Schwinger seine Gäste an einen der Tische. Champagnerflaschen wurden mitsamt Kühlkübeln gebracht und knallend geöffnet.
Wo ist Larissa? raunte kurz darauf eins der Mädchen an der Bar, bemüht darum, Grube nicht hören zu lassen, was sich nicht überhören ließ. Worum geht's? fragte er, sie hat gleich Feierabend. Er guckte in bedauernde Mienen. Geh am besten schon mal vor, sagte Lizzy, wenn Kalle Cash nach ihr verlangt, muß sie Überstunden schieben. Diese Bulette? Grube starrte den vor sich hin glucksenden Fleischklops an. Larissa war für den doch viel zu zart, würde von ihm förmlich plattgewalzt werden. Grube bekam seinen neuen Drink. Larissa ist sein Liebling, hieß es. Hastig trank Grube. Er hatte also nicht bloß mit Gert Schwinger eine Gemeinsamkeit, die in ihm Übelkeit auslöste, auch Kalle Cash schlief mit seiner Freundin. Und er würde es immer wieder tun. Weil er es sich leisten konnte.
Horn legte Grube einen Arm auf den Rücken. Ist eben ihr Job. Ich weiß, sagte Grube, und ich dachte, es stört mich nicht. Weil du dir vormachst, man könne mit so einer dauer-

haft zusammensein. Halt einfach die Klappe! Grube schüttelte Horn von sich ab, ich werde sie hier rausholen. Womit denn? Denkste, Schwinger läßt sein Sahnestückchen ablösefrei von dannen ziehen?

Grube hing an der Bar. Unzählige Mai Tais gaben ihm das Gefühl von Überlegenheit, dabei war er nicht mehr als ein Gummibärchen. Rückgratlos blieb er am Ort seiner Pein kleben. Horn war verschwunden, tat wohl, was die meisten taten, die hierherkamen. Grubes Kopf dröhnte. Der Alkohol. Die Musik. Die wogenden Brüste auf der Bühne. Gelächter. Mit einem Mal bemerkte er im Augenwinkel, wie Larissa und Kalle Cash zurück in den Saal kamen. Arm in Arm und beide bester Laune. Sie steuerten direkt auf ihn zu, ohne ihn zu meinen. Larissa erschrak, als sie ihn erblickte, verlor kurz ihr Lächeln. Der massige Leib des Mannes, dessen Hemd teilweise aus der Hose hing, lehnte schwer auf ihren schmalen Schultern. Um ihren Hals baumelte etwas Rosafarbenes. Sein weit in den Nacken gerutschter Stetson ließ viel glänzende Stirnhaut erkennen. Kalle Cash stellte sich direkt neben Grube an die Bar und orderte Whisky. Und was nimmst du, Schnucki? Larissa verlangte leise nach Prosecco und verbarg sich vor Grube hinter dem Körper ihres Freiers.
Der musterte Grube freundlich und bewunderte dessen Bolotie. Oh, wie schön, ich mag die Dinger auch, nur heute, er faßte sich an den Hals, stutzte. Sie hat Ihre Krawatte, Grube deutete mit dem Glas Richtung Larissa. Cash brauchte einen Moment, um ihn zu verstehen, und prustete danach um so lauter. Er orderte einen weiteren Whisky, den er vor Grube stellen ließ. So, mein kleiner Wackelpopo, damit meinte er zweifellos Larissa, der er einen kräftigen Klaps auf eben diesen gab. Das war das Zeichen für sie, sich zu trollen. Grube glaubte, von ihr beobachtet zu werden, veränderte jedoch

nicht seine Haltung und nippte an seinem neuen Getränk. Das in der Kehle brannte.

Was wäre die Welt ohne Frauen? sagte Cash zu Grube, und was wär sie ohne Geld? Grube war betrunken und angriffslustig genug, um die Chance zu nutzen. Was sind Frauen, die man für Geld bekommt, eigentlich wert? Cash guckte interessiert. Ein Philosoph? er tippte sein Glas an das von Grube, du darfst dich nie drum scheren, wieviel was wert ist, solange du nur eine bestimmte Menge Geld brauchst, damit dir das gehört, denn Geld, mein Lieber, Geld ist nichts weiter als bedrucktes Papier, du mußt es verachten, wenn du unbegrenzt viel davon haben willst.

So wie die Frauen? Grube wandte sich Cash zu. Keine Armlänge zwischen ihnen. Das war er also, sein Gegner. Der Mann, der mit Larissa so oft schlafen durfte, wie er mochte, und Grube konnte es nicht verhindern. Der Mann, der wer weiß wieviel Geld in den Händen gehalten hat, um das zu bekommen, was ihm günstig zu sein schien. Hier ein Haus bauen. Dort jemanden schmieren. Ein Asylantenheim verpachten. Da was abzweigen. Egal wieviel, Hauptsache, man profitierte davon, führte ein schönes Leben auf Kosten anderer.

In Grube stieg Wut auf. Langsam. Er konnte das spüren. Es war kein plötzlicher Impuls. Keiner, der in einem Faustschlag enden würde. Denn so leicht wollte er den Mann nicht davonkommen lassen. Er mußte sich auf das konzentrieren, was der andere sagte. Der schwärmte gerade von Frauen und daß man die viel leichter bekäme als Geld. Klar, je mehr Asche du hast, desto mehr kriegst du, nicht wahr, und Frauen dann auch, jede Menge, selbst wenn du so fett und alt bist wie ich, Cash patschte auf seinen Bauch, kriegen die aber mit, daß dir völlig schnuppe ist, wieviel sie dir aus dem Portemonnaie ziehen, provozierst du sie, das ist wie Inflation, da kostet dann das Brot von heute auf morgen fuffzich Milliarden, das Brot bleibt das gleiche und wird vertrocknen, sollte es keiner bezahlen können, während dir aus Geld nicht einmal so 'n Paul Bocuse ein vernünftiges Abendbrot bereiten kann. Cash prostete Grube zu und trank.

Grube verstand den Sinn des Gesagten nicht im geringsten. Allgemeines Gebrabbel interessierte ihn auch nicht. Wenn Berlin wieder dichtgemacht wird, sagte er daher, so 'ne richtig schöne zweite Blockade. Ha! Cash wackelte mit dem Kopf. Oder meinetwegen vor zehn Jahren, fuhr Grube fort, als die Bevorratung noch sinnvoller war. Jetzt schien Cash Probleme zu haben, Grubes Ausführungen zu folgen. Ich rede von dem Bergwerk, erklärte der. Cash bekam große Augen. Peckwisch! sagte Grube. Cash kippte sich den Rest seines Whiskys in den Rachen. Wie kommste denn auf so was? Wieso das Bergwerk? Grube blieb kühl: Hätte es ein simpler Keller nicht genauso getan?

Okay, Cash drückte den Rücken durch, glotzte Grube an. Dabei rutschte ihm fast der Hut vom Kopf. Die Lager waren heilig, sagte er dann, wenn das rausgekommen wäre, und wer hat schon so 'n ungenutztes Bergwerk hinterm Haus? Wie kam das? fragte Grube. Cash verlangte nach zwei neuen Whisky. Das Gelände gehörte meiner Familie, und als die im Senat eingesehen haben, daß sich das mit der Kohle nicht rentiert, bekamen meine Schwiegereltern es zurück. Mitsamt Schacht? Selbstverständlich sollte es vorher zugeschüttet worden sein, sagte Cash, wir hätten das nie und nimmer mitgekriegt, wenn nicht mein alter Freund Schmidtchen mir das geflüstert hätte. Und dann? Cash rieb grinsend Daumen- und Zeigefinger aneinander. Geld! sagte Grube.

Ausgezahlt hat sich das nicht, sagte Cash, so 'n Bergwerk muß ja auch versorgt werden, allein, was die Pumpe an Strom frißt. Ein Bergwerk ohne Bodenschätze, sagte Grube. Sozusagen, Cash trank ebenfalls. Mußte man also welche reinschaffen, sagte Grube. Exakt, Schmuggelware aus der SBZ. Sie haben Geschäfte mit dem Osten gemacht? Grube schüttelte den Kopf. Als das mit der Politik ernster wurde bei mir, sagte Cash, hab ich dann ja die Finger von gelassen, aber Schwarzmarkt war sozusagen mein Beruf, ich war dreiundzwanzig, der Krieg hat mir den Rücken kaputtgemacht, was anderes, außer zu handeln, kam mir nie in den Sinn, und als dann das Angebot reinschneite, sechsundneunzigprozentigen Branntwein aus der Zone zu kriegen, steuerfrei, verstehste, und das Bergwerk war nicht weit von der Sektorengrenze entfernt.

Und wieso Branntwein? fragte Grube, bringt das denn was? Die Spirituosenhersteller waren ganz scharf drauf, je billiger der Rohstoff, desto größer der Gewinn, sagte Cash, daß der Osten damit Westberlin fiskalisch schwächen wollte, haben wir anfangs gar nicht kapiert, und dann war's uns egal. Egal? Ja, Cash wiegte sein Glas in der Hand, mir ging's um meinen Profit. Ich denke, Geld ist wertlos, sagte Grube. Erst mal muß man genug davon haben, Cash schmunzelte. Und dann kam die Mauer? Dann kam die Mauer, genau, sagte Cash, und unser Stollen wurde leerer und leerer, Geschäfte mit dem Osten wollten wir schon gar nicht mehr machen. Wie kam das? fragte Grube. Na, hör mal! entfuhr es Cash, die haben uns die Mauer vor die Nase gepflanzt, da war Schluß mit lustig, mit denen wollten wir nichts mehr zu tun haben; Schmidtchen und ich haben dann 'ne Weile erwogen, aus dem Bergwerk einen Fluchttunnel zu machen, damit konnte man garantiert gut verdienen, nicht wahr, leider hatten wir keinen Schimmer, wie wir drüben zurück ans Tageslicht gelangen sollten, also war erst mal Schicht im Schacht.

Bis die Idee mit Waren aus der Senatsreserve kam? Grube setzte sich auf einen Hocker. Sag mal, fragst du mich aus?

Cash sah ihn an. Ich bin neugierig, sagte Grube, ich bewundere soviel Unternehmergeist. Du handelst auch? Cash tippte sich an die Nase, Gert hat mir von dir erzählt, du bist das, nicht wahr? Weshalb solltest du sonst von dem Bergwerk wissen, du hast was mit meiner kleinen Larissa, die ist vielleicht 'n steiler Zahn. Er grunzte. Grube biß die Zähne zusammen. Nur eine Sache noch.

Die Waffen! sagte er daher. Liebhaberstücke, Cash ließ das Eis in seinem Glas klimpern. Die sind gar nichts wert? Im Gegenteil, sagte Cash, ganz im Gegenteil, aber viel ist ja nicht mehr da. Warum werden die überhaupt im Schacht gelagert? fragte Grube. Wenn die alliierte Militärpolizei das mitbekäme, Cash hielt seinen Kopf schräg, das wäre nicht gut, gar nicht gut. Und woher stammen die Waffen? Reste, sagte Cash, in Reinickendorf gab es bis fünfundvierzig ja etliche Rüstungsbetriebe, Mauser, DWM, Argus. Argus hat doch Flugzeugteile produziert, sagte Grube. Die schon, Cash hob die Schultern, was weiß ich, wo die Waffen im einzelnen herkamen. Nachdem der Endkampf um die Reichshauptstadt abgeblasen und vorbei war, wurde hier und da eben was vergraben.

Und was hat das alles mit der U-Bahn zu tun? U-Bahn? Cash tat erstaunt. Wegen ein paar Weltkriegswaffen und einem lecken Ölfaß ändert man doch keine so weitreichenden Pläne! sagte Grube. Das Ölfaß! Cash blinzelte, Heizöl im Bergwerk, das ist 'ne Ironie, nicht wahr? Wie man's nimmt, sagte Grube, wurde die Trasse der U 8 wegen so 'nem Faß geändert? Cash nahm einen tiefen Schluck. Das mit der U-Bahn war ja eher generell. Mit nachdenklicher Miene betrachtete Cash die Eisreste in seinem Glas. Und heute? ließ Grube nicht locker, was hat Senator Krampe mit der Sache zu tun? Krampe? Cash riß die Augen auf, wie kommste jetzt auf den? Weil der hier auch verkehrt. Klar verkehrt der hier, Cash zog sich den Stetson in die Stirn, wer in Berlin was auf sich hält, kommt in den Rum Club, da sind die Mädels die schönsten, und dazu Schwingers Diskretion. Wofür man dann Gegenleistungen erwarten darf, sagte Grube. Cash schaute ihn müde an, schüttelte schwach den Kopf. Der Krampe ist ja gerade erst ins Amt gekommen, dem muß man Zeit lassen, der muß sich erst noch bewähren. Cash trank, wandte sich dann zur Seite, machte ein Handzeichen. Woraufhin sich Schwinger zu ihnen gesellte.

Wie ich sehe, habt ihr euch selber bekannt gemacht! Schwinger zeigte Zähne. Für ’nen Schwarzhändler ist er extrem neugierig, sagte Cash, der kleine Wackelpopo hat mir erzählt, daß er zu Hause andauernd schreibt. Er schreibt? Schwinger legte einen Arm um Grube, was schreibt er denn so? Grube wurde ganz warm. Notizen, sagte er, Tagebuch, ich mein, was ich so erlebe. Und für wen schreibst du? Schwinger drückte stark gegen Grubes Rücken, so daß dieser Mühe hatte, sich auf dem Hocker zu halten. Für niemanden, sagte er, so ruhig das ging, na ja, für mich.

Larissaschatz?! Mit lauter Stimme beorderte Schwinger Larissa zu sich. Grubes Geliebte löste sich sogleich aus einer dunklen Sitzgruppe und näherte sich ihnen. Leicht schwankend, wie Grube glaubte. Um ihren Hals hing unverändert dieser dämliche rosafarbene Schlips. Schwinger und Cash blickten sie erwartungsvoll an. Wußte Larissa, was in seiner Kladde stand? Und was stand da denn? Würde er gleich auffliegen, oder müßte er weiterhin den einfältigen, genügsamen Schweiger geben? Abrupt löste sich Grube vom Hocker. Larissa sah geschafft aus. Und gleichzeitig wahnsinnig schön. Sie war eine Spur zu stark geschminkt. Und wenn ihr Haar nicht so streng am Kopf klebte wie jetzt, gefiel ihm das erheblich besser. Grube ging auf sie zu, bemüht um Fröhlichkeit. Sie blieb ernst, schaute ihn mit großen Augen an.

Laß uns gehen, sagte er, als sie dicht voreinanderstanden. Ick muß noch arbeeten, sagte sie. Fremde Männer bumsen. Seit wann stört dit dia? fragte Larissa, immahin haste in letzta Zeet sojar von meem erbumsten Jeld jelebt, und wenn ick jetze mit dia heimjeh, vadien ick keen Jeld, obwohl ick vamutlich ooch nüscht anderet tu, als 'nen anjeballaten Kerl üba ma drübersteegn zu lassn. Ist das nicht was anderes? Nee, sagte Larissa, du bist zwar 'ne dufte Tüpe, bloß im Bette warste mia jenauso schnurz und piepe wie die, mit denen ick beruflich dit Vagnüjen habe. Ich dachte, du liebst mich! Larissa tat amüsiert.
In den Augenwinkeln bemerkte Grube Bewegung. Trotzdem fixierte er seine Geliebte unverändert. Vülle meena Freier denken, ick lieb sie, Larissa lächelte. Es war ein fratzenhaftes Lächeln. Dit treibt se wieda und wieda in meene Arme. Und ich dachte, Grube war hilflos. Du gloobst, weil de nüscht bezahlen tust, is dit wat anderet? half Larissa seinen Gedanken, ick hab jern mit dia jefickt, Baby, wenn dis dia beruhicht, du bist echt jut, wenn ooch oft een bißken bemüht, da würkste so, als strengste dia an, weil de gloobst, mia als Hure wat bietn zu müssn.
Ich kauf dich da raus! sagte Grube zornig, wie hoch ist deine Ablöse, was will Gert für dich haben? Für dia bin ick unbezahlba! sagte Larissa leise, berührte kurz seinen Arm, guckte zur Seite und ging dann leicht schlingernd zur Bar. Unverändert standen dort Gert Schwinger und Kalle Cash, die die Situation so wie alle anderen Anwesenden interessiert verfolgt hatten. Cash griente, streckte einen Arm nach Larissa aus und kniff ihr in den Hintern.
Vom Ausgang kam Mongolenmanne auf Grube zu. Der ihm seinerseits entgegenging und gesenkten Blickes das Etablissement verließ. Niemand hinderte ihn daran. Niemand hielt ihn auf. Die kühle Luft und das tiefe Blau des frühen Mor-

gens beruhigten ihn. Er ging zu Larissas Wohnung und packte seine Sachen. Den Schlüssel legte er auf den Küchentisch. Dann löste er das Bolotie von seinem Hals und legte es daneben. Er war eben kein Cowboy.

Der Nachtbus fuhr ihn zum Zoo. Von hier würde er überall hinkommen. Bloß, wo könnte er hin? Horn war vermutlich weiterhin im Rum Club. Und auf wessen Seite stand der jetzt? Grube fragte sich, ob er seinem Partner weiterhin trauen sollte. Falls diese Partnerschaft denn noch bestand. Nie ist ihnen Kalle Cash so nahe gewesen, aber Horn hatte es ja vorgezogen, einer Frau näherzukommen.
Mit dem 61 N wäre Grube zu Kerstin nach Tegel gekommen. Und mit dem 12 N hätte er weiter zu seinen Eltern nach Hermsdorf fahren können. Oder mit dem 62 N zu Christel ins Märkische Viertel. Er guckte sogar nach den Abfahrtszeiten. Als der Zweiundsechziger dann unverhofft neben ihm hielt, blieb er abseits stehen. In der Stadt, wo er zu Hause war, schien keine Tür mehr offen zu sein für ihn.
Der Bahnhofsvorplatz sah aus wie ein leerer Parkplatz. Wer weg von hier konnte, tat es. Der Rest sammelte sich im Bahnhofsgebäude oder etwas abseits in den Nischen des Eingangs zum Zoo. Von der anderen Straßenseite leuchtete Grube ein Imbiß entgegen. Dahin trieb es ihn. Große, halbkreisförmig auf die Ladenscheibe geklebte Buchstaben priesen Döner Kebab an. Das helle Licht im Inneren und die Schemen einiger Gestalten verrieten, daß er dort etwas bekommen würde, um seinen flauen Magen mit Fett auszukleistern.
Obwohl Grube normalerweise wenig davon hielt, mit den Fingern zu essen, und vor allem nicht, es sich wie einen Keil ins Maul rammen zu müssen, während seitlich dicke Soße herausquoll, fand er, daß es in seiner Lage kaum etwas Besseres geben konnte als dünnes, vom Spieß gehobeltes Fleisch

zweifelhafter Zusammensetzung, vermanscht mit Zwiebeln, Kraut und Knoblauchtunke.
Hinter der Theke begrüßte ihn ein junger Türke wie einen alten Freund und füllte ihm den Kebab wie gewünscht. Ruhig viele Zwiebeln und ordentlich scharf, sagte Grube, heute küsse ich niemanden mehr. Weißt du? der Imbißmann hob die Hände, zum Gleichessen? Ja, sagte Grube, und eine Coca-Cola, bitte.
Den Döner Kebab in der Hand, drehte er sich um und schaute direkt in ein ihm bekanntes Gesicht, das ihn wohl bereits seit geraumer Zeit angrinste. An einem erhöhten Tisch hockte ein dicker Mann mittleren Alters. Dessen langes, welliges Haar war bis auf die grauen Schläfen dunkel. Die großporige Nase glänzte violett. Gunnar! sagte Grube eine Spur zu laut und ging zu ihm. Gunnar Guth, der Drucker des MV Kurier. Daß er ihn ausgerechnet nachts in einem Imbiß am Zoo wiedertraf! Vor Guth stand ein leerer Teller mit Brotkrümeln und Gemüsefetzen, nun widmete er sich er sich seiner Bierbüchse.
Du hast ihn dir mit Soße andrehen lassen, er schnalzte mit der Zunge, der originale Döner wird ohne gegessen. Grube stellte seinen Koffer neben Guths Tisch, schob den arg lädierten Aktenkoffer mit dem Fuß daneben und zog einen Hocker herbei, lehnte sich jedoch mehr dagegen, als darauf zu sitzen. Er betrachtete sein Nachtmahl. Woher soll ich wissen, was das Original ist, außerdem, er biß ins Brot und fuhr kauend fort: Bei dieser Art von Speise ist mir die Originalität reichlich schnuppe. Sollte sie aber nicht, Guth bleckte die Zähne und fummelte mit einem Finger daran herum, wir befinden uns nun mal in der Geburtsstätte dieses genialen Gerichts. Ach ja? Grube sah sich um. Daß der Döner aus Berlin kam, war allgemein bekannt, zumindest in Berlin, das lernte man in der Schule.

Berühmte Berliner Erfindungen: die Litfaßsäule, der Impfstoff gegen Tuberkulose, die Currywurst und eben auch Döner Kebab. Ich dachte, das kommt aus Kreuzberg, sagte Grube und nahm einen weiteren Happen. Das denken alle, sagte Guth, doch Kadir, der Chef hier, wenn der im Laden ist, erzählt er, wie er auf die Idee gekommen ist, die Leute hetzten stets und ständig draußen vorbei, und keiner hatte Zeit, sich hinzusetzen und einen Teller Fleisch mit Reis zu genießen, wir sind eben nicht in der Türkei, sondern andauernd beschäftigt, und so hat er sich ein Beispiel an der guten alten Klappstulle genommen und alles, was zu einer ausgewogenen Mahlzeit gehört, in ein aufgeschnittenes Stück Brot gestopft. Bloß ohne Soße! sagte Grube kauend. Genau, Guth neigte die Bierbüchse in seine Richtung, in den richtigen Döner Kebab kommt nichts als Fleisch, Zwiebeln, Kopfsalat, eine Tomatenscheibe, mehr nicht.
Kein Rotkohl? Grube zupfte einen Streifen aus seinem Döner und ließ ihn in seinem Mund verschwinden, ich jedenfalls kenne da einen Araber, der findet Kohl im Döner barbarisch. Rotkohl ist okay, sagte Guth, der geht klar, die Soße nervt. Schön scharf, sagte Grube und griff nach seiner Coca-Cola. Guth gluckste: Dagegen hilft nichts als Raki, er sprang auf und orderte beim Imbißmann zwei davon.
Kurz darauf stellte er die mit einer klaren Flüssigkeit gefüllten Schnapsgläser auf den Tisch. Ablehnen wäre unhöflich gewesen. Daß er sturzbetrunken sein müßte, war Grube entfallen. Also stießen sie an und ließen sich die Kehlen kurzzeitig verätzen. Läßt du dir die Haare jetzt eigentlich wachsen? fragte Guth, oder ist dein Friseur ausgewandert? So ähnlich, sagte Grube. Siehst aus wie 'n Hippie, sagte Guth, 'n Hippie im Anzug. Du hast doch auch lange Haare, sagte Grube. Ich bin ja 'n Hippie, Guth kratzte sich am Kopf, warum läßt du dich denn nicht mehr im Verlag blicken? fragte

Guth. Weil die Grabowski mich rausgeschmissen hat! Grube setzte den Verzehr seines Döners fort. Wie kommst du denn auf so was? sagte Guth, sie hat ja erst neulich nach dir gefragt, und wieso sollte sie das getan haben, du hast sie ja nicht mal was gekostet. Wegen Inga, sagte Grube und bestellte zwei weitere Raki, er hatte schließlich kein Ziel, und der Schnaps brannte jeden schalen Beigeschmack aus seinem Rachen. Und, wenn ihm das Glück hold war, zudem aus seinem Gedächtnis.

Inga? Guth hob die Augenbrauen, die hat geheiratet und zieht bald mit ihrem Gatten nach Braunschweig. Braunschweig? Grube verlor Halbzerkautes aus seinem Mund. Auch nicht schlimmer als Hermsdorf, Guth nahm die Kurzen entgegen, die der junge Türke an den Tisch brachte. Grube zuckte mit den Schultern. Hat die echt diese Memme geheiratet! Du kanntest den? Guth prostete ihm zu. Bin ihm mal kurz begegnet, sagte Grube, er kann sich wahrscheinlich besser an mich erinnern als umgekehrt. Aha, Guth stürzte den Schnaps hinab, ich glaub, ich muß gehen.

Grube legte den Dönerrest zur Seite. Wäre es möglich, fing er an, kann ich ...? Guth musterte die beiden Koffer. Dachte, du willst verreisen. Grube senkte den Kopf. Na, dann komm! Guth zwinkerte und nahm den Koffer, wenn dir mein Sofa reicht.

*

Nach ein paar Tagen auf der Couch von Gunnar Guth mit viel Schnaps und fettigem Essen konnte sich Grube überwinden, bei Horn anzurufen. Er ging sofort ran. Du machst Sachen! sagte der. Was denn für Sachen? Sag's mir, sagte Horn, Schwinger ist nicht gut auf dich zu sprechen, und deiner kleinen Nutte geht's offenbar ähnlich. Es ist vorbei, sagte

Grube, ich bin da raus. Ich dann ja wohl genauso, gab Horn zurück. Wieso, ich dachte, du arbeitest jetzt für die? Doch nicht in echt, sagte Horn. Sah aber ziemlich echt aus. Ja, sagte Horn, manchmal fühl ich mich ganz schön böse. Du bist da also weiterhin? Was soll ich tun? fragte Horn, wenn ich wegbleibe, wissen die ja gleich, was los ist. Wenn du Gert nicht gesagt hast, daß wir Journalisten sind, sagte Grube. Bist du blöd? Das frag ich dich, sagte Grube. Horn schwieg.
Cash hat mir alles erzählt, fuhr Grube daher fort, beim Schnapsschmuggel angefangen. Wir gehen mit der Sache an die Öffentlichkeit, ich hab alles aufgeschrieben, was Cash mir erzählt hat, selbst das mit der U-Bahn hat er zugegeben. Du bist ja dollo! beschied ihm Horn, und hast du irgendwelche Beweise außer die in deinem Kopf? Nee, wieso? Grube verstand nicht ganz, solange wir das wissen. Okay, gut, einverstanden, laß uns von dem Haus überm Bergwerk Fotos knipsen, sagte Horn, und mit etwas Geschick kommen wir da auch rein, war ja neulich nicht mal bewacht, und dieser Mongo kann da ja nicht ständig rumhängen.
Damit sollte er recht behalten. Als sich Grube und Horn dem grauen Bungalow bei zunehmender Dunkelheit näherten, brannte kein Licht. Auf dem Grundstück war niemand. Die einzige Bewegung kam von dem großen Apfelbaum hinterm Haus. Horn und Grube trugen dunkle Kleidung, was ihnen für ihren geplanten Einbruch angebracht schien. Ihre Sohlen waren ohne Profil und ihre Finger durch Handschuhe geschützt.
In der Gegend herrschte eine fast beängstigende Ruhe. Vorbeifahrende Autos waren rar, die Häuser niedrig. Selbst wenn man selten jemanden auf der Straße sah, konnte man nicht wissen, ob man durch geschlossene Vorhänge beobachtet wurde. Grube und Horn mußten also äußerst vorsichtig sein. Grube war in einer vergleichbaren Umgebung aufgewachsen.

Da rief man gern einmal die Polizei, kam einem etwas verdächtig vor. Andererseits, so glaubten die beiden, schien das Haus über dem Bergwerk nicht regelmäßig bewohnt zu sein, weshalb sie keine übertriebene nachbarschaftliche Aufmerksamkeit erwarteten. Wo Leute wie Gert Schwinger und Mongolenmanne verkehrten, würde schon nicht so genau hingeschaut werden, wenn spätabends fremde Personen auftauchten.

In einem Imbiß tranken sie diverse Becher Kaffee. Horn rauchte fast den gesamten Inhalt einer Schachtel Zigaretten. Nach etwa einer Stunde strebten sie auf das Maschendrahtzauntor zu. Horn fummelte mit einem Stück Metall am Schloß herum. Ihm gelang es, das Ding in kürzester Zeit zu öffnen. Siehste, flüsterte er, ich hab's nicht verlernt. Sie passierten die vor dem Bungalow stehende Garage. An deren Rückseite befand sich eine Tür. Ein Sicherheitsschloß, brummte Horn, das wird schwieriger. Grube sah sich nervös um. In einigen Fenstern brannte Licht, häufig vermischt mit dem bläulichen Geflacker eines Fernsehers. Und jetzt? Mal gucken, Horn drückte die Klinke. Zu ihrer beider Überraschung ließ sich die Tür anstandslos öffnen.

Die Garage war fensterlos, so daß sie in ihr gefahrlos Taschenlampen benutzen konnten. Es roch muffig und ein bißchen nach Tankstelle. Ein Auto gab es nicht, lediglich eine Werkzeugbank, einen Reifenstapel und verschiedene nicht näher definierbare Haufen. In der Mitte lagen Bretter auf dem Boden. Damit hatten sie gerechnet. Es sollte ja eine Verbindung von der Garage zum Keller geben, durch den die Waren in das Bergwerk und wieder hinausgeschafft werden konnten.

Horn und Grube schoben ein paar der Bretter zur Seite und gaben so den Blick auf einen Hohlraum frei. Der war etwa zwei Meter tief. Horn fotografierte. Dann sprang er hinab.

Grube bevorzugte die schmale Treppe. Horn deutete auf eine Klappe. Ein Schloß war nirgends zu entdecken. Demnach brauchte man dort bloß gegenzudrücken.
Dahinter befand sich ein dunkler Schacht, der schräg hinabführte. Ich komm mir vor wie im Grab von 'nem Pharao, flüsterte Horn und ging gebückt voran. Nach mehreren Metern kamen sie an die nächste Tür. Diesmal wieder mit einem Sicherheitsschloß versehen. Bedauerlicherweise abgeschlossen. Würden sie es geöffnet kriegen, wären sie im Keller des Bungalows.
Horn fotografierte. Dann bückte er sich und studierte das Schloß. Grube mußte ihm leuchten. Wozu? fragte er. Ich muß wissen, welchen Pick ich brauche, murmelte Horn. Was für'n Pick? Hier, Horn holte ein schwarzes Täschchen hervor, in dem unzählige feine Geräte aus Metall waren. Die sahen aus wie dünne Taschenmesser. Eins klappte Horn auf. Seine Spitze war gekrönt von Zacken. Weshalb besitzt du so was? Psst! Horn legte einen Finger auf seine Lippen, vergiß nicht, wo wir sind. Er steckte den Pick ins Schloß. Grubes Magen knurrte. Horn sah auf. Alles roger? War wohl zuviel Kaffee, sagte Grube. Sein Bauch fühlte sich flau an. Horn widmete sich wieder dem Pick. Der paßte, und er drehte ihn um. Mit einem Knacken sprang die Tür auf. Scheiße, bist du nebenbei Geldschrankknacker?! Altes Hobby von mir, sagte Horn und ging durch die Tür, die hinter ihnen wieder in den Rahmen fiel.
Sie waren wirklich im Keller des Bungalows. Unverändert standen und lagen dort Leitern, Latten und andere Gerätschaften. Selbst den blauen Plastiksack mit dem Hammer darauf erkannte Grube wieder. Am anderen Ende des Raumes hing das Tastentelefon. Jetzt müßte man die Nummer kennen, flüsterte Grube. Drei drei sechs fünf sieben zwei sieben, sagte Horn und nahm den Hörer zur Hand. Grube pfiff leise durch die Zähne.

Nach Eingabe der Kombination bewegte sich die Wand kein Stück. Horn drückte dagegen. Vergeblich. Dafür tutete es aus dem Hörer, bis eine Stimme ›Wer ist denn da?‹ fragte. Horn sah Grube erschrocken an und hielt den Hörer ans Ohr. Wo habe ich denn angerufen? Bei Doktor Suhrenbrock, sagte die Stimme, wissen Sie, wie spät es ist? Entschuldigung, sagte Horn leise, wo wohnen Sie denn? Statt einer Antwort hörte man nur ein Klicken und dann das Besetztzeichen. Das ist ein normales Telefon, sagte Horn. Er tat den Hörer zurück. Wie kann das sein?
Grube strahlte die Wand an. Da, rief Horn, meine Hand! Tatsächlich hatte Horns Berührung einen deutlich erkennbaren Abdruck hinterlassen, die Wand war frisch verputzt. Das kann nicht sein! Horn sah sich um und griff dann zum Vorschlaghammer. Du kannst doch nicht! flüsterte Grube. Da hatte Horn längst den ersten Schlag getan. Und wenn uns wer hört? Grube befiel Panik. In seinem Inneren rumorte es stärker. Vielleicht hätte auch den Eintopfrest in Gunnar Guths Kühlschrank lieber Eintopfrest sein lassen sollen. Gehen wir! Grube befiel ein ungutes Gefühl. Kommt nicht in Frage, Horn schlug weiter auf die Wand ein, von der sich erste Brocken lösten, so kurz vorm Ziel!
Horn zog drei, vier Ziegel heraus. Das ging verblüffend leicht. Wieso hilfst du mir nicht? Grube gab sich Mühe, ihm zur Hand zu gehen. Bald klaffte vor ihnen ein etwa zwanzig Zentimeter großes Loch. Grube wollte hindurchleuchten. Zu sehen war nichts. Nichts als Erdreich. Das kann nicht sein! Horn begann, in der Erde zu wühlen, schob sie heraus. Aber etwas anderes als Sand bekam er nicht zu fassen.
Plötzlich ging das Kellerlicht an. Und eine laute Stimme ließ die beiden zusammenzucken. Daß ihr bis hierher kommt, Respekt! In der Tür zur Garage standen Farouk Baran und Pistolenpaule. Ersterer schien bestens aufgelegt zu sein, letz-

terer hielt eine Waffe in der Faust. Sie traten dicht vor die beiden ungebetenen Besucher. Horns Hände waren voller Erde. Das ist mal ulkige Methode, zu buddeln, sagte Baran, du hast keinen Sandkasten im Hof, oder suchst du Bestimmtes? Das Bergwerk, sagte Grube, wo ist das Bergwerk? Bergwerk? Baran prustete und fragte Paule, ob er mal was von einem Bergwerk in Berlin gehört hätte. Ein Bergwerk in Westberlin? Pistolenpaule schnaufte, was ist das denn für'n Blödsinn?

Und wieso seid ihr dann da? fragte Horn, wenn es hier gar nichts gibt? Das ist ein privater Keller, sagte Paule, da habt ihr nichts zu suchen. Ihr seid zufällig vorbeigekommen, sagte Grube, und dachtet, ihr geht mal im Keller gucken, ob da wer ist? Man klopft nicht in fremdem Haus gegen Mauer, sagte Baran, ein Freund hat uns gerufen um Hilfe. Er legte seine Hand an den Mund, rief: Alter, hallo, wir sind unten!

Eine Tür knarrte auf. Das Licht an der Treppe sprang an. Über das Geländer beugte sich kein anderer als Schmidtchen. Er trug einen gestreiften Pyjama. Ihr seid det ja in Echt! er schaute Horn und Grube traurig an, ick hab euch ehrlich jemocht. So, Baran ging zu Grube und hakte sich bei ihm ein, wir gehen. Anschließend packte er Horns Oberarm. Der wollte sich nach seiner Kamera bücken, was Baran nicht zuließ. Die brauche er nicht mehr. Wir können alles wieder in Ordnung bringen! bat Grube. Seine Knie waren weich. Det mach ick schon, sagte Schmidtchen. Er war die Treppe hinabgestiegen. Nun hielt er ein Strippenknäuel in der Hand. Tut ma richtich leid, Leute!

Gefesselt wurden Horn und Grube zurück in die Garage geführt. Die Mündung der Pistole pendelte unablässig von einem zum anderen. Zuerst ging Paule die Treppe hoch. Dann drehte er sich um zu ihnen. Mir ist übel, sagte Grube.

Kann ich verstehn, knurrte Baran und stieß ihn zur Treppe. Horn ließ den Kopf hängen. In der Garage parkte Barans roter Porsche. Sie mußten auf die Hinterbank kriechen. Mit auf dem Rücken zusammengebundenen Handgelenken war das nicht gerade leicht. Horn stieß einen leisen Laut aus. Grube guckte zu ihm. Horn sah weg.
Auf zur letzten Fahrt! Gemächlich fuhr Baran vom Grundstück und die kleine Straße entlang. Aus den Boxen schepperte elektronisches Geratter und Gedengel, dazu ein träger Beat. Wie witzig, murmelte Horn. Grube verstand nicht ganz. Er meinte wohl die Musik, irgendwas Bekanntes, zigmal gehört. Beim Einbiegen in die Roedernallee ließ Baran den Motor aufheulen und drückte aufs Gas. Hinter dem Fahrersitz eingeklemmt, fühlte Grube sich hundeelend. Er fand den Wagen zu klein. Zu schnell. Und die Lage zu aussichtslos, um sich weitere Gedanken zu machen. Immerhin war die Kopfstütze vor ihm so niedrig, daß er über sie hinwegschauen konnte. Gerade donnerten sie an der Wittenauer Dorfkirche vorbei. Born to be alive, quengelte ein Sänger, was eine tiefe Stimme repetierte. In Grubes Magen rumpelte es. Ich muß kotzen, sagte er mit zusammengebissenen Zähnen. Pistolenpaule feixte. Das hilft dir jetzt auch nichts mehr. Grube würgte. Yes we were born born born, sang es durch den Wagen, born to be alive. Diesmal wir werden kein Fenster ersetzen, rief Baran. Ich würd lieber, fing Horn an, da brach es aus Grube heraus – ein warmer Schwall schlecht verdauter alter Erbsensuppe schoß direkt über Baran gegen die Windschutzscheibe, touchierte gleichzeitig den Hinterkopf des Fahrers. Paule blieb ebenfalls nicht verschont.
Für einen Moment verlor Baran die Kontrolle über den Porsche. Quietschend brachte er den Wagen quer auf der Straße zum Stehen. Was für Scheiße ist das denn? Baran sprang heraus, schlug ein paarmal aufs Dach, dann klappte er seinen

Sitz um und zerrte Grube aus dem Auto, schleuderte ihn auf den Asphalt. Born to be alive, sang es unverdrossen weiter. Idiot! Baran trat ihm in den Bauch, was mit einem weiteren Schwall beantwortet wurde. Diesmal traf es Barans Lackschuhe. Fuck! Er guckte ins Fahrzeug. Pistolenpaule saß total lethargisch da. Er hat mich vollgekotzt, kein Scheiß, murmelte der, sogar meine Wumme, igitt.

Baran eilte zur Beifahrertür, um seinem Partner zu helfen. Horn nutzte diese Gelegenheit, um von den beiden unbemerkt auf der anderen Seite aus dem Fond zu schlüpfen und sich klammheimlich davonzumachen. Da krachte es. Ein mit überhöhter Geschwindigkeit fahrendes Auto war aus der Kurve kommend direkt in den nicht gerade günstig abgestellten Porsche gedonnert. Dessen Besitzer schrie auf. It's good to be alive, wiederholte sich der Sänger, unbeeindruckt vom Geschehen.

Nun komm! Horn zog Grube hoch und über die Straße. Derweil waren weitere Autos zum Stehen gekommen. Jemand rief etwas, sie jedoch rannten zur nahen Grünanlage. Liefen durch die Grünanlage. Kreuzten eine Straße. Grube, der sonst nie rannte, fand es der Situation angemessen, diesem Prinzip untreu zu werden. Und diesmal trug er auch festes Schuhwerk. Daß seine Hände weiterhin gefesselt waren, machte die Angelegenheit freilich nicht leichter. Er mußte auf sein Gleichgewicht achten.

Als sie zu einem Weg gelangten, an dessen Ende ihnen die Backsteinmauern des angestrahlten Rathauses Reinickendorf entgegenleuchteten, mäßigte er sein Tempo. Völlig außer Atem ließ er sich neben Horn auf eine Bank fallen.

Horn war der erste, der zu lachen anfing. Daß wir da rausgekommen sind! Er nahm ein braunes Fläschchen aus seiner Tasche. Du bist gar nicht gefesselt! keuchte Grube. Horn schraubte den Deckel ab, hielt ihn Grube unter die Nase und trank dann einen Schluck. Sechsämtertropfen, lecker, hatt ich seit Jahren nicht mehr. Moment mal, sagte Grube, ist das der von Farouks Rücksitz? Wohlbekömmlich und praktisch, Horn drückte seinen Daumen gegen die Unterseite des Deckels, das war scharfkantig genug, um die Fessel zu durchtrennen. Grube gab sich beeindruckt. In dieser Nacht hatte sein Partner Fähigkeiten bewiesen, die er ihm nie und nimmer zugetraut hätte. Daß das so leicht geht, sagte er.

Keine Qualitätsschnur, Horn warf die leere Flasche ins Gebüsch, Plastikkram. Ob die uns suchen? Nee, nee, erst mal müssen die aus dieser Nummer wieder raus, Horn ließ heisere Gluckser hören, ich muß kotzen, du bist völlig genial! Horn holte eine Zigarette hervor. Gunnar ist ein noch mieserer Koch als meine Mutter, sagte Grube. Gunnar? fragte Horn, du warst bei Gunnar Guth? Ja, die letzten Tage, aber ich werd wohl erst mal wieder zu meinen Alten ziehn. Echt? Mit brennender Zigarette zwischen den Lippen begann Horn, seine Kleidung zu inspizieren. Hat's dich auch erwischt? Grube sah ebenfalls an sich herab. Er schien sauber geblieben zu sein. Paar Spritzer, sagte Horn, nicht der Rede wert. Ich zahl dir die Reinigung, hab ja noch das Geld von Schwinger. Schwinger hat dir Geld gegeben? aus Horn qualmte es. Das, was Christel nicht haben wollte. Du hast es behalten? Horn nickte in sich hinein, und mit deinem Magen ist wieder alles okay?

Denk schon, ist ja alles raus, sagte Grube, langsam krieg ich wieder Appetit. Gute Idee, Horn stand auf. Unsere Story können wir knicken, oder? Grube blieb sitzen, blickte zu Horn. Der streckte seine Glieder. Nein, die ist gut, wir müssen da was bringen, sagte er, SPD-Schatzmeister, innerdeutscher Branntweinschmuggel, Senatsreserve, Naziwaffen, irgendwer kauft uns das garantiert ab. Der Stern? Ja, sagte Horn, oder

der Spiegel. Sind die Zeitungen nicht gerade alle voll mit Geschichten aus der Zone?
Wenn die erst mal alle aus den westdeutschen Botschaften raus sind, sagte Horn, wird's wieder ruhiger, die DDR ist so, seine Hand ruderte durch die Luft, das gibt sich bald, und dann kommen wir, ganz fett, wart's ab, die Geschichte läuft uns ja nicht weg. Er nahm einen letzten Zug von seiner Zigarette und warf sie in hohem Bogen auf die Straße. Auf geht's!
Gut, sagte Grube, wenn du mich dann endlich von den Fesseln befreist.

Im Roman vorkommende Medien

Gelesenes
Wolfgang Ribbe, Jürgen Schmädecke: *Kleine Berlin-Geschichte.* Berlin 1988.
Umweltschutzgruppe Physik/Geowissenschaften: *Glänzende Geschäfte. Umwelt hin – Geld her.* Hamburg 1985. Darin: Die Töchter der Affi (u. a. über die BKR).
Friedrich Nietzsche: *Die Geburt der Tragödie aus dem Geiste der Musik.*
Susanne Wiemer: *Lassiter und die wilde Rancherin* (Heftchenroman).

Vorbild für den *MV Kurier* ist der *MV Express: Märkisches-Viertel-Express: unabhängiges Informationsblatt für das Märkische Viertel in Berlin.*

Die Pressezitate zum Berliner Bergwerk stammen aus dem *Illustrierten Telegrafen*, No. 4, 1949 (Karikaturen), dem *Kurier* vom 15. Februar 1949, dem *Montags-Echo*, 4. Juli 1949, der *Berliner Zeitung* vom 12. Juni 1949, dem *Morgen* vom 9. Juli 1949, der *National-Zeitung* vom 9. Januar und vom 10. Juli 1949.

Gehörtes

The Cure: *Boys Don't Cry* (1986)
Pet Shop Boys: *It's alright* (1989)
Pet Shop Boys: *Heart* (1988)
Mandy Winter: *He's a Man* (1989)
Jimi Hendrix: *Foxy Lady* (1967)
Jimi Hendrix: *Purple Haze* (1967)
Mary Roos: *Fremdes Mädchen* (1974)
Gitte: *Freu dich bloß nicht zu früh* (1980)
Baccara: *Yes Sir, I Can Boogie* (1977)
Donna Summer: *Hot Stuff* (1979)
The Trammps: *Disco Inferno* (1976)
Samantha Fox: *Touch Me (I Want Your Body)* (1987)
Donna Summer: *Love to Love You Baby* (1975)
Temptations: *Papa Was a Rolling Stone* (1972)
Patrick Hernandez: *Born To Be Alive* (1979)

Gesehenes

UEFA-Pokal Halbfinale, Hinspiel, VFB Stuttgart–Dynamo Dresden, 5. April 1989 (ARD).
Wetten, dass ...? Fernsehshow, 8. April 1989 (ZDF).
Peter Strom. Deutsche Fernsehserie mit Klaus Löwitsch. Staffel 1, Folge 14: Fracht für Mailand. 10. April 1989 (ARD).
Reporter. Deutsche Fernsehserie mit Renan Demirkan. Folge 1: Der Terrorist. 17. April 1989 (ARD).
Wetten, dass ...? Fernsehshow, 12. Juni 1989 (ZDF).
Gefährliche Liebschaften. Spielfilm mit John Malkovich. GB/USA 1988.
Metropolis. Stummfilm von Fritz Lang. Neufassung mit der Musik von Giorgio Moroder. D 1927/1984.
Knight Rider. US-amerikanische Fernsehserie mit David Hasselhof (1982–1986).

Lindenstraße. Deutsche Fernsehserie ab 1985. Die Figur des Benny Beimer wird von Christian Kahrmann verkörpert.
Solo Sunny. Spielfilm mit Renate Krößner. DDR 1980.
Herrliche Zeiten im Spessart. Spielfilm mit Liselotte Pulver. BRD 1967.
Lizenz zum Töten. Spielfilm mit Timothy Dalton. GB/USA 1989.

Ich danke Anselm Eckold für den ersten Hinweis auf die Westberliner Bergbaubehörde sowie ihm, Stefan Lange und Dirk Schöler für weitere Geschichten von früher.
Susanne Bax danke ich für Zuspruch und Zuneigung.
Andreas Zschaubitz und Kurt-Hartwig Richter danke ich fürs Lesen und Drüberreden.
Der Akademie der Künste Berlin danke ich dafür, daß ich Teile von *Senatsreserve* im Wewelsflether Alfred-Döblin-Haus schreiben konnte.
Und ohne Joachim Unseld wäre dieser Roman kein Buch, sondern ein unfertiges Manuskript. Dafür kann ich ihm nicht genug danken.